中國語言文字研究輯刊

十一編

許錟輝 主編

第 **4** 冊

《類篇》編纂問題研究

董家豪 著

花木蘭文化出版社

國家圖書館出版品預行編目資料

《類篇》編纂問題研究／董家豪 著 -- 初版 -- 新北市：花木蘭
文化出版社，2016〔民 105〕
目 2+278 面；21×29.7 公分
（中國語言文字研究輯刊 十二編；第 4 冊）
ISBN 978-986-404-731-4（精裝）
1. 類篇 2. 研究考訂
802.08   105013762

ISBN-978-986-404-731-4

中國語言文字研究輯刊
十二編　　第四冊　　　　　ISBN：978-986-404-731-4

《類篇》編纂問題研究

作　　者　董家豪
主　　編　許錟輝
總 編 輯　杜潔祥
副總編輯　楊嘉樂
編　　輯　許郁翎、王筑　美術編輯　陳逸婷
出　　版　花木蘭文化出版社
社　　長　高小娟
聯絡地址　235 新北市中和區中安街七二號十三樓
　　　　　電話：02-2923-1455 ／傳真：02-2923-1452
網　　址　http://www.huamulan.tw 信箱 hml810518@gmail.com
印　　刷　普羅文化出版廣告事業
初　　版　2016 年 9 月
全書字數　188343 字
定　　價　十二編 17 冊（精裝）　台幣 42,000 元

《類篇》編纂問題研究

董家豪 著

作者簡介

董家豪，香港人，祖籍廣東廣州，輔仁大學中國文學系學士、碩士，研究興趣爲文字學。

提 要

　　北宋中葉，剛完成編纂《集韻》工作的翰林學士丁度等人，向仁宗倡議編修能與其「相副施行」的大型字書。經呈准，寶元二年（1039年）十一月始纂，前後長達二十八年，到治平四年（1067年）十二月，由司馬光主持繕修完成，進呈宋神宗。此書於內容及範圍之上皆本於《集韻》，二書最大的不同是，《集韻》以韻排列，《類篇》仿《說文》，以部首排列，在分部、立部等皆與之相同。此書因爲編纂時間過長，期間曾數易主纂，歷經多人之手才得以成書，從字書編纂的角度視之，當中或存有不少值得深入探討的問題。

　　本論文一共分爲八章：第一章爲緒論，綜述所發現的問題，說明研究動機、目的、方法、步驟、範圍，以及前人研究成果。第二章爲「《類篇》凡例」探析，探討歸字凡例，與實際歸字情況之間的差異，指出凡例之疏漏不足，論述可以增補之處。第三章探討《類篇》部首字切語的來源，透過與《集韻》、《廣韻》、大徐本《說文》這三本書的對比、歸納與分析，指出其部首字切語的各種不同來源。第四章爲《類篇》處理《集韻》新增字音之探析，主要探討《類篇》是如何處理《集韻》所新增，原本爲《廣韻》所沒有的字音，透過《類篇》與《集韻》二書新增字音切語的比對，找出當中的疏漏。第五章爲《類篇》徵引《說文》之方式，探討此書於釋義之上是如何地引用《說文》字義，包括引用的模式、瑕疵、失當，以及與《集韻》引用《說文》的差異，並作出檢討。第六章爲司馬光「按語」意義之探析，透過對按語的重新分類與深入分析，以此了解司馬光對於此書的眞正貢獻，並且重新審視其與《類篇》之間的關係。第七章考訂《類篇》目錄中的訛誤，全面檢視目錄與正文內容之間的差異，針對當中的各種不當進行討論，指出其中的疏漏，並且加以訂正。第八章爲結論，總論《類篇》一書在編纂上所出現的問題，以及對問題的成因作出解釋。

　　以上各項問題，皆是在前人研究的基礎上進一步發現並探討，其中受孔仲溫先生《類篇研究》一書的啓發與研究成果影響最鉅。本文希冀從前人基礎上，對於《類篇》的編纂問題進行更爲深入之探討，並且從中延伸字書研究的新課題，由於學識所限，若有疏漏不足之處，敬請專家學者不吝賜教與指正。

目次

第一章　緒　論

　　自東漢・許慎《說文解字》創立五百四十部首，並以此作為「據形繫聯」的歸字依據，其以部首為綱的檢字方法，對於古代字書發展有著重要的啟蒙作用，後世字書的形式與體例多受其影響。至北宋一代更是如此，由官方所編修的大型字書《類篇》，是歷代最為遵循《說文》分部之作品。近代以來，對於此書的研究日漸增多，在閱讀前人研究成果的過程中，發現其中存有不少值得探討的問題，於編纂方面尤有可論之處。本論文主要研究《類篇》一書的編纂問題，針對各種相關問題進行探討，找出此書在編纂上的疏漏之處，並且試圖從不同的角度提出解釋。本章將對於研究動機與目的、研究範圍與版本依據、研究步驟與方法、前人研究成果等四方面，分別作出詳細說明。

第一節　研究動機與目的

　　《類篇》為北宋時期由官方所編的重要字書之一，其纂修原因是由於當時新修韻書《集韻》，與字書《大廣益會玉篇》的內容已經「不相參協」，不能再互相配合參看〔註1〕。宋人對於字書、韻書的觀念與其他時代不同，會刻意要求

〔註 1〕《類篇》篇末〈附記〉曾記載此事，其言：「寶元二年十一月，翰林學士丁度等奏：
　　　　今修《集韻》，添字既多，與顧野王《玉篇》不相參協，欲乞委修韻官，將新韻添
　　　　入，別為《類篇》，與《集韻》相副施行。」見北宋・司馬光等：《類篇》（北京：
　　　　中華書局，2012 年），頁 563～564。

兩者內容協和一致，以便於相互參稽〔註2〕，故剛完成《集韻》編纂工作不久的翰林學士丁度等人，便於仁宗寶元二年（西元 1039 年）十一月奏請編纂能與韻書《集韻》「相副施行」的字書——《類篇》。由此可知，此書之材料來源與範圍大部分來自於《集韻》。在編纂過程中，從丁度奏請編修始，一直到司馬光於英宗治平四年（西元 1066 年）十二月成書上呈神宗爲止，編纂時間前後長達二十八年，期間又多次更換主纂官員，分別經過王洙、胡宿、掌禹錫、張立次、范鎮等人之手。在正常的情況下，《類篇》有《集韻》作爲參考對象，以及編纂材料，其編纂時間不應花上接近三十年之久，而且編纂期間又數易主纂官員，在這麼長的時間裡，又歷經多人才得以成書，從字書編纂的角度視之，當中必定存有不少值得深入探討的問題。

一、研究動機

此書被認爲是目前所見字書中，最爲恪遵《說文》分部之字書〔註3〕，因此在其編纂體例中，於部次、部數等方面與《說文》五百四十部的編排完全相同，並以此達到「據形繫聯」之目的；而於同部首之字的編排中，則以《集韻》爲據，依二百零六韻，同時又「以平、上、去、入四聲」爲次〔註4〕，以作爲部中屬字排列的原則，可謂是同時融合了字書與韻書之特點於一身的作品，故此書之編纂與一般只是以形體爲主之字書大爲不同。當中值得探討的問題有六：

（一）在如此特別的編纂觀念、體例與材料影響之下，《類篇》的歸字依據比前代字書更爲規範化與科學化，故蘇轍於《類篇》書前的序文中，曾指出此書的歸字凡例。而字書之凡例亦以《類篇》爲始祖，其對於字書編纂有著指導性的參考作用，在《類篇》編纂過程中有著重要的地位。雖然孔仲溫先生的《類篇研究》、黃德寬與陳秉新二位先生的《漢語文字學史》，以及學者楊小衛等都曾經探討過此九例歸字凡例〔註5〕，但只是作出分類與整合而已，並未就書中的

〔註2〕見孔仲溫：《類篇研究》（臺北市：臺灣學生書局有限公司，1987 年），頁9。

〔註3〕見同前注，頁92。

〔註4〕見黃德寬、陳秉新：《漢語文字學史》（臺北市：經聯出版事業股份有限公司，2008年），頁67。

〔註5〕見楊小衛：《《類篇》編排特色析論——基於「雙軌制」辭書《集韻》《類篇》的對比分析》，《辭書研究》，2013 年，2013 年第 5 期，頁64。

實際內容與歸字凡例作出對比研究，仍沒有注意到凡例與實際歸字情況之間的差異，故當中仍有不少值得深入探討之處。

（二）《類篇》以《集韻》作爲其編纂的主要材料與依據範圍，但在部首字的處理之上卻與當時可見及流行的大徐本《說文》相同，對於部首字的說解內容，差不多一字不改地引用《說文》原文，其中就連徐鉉爲《說文》以反切所注之音亦一併承襲，如「東」字之音「得紅切」，其切語與大徐本《說文》相同，而異於《廣韻》、《集韻》；但同爲部首字的「王」字，其音爲「于方切」，此切語又只《集韻》一書相同。在部首字的切語中，《類篇》究竟以何書爲據？當中各書所佔的比例又是如何？這些是值得探討的問題之二。

（三）在輯音方面，《集韻》作爲《廣韻》的擴大與重修，當中必定新增了不少字音，對於這些新增字音，依照《類篇》的編纂原則，其處理方式理應一字不改地完全抄錄。然而，將此二書新增字音的切語作出比對，則可以發現《類篇》在處理這些「《集韻》新增字音」的方式中，除了依照《集韻》原本的切語進行收錄以外，更可見二書之間新增字音的切語多有相異之處。到底造成這些相異之處的原因爲何？當中又有否人爲因素，爲編纂者所故意改造？而《類篇》處理新增字音的主要方式又是什麼？這些是值得探討的問題之三。

（四）於釋義之上，由於《類篇》以《集韻》作爲其形、音、義的主要來源，而於《集韻‧韻例》中又曾經指出《集韻》一書之字義主要源自《說文》〔註6〕，故在《類篇》的字義中，有很大部分是出自《說文》。關於《類篇》對於《說文》的引用方式，到底是間接引用，一字不改地引《集韻》之所引，抑或是不經《集韻》的直接引用？《類篇》之所引與《集韻》之所引又有何異同？對於《說文》的引用，除了釋義的部分，又有沒有兼及釋形的部分？當中的引用是否存有一定模式？這些引用當中又有何疏漏與不足？除了大徐本《說文》以外，對於小徐本又是否有所引用？這些是值得探討的問題之四。

（五）關於本書的作者，歷來不是題爲「司馬光等撰」，就是只題作「司馬光撰」，這可以說是完全忽略了在司馬光以前的數任主纂之官對於此書的貢獻，因此歷代有不少學者與書籍皆否定司馬光對於《類篇》的編纂之功，忽視其用

〔註6〕見北宋‧丁度等：《集韻》（臺北市：學海出版社，1986年），頁2。

力之處，更認為司馬光最多只是「繕寫奏進」而已〔註7〕。但於《類篇》全書中可以發現司馬光曾經發出五十五條按語，這些按語所涉及之內容是多方面的，它們包括了說明歸字條例、指出《類篇》《集韻》之誤等。單是透過按語的內容，便可知司馬光對於《類篇》並非只是「繕寫奏進」而已。然而學者對於司馬光按語的探析之中，只有孔仲溫先生《類篇研究》書中「司馬光之析字」一章有較為詳細的討論，但卻集中在釋義的部分，在按語分類之上其實可以更為仔細，且而又沒有詳細地分析每條按語的內容，若以此評論司馬光與《類篇》的關係，恐怕是不太公平。故透過按語的重新分類與分析探討，應該可以從一個較為客觀的態度重新審視司馬光與《類篇》之關係，此為值得探討的問題之五。

（六）是關於目錄方面，由於《類篇》「以《說文》為本」，同時又是歷代最為遵循《說文》的作品〔註8〕，故其依《說文》編纂之例，以末一卷作為目錄〔註9〕，將正文中的五百四十個部首字依次排列。若以《類篇》之目錄與正文相較，則可以發現當中存有不少訛誤之處，對於此情況，胡樸安先生《中國文字學史》以及孔仲溫先生《類篇研究》二書亦曾經有所提及〔註10〕，但卻沒有作出全面的檢視與探討，故當中的訛誤情況並未完全顯現，此為值得探討的問題之六。

二、研究目的

在研究目的方面，首先，透過歸字凡例與正文內容的對比分析，從實際的歸字情況中找出正文內容與凡例之間的差異性，以探討其是否完備，從凡例的疏漏中為其作解釋，以及重新整理。其次，透過《類篇》五百四十個部首字切語，與《廣韻》、《集韻》、大徐本《說文》這三本書的對比，嘗試為部首字切語來源紛雜不一的情況作出解釋，希望從中找出其主要來源依據，以及對於各書切語的選取與使用情況。再者，通過《類篇》與《集韻》二書新增字音切語的對比，找出

〔註7〕見清・紀昀、永瑢等：《景印文淵閣四庫全書・第一冊・欽定四庫全書總目經部小學類二》（臺北：臺灣商務印書館股份有限公司，1986年），卷41頁843。

〔註8〕見孔仲溫：《類篇研究》，頁92。

〔註9〕見胡樸安：《中國文字學史》（臺北市：臺灣商務印書館股份有限公司，1965年），頁152。

〔註10〕見同前注，頁156。以及孔仲溫：《類篇研究》，頁86～89。

造成兩者相異的主要原因，以及《類篇》在處理「《集韻》新增字音」時的不同方式，與各項疏忽之處，並爲此作出檢討。另外，透過《類篇》徵引《說文》的探析，歸納其引用的方式，以及當中的各項訛誤與疏漏，同時又對比出其與《集韻》引用《說文》內容的差異所在，總結出《類篇》引用《說文》的方式與特點。此外，透過對於司馬光五十五條按語的重新分類與探討分析，從中了解其對於《類篇》的用力如何，按語對於《類篇》又有何作用，以一持平的角度去評價司馬光對於《類篇》編纂的貢獻，爲前人對於司馬光的否定作出合理的平反。另一方面，透過目錄與正文內容的全面對比，尋找當中各項仍未被前人所發現的訛誤之處，並爲其作出修正，以便於使用者的查閱與專家學者日後之研究。

歷來對於《類篇》的研究中，鮮有將焦點集中於其編纂問題之上，且暫時又未見與此相關的專著。因此產生對於此書編纂問題進一步深入研究的動機，本文於以上六個方面作出深入的探討，冀望能爲當中的問題找出合理的解釋與答案，而於《類篇》一書的研究上，或將有所助益。

第二節　研究範圍與版本依據

一、研究範圍

本論文主要是集中探討《類篇》一書在編纂上所存有的問題，所以於研究材料上均集中在《類篇》一書，當中包括了正文、司馬光之按語，以及書前的序文、書後的目錄與附記，即此書之全部內容。此外，由於《類篇》之編纂受到了與其關係密切的姊妹篇著作《集韻》，以及同時代的《廣韻》、大徐本《說文》等韻書與字書的影響，因此依照研究探討之需要，對於此三本書亦會參照使用。《集韻》、《廣韻》方面，主要集中在切語的參考與對比；而大徐本《說文》方面，則主要集中在與部首字相關，以及釋義方面的參考與對比。

二、版本依據

《類篇》目前可見的各種版本與出版品，分別有由臺灣商務印書館所出版，收錄在《四庫全書》中的四庫本、由上海古籍出版社出版，影印上海圖書館藏汲古閣影宋鈔本，以及由北京中華書局出版，印「姚刊三韻」本三種。本論文以現在最常見的「姚刊三韻」本爲主要依據，另外，依研究之需要，配合其餘

兩個版本互相對比參看。此三個版本各有差異及優劣，而於本論文所探討的六個主要問題中，對於歸字凡例與司馬光按語的探析，以及引用《說文》的探討這三個問題，均只參考現在最爲常見的中華書局姚刊本，並以其作爲依據，因爲版本之間的差異對於探討這三個問題沒有必然的影響，更爲重要的是三者於這方面的差異性不大。在其餘部首字切語來源之考證、新增字音處理的探析，以及目錄訛誤的探討這三個問題中，除了以姚刊本作爲基礎外，同時以此現在可見的三個版本作出詳細對比，因爲不同版本之間的差異，必定會影響這三個問題的研究結果，故必須加以參考和運用。

第三節　研究步驟與方法

本文從歸字凡例的探析、部首字切語來源的考證、新增字音處理的探析、徵引《說文》的方式、司馬光「按語」意義之探析、目錄訛誤的考證這六個方向去探討《類篇》一書在編纂上所存有的問題。以下分別敘述這六個方向的研究步驟與方法：

（一）是歸字凡例的探討方面。先分析《類篇·序》中所言九條歸字凡例的內容，再分析孔仲溫先生、黃德寬與陳秉新先生《漢語文字學史》、楊小衛先生三家對於歸字凡例分合處理的優劣。之後，以書中某一部首的屬字爲例，採取以小見大的方式，檢視凡例與實際歸字情況的差異，從中檢討此九條歸字凡例的優劣得失，並提出可以增補之處。

（二）是部首字切語來源的考證。先以中華書局出版姚刊本，作爲《類篇》五百四十個部首字切語的底本，再以《廣韻》、《集韻》、大徐本《說文》三書中與之相對的切語製成簡表，以方便作出比對研究。而對於不同於《廣韻》、《集韻》、大徐本《說文》的部首字切語，則詳考其來源，並且與宋鈔本、四庫本作出對比，試圖從版本上找出其異於三書的原因。之後，從簡表找出《類篇》部首字切語與各書之間的異同，透過數據分析以及切語相同的各種類型組合，探討出其對於各書切語的選取偏向與特徵，以明《類篇》部首字切語的主要來源。

（三）是處理《集韻》新增字音的探析。先找出爲《集韻》所有，而《廣韻》沒有的新增字音切語，以姚刊本新增字音切語爲底本，再找出宋鈔本、姚刊本、四庫本三個版本《類篇》中的「《集韻》新增字音」切語進行比對，於三

個版本的差異中作出合理的判斷與選擇，以製作成一簡表。從簡表中，找出《類篇》處理新增字音的各種方式，再作出詳細檢討，以瞭解《類篇》在輯錄新增字音過程中的優點與疏漏。

（四）是徵引《說文》方式的探討。《類篇》所引用的主要是當時較爲流行以及有影響力的大徐本《說文》，由於與《說文》的五百四十部首相同，其編纂體例同時又「以《說文》爲本」，故對於《說文》的引用，可以分爲首字與非部首字兩大類別。在這兩個類別中，先進行部首字引用《說文》的探討。以《類篇》首二十五個部首字說解的內容作爲例，探取以小見大的方式，再將大徐本《說文》部首字的內容，以及《集韻》中這些部首字的說解找出，製作成簡表，以便於比對研究。從中找出其引用《說文》的方式、優點及缺點，以及與《集韻》所引之異同。而非部首字方面，則以數個部首中所收的字作爲例子，同樣是探取以小見大的方式，將大徐本《說文》和《集韻》與之相關的內容抽出製作成簡表，再從簡表找出其引用《說文》的方式、優點及缺點，以及與《集韻》之異同。另外，《類篇》對於《說文繫傳》的內容亦有所參考和引用，且均集中在徐鍇的按語之上，故以「徐鍇曰」爲關鍵詞，先找出書中以及《集韻》使用小徐按語之處，同樣先製作簡表，然後進行比對，以找出引用之得失，以及與《集韻》所引之差異。

（五）是司馬光按語意義的探析。先分析歷來學者對於司馬光編纂《類篇》的評價，以得出學者們對於司馬光與《類篇》的共同觀點。之後再將司馬光於《類篇》中所發出的按語逐條抽出，進行重新分類，以及作出詳細分析。透過按語的體例、出現的位置、所引用的資料、類型與內容等方面去看司馬光對於《類篇》的貢獻，並且從中重新審視司馬光與《類篇》的眞正關係。

（六）是目錄訛誤的考證方面。由於宋鈔本、四庫本、姚刊本的目錄各有異同，因此先將三個版本的目錄內容抽出，以大徐本《說文》目錄之內容作爲參照，再配合正文部首字，與部中屬字所從部首之形體製作成表格，以方便於比對研究。從表格中找出《類篇》目錄的疏漏、訛誤，以及與正文的差異之處，再對於目錄的內容進行檢討。

由於本文分六個方向去探討《類篇》的編纂問題，因此每個方向皆有不同的研究步驟。雖然研究步驟與方法有所不同，但當中皆是以《類篇》內容這個原始資料的處理、對比、分析爲先，之後再結合其他相關書籍的內容，如《廣

韻》、《集韻》、大徐本《說文》等作出資料上的整合，以及對比分析，從中去探討本文所要研究的問題。

第四節　前人研究成果

《類篇》自成書以來，受到了當時科舉考試的影響，而導致宋人使用韻書勝於字書，同時又因為兵燹的關係，因此而流傳不廣〔註11〕，故與其他字書、韻書，如《說文》、《廣韻》、《玉篇》、《集韻》等相比，歷代對於《類篇》一書的研究相對較少。直至近代以來，兩岸皆開始對《類篇》有所注意，此書的研究亦日漸增多，例如在臺灣方面，以孔仲溫先生《類篇研究》、《類篇字義析論》這兩本專書，以及季旭昇先生國科會研究計畫中的《類篇俗字研究》為主；而大陸方面，對於《類篇》的研究主要是見於學位論文及期刊論文，這些論文多從對比的角度去探討《類篇》與《集韻》、《玉篇》等韻書、字書之間的差異，而大陸地區的專書方面，則只有蔣禮鴻先生《類篇考索》一書。以下就臺灣、大陸地區，分別敘述目前對於《類篇》的研究狀況與成果。

一、臺灣地區

臺灣方面對《類篇》一書的研究，均集中在專書的著作、國科會的研究計畫以及會議論文，而在學位論文與期刊則不及大陸地區豐富〔註12〕。

（一）孔仲溫《類篇研究》

孔仲溫先生《類篇研究》一書原為其博士論文，現在已經出版成專書。此書主要從基本背景、編次問題、字形研析、字音研析這四個大方向去研究《類篇》。基本背景問題的研究包括了編纂時代背景、編纂的經過、版本與流傳；編次問題的研究包括了篇數、卷數、編排方式、歸字原則等；字形研析包括了古

〔註11〕見同前注，頁70～73。

〔註12〕臺灣方面對於《類篇》研究的單編論文有孔仲溫先生的〈《類篇》字形研析〉（《中華學苑》第33期，1986年6月，頁99～193）、〈《類篇》類篇字義探源〉（《靜宜人文學報》第1期，1989年4月，頁121～146）、〈《類篇》字義的編排方式析論〉（《興大中文學報》第3期，1990年1月，頁123～137）等文章，此三篇論文已收錄在孔先生《類篇研究》與《類篇字義析論》二書中，故不歸入單編論文，而於前人研究成果的專書一項中討論。

文、奇字、籀文、小篆、隸書、俗字、唐武后新字、或體、司馬光之析字、本字與異體字等；字音研析包括了聲類系聯、反切上字切字數目統計、聲值擬測、韻類系聯、韻值擬測。可見孔仲溫先生對於《類篇》之研究是非常完備，然而此書大多只是把《類篇》中體例、字形、字音等三方面的問題提出與疏理，對於問題的成因與解決方法卻並沒有作出更爲深入的探討。雖則如此，《類篇研究》此書卻非常有系統的探討了《類篇》的背景資料、體例、字形、字音，成爲了後學研究《類篇》不可或缺的重要參考書籍。

（二）孔仲溫《類篇字義析論》

由於孔仲溫先生在《類篇研究》一書中，對於字義方面的研究仍未作出深入探討，故有此書之撰寫，專論《類篇》一書的字義。此書所研究的內容包括了：《類篇》字義的探源、編排方式、本義析論、引申義析論、假借義析論、破音別義析論等六個方面，對於《類篇》的字義及其相關問題的探討，已經非常的透徹與詳備。但是，對於《類篇》書中所收錄之字的本義、引申義、假借義、破音別義四者之間的關係與形成原因的討論，則略爲欠缺。雖則如此，此書作爲研究《類篇》字義的先驅，亦後學研究《類篇》的重要書籍之一。

（三）季旭昇《類篇俗字研究》

此爲國科會歷代重要字書研究計畫中的子計畫之一，季旭昇先生於此研究中，主要是以《類篇》注文中明言爲俗字的五十二個字爲研究對象，詳細分析了它們的形成原因；又對於《類篇》中俗字與其他異體字分類的術語，以及內容作出比較，於《類篇》一書中明言爲俗字之字的研究可謂是非常的深入與完備。季先生所得的結論是：《類篇》書中所謂的俗字，實際上是可以於其他的書例中找到與俗字相同的字例，認爲這是一個值得再思考的現象。

（四）金師周生〈《類篇》形音義編纂述評〉〔註13〕

此爲會議論文，從字書編輯的角度去探討《類篇》字形、字音、字義三方的去取問題，提出書中混亂或不完善處，並且作出評析。字形方面，發現此書對於異體字的歸字或驟或離，破壞了《說文》「重文」與《集韻》同音同義匯聚

〔註13〕金師周生：〈《類篇》形音義編纂述評〉，載於汪中文、林登順、張惠貞主篇，《第九屆思維與創作暨第十二屆中國訓詁學學術研討會論文集》（新北市：大揚出版社，2015年），頁159～170。

於一處的關係，對使用者產生窒礙。字音方面，發現切語取向混亂不一，而且不少多音字的「常用音」，並非《集韻》第一音序，卻列居第一位。字義方面，發現對於多音多義的處理，是以縮略爲主，使字義的編輯不夠精準。此論文以字書纂編的角度去探討《類篇》，對於本文之寫作多有啓發。

二、大陸地區

（一）蔣禮鴻《類篇考索》

此書爲大陸方面現時可見唯一與《類篇》相關的專書，同時亦爲蔣禮鴻先生的絕筆之作。蔣先生曾致於《類篇》訛誤的訂正工作，在《類篇考索》一書旁徵博引，以考察上海圖書館所藏汲古閣影宋鈔本以及中華書局印「姚刊三韻」本，這兩個現時可見《類篇》版本之間的差異，指出當中明顯的錯誤，再以各項例子加以證明，然後進行再訂正的工作。此書對於《類篇》內容的校定尤爲有功，能發現前人所忽略發之處，使不少錯誤之處得以被發現與修正。

（二）楊小衛《《集韻》與《類篇》綜合研究》〔註14〕

此爲楊小衛先生的博士論文，主要是對《集韻》與《類篇》進行綜合研究。楊先生先對於此二書首先進行電子語料庫的生產與輸入，將《集韻》、《類篇》均進行了電子化的處理，以方便研究。在《集韻》、《類篇》的電子資料上進行了一系列對比工作，再從切語、俗字、一曰義這三個角度對二書進行比較研究。楊小衛先生此篇論文所得到的結論是：這是《集韻》、《類篇》電子化工作的首次嘗試，爲二書之研究工作打下了堅實的基礎。於聲類方面發現了宋代全濁聲母清化、「知」「章」「莊」合流、零聲母擴大、輕唇與重唇分立、舌頭與舌上分立等現象；於韻類方面發現了宋代同攝韻類合併；聲調方面發現了全濁上聲變去聲。在俗字方面的研究，發現了大型官修辭書《集韻》、《類篇》收錄了相當數量的俗字。而一曰義方面的研究，則發現了其來源於古代典籍，主要由於假借、通假、引申所造成。此篇論文對於《集韻》、《類篇》二書進行了有系統的電子化處理，此爲其最大功夫，然而卻花了大量篇幅去研究如何將二書進行電子化處理，重點或有偏失。另外，雖然於形、音、義三方面均有對二書進行對比研究，但於字形、字音對比對象的選取則略爲狹窄與不足。

〔註14〕楊小衛：《《集韻》與《類篇》綜合研究》，華中科技大學博士論文，2007 年。

（三）沈祖春《《類篇》與《集韻》《玉篇》比較研究》〔註15〕

此博士論文主要是對唐宋之際的三本大型字書收字進行比較研究，以觀察此三本書於收字之間的傳承與變化，進而調查唐宋之際新增字的活動情況。當中研究了《類篇》的重出字、《類篇》《集韻》的收字比較、《類篇》《集韻》共有而形異之字、《類篇》《玉篇》的收字比較。此篇論文對於《玉篇》、《集韻》、《類篇》三本書收字之間的差異有著深入且完備的研究，特別是對於《類篇》重出字，發現了有三出字的情況，此項發現為前人所未見，可見其慧眼之獨到，與研究之細膩。但是於《類篇》重出字的研究中，此論文大多只是進行了簡單的分類而已，對於各重出字的處理方法及形成原因等問題，均沒有更為深入的討論，這可以說是研究的角度十分全面，但深度方面則略為不足。

（四）甄燕《《類篇》研究》〔註16〕

此碩士論文只是簡單地探討了《類篇》的成書、版本、體例、釋義、得失，以及與《集韻》作出了簡單的對比，當中包括成書過程、編纂原因、異體字等三方面。所得結論為：《類篇》較《玉篇》進一步改善《說文》的缺點，首創以部首為綱，以韻為目的排檢法，影響了後世字典的編纂。此論文並無創見，其所論及研究成果多亦為前人之所言。

（五）汪梅枝《《類篇》互訓研究》〔註17〕

此碩士論文主要針對《類篇》的互訓類型、依據，以歷史比較、分類說明、語義分析等手法進行研究，同時亦包括了與《說文》互訓的比較、互訓詞的語義關係、互訓詞與現代漢語中雙音節詞的關係這幾方面。此篇論文對於《類篇》互訓的研究可謂是十分的詳盡與完備。

（六）周錄《《類篇》部首異體字研究》〔註18〕

此碩士論文主要針對《類篇》五百四十個部首字的異體字進行研究，當中包括了《類篇》的異體字、部首字的異體字整理、姚刊三韻本和汲古閣影宋鈔

〔註15〕沈祖春：《《類篇》與《集韻》《玉篇》比較研究》，華東師範大學博士論文，2010年。

〔註16〕甄燕：《《類篇》研究》，內蒙古師範大學碩士論文，2004年。

〔註17〕汪梅枝：《《類篇》互訓研究》，山東師範大學碩士論文，2003年。

〔註18〕周錄：《《類篇》部首異體字研究》，浙江大學碩士論文，2005年。

本的優劣。此論文對於部首字的異體字作出了詳細的討論,雖名爲《類篇》部首異體字研究,實際上其所討論的異體字大部分爲隸定以後的《說文》重文,研究內容與題目有所出入。

(七)李海濤《《類篇》異體字研究》〔註19〕

此篇碩士論文主要是對於《類篇》書中所收錄的異體字來源、類型結構以及得失等進行了簡單的探討。其所得的結論,認爲《類篇》收錄異體字的優點是:廣收異體字、進步的異體字觀、編排上具有特色;缺點則是:異體字歸類局限於據形分部的原則、處理過程有疏漏、收字混雜字體不一。當中所論雖大部分已爲前人所提出,然而亦有其慧眼獨到之處,如提出異體字歸類局限於據形分部的原則,破壞了本字與異體字的關係。

(八)柳建鈺《《類篇》異體字研究》〔註20〕

此碩士論文主要是以《類篇》所收錄的異體字爲研究對象,當中包括了異體字的異體關係判定、異體字的編排方式及術語、《類篇》對《集韻》異體字的整理、異體字的分類、與《說文》《玉篇》《漢語大字典》的異體字比較。此論文所得的到的結論是:《類篇》所收錄的異體字非常豐富,在排列上採用較前代字書爲科學性的「建類一首,據韻系聯」,然而卻有把同音借用字、同源字、古今字、同義字等非異體字當成了異體字的現象。此論文爲研究《類篇》異體字的論文中,較爲全面及深入的作品。

(九)劉寶恒《《類篇》重文研究》〔註21〕

此篇碩士論文所研究的對象爲《類篇》的重文,劉寶恒先生按照歷時性和共時性,將其分爲古文類與或體俗體類兩大類重文進行研究,以總結出於《類篇》一書中所反映的字形流變情況。所得的結論爲:《類篇》中隸定的古文、籀文、小篆、奇字等基本上體現了許慎對漢字起源及其流變的看法;大部分以或體、俗體形聲字爲主,反映出漢字發展演變過程中形聲字比重逐漸上升;《類篇》中的隸書形體體現了隸變過程中省併、偏旁訛變,省略形構等的規律。此論文的創新之處是以《類篇》中的重文結合文字發展過程與流變的討論。

〔註19〕李海濤:《《類篇》異體字研究》,山東大學碩士論文,2006 年。

〔註20〕柳建鈺:《《類篇》異體字研究》,寧夏大學碩士論文,2007 年。

〔註21〕劉寶恒:《《類篇》重文研究》,福建師範大學碩士論文,2008 年。

　　大陸方面對於《類篇》研究的期刊論文甚多，有單就《類篇》一書本身進行研究的，亦有將此書與其他字書、韻書的對比研究，由於篇數眾多，今將現時大陸地區對於《類篇》研究的期刊論文整理如下：

作　者	篇名（刊物／年份）	研究內容簡述
陳建初	〈《類篇》的部首數和字數〉（《古漢語研究》／1989 年）	論證《類篇》的部數與字數問題。
王箕裘	〈《類篇》在中國辭書史上的地位〉（《辭書研究》／1991 年）	從中國辭書史的角度對《類篇》進行考察。
馬重奇	〈《類篇》方言考——兼論張慎儀《方言別錄》所輯唐宋方言〉（《語言研究》／1992 年）	考證《類篇》中所輯錄的古方言與今方言。
呂曉莊	〈《類篇》試探〉（《山西大學學報（哲學社會科學版）》／1992 年）	討論《類篇》的地位、價值、缺點及不顯之原因。
馬重奇	〈《類篇》中的同字重韻初探〉（《福建師範大學學報（哲學社會科學版）》／1993 年）	探討重紐韻三等和四等在語音上的對立與不對立問題。
姚永銘	〈姚刊三韻本《類篇》不可盡依——讀《類篇考索》札記〉（《漢語史學報》／2003 年）	指出十六處與蔣禮鴻先生《類篇考索》中所校對的可議之處。
張渭毅	〈論《集韻》異讀字與《類篇》重音字的差異——為紀念孔仲溫教授而作〉（《實踐通識論叢》〔註22〕／2005 年）	指出《集韻》與《類篇》在內容上的明顯差異，《類篇》於《集韻》的異讀方面是有所改動、增加和減少，甚至誤收誤抄。
汪梅枝	〈《類篇》互訓詞的語義關係〉（《青海師專學報（教育科學版）》／2005 年）	從義位手法分析《類篇》互訓詞的同位義和非同位義。
何茹	〈《玉篇》與《類篇》的比較研究〉（《牡丹江教育學院學報》2008／年）	從成書過程、版本收字、內容、價值地位四方面比較《玉篇》與《類篇》的異同。
楊正業	〈《龍龕手鏡》《類篇》古本考〉（《辭書研究》／2008 年）	討論《類篇》的版本問題。
楊小衛	〈《類篇》對《集韻》反切注音的繼承與革新〉（《華中科技大學學報（社會科學版）》／2008 年）	探討《類篇》對《集韻》反切注音的繼承、吸收、改良。
郭萬青	〈《類篇》引《國語》例辨正〉（《古籍整理研究學刊》／2009 年）	指出《類篇》引用《國語》和今傳《國語》的差異。
柳建鈺	〈《集韻》《類篇》失誤例證〉（《南陽師範學院學報（社會科學版）》／2009 年）	以「禮」、「禃」、「珤」、「繭」、「珤」、「琔」、「簼」、「芮」、「茵」、「茟」十字為例，對《集韻》、《類篇》兩書中的失誤進行分析。

〔註22〕《實踐通識論叢》雖為臺灣的期刊，然張渭毅先生為大陸的學者，故將此篇論文歸為大陸地區的論文之一。

楊小衛 姜永超	〈《類篇》按韻編次編排特色探析〉(《廣西社會科學》/2009年)	討論按韻編次分兩個階次:同一部首內的字頭、同一字頭下眾多音義的編排方式。
楊小衛	〈《集韻》和《類篇》的俗字初探〉(《湖南工業大學學報(社會科學版)》/2009年)	以簡省、增繁、偏旁改換、訛變、書寫變易、全新創造、借用這七個角度探討《集韻》、《類篇》二書中俗字的產生原因。
楊小衛	〈略論《集韻》、《類篇》的成書條件〉(《湖北社會科學》/2009年)	以政局穩定、經濟發展、君主重視文教、科舉大興、出版技術成熟、校勘事業繁榮、儒學復興等七個角度去談《集韻》、《類篇》二書的成書條件。
楊小衛	〈《集韻》、《類篇》反切比較中反映的入聲消變〉《三峽大學學報(人文社會科學版)》2010年)	透過《集韻》、《類篇》反切的比較探討宋初入聲韻尾「-p」、「-t」、「-k」的消變。
汪梅枝	〈《類篇》互訓的依據探析〉(《濟寧學院學報》/2010年)	討論《類篇》互訓中對於原有字書、辭書、及韻書材料的借鑒、引用、增刪。
陳源源	〈中華書局姚刊三韻本《類篇·石部》校讀箚記〉(《西南交通大學學報(社會科學版)》/2011年)	指出中華書局姚刊三韻本《類篇·石部》內容上有因形近而訛、偏旁訛奪、倒文這三方面所造成的錯誤。
鄧春琴	〈《類篇》在辭書編纂體例史上的貢獻〉(《辭書研究》/2011年)	指出《類篇》的編纂體例對於後代辭書的貢獻與影響。
楊小衛	〈《集韻》《類篇》「一曰」義初探〉(《江漢大學學報(人文科學版)》/2012年)	探討《集韻》、《類篇》二書「一曰」義的成因,與當中所透露的語言訊息。
孫緒武	〈《類篇》所引《說文》辨析〉(《廣西民族大學學報(哲學社會科學版)》/2012年)	指出《類篇》引用《說文》的疏漏之處。
孫緒武	〈《類篇》所引《說文》辯正〉(《大家雜誌(雕龍學札)》/2012年)	指出《類篇》引用《說文》的錯誤之處。
張龍	〈姚刊三韻本《類篇》石部補校七例〉(《溫州大學學報(社會科學版)》/2012年)	指出《類篇》石部中「碼」、「磏」、「䃰」、「碢」四字注音之誤以及「磲」、「碹」、「礁」三字釋義之誤。
劉琴勇	〈《類篇》異讀字所反映的云、以合流演變規律〉(《菏澤學院學報》/2012年)	通過《類篇》中十九個「云」、「以」異讀字例分析其合流的演變規律。
柳建鈺	〈新附字在《說文》《類篇》中釋義之對比分析〉(《南陽師範學院學報(社會科學版)》/2012年)	指出《類篇》所收《說文》新附字與大徐本之間在釋義上之異同以及優缺點。

水谷誠 董冰華	〈《類篇》匯纂《集韻》又音考〉（《吉林大學社會科學學報》／2013 年）	考察《類篇》的編纂目的並對其彙纂《集韻》之「又音」加以闡述。
柳建鈺	〈《類篇》疑難字考辨五則〉（《寧夏大學學報（人文社會科學版）》／2013 年）	對《類篇》中「駿」、「駈駈」、「騰驚」、「嘖賾」、「較瞉」等字進行了考釋。
楊小衛	〈《類篇》編排特色析論──基於「雙軌制」辭書《集韻》《類篇》的對比分析〉（《辭書研究》／2013 年）	透過《類篇》與《集韻》的對比探討「姊妹篇」辭書的面貌、宋人辭書修撰的理念、宋代語言學的革新。

　　在以上各家的研究之中，最為重要的三位學者分別是臺灣的孔仲溫先生，以及大陸的楊小衛、沈祖春兩位先生，其中尤以孔仲溫先生對於《類篇》的研究最為重要。孔先生的兩本專書《類篇研究》與《類篇字義析論》分別從基本背景、編次問題、字形研析、字音研析、字義的探源、編排方式等方面進行綜述，非常完備地介紹了《類篇》一書的特色，提供與整理了不少可以更深入研究的問題。而楊小衛先生方面，主要著作是《《集韻》與《類篇》綜合研究》，從切語、俗字、一曰義這三個形、音、義的角度對二書進行比較研究。沈祖春先生方面，主要著作是《《類篇》與《集韻》《玉篇》比較研究》，從重出字、形異字、收字方面等比較三書之異同。楊、沈二先生之研究均重視於《類篇》與其他字書、韻書的比較，對於《類篇》自身方面則並沒有太多的探討，然而卻為《類篇》的研究帶出了新的方向。因此，以上三位先生的研究成果，特別是孔仲溫先生的兩本專書，可以說是後學研究《類篇》的必備資料。

　　然而，在《類篇》編纂問題的研究之上，大多數專書與單篇論文只是簡單的將其中的問題提出而已，並沒有作出更為深入的探討。例如《類篇研究》一書，對於歸字凡例的分合、司馬光按語的類型、目錄與正文不符這三個問題有所碰觸；《類篇字義析論》對於引用《說文》方面的問題，亦曾提及；另外，孫緒武〈《類篇》所引《說文》辨析〉和〈《類篇》所引《說文》辯正〉、柳建鈺〈新附字在《說文》《類篇》中釋義之對比分析〉等單編論文亦有所討論，但卻只是簡單地從數個例子中指出《類篇》所引，與《說文》內容之不同，對於此書與《集韻》所引之差異、引用方式等問題，並沒有進行更加為深入的研究。因此，本文從前人的研究基礎之上，對於《類篇》的編纂問題再進行較為深入的探討。

第二章 「《類篇》凡例」探析

　　《類篇》書前由蘇轍所撰的序文中，記載了九條書中文字歸屬的凡例，其為字書凡例之始祖，對於後代字書的體例與發展有著深遠影響。歸字凡例之設立，除了作為此書編纂工作的指導原則之外，對於讀者更有提綱挈領之指示作用。本章欲針對「《類篇》凡例」在字書史上的地位及影響、內容與分類、凡例與實際歸字情況等四方面進行論述，並對凡例之疏漏與不足作出檢討。

第一節　「《類篇》凡例」於字書史上的地位與影響

　　《類篇》一書於寶元二年（1039年）十一月，由剛剛完成《集韻》編纂工作的翰林學士丁度等人向宋仁宗首議編纂，一直到了宋英宗治平四年（1067年）十二月〔註1〕最後由司馬光主持繕寫整理，總成後進呈於宋神宗，前後一共長達二十八年。雖然於此二十八年期間曾經數易主纂之官〔註2〕，然而《類篇》編纂者對於漢字的研究水準較高〔註3〕，態度嚴謹，而且又考慮周詳〔註4〕，此外又

〔註1〕治平四年正月八日丁巳宋英宗崩，其子神宗繼位，仍沿用「治平」此年號，直至翌年才改元為「熙寧」。

〔註2〕見北宋・司馬光等：《類篇》（北京：中華書局，2012年），頁563～564。

〔註3〕關於《類篇》編纂者對於文字的研究，孔仲溫先生曾言：「司馬光其人於文字之學，本有研究，曾於慶曆間撰《名苑》一書，……《名苑》之體例多與《類篇》相近。」見孔仲溫《類篇研究》，頁20。

〔註4〕見黃德寬、陳秉新：《漢語文字學史》，頁67。

受到與其「相副施行」〔註5〕的姊妹篇著作《集韻》於書前設有〈韻例〉的影響〔註6〕，因此《類篇》的編纂者也製定編纂凡例〔註7〕，以作爲統攝全書內容綱領，及編纂工作的指導。《類篇》凡例一共有九條，見於《類篇·序》之中，此九條凡例涉及了形、音、義三個部分，均爲《類篇》編纂的文字歸屬原則〔註8〕。九條凡例對於了解及掌握《類篇》一書之編纂形式與內容，是十分的重要，對此，孔仲溫先生曾言：

> 今欲明《類篇》一書，則於文字歸屬之原則不可不知，否則難掌握
>
> 全書之內容。〔註9〕

誠如孔仲溫先生所言，若要對《類篇》全書內容有所了解與掌握，則必須要明其文字歸屬之原則，而要明《類篇》的文字歸屬原則，又不得不透過此九條凡例，以此作爲引路明燈。此九條凡例的設立，除了有助於編者的編纂以外，同時又便於讀者的查閱與使用，以及對此書的了解。由此可見，此九條凡例對於《類篇》一書的作用、影響，以及其重要性。

此外，《類篇·序》與前代字書的序言有所不同，因爲當中主要顯示的是九條凡例，而它們所談的都是書中文字歸屬之大原則。在《類篇》以前，一般字書、韻書的序言大多只僅僅說明其書的收錄原則、編排方式、收字數量，以及其他需要說明的內容，如材料的來源、文字學理論、文字的發展與分類等等，如東漢許愼的《說文解字·敘》。然而絕少如《類篇·序》，使用如此多的筆墨去介紹其文字歸屬之原則。《類篇·序》全文一共只有五百多字，但卻花了一半

〔註5〕見胡樸安：《中國文字學史》，頁151。

〔註6〕楊小衛先生曾經提出：「宋代是字典與字典理論的發展期，字典編纂紛紛提出理論綱要，如凡例、韻例等，從而宣告把字典編纂置於明確的理論指導下的新時期正式開始。《集韻》是最早明確提出『韻例』的韻書。《類篇》秉承《集韻》傳統，成爲最早明確提出『凡例』的字書。」見楊小衛：〈《類篇》編排特色析論——基於「雙軌制」辭書《集韻》《類篇》的對比分析〉（《辭書研究》，2013年，2013年第5期），頁64。

〔註7〕劉葉秋先生認爲：「《類篇》卷首有一篇序言，指出了它編輯的凡例一共是九項。」見劉葉秋：《中國字典史略》（臺北：遠流文化事業有限公司，1984年），頁111。

〔註8〕見北宋·蘇轍：〈類篇序〉，載於北宋·司馬光等：《類篇》，頁1～2。

〔註9〕孔仲溫：《類篇研究》，頁132。

以上的字數去談論九條歸字凡例，由此可知其特別之處以及編纂者對於凡例的用心與重視。對於此，鄧春琴先生於〈《類篇》在辭書編纂體例史上的貢獻〉一文曾言：

> 這九條和《說文解字》《玉篇》等字典凡例比較，就可以看出《類篇》的凡例已經超出前代字典的境界，形成了一個相對完整的凡例體系。《類篇》序共 565 字，用來直接說明凡例的字就多達 310 字，約占整個序言的 55%，這個比例在宋代之前的字典當中是絕無僅有的，與其說《類篇》序是序言的性質，還不如說它是凡例的性質。《類篇》序言完全起到了凡例的作用，而且該序言中九條具體的條例，也爲後代字典開闢了一條新路，爾後的很多字典凡例的說解，大多採用該形式。所以，將《類篇》的序言視爲我國現代字典凡例的雛形，一點都不過分。〔註10〕

可見《類篇》序言中的九條凡例最爲特別之處，是形成了一個較前代字書爲完整的凡例體系，此點爲《類篇》的創新之處，可視爲中國古代字書史上的一次重大突破。故《類篇》之凡例一出，即影響到後代字書的體例，使以後所出現的字書大多有凡例的撰寫。後代字書於凡例的說解及編寫亦同樣受到《類篇》凡例的影響，大多參考、使用其凡例的說解形式；而現代字典辭典在凡例的撰寫方面亦遠受其影響。因此可以說，直到《類篇》一書面世，中國古代字書才眞正出現較爲完善的凡例，並以凡例作爲文字歸屬與編纂原則的具體指導，於編纂者及使用者造成方便，可謂是字書編纂史上的一大進步與創新。由此可知，《類篇・序》中所記載的九大條文字歸屬之凡例，於字書史上有著開創之功，其地位與價值應該受到重視。

雖然《類篇》的凡例融於序言之中，而仍未獨立，但它們的出現確實致使《類篇》成爲了中國字書史上第一本配有完整凡例的作品，可視爲字書凡例的始祖，使字書的體例更爲完善，故《類篇》凡例於字書史上的貢獻是不容忽視的。《類篇》凡例的主要作用是從形、音、義三大方面舉例說明此書的歸字原則，對於歸字原則有如此詳細的說解，於前代字書均未可見。《類篇》凡例一出，即

〔註10〕 鄧春琴：〈《類篇》在辭書編纂體例史上的貢獻〉，《辭書研究》，2011 年，2011 年第 5 期，頁 144。

爲後代字書所參考與繼承，成爲了字書凡例撰寫上的楷模，開啓了字書凡例的濫觴，如明代梅膺祚之《字彙》〔註11〕、張自烈之《正字通》〔註12〕、清代張玉書等主編的《康熙字典》等字書〔註13〕，它們均有獨立於序言以外的凡例，用以說明書中的歸字情況，讓使用者有本可依，有踪可尋，對於字書體例以及全書內容等有一提綱挈領的作用，這明顯是受到了《類篇》凡例的影響所致。

第二節 「《類篇》凡例」內容與類型歸納

　　《類篇》凡例出於其書的序言之中，而《類篇·序》的作者爲蘇轍。透過《欒城集》中所收錄的《類篇·序》與《類篇》書前的序言對比，則可發現《欒城集》所載的《類篇·序》於九條凡例中欠缺末條「勴之附小，蠶之附灥，凡字之無部分者，皆以類相聚也」，只言「其例有八」；且又不載《類篇》全書收字之數目，只言「文若干」〔註14〕。對於二者凡例數目不一，以及欠缺全書之收字數目的這兩個情況，孔仲溫先生曾經作出以下的解釋：

> 《欒城集》所載爲草稿，而《類篇》書者爲定稿，此種現象，與《欒城集》中之草稿序文，不載《類篇》全書之收字數目，而書首之定稿序文，則明載其數目者，完全相同。至於何人增附末條，由蘇轍執筆增益，應屬合理之推測，然亦不必非蘇轍不可，但無論如何，均經主纂者授意也。〔註15〕

可見《欒城集》中所載的《類篇·序》只是草稿而已，蘇轍爲《類篇》撰寫序言之時，此書的編纂工作還在進行當中，其未有言及全書之收字總數，以及欠缺第九條例凡，這兩點就是最好的證明，其時若此書已編纂完成，則序中不會出現「文若干」這樣留有餘地之言，定會對全書所收之字有所統計。此外，蘇

〔註11〕見明·梅膺祚：《字彙·凡例》，頁1～4，載於《續修四庫全書》編委會：《續修四庫全書·第二三二冊》（上海：上海古籍出版社，2002年），頁392～393。

〔註12〕見明·張自烈：《正字通》（日本東京都：株式會社東豐書店，1996年），頁19～25。

〔註13〕見清·張玉書等：《康熙字典·凡例》（上海：上海文藝出版社，2000年），頁392～393。

〔註14〕見北宋·蘇轍：《欒城集》（上海：上海古籍出版社，2009年），頁341。

〔註15〕孔仲溫：《類篇研究》，頁133。

轍《欒城集》所載的《類篇‧序》之下又有言曰：「范景仁侍讀託撰」〔註16〕，這除了可以說明蘇轍作此序文的主原因以外，同時又可作爲序言作於《類篇》編纂仍未完成時的另一證據，孔仲溫先生認爲蘇轍爲《類篇》作序的時間介於英宗治平二年（1064 年）六月至當年年底之間〔註17〕，期時《類篇》尙未完成。雖然《類篇》於范鎭任主纂官之時已接近完成的階段〔註18〕，但仍未經監繕統合之整理，故亦未可謂成書。然而范鎭卻於此時委託蘇轍爲《類篇》作序，應未料及自己將於英宗治平三年（1065 年）因追尊濮王之事而得罪了當時的執政者，故此於來年被出知陳州〔註19〕，未能爲《類篇》作出最後的整合工作。既然序言作於《類篇》仍未完全成書之時，可知其時之序言只爲草稿而非定稿，故於言中的凡例有所缺留，以及仍未統計所收的總字數亦是正常的情況。

　　《類篇》書前的序言中，九條文字歸屬的凡例已完整無缺，而且全書之收字總數亦有所提及，此序言明顯是在《類篇》全書編纂完成以後，經過補遺再附於書前。雖然蘇轍在撰寫序言之時遺留了凡例的最後一條，但並不代表《類篇》於編纂之時並未有此條凡例，因爲凡例除了有助於讀者對一字書的了解外，同時又可作內容編纂的指導，應該是在正式進行編纂工作以前，經過長期實驗而來的成果。此外，蘇轍之於《類篇》只是撰寫序言而已，他並沒有參與《類篇》的任何一項編纂工作，且文字之學又非其所長，故其序言所言及之凡例相信是主纂者授之，然而比對兩個版本序文之內容，可見兩者於凡例的數目之上確實有所差異，這除了顯示出《欒城集》於編輯之時所收錄的《類篇‧序》仍爲非定稿以外，更可知《類篇》書前所載的定稿比《欒城集》中的初稿更爲詳實，至於初稿當中所缺漏的最後一條凡例到底是由何人增加，則已不可考。

　　關於《類篇》凡例的內容，可見於其書前的序言中，當中的九條文字歸屬條例內容如下：

〔註16〕見北宋‧蘇轍：《蘇轍集》，頁 341。

〔註17〕見孔仲溫《類篇研究》，頁 12。

〔註18〕據孔仲溫先生之考據，范鎭委託蘇轍作〈類篇序〉的時間應在治平二年（1064 年）的六至十二月這半年之間。見孔仲溫：《類篇研究》，頁 27。

〔註19〕見元‧脫脫等：《宋史‧卷三三七，列傳第九十六范鎭》（臺北市：鼎文書局，1978年），頁 10787。

一曰槻槼異釋，而呐　異形，凡同音而異形者，皆兩見也。二曰天
一在年，一在眞，凡同意而異聲者，皆一見也。三曰脐之在艸，㐱之
在　，凡古意之不可知者，皆從其故也。四曰雺古气類也，而今附
雨；　古口類也，而今附音，凡變古而有異義者，皆從今也。五曰
壺之在口，無之在林，凡變古而失其眞者，皆從古也。六曰㒼之附
天，㚖之附人，凡字之後出而無據者，皆不得特見也。七曰王之爲
玉，㮯之爲朋，凡字之失故而遂然者，皆明其由也。八曰邑之加㠯，
白之加㲋，凡《集韻》之所遺者，皆載於今書也。九曰黔之附小，羴
之附姦，凡字之無部分者，皆以類相聚也。〔註20〕

這九條歸字凡例大致上可以分爲以字形、字音、字義、新增字爲判斷依據，這
四個類別。以字形爲歸字依據的凡例包括了：凡例五，此條是說，今字經隸化
後改變古字之形體而失其義者，則仍依《說文》之舊以歸部，此言「變古而失
其眞」者，其重點在形體的「變」之上，所重者爲字形；凡例六，此條是說，
後出新造而沒有根據的異體字，或附於本字之下，或於注解之中，而不獨立標
出；凡例七，此條是說，古字之形因傳寫習用而訛誤者，皆不依從俗形歸字，
且於注中加以辨明。可見凡例五、六、七皆以字形爲文字歸屬的判斷依據。

　　而以字音作爲文字歸屬判斷依據的條例包括了：凡例一，此條凡例說，字
義相異、字形相異或相似者，就算字音相同亦不得合併；凡例二，此條是說，
字形與字義相同，而字音不同者，將眾音義歸於一字之下。可見凡例一、二是
皆以字音爲文字歸屬的判斷依據。

　　以字義爲歸字依據的條例則包括了：凡例三，此條是說，古字於字形分部
之意義不可知者，則依其故，仍歸於本字之下；凡例四，是說今字改變古字之
部首，字義有相異者，則依今字所從之部首以歸部。可見凡例三之「古意」，與
凡例四之「異義」均是以字義作爲文字歸屬的主要判斷依據。

　　以新增字的角度作爲歸字依據的條例包括了：凡例八，當中是說，凡是《集
韻》一書所遺漏者，皆增而收之；凡例九，此凡例是說，後出而難以歸部者，
則因其形、義，依《說文》類聚群分的原則歸部，同時涉及字形與字義。從凡
例八與凡例九所舉的例子中，可見此二條皆是針對新增字而言。

〔註20〕北宋・司馬光等：《類篇》，頁1～2。

以上九條凡例皆為文字歸屬的原則，當中包括了從一般字形、字音、字義，以及新增字四個角度去審視文字的歸屬方式。這些凡例，又可以合併為數個大的類別，而組合的方式亦有不同的變化，學者對此曾有所討論。首先，是孔仲溫先生的分類，將此九條凡條配合嚴元照之補例〔註21〕，《類篇研究》一書云：

（一）字形一般情形之歸部

（1）凡形義皆異之字，均依形歸部。

（2）凡形異義同之字，各依形歸部，若同部首則合併為異體字。

（3）凡形異而義不全同之字，各依形歸部，不得視為異體字。

（二）字形有變異之歸部

（1）今字形變，不符本義者，據古義歸部。

（2）今字形變，據古義歸部，並明其由。

（三）不依形歸部

（1）凡分部意義不可知者，附於本字下，不依形歸部。

（2）凡後出無據者，或附於本字下，或入注中，不依形歸部。

（四）新增字之歸部

（1）《集韻》失收者，依形歸部。

（2）其他字書所無者，依形義之類歸部。

（五）一字多音之歸部

（1）凡依形歸部後，有一字多音者，則依《集韻》調、韻、紐之先
者歸字，不得兩見。〔註22〕

〔註21〕嚴元照之補例有六：「凡部首之字下，錄《說文》原文。部內字以韻為次。字有
平上二音者，見於平則不見於上。東冬二部皆有其音，與一部之中，兩紐皆有，
見於前，則不見於後。字體有別，並出之，如《集韻》之例，《注》云：文若干。
有數音者，必曰重音若干，部末亦然。」見清·嚴元照《悔菴學文》，卷7頁6～7，
載於新文豐公司編輯部，《叢書集成續編·第一九三冊》（臺北市：新文豐公司，
1988年），頁812～813。

〔註22〕孔仲溫：《類篇研究》，頁143～144。

孔先生按照字形的一般情形、字形的變異、不依形歸部者、新增字之歸部、一字多音之歸部，這五個歸字的大方向，將本來《類篇》序言中所記載的九條，再配合嚴元照六條補例中的三、四兩條，此一共十一條凡例，二者互相融合補充，捨去重復及無關者，再分作五個大原則，每個大原則之下又各有小項。從以上的分類中，可見孔仲溫先生並沒有單就《類篇》序言中的凡條作出歸納，而是配合了補充材料，且於分類之上又特重與字形相關的條例。關於孔先生的分類，與《類篇·序》中之凡例的取用與歸納，可見下表：

《類篇研究》分類		《類篇·序》中凡例	備　註
字形一般情形之歸部	凡形義皆異之字，均依形歸部。	凡同音而異形者，皆兩見也。	出自《類篇·序》中以字音爲重的凡例一，於此又不言字音。
	凡形異義同之字，各依形歸部，若同部首則合併爲異體字。		
	凡形異而義不全同之字，各依形歸部，不得視爲異體字。	凡變古而有異義者，皆從今也。	出自《類篇·序》中的凡例四，但凡例四並非只爲異體字的歸屬而立。
字形有變異之歸部	今字形變，不符本義者，據古義歸部。	凡變古而失其眞者，皆從古也。	
	今字形變，據古義歸部，並明其由。	凡字之失故而遂然者，皆明其由也。	
不依形歸部	凡分部意義不可知者，附於本字下，不依形歸部。	凡古意之不可知者，皆從其故也。	
	凡後出無據者，或附於本字下，或入注中，不依形歸部。	凡字之後出而無據者皆不得特見也。	
新增字之歸部	《集韻》失收者，依形歸部。	凡《集韻》之所遺者，皆載於今書也。	
	其他字書所無者，依形義之類歸部。	凡字之無部分者，皆以類相聚也。	
一字多音之歸部	凡依形歸部後，有一字多音者，則依《集韻》調、韻、紐之先者歸字，不得兩見。	凡同意而異聲者，皆一見也。	除《類篇·序》中的凡例二外，又融合了嚴元照補例中的第三、四條。

若單就《類篇》序言的九條凡條去審視孔仲溫先生的歸類，則可見：在「字形一般情形之歸部」的這個大原則中，第一項「凡形義皆異之字，均依形歸部」很明顯是出自於《類篇·序》中的凡例一，但孔先生省略了原本「異聲」的部

分不談。凡例一主要是以字音作爲其歸字之主要依據，故不應對此有所忽略。第一項同時亦可視爲大多數字書的歸字原則，非獨《類篇》一書如此，因此其可以說是出自於序中的凡例一，而又非原本眞正的凡例一，因爲沒有提及與字音相關的問題。至於第二項「凡形異義同之字，各依形歸部，若同部首則合併爲異體字」則爲《類篇》異體字歸屬的獨有原則，但於《類篇·序》中的凡例以及嚴元照的補例中並沒有提及，可謂是孔生發前人所未發的創見。第三項「凡形異而義不全同之字，各依形歸部，不得視爲異體字」，當中所講的雖同樣爲異體字的歸字原則，但又加上對於異體字的判斷原則，故可視爲第二項的補充。此項可以說是運用了《類篇·序》中的凡例四，但凡例四所重者爲字義，同時又非專爲異體字的歸屬而設立。

「字形有變異之歸部」這個大原則中的第一項「今字形變，不符本義者，據古義歸部」爲《類篇·序》中的凡例五；而第二項「今字形變，據古義歸部，並明其由」則爲序中的凡例七。「不依形歸部」中的第一項「凡分部意義不可知者，附於本字下，不依形歸部」爲《類篇·序》中的凡例三；第二項「凡後出無據者，或附於本字下，或入注中，不依形歸部。」則爲序中的凡例六。於「新增字之歸部」中的第一項「《集韻》失收者，依形歸部」爲《類篇·序》中的凡例八；第二項「其他字書所無者，依形義之類歸部」即出自序中的凡例九。在「一字多音之歸部」這個大原則中，融合了《類篇·序》中的凡例二，以及嚴元照補例中的第三及第四條。

孔仲溫先生所分的五大項歸字原則中，除了「一字多音之歸部」以外，其餘四大項皆是以字形爲主要的判斷原則；而「字形有變異之歸部」這個大原則的兩個細項中，與《類篇》序言的凡例作出對比，則可知其中有涉及以字義爲判斷依據之條例，但其所重者仍爲字形。可見孔仲溫先生的分類偏重於字形，而對於音、義仍有所忽略，故其分類雖然非常的精密與全面，對於了解《類篇》一書的歸字情況亦非常有幫助，然而於九條凡例中有兩條完全沒有被運用，這對於研究與歸納出自於《類篇》序言中的凡例，恐怕仍略嫌不足。

其次，是黃德寬、陳秉新二位先生合著的《漢語文字學史》，書中將九條歸字凡例分爲三大類，其言：

從凡例看，《類篇》編寫的特點：一是注重形義。編者因這部書與《集韻》相輔，全書的編寫以字形為綱，如凡例（1）（2），以字義為重，如凡例（4）；二是推崇故舊，如凡例（3）（5）（6）（7）等條，均以故舊為典據，全書多收古籀異體，分部依從許慎，……《類篇》完全依照《說文》分部，對於一些新增字就無法容納了，只得用凡例（9）的處理辦法。〔註23〕

《漢語文字學史》的分類中，將九條凡例分為以字形為綱、以字義為重、推崇故舊三大類，其中推崇故舊這個分類中包含的凡例最多，有第三、五、六、七條凡例。然而於此三大分類中，卻沒有包括第八和第九條與字形相關的凡例。對於第九條凡例，認為只是用於處理一些無法容納的新增字，因此並沒有歸到以上的三大分類之中。至於凡例八「凡《集韻》之所遺者，皆載於今書也」，則完全沒有提及。由此可見，《漢語文字學史》對於《類篇》凡例的歸納顯然是不夠全面。

除了《漢語文字學史》一書以外，楊小衛先生亦曾經對《類篇》的凡例進行分類並歸納，其分類是：

《類篇》序所載九條例中涉及字音的有兩條（第一條、第二條），……涉及字形的有五條（第五條、第六條、第七條、第八條、第九條），……涉及字義的有兩條（第三條、第四條）。〔註24〕

楊小衛先生雖然只是簡單地從形、音、義三方面對《類篇》的凡例進行分類，但卻未沒有遺留其中的任何一條凡例，可謂是對於《類篇》凡例的分類作出了較為全面的照顧。然而其涉及字形的分類中，將凡例八、九二條歸入，此應有商榷之處。這兩條凡例所談的皆是新增字歸屬的原則，當中同時涉及字形與字義兩方面，且《類篇》的編纂「以形為經，以音為緯」，對於新增字的歸屬非獨單以字形作為依據，故此兩條凡例並非單以字形為重，應將這兩條凡例從涉及字形的分類中抽出。

〔註23〕黃德寬、陳秉新：《漢語文字學史》，頁68。

〔註24〕楊小衛：〈《類篇》編排特色析論——基於「雙軌制」辭書《集韻》《類篇》的對比分析〉（《辭書研究》，2013年第5期，2013年），頁64。

　　從以上的討論中，可知孔仲溫先生與《漢語文字學史》的分類與歸納並沒有完全使用《類篇》的所有凡例。雖則如此，但孔仲溫先生之分類與歸納亦有其參考價值。而楊小衛先生的歸納，雖然於涉及字形的凡例分類中，仍有可以商榷之處，但其簡單地從形、音、義三個角度的分類，才能較爲完全地把《類篇》的九條凡例完全歸納進來。故今參考孔仲溫與楊小衛兩位先生的分類，再次對《類篇》的九條凡例作出分類與歸納，所得的結果是：與字形相關的有三條，爲凡例五、凡例六、凡例七；與字音相關的有兩條，爲凡例一、凡例二；與字義相關的同樣是有兩條，爲凡例三、凡例四；剩下來的凡例八與凡例九，均是針對於新增字的歸屬而設立，故可獨立於形、音、義此三項分類中，而作爲補充條例的使用。由此可見，《類篇》的九條歸字凡例可歸納爲，以形爲主、以音爲主、以義爲主，以及新增字的歸屬方式這四大類。

第三節　凡例與實際歸字情況

　　從《類篇》的九條文字歸屬凡例中，可見其極爲嚴謹細密，書中歸字實況與凡例理應出入不大。然而，由於此書編纂時間接近三十年，以及數易主纂之官，非經一人之手而成，故其編纂凡例與歸字實況卻有不少相異之處。今以「頁」部爲例〔註25〕，只求其異，而不求其同，找出其中因內容爲與凡例不符而所造成的一些問題與失誤，以此推之，或可推及全書，知其大概，了解凡例與實際歸字情況的差異。《類篇》「頁」部一共收有二百八十二字〔註26〕，當中因凡例與內容不符合而造成了歸部之誤、同部重出、異部重出、失收原本《集韻》所之字，以及同部首異體字分散等情況，分別敘述如下：

一、歸部之誤

　　「頁」部中收有一個並非從「頁」的字，此字並未見於《說文》或其他字書，且又不與其他的古文字相同，其內容是：

　　　　頁，失冉切。狄姓。文一。（頁部，頁315）

〔註25〕「頁」部重出字數量較其餘部首爲多，故以此部凸顯凡例與實際歸字情況之差異。
〔註26〕此數量連異體字與重出字亦計算在內。

此字之形、音、義最早可見於《廣韻》〔註 27〕，其內容與《類篇》所收錄的完全相同。「貢」字既非古文字，亦非某字的或體、異體或俗字，與其他既有的字並沒有任何關係，實為北宋或以前所出現的新增字。觀其形體結構而不知可其字義，更未可知其六書分類，此字或從「彡」，或從「貝」，可歸「彡」部或「貝」部，而不應歸入「頁」部。「貢」字雖歸被入「頁」部，但此字卻非部中任何一個從「頁」之字的異體字，由此可見《類篇》的編纂者沒法有依據凡例六進行歸字。因此，可以推斷編纂者應該是依據凡例九「凡字之無部分者皆以類相聚也」的原則，對此字進行歸部。此字的處理表面上與歸字原則相合，然而「貢」字卻非難以歸部，且其形、義與「頁」相去甚遠，故不應將其歸入「頁」部，此可見其與凡例相違之處。在後代的字書方面，《康熙字典》把「貢」字歸到「貝」部〔註 28〕，可見其改定較《類篇》合理。

二、同部重出

　　《類篇》中有不少重出字的情況，這些正是各項歸字原則與書中實際情況不符合的最好證明，若單就「頁」部而言，當中一共出現了八組重出字，它們包括：

（一）頽（頽）〔註 29〕／頽（頽）〔頽〕

　　頽，津垂切。小頭兒。文一。（頁 312）

　　頽，吉窺切。小頭頽頽也。又津垂切。又居悸切。文一。重音二。（頁 312）

按：於字音方面，二字皆有「津垂切」之音，而字義方面「頽」為「小頭兒」；「頽」為「小頭頽頽也」，二字於字義解釋的用語上雖然有所異，但皆為「小頭」之義。「頽」字於《說文》的解釋是：「頽，小頭頽頽也，從頁枝聲。」〔註 30〕可見「頽」之字形結構與小篆相同；「頽」的字形結構則較為符合《說文》「從

〔註 27〕見北宋・陳彭年等：《廣韻》（臺北市：洪葉文化事業有限公司，2001 年），頁 334。

〔註 28〕見清・張玉書等：《康熙字典》（上海：上海文藝出版社，2000 年），頁 1345。

〔註 29〕凡原書字形之圖檔，皆以（　）標示。

〔註 30〕見東漢・許慎撰、北宋・徐鉉校定：《說文解字》（香港：中華書局有限公司，2011 年），頁 182。

頁枝聲」的說解。而《集韻》均有收錄這兩個字形，於「櫲」下言「或書作櫊」；於「櫊」下言「或書作櫲」〔註31〕。蔣禮鴻先生於《類篇考索》一書中亦曾經指出：「櫊櫲同字。」〔註32〕由此可見，「櫲」與「櫊」爲或體字的關係，既然是或體字，而且字音與字義又相同，則應該見於一處而不應有重出的情況。此種字形相同，只有構形位置不同的字，在《類篇》書中是屬於或體字中的「或書」一類，其處理方式是見於注中而不獨立標出。而且「櫲」字只不過是比「櫊」字多出「居悸切」一音，若因此而一字分見兩處，此則與凡例二的歸字原則不合。

（二）顝（顝）／顝（顝）

> 顝，枯回切。《倉頡篇》：「相抵觸也。」一曰醜也。一曰大頭。又枯昆切，又苦猥切，又苦瓦切，又苦骨切。文一。重音四。（頁部，頁312）

> 顝，苦骨切。《說文》：「大頭也。」一曰醜也，一曰相抵觸。文一。（頁部，頁316）

按：此兩個「顝」之字形結構完相同，於字音方面，二字皆有「苦骨切」之音；而字義方面，二字皆有「大頭」、「醜也」、「相抵觸」之義。前一個字「顝」字與後一個「顝」字相比，只是多出了「枯回切」、「枯昆切」、「苦猥切」、「苦骨切」這四個重音，其餘的音義基本上完全相同。而今「顝」字重出，並沒有做到將眾音義歸於形、義相同而字音有異的同一字形之下，此明顯是與凡例二「凡同意而異聲者皆一見也」相互抵觸。因此這兩個「顝」字理應合併，而非重出，分見於同一部首之內。

（三）頛（頛）／頛（頛）

> ，鉏簪切。　俯首。文一。（頁部，頁314）

> ，時鳩切。　俯首。又士　切，醜皃。文一。重音一。（頁部，頁316）

〔註31〕見北宋・丁度等：《集韻》，頁28、36。

〔註32〕見蔣禮鴻：《類篇考索》（濟南：山東教育出版社，1996年），頁196。

按：此兩個「頦」字有著相同的形、義，只是字音有異。而於第二個「頦」字之下又多出了「醜皃」這個意義，以及與之相配的「士瘥切」一音。然而根據凡例二的歸字原則「凡同意而異聲者皆一見也」，此兩個「頦」字理應合併，而不該重出，致使一字兩見於同一部首中。

（四）頮（頮）／頮（頮）

，父遠切。無髮也。文一。（頁部，頁 314～315）

，皮變切。冠傾也。文一。（頁部，頁 316）

按：這兩個「頮」字，除了字形相同外，音、義均完全相異。「頮」字之字形最早可見於《玉篇》，其時只有「薄變切」一音以及「冠名」一義〔註33〕。於字音方面，「皮變切」與「薄變切」的反切上字「薄」與「皮」，於中古音皆為「並」母字，而反切字下則同為「變」，皆屬「線」韻，故第二個「頮」字的字音與《玉篇》所記錄的字音相同；而字義方面，第二個「頮」字的「冠傾也」，應該是從《玉篇》「冠名」之義引申而來，故第二個「頮」字的音、義應較為符合《玉篇》中的記載。第一個「頮」字「無髮也」的字義，早見於《廣韻》〔註34〕，而其「父遠切」之字音，則最早見於《集韻》〔註35〕，且皆異於《玉篇》中所記載的音、義，由此可知第二個「頮」字的音、義晚出於第一個「頮」字。從字義上看，「無髮也」之義應該是從「冠傾也」再度引申而來，而字音方面則隨著字義的不同而有了新的音讀。因此，這兩個「頮」字理應合併，而不應分見兩處，這與凡例二有不合之處。

（五）顲（顲）／顲（顲）〔**顲**〕

顲，力錦切。作色謂之顲，一曰　顲不飽，一曰瘠也。又盧感切，《說
文》：「面顲顲皃。」文一。重音一。（頁部，頁 315）

顲，郎紺切。面色黃皃。文一。（頁部，頁 316）

〔註33〕見梁・顧野王撰、北宋・陳彭年等重修：《大廣益會玉篇》（臺北市：新興書局，1986 年），頁 81。

〔註34〕見北宋・陳彭年等：《廣韻》，頁 281。

〔註35〕見北宋・丁度等：《集韻》，頁 363。

按：這兩個重出的「顲」字，除了字形相同以外；字音則完全相異；而字義方面，第二個「顲」字「面色黃皃」之義，明顯是從第一個「顲」字「顲顲不飽」以及「瘠也」的字義引申而來，因為「顲顲不飽」與「瘠也」皆是導致「面色黃皃」的原因之一，可見這兩個「顲」字的字義彼此相關。既然字形相同，字義又有引申之關係，當中只有字音不同，故可以合併，而不應重出。「顲」字於《說文》的形義是「𩔈，面顲顲皃。從頁，𧃲聲。」〔註36〕，於第一個「顲」的形義正好相合。然而字音為「郎紺切」，字義為「面色黃皃」之字，於《廣韻》、《集韻》中乃作「𩔈」之形〔註37〕。「𩔈」字最早見於《玉篇》，為其音為「來感切」〔註38〕，反切上字「來」，與第一個「顲」字「盧感切」的反切上字「盧」，中古音同為「來」母字，而反切下字同為「感」字，因此二字字音相同。而字義方面，《玉篇》亦同樣引用了《說文》對「顲」字的解釋。「顲」字所從之「𧃲」，其於《龍龕手鑑‧火部》作「𤇾」形〔註39〕，此形體的下半部由從「𠔿」而變成了從「面」。由此可以推測「顲」與「𩔈」二字為應異體字之關係，《類篇》於音義為「郎紺切，面色黃皃」的字形中沒有跟隨《廣韻》、《集韻》，而是選取了「顲」形，且棄用「𩔈」形，這應該是當時的編纂者以「𩔈」為俗字，而《類篇》對於俗字的態度多採取否定的態度〔註40〕。不管第二個「顲」字之形是否從俗，其義乃從第一「顲」字所引申，故皆應合併，而不該重出。《類篇》將此其重出，應該是為了與遵守凡例二或五的歸字條例，但卻令人因此而不了解此二字之間的關係。

（六）頛（頛）／頛（頛）

頛，補孔切。耳本。又補講切。文一。重音一。（頁部，頁 314）

頛頛，盧對切。《說文》：「頭不正也，從頁從耒。耒，頭傾也。」或省。頛又魯猥切。文二。重音一。（頁部，頁 315）

〔註36〕見東漢‧許慎撰、北宋‧徐鉉校定：《說文解字》，頁 183。

〔註37〕見北宋‧陳彭年等：《廣韻》，頁 442。以及北宋‧丁度等：《集韻》，頁 363。

〔註38〕見梁‧顧野王撰、北宋‧陳彭年等重修：《大廣益會玉篇》，頁 80。

〔註39〕見遼‧釋行均：《龍龕手鑑》，卷 2 頁 19，載於張元濟主編，《四部叢刊續編‧經部 15》（臺北市：臺灣商務印書館股份有限公司，1966 年）。

〔註40〕《類篇》對於俗字的說解多稱「非」或「非是」。

按：此兩個「頴」字相同的只有字形，字音方面則完全相異，於字義方面「頭不正也」、「頭傾也」與「耳本」可以說是完全沒有任何的關係。而「頴」字的音爲「補孔切」、義爲「耳本」最早可見於《集韻》〔註41〕，可知這些音、義是都後代所新增的。雖然「頴」所記錄的內涵比北宋以前更爲豐富，但於字形之上卻沒有改變，因此而沒有一字兩見的必要，將後代新增的音義匯聚在同一形體之下即可，此違反了凡例二歸字原則。

（七）頗（顅）／頗（顅）

頗顅頗，丘凡切。頗頤，醜皃。或作顅顅。頗又丘甚切，頤曲上。又丘檢切，頗頗面不平也。又魚檢切，顐皃。又呼濫切，煩頗，癡皃。顅又丘廉切。顅頼，醜也。又魚檢切，又牛縣切。文三。重音七。（頁部，頁 314）

顅頛，丘檢切。頗顅面不平也。或作顅頛，又口广切。頗顅，醜也。顅又丘甚切。文二。重音三。（頁部，頁 315）

按：雖然第一個「頗」字比第二個「頗」字的音、義爲多，然而此兩個「頗」字於字形方面，則完全相同；在字音方面，皆有「丘檢切」之音；於字義方面，二字皆有「頗顅面不平也」與「醜也」兩義。因此兩字應合併，將不同的音義匯聚於同一字形之下，而不該重出，可知此與凡例二的歸字原則不符合。

（八）頤顅（頤顅）／顅頤（顅頤）〔顅頤〕

顅顅，眉貧切。彊頭也。或從昏，古作顅。顅又呼昆切，瞀也。又謨奔切，《說文》：「繫頭瑂也。」謂頭被繫無知也。文三。重音二。（頁部，頁 313）

頤，謨奔切。繫頭瑂也，謂頭被繫無知也，亦省。文二。（頁部，頁 313）

按：「頤」、「顅」二字與「顅」、「頤」二字的音義完全相同，只是「頤」、「顅」這組字多了「眉貧切」與「呼昆切」二音，以及「彊頭也」和「瞀也」兩義。而於字形結構的差異上，兩組字的不同在於所從之「民」或從「氏」。依照《說

〔註41〕見北宋‧丁度等：《集韻》，頁 301。

文》：「𩑺，繫頭殟也。从頁，昏聲。」〔註42〕的字形及說解，「顳」字似乎較爲符合小篆的字形。然而《康熙字典》於「昏」字之下的解釋是：「《正字通》同昏，唐本《說文》从民省，徐本从氏省。晁補之云：因唐諱民，改从氏。」〔註43〕《隸辨》於「昏」字亦言：「从氏，非也。」〔註44〕可知从「民」的「頤」與「顳」二字與从「氏」的「頥」、「頉」應爲異體字的關係，由此可以推測，這兩組異體字的關係是先有「頤」、「顳」二字，於唐代開始，因避太宗之諱，以「氏」替代「民」，因此而出現「頥」、「頉」二字，至後代這兩組字因體形上的微少差別而變爲異體字，例如於《集韻》中同時收錄「顳」、「頥」二字，把二字視爲異體字〔註45〕。《類篇》將此兩組字分開重出，表面上是遵守凡例一「凡同音而異形者皆兩見也」，但此兩組字實際上只是異體字而非「異形」，故可以說此組重出字既不合於凡例一，同時又違反了凡例二「凡同意而異聲者皆一見也」的歸字原則。

三、異部重出

　　除了以上八組於「頁」部中出現的同部重出字外，《類篇》中又有異部重出的情況，這亦是實際歸字情況與凡例不符合的另一證明。以从「頁」之字爲例，屬於異部重出的例子一共有六組之多，它們包括：

（一）䫀（𨓠）／𨓠（䫀）〔註46〕

　　䫀，緜批切。䫀頤頭垂皃。文一。（頁部，頁312）

　　𨓠，緜批切。𨓠頤頭垂皃。文一。（辵部，頁60）

按：「頁」部之「䫀」字與「辵」部之「𨓠」字的形、音、義三者完全相同，理應合併，而非分別見於兩個不同的部首中。觀「䫀」字之形體結構，應爲从「頁」「迷」聲的形聲字，而「迷」字於《類篇》中又有「緜批切」之音〔註47〕，

〔註42〕見東漢・許慎撰、北宋・徐鉉校定：《說文解字》，頁183。

〔註43〕見清・張玉書等：《康熙字典》，頁540。以及明・張自烈：《正字通》，頁538。

〔註44〕見清・顧藹吉：《隸辨》（北京：中華書局，2009年），頁390。

〔註45〕見北宋・丁度等：《集韻》，頁140。

〔註46〕從原書圖檔中觀察，雖微少有差異，但二字之部件與構形位置相同無異，故「頁」部的「䫀」字與「辵」部的「𨓠」字實爲同一字。

〔註47〕見北宋・司馬光等：《類篇》，頁60。

正與「頮」字的讀音相同。可見「迷」為聲符而「頁」為形符，此亦與「頭垂兒」之字義相合。因此，「頮」應歸於「頁」部而非歸於「辵」部。另外，「頮」字最早見於《集韻》一書中，故可視之為新增字。根據凡例九「凡字之無部分者皆以類相聚也」，即對於難以歸部的字，因其形、義，依類聚群分的原則歸部。《類篇》將「頮」字分見於兩部之中，可知當時的編纂者視此字為難以歸部的新增字，但卻沒有遵守凡例九的歸字原則，故有此異部重出的情況出現，可知《類篇》將此字分見於兩部之中，這是不符合凡例的處理方式。

（二）僡（頮）／僡（僡）〔註48〕

僡，度皆切。頭垂兒。文一。（頁部，頁312）

僡，度皆切。頭垂兒。文一。（彳部，頁65）

按：「頁」部之「僡」字與「彳」部之「僡」字，兩字的形、音、義三者完全相同，理應合併，而非分別見於兩個不同的部首中。「僡」字最早見於《集韻》一書中〔註49〕，應為新增字。「僡」的字義為「頭垂兒」，而「頁」為「頭也」之義〔註50〕。另外，從字形結構觀之，「僡」字應為從「頁」「偍」聲的形聲字，而「偍」於《類篇》中又有「度皆切」〔註51〕之音，正與「僡」的音讀相同，可證「偍」為「僡」字的聲符。根據凡例九，以類聚群分的原則去處理難以歸部的新增字，「僡」字應歸「頁」部而非「彳」部。今「僡」字重出，且分見於兩個不同的部首中，可見其不合歸字凡例之處。

（三）頤（頤）／頤（頤）〔註52〕

頤，盈之切。《說文》：「顄也。」又曳來切。文一。重音一。（頁部，頁312）

〔註48〕從原書圖檔中觀察，雖微少有差異，但二字之部件與構形位置皆相同無異，故「頁」部的「頮」字與「辵」部的「頮」字實為同一字。

〔註49〕見北宋・丁度等：《集韻》，頁106。

〔註50〕見東漢・許慎撰、北宋・徐鉉校定：《說文解字》，頁181。

〔註51〕見北宋・司馬光等：《類篇》，頁64。

〔註52〕從原書圖檔中觀察，雖微少有的差異，但二字的部件與構形位置皆相同無異，且「頁」部的「頤」字與「臣」部的「頤」字所從之「臣」與「臣」，只是書寫上文字隸定與隸化之異，故二字實為同一字。

臣，頤也臣，象形。凡臣之類皆从臣。篆文作頤，籀文作䫲。與之切。

臣又曳來切。文三。重音一。（臣部，頁 441）

按：此兩個「頤」的字形完全相同；字義方面亦然，二字皆爲「頤也」之義；字音方面，除了皆有「曳來切」之音，「頁」部「頤」字的「盈之切」與「臣」部「頤」字的「與之切」音讀是相同的，因爲作爲反切上字的「盈」與「與」於中古音皆爲「以」母字。另外，「頤」作爲「臣」的篆文，依照《類篇》於部首字的解釋全錄《說文》的慣例〔註53〕，「頤」應只見於一處，出現於「臣」部的說解之下作爲重文異體。因此，即使作爲篆文的「頤」字从「頁」，亦不應分見於兩部，這除了違反對於部首字內容的處理原則外，同時亦違反了凡例二「凡同意而異聲者皆一見也」的歸字原則。當時的編纂者很有可能忽略了「頤」爲「臣」之篆文，因此引致一字分見兩部。

（四）頨（頨）／頨（頨）

頨，絀延切。《說文》：「頭妍也。从頁翩省。」又隳緣切，又王矩切。文一。重音二。（頁部，頁 313）

頨，卑見切。頨頨狡也。从翩省。文一。（羽部，頁 123）

按：「頁」部的「頨」字與「羽」部的「頨」字字形完全相同，於形體結構的說解方面，「頁」部的「頨」字，引《說文》「从頁翩省」，與「羽」部「頨」字解釋中所言的「从翩省」應是相同，當中的差異很有可能是編纂者於引錄《說文》之時脫漏了一個「頁」字。既言「从翩省」，則可知「羽」部的「頨」字必定不从「羽」而从「頁」。字音方面，兩個「頨」字雖然完全不同，但在字義方面，「頨頨狡也」應從「頭妍」引申而來，「頨」字原本只有美頭之義，後來逐漸引申到有奸詐的負面意義。「頨」字的字音爲「卑見切」、字義爲「頨頨狡也」，最早可見於《集韻》〔註54〕，這些音、義是都後代所新增。雖然「頨」此形體所記錄的音、義比北宋以前更爲豐富，但於字形之上卻沒有改變，因此沒有一字兩見的必要，將後代新增的音義匯聚在同一形體之下即可，此非今字經隸化後改變古字形體而失其義者，故本身从「頁」的「頨」字，並沒

〔註53〕見孔仲溫：《類篇研究》，頁 89。

〔註54〕見北宋‧丁度等：《集韻》，頁 570。

有必要歸「羽」部而出現異部重出的情況，這雖貌似合於凡例五的歸字原則，實則有所違反。

（五）頯（頼）／頯（頼）

頯，落蓋切。《說文》：「羸也。」一曰悖也。文一。（頁部，頁315）

頯頼，洛蓋切。《說文》：「羸也。」一曰悖也。亦姓，古作頯。文二。（貝部，頁225）

按：「頁」部的「頯」字與「貝」部的「頼」字，二字的形、音、義基本上完全相同，只是「頁」部的「頯」字多出了「亦姓」一義。另外「頯」為「頼」之異體字，其音、義及部首亦完全相同，根據《類篇》對於異體字的編排與處理方式，「頯」字不應歸入別部。此外，觀「頼」、「頯」二字的形體結構，其所從之部首皆為「頁」而非「貝」。因此，這兩個「頯」字不應重出，且應歸入「頁」部而非「貝」部，此可見《類篇》歸部之誤。誤將「頼」字歸入「貝」部，這可能是受到凡例九「凡字之無部分者皆以類相聚也」的影響。

（六）頛（頛）／頛（頛）

頛，盧對切。《說文》：「難曉也，一曰鮮白皃。」又魯外切。文一。重音一。（頁部，頁315）

頛，魯外切。鮮白也，一曰難曉。又盧對切。文一。重音一。（米部，頁251）

按：「頁」部的「頛」字與「米」部的「頛」字，其形、音、義完全相同，只是排例的次序有所不同而已。另外，「頛」於《說文》中是歸在「頁」部〔註55〕，而非歸於「米」部，故「頛」字不應重出，且分見於兩部中。另外，「頛」既非難以歸部的新增字，亦非因改變古字之部首而引致字義相異之字，更非今字經隸化後改變古字形體而失其義之字，因此斷無難以歸部之理，今《類篇》將此字重出分見於兩個不同的部首中，表面上似是參考了凡例四、五的歸字原則，但卻造成了異部重出的問題。

〔註55〕見東漢‧許慎撰、北宋‧徐鉉校定：《說文解字》，頁183。

四、失收《集韻》之字

觀「頁」部的收字情況，當中除了收錄《集韻》所遺漏從「頁」的新增字外，又有缺收原本《集韻》所收錄從「頁」之字的情況，詳見下表：

《類篇・頁部》收《集韻》未收之字			
字	頁　數	最早所見	備　註
顉	313	《類篇・頁部》	
頴	315	《類篇・頁部》	《正字通》：「俗穎字。」〔註56〕
《類篇》未收《集韻》所見從「頁」之字			
字	《集韻》頁／行／字	最早所見	備　註
頤	28／5／5	《集韻・支韻》	
頮	306／11／6	《龍龕手鑑・頁部》	
顲	623／6／2 623／7／7	《集韻・勘韻》	
顐	238／2／7	《玉篇・頁部》	
顟	624／9／1	《玉篇・頁部》	「顟」為「額」之異體，《類篇》只收「額」而不收「顟」。

從上表中可見《類篇》所收《集韻》未收從「頁」的字只有「顉」、「頴」二字〔註57〕。然而，「頁」部未收《集韻》中收錄從「頁」之字卻有：「頤」、「頮」、「顲」、「顐」、「顟」五字〔註58〕。由此可見，《類篇》雖然有做到收錄《集韻》所遺之字這一點，但卻沒有把《集韻》中所有從「頁」的字皆收錄，此可以說《類篇》並沒有完全遵守凡例八「凡《集韻》之所遺者，皆載於今書也」的規定。透過上表中《類篇》未收之字的內容及數量視之，其大部分均為新增字，根據《類篇》的凡例，這字是應該被收錄，但書中卻並沒有收錄；而且從數量上觀之，有五字之多，此並非編纂者的無心之失，似乎是有意為之，至於原因為何，則難以推測。

五、同部異體字分散

《類篇》對於異體字的編排原則是音、義完全相同，且部首相同的字才視

〔註56〕見明・張自烈：《正字通》，頁 1372。

〔註57〕見北宋・司馬光等：《類篇》，頁 313、315。

〔註58〕見北宋・丁度等：《集韻》，頁 28、306、623、238、624。

之爲異體字，並且將這些異體字以「正文」的方式並列在本字之下〔註 59〕，之後再作出說解，然而「頁」部中卻出現了本字與部首、音、義相同的異體字分開而不並列的情況：

　　，攀悲切。大面謂之　　。又藥皆切，又蒲枚切，曲頤也。文一。

重音二。（頁 312）

頢，蒲皆切。曲頤。又藥皆切，大面皃。又蒲枚切。文一。重音二。

（頁 312）

　　，蒲枚切。《說文》：「曲頤也。」文一。（頁 312）

以上這三個字皆有「蒲枚切」之音；於字義方面，均有「曲頤」之義；而於字形方面只有少許的不同，因此爲正字與異體字的關係。此三字只有「頢」字見於《說文》〔註 60〕，「頢」最早見於《玉篇》〔註 61〕，「頢」則字最早見於《集韻》，而且《集韻》將「頢」、「頢」二字排在「頢」之後〔註 62〕，可知「頢」爲本字，而「頢」、「頢」爲後出的異體字。可見《類篇》沒有遵守自己對於異體字的編排原則，否則不會將此三字分開散於同一部首中，這很可能是受到了凡例一的影響，即使字形相似，就算字音相同亦不將其合併。

第四節　「《類篇》凡例」檢討

　　《類篇‧序》中所出現的九條凡例，均是書中文字的歸屬原則，它們對於掌握與了解《類篇》一書之編纂形式與內容均十分重要，此九條凡例除了作爲編纂工作的指導，使編纂者有法可遵，有本可循以外，同時又對於使用者能有一提綱挈領的指示，便於對此書進行查閱、檢視與了解，凡例對於《類篇》有著高度的重要性。與此同時，此九條凡例可視爲後代字書撰寫凡例的濫觴，爲中國古代字書史上的一次重大突破，使字書的體例更爲完善，影響到《類篇》以後之字書大多有凡例的撰寫。這九條凡例的主要作用除了是從形、音、義，以及新增字這四

〔註 59〕見孔仲溫：《類篇研究》，頁 259。

〔註 60〕見東漢‧許愼撰、北宋‧徐鉉校定：《說文解字》，頁 182。

〔註 61〕見梁‧顧野王撰、北宋‧陳彭年等重修：《大廣益會玉篇》，頁 80。

〔註 62〕見北宋‧丁度等：《集韻》，頁 111。

個角度舉例說明《類篇》一書的歸字原則以外，且又留意到古字、今字的變化與處理，當中的角度與原則，可謂是十分的完整全面，以及嚴謹細密，可見編纂者的用心。然而透過《類篇》的實際歸字情況，與九條歸字凡例作出對比，則可知當中有不少是與凡例的歸字原則不相符合，因此而出現了歸部之誤、同部重出、異部重出、失收原本《集韻》所有之字、同部首異體字分散等如此多的失誤。出現這些失誤的主要原因，或許與編纂時間過長，期間又數易主纂之官，以及編纂者有所疏漏，或者是過份拘泥於凡例而不懂變通有關。

除此以外，九條歸字的凡例還有不夠全面仔細之處，這亦是致使凡例與實際歸字情況不符的原因。除了《類篇·序》所提及的九條歸字凡例以外，應有可以增加之處，對於《類篇》凡例的不足，胡樸安先生於《中國文字學史》一書中曾言：「其大例如是，細核其書，覺猶有可言者。」〔註63〕認為《類篇》凡例與實際的歸字情況是不盡相同的，當中應該還有不少可以討論的空間。在此之前，清代學者嚴元照（1773～1817）於〈書類篇後〉一文中曾言：

> 其例有九，見於序。尚有條理：凡部首之字下，錄《說文》原文。部內字以韻為次。字有平上二音者，見於平則不見於上。東冬二部皆有其音，與一部之中，兩紐皆有，見於前，則不見於後。字體有別，並出之，如《集韻》之例，《注》云：文若干。有數音者，必曰重音若干，部末亦然。〔註64〕

嚴元照認為《類篇·序》不足以言及書中所有的歸字情況，因此而提出了六條補例，此六條補列雖均就《類篇》的實際歸字情況而提出，然而並非皆有可取之處。對於此，孔仲溫先生曾言：

> 知其乃就全書體式而補，並非就蘇轍序例言歸字之原則也。故其六項補，能確實補充序例者，恐唯三、四兩例而已。此兩例，實際上亦自序例二條「凡同意而異聲者皆一見」而引申之。〔註65〕

可知嚴元照的補例中，可取者只有兩條而已，因為嚴氏的補例並非專就文字的歸屬而言，而且這兩條補例，更是從《類篇·序》中的凡例二引申而來，最多

〔註63〕見胡樸安：《中國文字學史》，頁153。

〔註64〕清·嚴元照：《悔菴學文》，卷7頁6～7。

〔註65〕孔仲溫：《類篇研究》，頁142。

只可作爲凡例二的進一步說明或補充之用，當中並未指出任何一項爲九條凡列所沒有言及的《類篇》實際歸字情況，無怪乎孔仲溫先生對於補例有以上的評價。

正由於《類篇·序》中的九條凡例並未言及書中出現的所有歸字情況，因此孔仲溫先生融合了《類篇·序》中的九條凡例，再加上嚴元照的補例，重新整合了《類篇》的歸字條例〔註66〕。於孔先生的重新整合的十個條例中，其實大多出與《類篇·序》中所見的無異，當中眞正可以作爲補充，以說明九條凡例未言及之歸字情況的是：

　　凡形義皆異之字，均依形歸部。

　　凡形異義同之字，各依形歸部，若同部首則合併爲異體字。〔註67〕

此兩條條例屬於「字形一般情況之歸部」。當中第一條「凡形義皆異之字，均依形歸部」，雖然脫胎自序中的凡例一，但可謂是大多數字書的最基本歸字原則，今觀《類篇·序》中的九條凡例，並未是言及《類篇》最基本的歸字原則，即孔仲溫先生所言的「依形歸部」。忽略了一般字書最基本常見的歸字原則，此實爲《類篇》凡例的不足與嚴重缺失。當中的第二條補充了序中凡例所沒有注意到的一般異體字，特別是同部異體字的編排與處理方式。雖然在凡例六「凡字之後出而無據者皆不得特見」中，已言及後出而沒有依據的異體字歸字原則，但卻忽略了非後出無據的一般異體字，特別是同部的異體字，而且《類篇》對於異體字的編排又有其獨特的方式〔註68〕。此外，《類篇》依據《集韻》收錄了大量的異體字，然而凡例中卻沒有任何一條是爲了最基本的異體字歸字原則所設立，此實爲凡例之缺失也。對於一本大量收錄了大量異體字的字書而言，欠缺與此相關的凡例是不可思議的。因此，孔仲溫先生的這兩條條例，確實可以補充《類篇·序》中九條歸字凡例的不足。

除了孔仲溫先生重新整理的兩條歸字條例以外，還有異體字排例次序之依據、俗字的處理方式、對於《集韻》收字的捨棄原則等三方面可以討論，因爲這三方面均是與歸字原則密不可分，但《類篇》的九條凡例中卻沒有注

〔註66〕關於孔仲溫先生對於《類篇》凡例的重新整合，「《類篇》凡例之內容與類型歸納」一節中已有所論，今只提出孔先生言及《類篇·序》中凡例所未言及之處。

〔註67〕孔仲溫：《類篇研究》，頁143～144。

〔註68〕見同前注，頁259。

意到，此實爲其疏漏也。

（一）是異體字排列次序之依據方面，《類篇》對於異體字的編排是把部首相同的異體字並列在本字之下，且不少的本字下面並列著多於一個的異體字。這些異體字來源不一，或爲《說文》重文，或爲新增字，異體字之間的排列次序到底有沒有一定的規則或是依據？凡例中卻缺少對這方面的說明，這點亦屬於歸字原則的部分，因此亦理應設立。對於《類篇》異體字的排例次序與方式，孔仲溫先生曾作出統計，當中一共有十一種不同的方式，然而表面上看似沒有固定的排例方式，然而卻是以《集韻》異體字排例次先後爲次序〔註69〕。今以「頁」部中多於一個異體字的字組爲例，以證孔先生之說：

例　字	《類篇》排例次序	異體字最早所見	《集韻》排例次序
頤	頤（本字）		頤（本字）
	顃（異體字1）	顃：《龍龕手鑑・頁部》	顃（異體字1）
	讀（異體字2）	讀：《集韻・附錄・眞韻》	讀（異體字2）
顏	顏（本字）		顏（本字）
	顔（異體字1）	顔：《說文》籀文	顔（異體字1）
	䫜（異體字2）	䫜：《龍龕手鑑・色部》	䫜（異體字2）
頷	頷（本字）		頷（本字）
	領（不視爲「頷」之異體字）		領（異體字1）
	顄（異體字1）	顄：《集韻・凡韻》	顄（異體字2）
	頟（異體字2）	頟：《集韻・凡韻》	頟（異體字3）
頂	頂（本字）		頂（本字）
	顁（異體字1）	顁：《說文・頁部》「頂」字或體	顁（異體字1）
	顚（異體字2）	顚：《說文・頁部》「頂」字籀文	顚（異體字2）
	頔（異體字3）	頔：《集韻・迥韻》	頔（異體字3）
顎	顎（本字）	顎：《龍龕手鏡・頁部》	顎（本字）
	頟（異體字1）	頟：《玉篇・頁部》	頟（異體字1）
	頞（不視爲「顎」之異體字）		頞（異體字2）
	顙（異體字2）	顙：《玉篇・頁部》	顙（異體字3）

〔註69〕見孔仲溫：《類篇研究》，頁129～130。

　　從上表中可見，《類篇》異體字排列的先後次序確實如孔仲溫先生之言，乃以《集韻》異體字排例之次先後爲次序。《類篇》作爲與《集韻》「相副施行」的姊妹編著作，且而又以《集韻》作爲其主要編纂材料與範圍，因此於同部異體字的排次序上亦理應與《集韻》之排列次序相同。而《集韻》的異體字排例次序是依照文字的出現時間爲次序，先列出《說文》重文，後再列出新增字。因此，《類篇》異體字的排列次序除了可以說以《集韻》之次序爲次序外，亦未嘗不可說是以文字出現的先後爲次序。所以，於歸字凡例中可以加入對異體字排列次序的說明，當中是依據文字出現的先後，以及《集韻》的異體字排例次序。

　　（二）是對於俗字的處理方面，《類篇》書中注明爲俗字者，一共有五十一字〔註70〕，這些俗字都只是出現在注解中，且多以「俗作某非是」、「俗從某非是」等的術語進行解釋〔註71〕，對於俗字多持否定的態度。雖然俗字於《類篇》中的地位甚低，除了不被視作異體字外，更未能與本字並列，但《類篇》確實收有一定數量的俗字，且主要源自於《集韻》，雖則並沒有完全收錄《集韻》一書中的所有俗字〔註72〕。但《類篇》與《集韻》作爲「相副施行」的姊妹編作品，同時又以《集韻》爲其編纂的材料及範圍，俗字雖然只附於正字的注中而不得特見，但亦有在歸字凡例中提及的必要。因此，可增加俗字皆只見注中而不獨立標出一條，以補凡例的不足。

　　（三）是對於收錄《集韻》書中之字的捨棄原則方面，凡例八曾言「凡《集韻》之所遺者皆載於今書也」，然而單以《類篇》「頁」部與《集韻》從「頁」之字作出對比，則可發現，當中除了「顫」、「頴」二字與此凡例符合以外；更可發現有「頤」、「頰」、「顊」、「顡」、「顴」等五字爲《集韻》書中所收，但《類篇》卻沒有收錄。對於此情況《四庫全書總目提要》曾言：

　　　　其所刪之數多於所增之數。〔註73〕

〔註70〕《類篇》所收俗字之數量是根據孔仲溫先生的統計，見孔仲溫：《類篇研究》，頁197。

〔註71〕見同前注，頁197～198。

〔註72〕見同前注，頁199～200。

〔註73〕清·紀昀、永瑢等：《景印文淵閣四庫全書·第一冊·欽定四庫全書總目經部小學類二》，卷41頁844。

既然《類篇》以《集韻》爲其編纂的材料範圍，則不應出現此情況，如今卻發現有失收《集韻》所收之字的情況，明顯可知《類篇》對於《集韻》書中之字的收錄是有所取捨，但凡例卻沒有提及其捨棄的原則，此與實際歸字情況有所不合，因此亦理應補上，以補凡例之不足。

第五節 小 結

　　《類篇・序》中所記載的九條歸字凡例，可謂是字書凡例撰寫的始祖，其出現可謂是古代字書史上的重大突破，影響到後代字書凡例之撰寫。歸字凡例除了有助於讀者對書中內容的了解與掌握以外，更爲重要的是作爲編纂工作之指導。凡例的設立原意極佳，然而《類篇》的編纂時間過長，過程中又數次更換主事者，且書成眾人之手，編纂者又是過份拘泥於凡例而不懂變通，因此而引發出歸部之誤、同部重出、異部重出、失收原本《集韻》所有之字、同部首異體字分散等的失誤。所以，爲補凡例之疏漏與不足，應增加：一、「形義皆異之字，均依形歸部」，這字書最基本的歸字原則；二、一般異體字與同部異體字的歸字原則；三、異體字排例次序之依據；四、俗字之收錄方式；五、對《集韻》一書之字的收錄捨棄原則等五項，使之更爲完善。

第三章　《類篇》部首字切語來源考

在《類篇》編纂體例中，其部首字說解的內容，應與大徐本《說文》相同無異，除了《說文》原文以外，其中亦包括了徐鉉使用孫愐《唐韻》，為《說文》逐字以反切注所注之音。但實際情況卻非如此，在五百四十個部首字切語中，有不少與大徐本《說文》相異，出現部首切語來源紛雜不一的情況。本章欲就此問題進行探討，透過與《集韻》、《廣韻》、大徐本《說文》三本與《類篇》關係密切之書的對比，以及歸納分析，找出其部首字切語的各種不同來源。

第一節　《類篇》與《集韻》、《廣韻》、大徐本《說文》的關係

《類篇》為北宋官方所編修之字書，其編修目的是為了與當時另一本由官方所編修的韻書《集韻》相副施行，故其內容及取材範圍多與《集韻》相合，於形、音、義三者多有相同處，二書之關係十分密切。此外，《類篇》書序云「以《說文》為本」〔註1〕，可知《類篇》的體例基本上是承繼於《說文》。由於內容之上取材於《集韻》，而體例之上又參考《說文》，故形成了《類篇》「以形為經，以韻為緯」的編纂特點，對於此，孔仲溫先生認為：

> 今觀類篇之編排，為自許君《說文》以後，一部特具色形之字書，
> 其融字書韻書為一體，不僅以《說文》五百四十部首之分部，達成

〔註 1〕見北宋・司馬光等：《類篇》，頁1。

> 其據形繫聯、類聚羣分之基本要件，復據《集韻》二百六韻，爲部
> 中先後之次第，達成其組織嚴整，翻檢便利之目的，此種以形爲經，
> 以韻爲緯之編纂方式，洵當代之一大發明也。〔註2〕

誠如孔仲溫先生所言，《類篇》同時承繼了《集韻》與《說文》二書的特點，因此而形成了其「以形爲經，以韻爲緯」的這個編纂方式，從《類篇》的編纂特點上，可知其必定對《集韻》與《說文》二書的內容有所取材。於《集韻》方面，主要是編纂內容與範圍上的承繼，包括了《集韻》書中大部分的形、音、義。而於《說文》方面，則是編纂體例的承繼，這主要體現於《類篇》的部數、部次、歸部等方面。關於《類篇》與《說文》的關係，孔仲溫先生以爲：

> 《類篇》之分部，其於《說文》可謂亦步亦趨矣！無論部數、部敘、
> 部首之分篇均完全相同，甚至每部本義、本形、本音之敘述，亦錄
> 自許書，正如蘇轍序所謂「以《說文》爲本」也。此乃自許慎以降，
> 目前所見最爲遵守《說文》分部之字書。〔註3〕

透過孔仲溫先生之言，可知《類篇》對於《說文》的承繼主要在於分部方面，當中每一部首字的形、音、義可謂是與《說文》幾乎無異〔註4〕，只是於部首字的說解中將《說文》的「凡某之屬皆從」改成「凡某之類皆從某」，《類篇》之名亦因此而來〔註5〕。然《說文》一書傳至北宋，約有千年之久，已非原本最早身的版本，而《類篇》所承襲的《說文》應爲北宋當時比較有影響力，且由國子監雕版印行的大徐本《說文》〔註6〕，孔仲溫先生《類篇研究》一書對此已有

〔註2〕孔仲溫：《類篇研究》，頁83。

〔註3〕孔仲溫：《類篇研究》，頁92。

〔註4〕劉葉秋先生曾言：「《類篇》在每個部首之前，都先排列《説文解字》對這個部首的全部解釋，然後再對本部中的文字，加以說解。」見劉葉秋：《中國字典史略》，頁113。

〔註5〕見金師周生：〈《類篇》形音義編纂述評〉，載於汪中文、林登順、張惠貞主篇，《第九屆思維與創作暨第十二屆中國訓詁學學術研討會論文集》（新北市：大揚出版社，2015年），頁161。

〔註6〕《漢語文字學史》一書曾言：「徐鉉等校定本《說文》，由國子監雕版印行，而廣爲流傳。」見黃德寬、陳秉新：《漢語文字學史》，頁67。

所考證，其言：「《類篇》正文之部敘全同於大徐本《說文》。」〔註7〕由此可從《類篇》的部敘而推知其分部、部數，甚至是部首字的說解內容均源自大徐本《說文》。《類篇》雖爲字書，又以韻書《集韻》作爲其編纂之主要內容及材料，故《類篇》中之字音應多與《集韻》相同。然《類篇》於五百四十部之部首字的說解內容取材於大徐本《說文》，因此其部首字之切語未必與《集韻》完全相同，而與大徐本《說文》之切語相同的可能性較高。例如「東」爲部首字，其於《類篇》中的切語爲「得紅切」，與大徐本《說文》相同，而其他與「東」同音或從「東」得聲的字，如「菄」、「辣」、「鶇」、「蝀」、「鯟」、「瘬」、「倲」、「倲」、「鬃」、「鶇」、「崠」、「猄」、「悚」、「涷」、「凍」、「婌」、「蝀」、「蠹」、「埬」、「腖」等字，切語皆爲「都籠切」，同於《集韻》「東」字的切語，由此可以推測，《類篇》於部首字切語的使用，應該是多取之於大徐本《說文》，非部首字的切語則多源自《集韻》。

　　而《說文》方面，許愼所作之時並沒有爲所收錄的每一個字標注字音，其時尚未有反切，許愼只是以「讀若」、「讀與某同」等直音方式，爲某些他認爲需要的字表明音讀，到了徐鉉刊定《說文》之時，才以反切爲《說文》進行逐字注音。關於大徐本《說文》的字音來源，徐鉉於其〈進皇帝表〉中曾有以下之言：

　　　《說文》之時未有反切，後人附益，互有異同，孫愐《唐韻》行之
　　　已久，今竝以孫愐《唐韻》音切爲定，庶夫學者有所適從。〔註8〕

由此可知，徐鉉爲《說文》逐字以反切注音時的主要依據爲孫愐《唐韻》一書。孫愐之《唐韻》對《廣韻》之編修亦有所影響〔註9〕，而《類篇》於內容範圍之上主要的取材對象爲《集韻》一書，其編修所根據之內容主要爲北宋陳彭年主編之《廣韻》，其〈韻例〉有言：

　　　先帝時令陳彭年、丘雍因法言舊說爲刊，益景祐四年太常博士直史
　　　館宋祁、太常丞直史館鄭戩建言：彭年、雍所定多用舊文，繁畧失

〔註7〕見孔仲溫：《類篇研究》，頁89。

〔註8〕東漢・許愼撰、北宋・徐鉉校定：《說文解字》，頁315。

〔註9〕見北宋・陳彭年等：《廣韻》，頁12。對於《廣韻》與《唐韻》的關係，王力先生認爲：「現存最古的韻書是《廣韻》，《廣韻》的前身是《唐韻》。」見王力：《漢語語音史》（北京：中國社會科學出版社，1986年）頁3。

當，因詔祁、戩與國子監直講賈昌朝、王洙同加脩定、刑部郎中知制誥丁度、禮部員外郎知制誥李淑爲之典領。〔註10〕

從〈韻例〉中可知，《集韻》可以說是《廣韻》一書之重修與增加〔註11〕，其編修的主要原因是《廣韻》所用舊文繁略失當。因《集韻》爲《廣韻》之重修與增加，故可知《集韻》之編修是受到了《廣韻》的影響，於內容方面對《廣韻》亦有所選取。由此可知得知，《類篇》、《集韻》、《廣韻》、大徐本《說文》四書的關係是：《類篇》與《集韻》爲相副施行的姊妹篇著作，雖一爲字書，一爲韻書，然《類篇》於內容之取材及範圍之上多本之於《集韻》；《集韻》方面，其編修之原因是由於《廣韻》繁略失當，故《集韻》一書是在《廣韻》的基礎上再進行擴大與編修，其內容與取材上亦受到其不少影響；而《廣韻》與大徐本《說文》相同，二者於字音之上均對孫愐《唐韻》有所採用，可謂是受到了《唐韻》的極大影響。然而，《類篇》於其編纂體例中，其分部、部敘與部首字的說解之上，又多與於大徐本《說文》相同。因此，單就《類篇》五百四十個部首字切語而言，其可謂是同時受到了《集韻》、《廣韻》、大徐本《說文》三本書之影響，唯其受影響的程度有所不同，以下就此問題作出討論。因此而選了《集韻》、《廣韻》、大徐本《說文》與《類篇》部首字切語進行對比，以找出其來源的依據。

第二節 《類篇》部首字切語統計

《類篇》與《集韻》的關係爲內容上的取材與參考對象；與大徐本《說文》的關係是體例與部首字說解內容上的取材；與《廣韻》的關係雖然不及與《集韻》的關係密切，然由於《廣韻》之編修與徐鉉校定《說文》，爲其逐字注音時所使用的材料一樣，均參考了孫愐的《唐韻》，而且《集韻》又爲《廣韻》之重修與擴充，故《廣韻》一書對於《類篇》之編纂亦有所影響，《類篇》中亦不乏與《廣韻》切語相同者。

由於《類篇》與《集韻》之關係最爲密切，於內容及取材範圍上可互相參照；且又於分部、部數、部次以及部首字的說解均與於大徐本《說文》相同，

〔註10〕北宋·丁度等：《集韻》，頁1～2。

〔註11〕見邱榮鐬：《集韻研究》（臺北：中國文化大學中國文學研究所博士論文，1974年），頁25～26。

另外又有其與《廣韻》相同之處，單就其五百四十部部首字的切語而言，當中分別就出現與《集韻》、與《廣韻》或與大徐本《說文》切語相同的三種不同情況，更有少數切語的來源出此三本書以外，詳見下表〔註12〕：

編 號	部首字	《類篇》	《集韻》	《廣韻》	大徐本《說文》
1	一	於悉切	益悉切	於悉切	於悉切
2	丄（上）	是掌切	是掌切	時掌切	時掌切
3	示	神至切	神至切	神至切	神至切
4	三	穌甘切	穌甘切	穌甘切	穌甘切
5	王	于方切	于方切	雨方切	雨方切
6	王（玉）	虞欲切	虞欲切	魚欲切	魚欲切
7	珏	訖岳切	訖岳切	古岳切	古岳切
8	气	去既切	亡既切	去既切	去既切
9	士	鉏里切	士史切	鉏里切	鉏里切
10	丨	古本切	古本切	古本切	古本切
11	屮	丑列切	敕列切	丑列切	丑列切
12	艸	倉老切	采老切	采早切	倉老切
13	蓐	而蜀切	儒欲切	而蜀切	而蜀切
14	茻	模朗切	母朗切	模朗切	模朗切
15	小	私兆切	思兆切	私兆切	私兆切
16	八	博拔切	布拔切	博拔切	博拔切
17	釆	博莧切	皮莧切	蒲莧切	蒲莧切
18	半	博慢切	博漫切	博慢切	博幔切
19	牛	魚尤切	魚尤切	語求切	語求切
20	犛	莫交切	謨交切	莫交切	莫交切
21	告	古奧切	居号切	古到切	古奧切
22	口	苦后切	去厚切	苦后切	苦后切
23	凵	口犯切	口犯切	丘犯切	口犯切
24	吅	況袁切	許元切	況袁切	況袁切
25	哭	苦屋切	空谷切	空谷切	苦屋切
26	歪（走）	子苟切	子口切	子苟切	子苟切
27	止	諸市切	諸市切	諸市切	諸市切

〔註12〕表中《類篇》切語以標楷體表示，凡《集韻》、《廣韻》、大徐本《說文》切語與《類篇》切語相同者，皆以灰底標示。

28	址	北末切	疕末切	北末切	北末切
29	步	薄故切	蒲故切	薄故切	薄故切
30	此	雌氏切	淺氏切	雌氏切	雌氏切
31	正	之盛切	之盛切	之盛切	之盛切
32	是	承旨切	承紙切	上紙切	承旨切
33	辵（辶）	丑略切	勑略切	丑略切	丑略切
34	彳	丑亦切	丑亦切	丑亦切	丑亦切
35	廴	余忍切	以忍切	余忍切	余忍切
36	延	抽延切	抽延切	丑延切	丑連切
37	行	戶庚切	何庚切	胡庚切	戶庚切
38	齒	昌里切	醜止切	昌里切	昌里切
39	牙	牛加切	牛加切	五加切	五加切
40	足	即玉切	縱玉切	即玉切	即玉切
41	疋	所菹切	山於切	所菹切	所菹切
42	品	丕飲切	丕錦切	丕飲切	丕飲切
43	龠	以灼切	弋灼切	以灼切	以灼切
44	冊	楚革切	測革切	楚革切	楚革切
45	㗊	阻立切	側立切	阻立切	阻立切
46	舌	食列切	食列切	食列切	食列切
47	干	古寒切	居寒切	古寒切	古寒切
48	谷	極虐切	極虐切	其虐切	其虐切
49	只	諸氏切	掌氏切	諸氏切	諸氏切
50	商	女滑切	女滑切	女滑切	女滑切
51	句	古侯切	居侯切	古侯切	古侯切
52	丩	居虯切	居尤切	居求切	居虯切
53	古	公戶切	果五切	公戶切	公戶切
54	十	是執切	寔入切	是執切	是執切
55	卅（卅）	蘇沓切	悉合切	蘇合切	蘇沓切
56	言	語軒切	語軒切	語軒切	語軒切
57	誩	渠慶切	渠映切	渠敬切	渠慶切
58	音	於今切	於金切	於金切	於今切
59	辛	去虔切	丘虔切	去虔切	去虔切
60	丵	士角切	仕角切	士角切	士角切
61	業	蒲沃切	蒲沃切	蒲木切	蒲沃切
62	廾	居竦切	居容切	居悚切	居竦切

63	𠬞（𠬜）	普班切	披班切	普班切	普班切
64	共	渠用切	渠用切	渠用切	渠用切
65	異	餘志切	羊吏切	羊吏切	羊吏切
66	舁	以諸切	羊諸切	以諸切	以諸切
67	臼	居玉切	枸玉切	居玉切	居玉切
68	晨	食鄰切	植鄰切	植鄰切	食鄰切
69	爨	七亂切	取亂切	七亂切	七亂切
70	革	各核切	各核切	古核切	古覈切
71	鬲	郎激切	狼狄切	郎擊切	郎激切
72	䰜（䰛）	郎激切	狼狄切	郎擊切	郎激切
73	爪	側狡切	側絞切	側絞切	側狡切
74	丮	几劇切	訖逆切	几劇切	几劇切
75	鬥	都豆切	丁候切	都豆切	都豆切
76	又	于救切	尤救切	于救切	于救切
77	𠂇	臧可切	子我切	臧可切	臧可切
78	史	爽士切	爽士切	踈士切	疏士切
79	支	章移切	章移切	章移切	章移切
80	聿	尼輒切	昵輒切	尼輒切	尼輒切
81	聿	余律切	允律切	餘律切	余律切
82	畵（畫）	胡麥切	胡麥切	胡麥切	胡麥切
83	隶	徒耐切	待戴切	徒耐切	徒耐切
84	臤	苦閑切	丘閑切	苦閑切	苦閑切
85	臣	植鄰切	丞眞切	植鄰切	植鄰切
86	殳	市朱切	慵朱切	市朱切	市朱切
87	殺	山戛切	山戛切	所八切	所八切
88	几（𠘧）	市朱切	慵朱切	市朱切	市朱切
89	寸	倉困切	村困切	倉困切	倉困切
90	皮	符羈切	蒲糜切	符羈切	符羈切
91	㼱	乳兖切	乳兖切	而兖切	乳兖切
92	攴	普木切	普木切	普木切	普木切
93	教	居效切	居效切	古孝切	古孝切
94	卜	博木切	博木切	博木切	博木切
95	用	余訟切	余頌切	余頌切	余訟切
96	爻	胡茅切	何交切	胡茅切	胡茅切
97	㸚	力几切	郎計切	郎計切	力几切

98	昒	火劣切	翾劣切	許劣切	火劣切
99	目	莫六切	莫六切	莫六切	莫六切
100	眮	恭于切	恭于切	九遇切	九遇切
101	眉	旻悲切	旻悲切	武悲切	武悲切
102	盾	食閏切	豎尹切	食尹切	食閏切
103	自	疾二切	疾二切	疾二切	疾二切
104	白	疾二切	疾二切	〔缺〕	疾二切
105	鼻	父二切	毗至切	毗至切	父二切
106	畐	彼力切	筆力切	彼側切	彼力切
107	習	似入切	席入切	似入切	似入切
108	羽	王矩切	王矩切	王矩切	王矩切
109	隹	職追切	朱惟切	職追切	職追切
110	奞	息遺切	宣隹切	息遺切	息遺切
111	萑	胡官切	胡官切	胡官切	胡官切
112	卝	工瓦切	古買切	乖買切	工瓦切
113	首	徒結切	徒結切	莫撥切	徒結切
114	羊	與章切	余章切	與章切	與章切
115	羴	或連切	虛閑切	許閒切	式連切
116	瞿	權俱切（又俱遇切）	俱遇切／權俱切：姓也	九遇切	九遇切
117	雔	市流切	時流切	市流切	市流切
118	雥	徂合切	昨合切	徂合切	徂合切
119	鳥	都了切	丁了切	都了切	都了切
120	烏	哀都切	汪胡切	哀都切	哀都切
121	華	北潘切	随嬎切	北潘切	北潘切
122	冓	古候切	居候切	古候切	古候切
123	幺	於堯切	伊堯切	於堯切	於堯切
124	丝	於虯切	於虬切	於虯切	於虯切
125	叀	朱遄切	朱遄切	時釧切	職緣切
126	玄	胡涓切	胡涓切	胡涓切	胡涓切
127	予	余呂切	丈呂切	余呂切	余呂切
128	放	甫妄切	甫妄切	甫妄切	甫妄切
129	受	平小切	被表切	平表切	平小切
130	叔	財干切	財干切	昨干切	昨干切
131	歺	五割切	牙葛切	五割切	五割切

132	死	想姊切	想姊切	息姊切	息姊切
133	冎	古瓦切	古瓦切	古瓦切	古瓦切
134	骨	古忽切	古忽切	古忽切	古忽切
135	肉	如六切	而六切	如六切	如六切
136	筋	居銀切	舉欣切	舉欣切	居銀切
137	刀	都牢切	都勞切	都牢切	都牢切
138	刃	而振切	而振切	而振切	而振切
139	韌	恪八切	丘八切	恪八切	恪八切
140	丰	古拜切	居拜切	古拜切	古拜切
141	耒	盧對切	盧劉切	盧對切	盧對切
142	角	古岳切	訖岳切	古岳切	古岳切
143	竹	陟玉切	張六切	張六切	陟玉切
144	箕	居之切	居之切	居之切	居之切
145	丌	居之切	居之切	居之切（「其」字）／〔缺〕	居之切
146	左	則箇切	子賀切	則箇切	則箇切
147	工	古紅切	沽紅切	古紅切	古紅切
148	㢤	知衍切	知輦切	知演切	知衍切
149	巫	微夫切	微夫切	武夫切	武扶切
150	甘	沽三切	沽三切	古三切	古三切
151	曰	王伐切	王伐切	王伐切	王伐切
152	乃	曩亥切	曩亥切	奴亥切	奴亥切
153	丂	苦浩切	苦浩切	苦浩切	苦浩切
154	可	肯我切	口我切	枯我切	肯我切
155	兮	胡雞切	弦雞切	胡雞切	胡雞切
156	号	胡到切	後到切	胡到切	胡到切
157	亏	雲俱切	雲俱切	羽俱切	羽俱切
158	旨	軫視切	軫視切	職稚切	職稚切
159	喜	許巳切	訖巳切	虛里切	虛里切
160	壴	中句切	株遇切	中句切	中句切
161	鼓	工戶切	公戶切	果五切	工戶切
162	豈	去幾切	去幾切	祛狶切	虛喜切
163	豆	徒候切	大透切	徒候切	徒候切
164	豐（豐）	盧啓切	里弟切	盧啓切	盧啓切
165	豐	敷馮切	敷馮切	敷空切	敷戎切

166	虘	許羈切	虛宜切	許羈切	許羈切
167	虍	荒胡切	荒胡切	荒烏切	荒烏切
168	虎	火五切	火五切	呼古切	呼古切
169	虤	五閑切	牛閑切	五閑切	五閑切
170	皿	武水切	眉永切	武永切	武永切
171	厶（凵）	去魚切	丘魚切	去魚切	去魚切
172	去	丘據切	丘據切	羌舉切	丘據切
173	血	呼決切	呼決切	呼決切	呼決切
174	丶	知庾切	冢庾切	知庾切	知庾切
175	丹	多寒切	多寒切	都寒切	都寒切
176	青	倉經切	倉經切	倉經切	倉經切
177	井（丼）	子郢切	子郢切	子郢切	子郢切
178	皀	皮及切	北及切	彼及切	皮及切
179	鬯	丑諒切	丑亮切	丑亮切	丑諒切
180	食	乘力切	實職切	乘力切	乘力切
181	亼	秦入切	席入切	秦入切	秦入切
182	會	黃外切	古外切 （又黃外切）	古外切	黃外切
183	倉	七剛切	千剛切	七剛切	七剛切
184	入	人汁切	日執切	人執切	人汁切
185	缶	方九切	俯九切	方久切	方九切
186	矢	式視切	矧視切	式視切	式視切
187	高	古牢切	居勞切	古勞切	古牢切
188	冂（冋）	涓熒切	涓熒切	古螢切 （「坰」字）	古熒切
189	臺	古博切	光鑊切	古博切	古博切
190	京	舉卿切	居卿切	舉卿切	舉卿切
191	亯	許兩切	許兩切	許兩切	許兩切
192	㫄（㫄）	胡口切	很口切 （厚之異體）	很口切 （厚之異體）	胡口切
193	畗（富）	芳逼切	拍逼切	芳逼切	芳逼切
194	靣	力甚切	力錦切	力稔切	力甚切
195	嗇	所力切	殺測切	所力切	所力切
196	來	洛哀切	郎才切	落哀切	洛哀切
197	麥	莫獲切	莫獲切	莫獲切	莫獲切

198	攵	楚危切	初危切	所危切	楚危切
199	舛	昌兖切	尺兖切	昌兖切	昌兖切
200	舜	舒閏切	輸閏切	舒閏切	舒閏切
201	韋	宇非切	于非切	雨非切	宇非切
202	弟	大計切	大計切	特計切	特計切
203	夊	陟侈切	豬几切	展几切	陟侈切
204	久	舉友切	居又切	舉有切	舉友切
205	桀	渠列切	巨列切	渠列切	渠列切
206	木	莫卜切	莫卜切	莫卜切	莫卜切
207	東	得紅切	都籠切	德紅切	得紅切
208	林	力尋切	犁針切	力尋切	力尋切
209	才	昨哉切	將來切	昨哉切	昨哉切
210	叒	日灼切	日灼切	而灼切	而灼切
211	之	上而切	眞而切	止而切	止而切
212	帀	子荅切	作荅切	子荅切	子荅切
213	出	尺律切	尺律切	尺類切	尺律切
214	宋	普活切	普卦切	匹卦切	普活切
215	生	所庚切	師庚切	所庚切	所庚切
216	乇	陟格切	直格切	陟格切	陟格切
217	烝	是爲切	是爲切	是爲切 （「垂」字）	是爲切
218	筓	況于切	匈于切	況于切	況于切
219	蕚（華）	胡瓜切	胡瓜切	呼瓜切	戶瓜切
220	禾	古兮切	堅奚切	古奚切	古兮切
221	稽	堅奚切	堅奚切	古奚切	古兮切
222	巢	鉏交切	鋤交切	鉏交切	鉏交切
223	桼	戚悉切	戚悉切	親吉切	親吉切
224	束	書玉切	輸玉切	書玉切	書玉切
225	橐	戶袞切	戶袞切	古本切	胡本切
226	囗	羽非切	于非切	雨非切	羽非切
227	員	于權切	于權切	王權切	王權切
228	貝	博蓋切	博蓋切	博蓋切	博蓋切
229	邑	於汲切	乙汲切	於汲切	於汲切
230	鄂	胡絳切	胡洚切	〔缺〕	胡絳切
231	日	人質切	人質切	人質切	人質切

232	旦	得案切	得案切	得按切	得案切
233	軋	古案切	居案切	古案切	古案切
234	瓬	於憶切	隱憶切	於憶切	於憶切
235	冥	莫經切	忙經切	莫經切	莫經切
236	晶	子盈切	咨盈切	子盈切	子盈切
237	月	魚厥切	魚厥切	魚厥切	魚厥切
238	有	云九切	云九切	云久切	云九切
239	朙（明）	眉兵切	眉兵切	武兵切	武兵切
240	囧（囧）	俱永切	俱永切	俱永切	俱永切
241	夕	祥易切	祥亦切	祥易切	祥易切
242	多	得何切	當何切	得何切	得何切
243	毌	古九切	沽丸切	古丸切	古丸切
244	马	乎感切	戶感切	胡感切	乎感切
245	東	胡感切	戶感切	〔缺〕	胡感切
246	卤	田聊切	田聊切	徒聊切	徒遼切
247	亝（齊）	前西切	前西切	徂兮切	徂兮切
248	束	七賜切	七賜切	七賜切	七賜切
249	片	匹見切	匹見切	普麵切	匹見切
250	鼎	都挺切	都挺切	都挺切	都挺切
251	克	乞得切	乞得切	苦得切	苦得切
252	录（彔）	盧谷切	盧谷切	盧谷切	盧谷切
253	禾	戶戈切	胡戈切	戶戈切	戶戈切
254	秝	郎擊切	狼狄切	郎擊切	郎擊切
255	黍	舒呂切	賞呂切	舒呂切	舒呂切
256	香	許良切	虛良切	許良切	許良切
257	米	莫禮切	母禮切	莫禮切	莫禮切
258	毇	虎委切	虎委切	許委切	許委切
259	臼	其九切	巨九切	其九切	其九切
260	凶	許容切	虛容切	許容切	許容切
261	朮	匹刃切	匹刃切	匹刃切	匹刃切
262	林	匹卦切	普卦切	匹卦切	匹卦切
263	麻	莫遐切	謨加切	莫霞切	莫遐切
264	尗	式竹切	式竹切	式竹切	式竹切
265	耑	多官切	多官切	多官切	多官切
266	韭	舉友切	乙有切	舉有切	舉友切

267	瓜	古華切	姑華切	古華切	古華切
268	瓠	胡誤切	胡故切	胡誤切	胡誤切
269	宀	武延切	彌延切	武延切	武延切
270	宮	居戎切	居雄切	居戎切	居戎切
271	呂	力舉切	兩舉切	力舉切	力舉切
272	穴	胡決切	胡決切	胡決切	胡決切
273	寢	莫鳳切	莫鳳切	莫鳳切	莫鳳切
274	广	女戹切	仕莊切	士莊切	女戹切
275	冂（冖）	莫狄切	莫狄切	莫狄切	莫狄切
276	冃	莫保切	武道切	武道切	莫保切
277	冒	莫報切	莫報切	莫報切	莫報切
278	网	良獎切	里養切	良獎切	良獎切
279	网	文紡切	文紡切	文兩切	文紡切
280	襾	呼訝切	衣駕切	衣嫁切	呼訝切
281	巾	居銀切	居銀切	居銀切	居銀切
282	市	分勿切	分物切	分勿切	分勿切
283	帛	旁陌切	薄陌切	傍陌切	旁陌切
284	尚	毗祭切	毗祭切	毗祭切	毗祭切
285	黹	陟几切	展几切	豬几切	陟几切
286	白	旁陌切	薄陌切	旁陌切	旁陌切
287	人	如鄰切	而鄰切	如鄰切	如鄰切
288	七	呼跨切	呼霸切	火跨切	呼跨切
289	匕	卑履切	補履切	卑履切	卑履切
290	从	疾容切	牆容切	疾容切	疾容切
291	比	必志切	毗至切	毗至切	毗至切
292	北	博墨切	必墨切	博墨切	博墨切
293	丘	去鳩切	祛尤切	去鳩切	去鳩切
294	㐺（从）	魚音切	魚音切	魚金切	魚音切
295	壬	他鼎切	他頂切	他鼎切	他鼎切
296	重	柱用切	儲用切	柱用切	柱用切
297	臥	吾貨切	吾貨切	吾貨切	吾貨切
298	身	失人切	升人切	失人切	失人切
299	肩	於機切	於希切	於希切	於機切
300	衣	於稀切	於希切	於希切	於稀切
301	裘	巨鳩切	渠尤切	巨鳩切	巨鳩切

302	老	盧皓切	魯皓切	盧皓切	盧皓切
303	毛	莫袍切	謨袍切	莫袍切	莫袍切
304	毳	此芮切	此芮切	此芮切	此芮切
305	尸	式脂切	升脂切	式之（脂）切	式脂切
306	尺	昌石切	昌石切	昌石切	昌石切
307	尾	無斐切	武斐切	無匪切	無斐切
308	履	兩几切	兩几切	力几切	良止切
309	舟	職流切	之由切	職流切	職流切
310	方	分房切	分房切	府良切	府良切
311	儿	如鄰切	而鄰切	〔缺〕	如鄰切
312	兄	呼榮切	呼榮切	許榮切	許榮切
313	先	緇岑切	緇岑切	則吟切	則岑切
314	兒	眉教切	眉教切	莫教切	莫教切
315	兆	果五切	果五切	公戶切	公戶切
316	先	蕭前切	蕭前切	蘇前切	蘇前切
317	禿	他谷切	他谷切	他谷切	他谷切
318	見	古甸切	經電切	古電切	古甸切
319	覒	弋笑切	弋笑切	弋照切	弋笑切
320	欠	去劍切	去劍切	去劍切	去劍切
321	歠（飲）	於錦切	於錦切	於錦切	於錦切
322	次	徐連切	徐連切	夕連切	敘連切
323	旡（旡）	居未切	居氣切	居豪切	居未切
324	頁	胡結切	奚結切	胡結切	胡結切
325	百	書九切	始九切	書九切	書九切
326	面	彌箭切	弥（彌）箭切	彌箭切	彌箭切
327	丏	彌兗切	弥（彌）殄切	彌殄切	彌兗切
328	𦣻（首）	書九切	始九切	書九切	書九切
329	㬎	古堯切	堅堯切	古堯切	古堯切
330	須	相俞切	詢趨切	相俞切	相俞切
331	彡	所銜切	思廉切	息廉切（又所銜切）	所銜切
332	彣	無分切	無分切	無分切	無分切
333	文	無分切	無分切	無分切	無分切
334	髟	必凋切	必幽切	甫烋切	必凋切
335	后	胡口切	狼口切	胡口切	胡口切

336	司	息茲切	新茲切	息茲切	息茲切
337	卮	章移切	章移切	章移切	章移切
338	卩（卪）	子結切	子結切	子結切	子結切
339	印	於刃切	伊刃切	於刃切	於刃切
340	色	所力切	殺測切	所力切	所力切
341	卯（夘／卯）	去京切	子禮切	子禮切	去京切
342	辟	父益切	毗亦切	房益切	父益切
343	勹	布交切	班交切	布交切	布交切
344	包	布交切	班交切	布交切	布交切
345	茍	居力切	訖力切	紀力切	己力切
346	鬼	居偉切	矩偉切	居偉切	居偉切
347	由	敷勿切	敷勿切	分勿切	敷勿切
348	厶	自夷切	相咨切	息夷切	息夷切
349	嵬	語韋切	語韋切	五灰切	五灰切
350	山	所間切	師間切	所間切	所間切
351	屾	所臻切	疏臻切	所臻切	所臻切
352	屵	五葛切	牙葛切	五割切	五葛切
353	广	魚檢切	魚檢切	魚檢切	魚檢切
354	厂	呼旱切	呼旱切	呼旱切	呼旱切
355	丸	胡官切	胡官切	胡官切	胡官切
356	危	魚爲切	虞爲切	魚爲切	魚爲切
357	石	常隻切	常隻切	常隻切	常隻切
358	長	直良切	仲良切	直良切	直良切
359	勿	文弗切	文拂切	文弗切	文弗切
360	冄（冉）	如占切	而琰切	汝鹽切	而琰切
361	而	如之切	人之切	人之切	如之切
362	豕	式視切	賞是切	施是切	式視切
363	希	羊至勿	羊至切	羊至切	羊至勿
364	彑	居例切	居例切	居例切	居例切
365	豚（豚）	徒魂切	徒渾切	徒渾切	徒魂切
366	豸	池尔切	文介切	池爾切	池尔切
367	舄	序姉切	序姉切	徐姊切	徐姊切
368	易	羊益切	夷益切	羊益切	羊益切
369	象	似兩切	似兩切	徐兩切	徐兩切
370	馬	莫下切	母下切	莫下切	莫下切

371	鷹	宅買切	文蟹切	宅買切	宅買切
372	鹿	盧谷切	盧谷切	盧谷切	盧谷切
373	麤	飡胡切	聰徂切	倉胡切	倉胡切
374	怠	丑略切	勅略切	丑略切	丑略切
375	兔	湯故切	土故切	湯故切	湯故切
376	莧	胡官切	胡官切	胡官切	胡官切
377	犬	苦泫切	苦泫切	苦泫切	苦泫切
378	狀	語斤切	魚斤切	語斤切	語斤切
379	鼠	書呂切	賞呂切	舒呂切	書呂切
380	能	奴登切	奴登切	奴登切	奴登切
381	熊	羽弓切	羽弓切	羽弓切	羽弓切
382	火	呼果切	虎果切	呼果切	呼果切
383	炎	于廉切	于廉切	于廉切	于廉切
384	黑	呼北切	迄得切	呼北切	呼北切
385	囪	楚江切	初江切	楚江切	楚江切
386	焱	以冉切	以冉切	以瞻切	以冉切
387	炙	之石切	之召切	之石切	之石切
388	赤	昌石切	昌石切	昌石切	昌石切
389	大（大）	徒蓋切	徒蓋切	徒蓋切	徒蓋切
390	亦	羊益切	夷益切	羊益切	羊益切
391	矢	阻力切	札色切	阻力切	阻力切
392	夭	於兆切	於兆切	於兆切	於兆切
393	交	古爻切	居肴切	古肴切	古爻切
394	尣	烏光切	烏光切	烏光切	烏光切
395	壺	戶吳切	洪孤切	戶吳切	戶吳切
396	壹	於悉切	益悉切	於悉切	於悉切
387	夆（幸）	尼輒切	昵輒切	胡耿切	尼輒切
398	奢	式車切	詩車切	式車切	式車切
399	亢	古郎切	居郎切	古郎切	古郎切
400	夲	土刀切	他刀切	土刀切	土刀切
401	夰	古老切	古老切	古老切	古老切
402	大（亣／亣）	他達切	他達切	〔缺〕	他達切
403	夫	甫無切	風無切	甫無切	甫無切
404	立	力入切	力入切	力入切	力入切
405	竝	蒲迥切	部迥切	蒲迥切	蒲迥切

406	囟	息進切	思晉切	息晉切	息進切
407	恖（思）	息茲切	新茲切	息茲切	息茲切
408	心	息林切	思林切	息林切	息林切
409	惢	才規切	津垂切	姊宜切	才規切
410	水	式軌切	數軌切	式軌切	式軌切
411	沝	主縈切	主縈切	之累切	之壘切
412	頻	毗賓切	毗賓切	符眞切	符眞切
413	〈	古泫切	古泫切	姑泫切	姑泫切
414	〈〈	古外切	古外切	古外切	古外切
415	〈〈〈（川）	昌緣切	昌緣切	昌緣切	昌緣切
416	泉	疾緣切	從緣切	疾緣切	疾緣切
417	灥	詳遵切	松倫切	詳遵切	詳遵切
418	永	于憬切	于憬切	于憬切	于憬切
419	辰	匹卦切	普卦切	匹卦切	匹卦切
420	谷	古祿切	古祿切	古祿切	古祿切
421	仌（冫）	筆陵切	非陵切	筆陵切	筆陵切
422	雨	王矩切	王矩切	王矩切	王矩切
423	雲	于分切	于分切	王分切	王分切
424	魚	語居切	牛居切	語居切	語居切
425	鱟	語居切	牛居切	語居切	語居切
426	燕	於甸切	伊甸切	於甸切	於甸切
427	龍	力鍾切	盧鐘切	力鍾切	力鍾切
428	飛	甫微切	匪微切	甫微切	甫微切
429	非	甫微切	匪微切	甫微切	甫微切
430	卂	息晉切	思晉切	息晉切	息晉切
431	乚	烏轄切	乙點切	烏轄切（「乯」字）	烏轄切
432	不	方久切	分物切	方久切	方久切
433	至	脂利切	脂利切	脂利切	脂利切
434	西	先稽切	先齊切	先稽切	先稽切
435	鹵	郎古切	籠五切	郎古切	郎古切
436	鹽	余廉切	余廉切	余廉切	余廉切
437	戶	侯古切	後五切	侯古切	侯古切
438	門	莫奔切	謨奔切	莫奔切	莫奔切
439	耳	而止切	忍止切	而止切	而止切

440	臣（臣）	與之切	盈之切	與之切	與之切
441	手	書九切	始九切	書九切	書九切
442	𡪌	公懷切	公懷切	古懷切	古懷切
443	女	碾與切	碾與切	尼女切	尼女切
444	毋	武扶切	微夫切	武夫切	武扶切
445	民	彌鄰切	彌鄰切	彌鄰切	彌鄰切
446	丿	房密切	普蔑切	餘制切	房密切
447	厂	余制切	以制切	餘制切	余制切
448	乀	弋支切	余支切	〔缺〕	弋支切
449	氏	承旨切	上紙切	承紙切	承旨切
450	氐	丁禮切	典禮切	都奚切	丁礼（禮）切
451	戈	古禾切	古禾切	古禾切	古禾切
452	戉	王伐切	王伐切	王伐切	王伐切
453	我	五可切	語可切	五可切	五可切
454	亅	衢月切	其月切	其月切	衢月切
455	琴	巨金切	巨金切	渠金切	巨今切
456	乚（隱）	於謹切	倚謹切	於謹切	於謹切
457	亾（亡）	武方切	武方切	武方切	武方切
458	匸	胡禮切	戶禮切	胡禮切	胡礼（禮）切
459	匚	府良切	分房切	府良切	府良切
460	曲	區玉切	區玉切	丘玉切	丘玉切
461	甾	側詞切	莊持切	側持切	側詞切
462	瓦	五寡切	五寡切	五寡切	五寡切
463	弓	居戎切	居雄切	居戎切	居戎切
464	弜	其兩切	巨兩切	其兩切	其兩切
465	弦	胡田切	胡千切	胡田切	胡田切
466	系	胡計切	胡計切	胡計切	胡計切
467	糸	莫狄切	冥狄切	莫狄切	莫狄切
468	繁（素）	桑故切	蘇故切	桑故切	桑故切
469	絲	息茲切	新茲切	息茲切	息茲切
470	率	所律切	朔律切	所律切	所律切
471	虫	許偉切	詡鬼切	許偉切	許偉切
472	蚰	古魂切	公渾切	古渾切	古魂切
473	蟲	直弓切	持中切	直弓切	直弓切
474	風	方戎切	方馮切	方戎切	方戎切

475	它	託何切	湯何切	託何切	託何切
476	龜	居逵切	居逵切	居追切	居追切
477	黽	莫杏切	母耿切	武幸切	莫杏切
478	卵	盧管切	魯管切	盧管切	盧管切
479	二	而至切	而至切	而至切	而至切
480	土	統五切	統五切	他魯切	它魯切
481	垚	吾聊切	倪幺切	五聊切	吾聊切
482	堇	巨斤切	渠巾切	巨巾切	巨斤切
483	里	兩耳切	兩耳切	良士切	良止切
484	田	待年切	亭年切	徒年切	待年切
485	畕	居良切	居良切	居良切	居良切
486	黃	乎光切	胡光切	胡光切	乎光切
487	男	那含切	那含切	那含切	那含切
488	力	林直切	六直切	林直切	林直切
489	劦	檄頰切	檄頰切	胡頰切	胡頰切
490	金	居音切	居吟切	居吟切	居音切
491	开	古賢切	輕烟切	古賢切	古賢切
492	勺	之若切	職略切	之若切	之若切
493	几	居履切	舉履切	居履切	居履切
494	且	子余切	子余切	子魚切	子余切
495	斤	舉欣切	舉欣切	舉欣切	舉欣切
496	斗	當口切	當口切	當口切	當口切
497	矛	莫浮切	迷浮切	莫浮切	莫浮切
498	車	昌遮切	昌遮切	尺遮切	尺遮切
499	自	都回切	都回切	都回切	都回切
500	昌（𨸏）	房九切	扶缶切	房久切	房九切
501	𨺜（𨸏）	扶缶切	扶缶切	房九切	房九切
502	厽	力軌切	力僞切	力委切	力軌切
503	四	息利切	息利切	息利切	息利切
504	宁	直呂切	丈呂切	直呂切	直呂切
505	叕	陟劣切	紀劣切	陟劣切	陟劣切
506	亞	衣駕切	衣駕切	衣嫁切	衣駕切
507	五	疑古切	阮古切	疑古切	疑古切
508	六	力竹切	力竹切	力竹切	力竹切
509	七	親吉切	戚悉切	親吉切	親吉切

510	九	舉有切	乙有切	舉有切	舉有切
511	厽（内）	人九切	忍九切	人九切	人九切
512	畠	許救切	許救切	許救切	許救切
513	甲	古洽切	古狎切	古狎切	古狎切
514	乙	於筆切	億姞切	於筆切	於筆切
515	丙	兵永切	補永切	兵永切	兵永切
516	丁	當經切	當經切	當經切	當經切
517	戊	莫候切	莫候切	莫候切	莫候切
518	己	居擬切	茍起切	居理切	居擬切
519	巴	伯加切	邦加切	伯加切	伯加切
520	庚	古行切	居行切	古行切	古行切
521	辛	息鄰切	斯人切	息鄰切	息鄰切
522	辡	方免切	邦免切	方免切	方免切
523	壬	如林切	如林切	如林切	如林切
524	癸	居誄切	頸誄切	居誄切	居誄切
525	子	即里切	祖似切	即里切	即里切
526	了	盧鳥切	朗鳥切	盧鳥切	盧鳥切
527	孨	旨兗切	主兗切	旨兗切	旨兗切
528	厷	他骨切	他骨切	他骨切	他骨切
529	丑	敕九切	敕九切	敕九切	敕九切
530	寅	弋眞切	夷眞切	翼眞切	弋眞切
531	卯（丣／夘）	莫飽切	莫飽切	莫飽切	莫飽切
532	辰	植鄰切	丞眞切	植鄰切	植鄰切
533	巳	許里切	象齒切	詳里切	詳里切
534	午	疑古切	阮古切	疑古切	疑古切
535	未	無沸切	無沸切	無沸切	無沸切
536	申	失人切	升人切	失人切	失人切
537	酉	與九切	以九切	與久切	與九切
538	酋	字秋切	茲秋切	自秋切	字秋切
539	戌	雪律切	雪律切	辛律切	辛律切
540	亥	下改切	下改切	胡改切	胡改切

透過上表，可見《類篇》五百四十個部首字切語來源存有四種不同的情況，分別是：與《集韻》之切語相同、與《廣韻》之切語相同、與大徐本《說文》之切語相同、與三書之切語皆相異，非源自於此三本書。在這四種情況

中，數量最多為大徐本《說文》，切語相同的數量為四百五十六個；其次為《廣韻》，切語相同的數量為三百五十七個；第三為《集韻》，切語相同的數量為一百九十七個；最後是與三本書不同者，此情況共有十五個。這四個統計數字相加以後遠超過五百四十部首之總數，這說明了《類篇》五百四十個部首字切語除了單獨與《集韻》、《廣韻》、大徐本《說文》這三本書的其中一本書之切語相同以外，更有同時與其中兩本書之切語相同的情況，如「一」部，《類篇》、《廣韻》、大徐本《說文》的切語皆為「於悉切」；或是與三本書的切語完全相同的情況，如「示」部，《類篇》、《集韻》、《廣韻》、大徐本《說文》的切語皆為「神至切」。

　　由此可以進一步得知《類篇》五百四十部個首字切語與《集韻》、《廣韻》、大徐本《說文》切語異同的組合方式，當中一共有八種不同類型：其一、《類篇》與此三書的切語皆相同無異；其二、《類篇》與《廣韻》及大徐本《說文》的切語相同，但與《集韻》相異；其三、《類篇》與《集韻》及大徐本《說文》的切語相同，但與《廣韻》相異；其四、《類篇》只與大徐本《說文》之切語相同，與《集韻》及《廣韻》皆異，而《集韻》與《廣韻》彼此之間的切語亦相異；其五、《類篇》只與《集韻》之切語相同，而《廣韻》及大徐本《說文》二者之切語又彼此相同；其六、《類篇》亦只與《集韻》的切語相同，而《廣韻》及大徐本《說文》二者之切語則彼此相異；其七、《類篇》只與大徐本《說文》之切語相同，而與《集韻》及《廣韻》皆異，然《集韻》及《廣韻》二書的切語相同；其八、《類篇》之切語皆異於三書。以上八種情況之組合如下表所示：

類 型	例 子	《類篇》	《集韻》	《廣韻》	大徐本《說文》
一	正	之盛切	之盛切	之盛切	之盛切
二	品	丕飲切	丕錦切	丕飲切	丕飲切
三	焱	以冉切	以冉切	以瞻切	以冉切
四	交	古爻切	居肴切	古肴切	古爻切
五	先	蕭前切	蕭前切	蘇前切	蘇前切
六	延	抽延切	抽延切	丑延切	丑連切
七	筋	居銀切	舉欣切	舉欣切	居銀切
八	甲	古洽切	古狎切	古狎切	古狎切

　　透過上表這些切語相同的各種組合中，可以顯示出《類篇》五百四十個部首字的切語大部分是與大徐本《說文》相同，其次則爲《廣韻》，最後才是與其「相副施行」的姊妹篇著作《集韻》。

　　與大徐本《說文》切語相同的數量最多，這是因爲此書的編纂特點是「以形爲經，以韻爲緯」，故「《類篇》正文之部敘全同於大徐本《說文》」〔註13〕，且又於分部等又完全同於《說文》的五百四十部。既然《類篇》之部敘以及部數、部次、部首字的說解等全同於大徐本《說文》，其切語大部分與之相同，此亦可以理解。在《類篇》五百四十部首字切語中，有三百多部與《廣韻》相同，當中的原因是大徐本《說文》與《廣韻》一書在編纂之時同樣地參考了孫愐的《唐韻》，而且在《類篇》五百四十個部首字中，與大徐本《說文》相同的切語，其大部分又同時與《廣韻》之切語相同，這正好證明了孫愐《唐韻》對於大徐本《說文》與《廣韻》的影響。而《集韻》一書雖爲《廣韻》之重修與擴大，然其改動之處不少〔註14〕，故其切語與《類篇》五百四十個部首字之切語相同的數量，遠少於大徐本《說文》之切語，這亦是正常與合理的情況。

　　另一方面，《類篇》部首字的切語中，有一百九十七個與《集韻》相同。這是因爲《類篇》「是以《集韻》韻次編排之字書」〔註15〕，它的編纂是爲了與《集韻》「相副施行」，以補《重修玉篇》之「不相參協」〔註16〕，故《類篇》中之形、音、義等均取材於《集韻》，內容上亦多與之相合。正因如此，所以在《類篇》五百四十個部首字切語中，亦有接近兩百個切語是與《集韻》相同。然而《類篇》之部首字說解內容全同於大徐本《說文》，且《集韻》中的切語與其又多有不同，理應不會出現接近兩百個與之相同的切語。觀之於這一百九十七個與《集韻》相同的切語，可以發現當中有一百二十八個切語同時與《廣韻》及大徐本《說文》的切語相同無異，即這四本書的切語是完全一樣。另外，當中有少部分情況爲，《類篇》的切語除了與《集韻》相同外，同時亦與大徐本《說

〔註13〕見孔仲溫：《類篇研究》，頁89。

〔註14〕《集韻研究》一書曾言：「其音尤有出於《廣韻》之外，……《集韻》頗多采先儒舊讀，較之《廣韻》爲博洽該廣也。」見邱榮鐋：《集韻研究》，頁25。

〔註15〕見孔仲溫：《類篇研究》，頁108。

〔註16〕見胡樸安：《中國文字學史》，頁151。

文》之切語相同〔註17〕。其中最為重要的是這一百九十七個切語中，只有七十個切語是以上表中類型五及類型六的式形出現，即這七十個切語只是單獨與《集韻》一書之切語相同，這可以肯定它們確實是來自於《集韻》一書。其餘的一百二十七個切語，它們除了《集韻》的切語相同外，又同時與大徐本《說文》相同，這亦未嘗不可以說這些切語的來源根據是大徐本《說文》而非《集韻》，這是因為《類篇》之部首字說解內容全同於大徐本《說文》。

第三節 《類篇》部首字異於各書的切語來源探討

在《類篇》五百四十個部首字切語中，分別有與《集韻》之切語相同，或與《廣韻》之切語相同，或與大徐本《說文》之切語相同，然而當中卻有十五個切語不同於此三本書。依照《類篇》的編纂體例、材料範圍和依據，其部首字之切語理應與大徐本《說文》，或是《集韻》之切語相同，而這十五個切語的來源很有可能超越了《集韻》、《廣韻》及大徐本《說文》這三本書的範圍。關於此十五個切語與三本書的相異之處，整理為以下簡表：

字	《類篇》	《集韻》	《廣韻》	大徐本《說文》
采	博莧切	皮莧切	蒲莧切	蒲莧切
羴	或（式？）連切〔註18〕	虛閑切	許閒切	式連切
異	餘志切	羊吏切	羊吏切	羊吏切
喜	許已切	訖（許？）已切	虛裡切	虛裡切
皿	武水（永？）切	眉永切	武永切	武永切
之	上（止？）而切〔註19〕	眞而切	止而切	止而切
屮	古九（丸？）切〔註20〕	沽丸切	古丸切	古丸切
比	必志切	毗至切	毗至切	毗至切
苟	居力切	訖力切	紀力切	己力切

〔註17〕即上表中以情況四之式形出現，即《類篇》與《集韻》及大徐本《說文》的切語相同，但與《廣韻》相異。此類情況的部首字甚少，只有：「凵」、「糞」、「　」、「首」、「去」、「旦」、「有」、「片」、「網」、「　（从）」、「尾」、「覞」、「由」、「焱」、「且」、「亞」，等十六個字的切語如此。

〔註18〕只有宋刻本作「式連切」，姚刊本與四庫本均作「或連切」。

〔註19〕只有宋刻本作「止而切」，姚刊本與四庫本均作「上而切」。

〔註20〕只有宋刻本作「古丸切」，姚刊本與四庫本均作「古九切」。

ㄙ	自（息？）夷切	相諮切	息夷切	息夷切
冄（冉）	如占切	而琰切	汝鹽切	而琰切
麤	淪（倉？）胡切	聰徂切	倉胡切	倉胡切
厽	力軌（軌？）切	力僞切	力委切	力軌切
甲	古洽切	古狎切	古狎切	古狎切
巳	許（詳？）裡切	象齒切	詳裡切	詳裡切

　　透過上表，可見「轟」、「喜」、「皿」、「之」、「毌」、「ㄙ」、「麤」、「厽」、「巳」等九個部首字之切語有很明顯出現形近而訛的誤刻。《類篇》中「喜」之切語為「許巳切」，於《集韻》中則作「訖巳切」。「訖巳切」除了出現在《集韻》一書，並未見於其他小學類書籍；而「許巳切」於《類篇》中除了作為「喜」字的本音以外，另外還是「鱚」、「嬉」二字之音本；同時又為「唏」、「訴」、「瞦」、「憘」、「嬉」等字的又音。由此可見，此應為《集韻》之誤，而非《類篇》之誤〔註21〕。《類篇》中「喜」字之切語雖不同於《廣韻》及大徐本《說文》的「虛里切」，但應與《集韻》相同，同作「許巳切」。

　　「轟」字之「或連切」、「皿」字之「武水切」、「之」字之「上而切」、「毌」字之「古九切」、「ㄙ」字之「自夷切」、「麤」字之「淪胡切」等切語，皆只見於《類篇》一書，而未見於其他小學類書籍，且它們於《類篇》書中亦只是出現一次，可見這些切語皆由形近而訛的筆誤所造成。「轟」字之切語「或連切」應為「式連切」，《類篇》誤將「式」字作「或」字，則「轟」字之切語與大徐本《說文》相同。在三個《類篇》版本中，只有宋刻本作「式連切」，姚刊本與四庫本均誤作「或連切」，可見在大部分《類篇》的版本中，「轟」字之切語均

〔註21〕　「許巳切」於《集韻》以前的《重修玉篇》中，只見於以「喜」為聲符的「瞦」字之音，其切語亦作「許巳切」；另外，於北宋以後的《說文字原》「喜」字字音亦作「許巳切」。見元・周伯琦：《說文字原》，卷 1 頁 25，載於王雲五主編，《四庫全書珍本・六集》（臺北市：臺灣商務印書館股份有限公司，1974 年）。以及《六書本義》書中「喜」字之音亦作「許巳切」。見明・趙撝謙：《六書本義》，卷 5 頁 6，載於李學勤主編，《中華漢語工具書書庫・第十五冊》（合肥：安徽教育出版社，2002 年）。《康熙字典》於「喜」字下亦言：「《集韻》《韻會》許巳切。」見清・張玉書等：《康熙字典》，頁 60。由此可證，《集韻》中「喜」字之切語「訖巳切」的「訖」字應為「許」字之誤。從《類篇》部首字的切語中，可以反證《集韻》切語之誤。

有筆誤。「皿」字之切語「武水切」應爲「武永切」，《類篇》誤將「永」字作「水」字，則「皿」字之切語與《廣韻》及大徐本《說文》相同。「之」字之切語「上而切」應爲「止而切」，《類篇》誤將「止」字作「上」字，則「之」字之切語與《廣韻》及大徐本《說文》相同。而於三個版本中，亦只有宋刻本作「止而切」，姚刊本與四庫本均誤作「上而切」，可知在大部分《類篇》的版本中，「之」字切語均有筆誤。「丑」字之切語「古九切」應爲「古丸切」，《類篇》誤將「丸」字誤作「九」字，則「丑」字之切語與《廣韻》及大徐本《說文》相同。於三個版本中，同樣只有宋刻本作「古丸切」，姚刊本與四庫本均誤作「古九切」，此可知大部分《類篇》的版本中，「丑」字之切語均有筆誤。「厶」字之切語「自夷切」應爲「息夷切」，《類篇》誤將「息」字作「自」字，則「厶」字之切語與《廣韻》及大徐本《說文》相同。「麤」字之切語「凔胡切」應爲「倉胡切」，《類篇》誤將「倉」字作「凔」字，則「麤」字之切語與《廣韻》及大徐本《說文》相同。

　　「巳」字之切語「許裡切」應爲「詳裡切」。以聲類求之，「詳」、「巳」二字中古聲類皆爲「邪」母字，而「許」則爲「曉」母字，此可證《類篇》誤將「詳」字誤作「許」字。「許裡切」於《類篇》中只出現一次，更不見於前代之字書、韻書。而在後代小學類書籍中，則可見「許裡切」只出現在元代李文仲《字鑑》一書中，其爲「喜」字之切語〔註22〕。「喜」與「巳」二字於中古聲類中，一爲「曉」母字，一爲「邪」母字，而且「許」字與「喜」字在中古聲類中亦同樣爲「曉」母字，這亦可以證明「許裡切」不可能是「巳」字之切語。由此可知《類篇》部首字中的「巳」字，其切語應爲「詳巳切」，與大徐本《說文》的切語相同。

　　以上所討論的八個部首字切語中，由《類篇》「喜」字切語「許巳切」證實了《集韻》作「訖巳切」，是誤將「許」字作「訖」字。「皿」字切語「武永切」的「永」誤作「水」；「之」字切語「上而切」的「止」誤作「上」；「丑」字切語「古九切」的「丸」誤作「九」，這些筆誤，皆爲點劃之間的錯誤所致。「轟」字之切語「式連切」的「式」誤作爲「或」；「巳」字切語「詳裡切」的「詳」

〔註22〕見元・李文仲：《字鑑》，卷3頁5，載於王雲五主編，《四庫全書珍本・九集》（臺北市：臺灣商務印書館股份有限公司，1974年）。

誤作「許」;「龘」字切語「倉胡切」的「倉」誤作「飡」;「厶」字切語「息夷切」的「息」誤作「自」,這些錯誤都是因為形體相近所造成。以上的錯誤,正如《抱朴子》「書三寫,魚成魯,虛成虎」之言,當為《類篇》編纂者或刊刻者的疏忽所致。

除了這八個因筆誤而導致其不同於《集韻》、《廣韻》或大徐本《說文》這三本書的部首字切語以外,《類篇》中「采」、「異」、「比」、「苟」、「冄(冉)」、「甲」這六個部首字的切語,亦與於此三本書不同。但它們相異的原因並由非筆誤所造成,可能是取自其他的小學類書籍,亦有可能為《類篇》之編纂者重新所造。

其中「采」字切語「博莧切」、「異」字之切語「餘志切」與「比」字切語「必志切」最為特別,均獨見於《類篇》一書。「博莧切」只是「采」一字之音,「餘志切」只是「異」一字之音;「必志切」亦只是「比」一字之音,三字之切語均不見前代及後代的小學類書籍,故「博莧切」、「餘志切」、「必志切」這三個切語的具體來源不明,有待進一步考證,其或為《類篇》編纂者所自造。

「苟」字切語「居力切」,不同於《集韻》、《廣韻》,或大徐本《說文》,獨《類篇》之切語如此。查之於前代小學類書籍,其切語最早見於《重修玉篇》〔註23〕,此可知在《類篇》五百四十部個首字切語中,有一個並非源自《集韻》或大徐本《說文》,而是來自於《重修玉篇》。

「冄(冉)」字「如占切」之切語最早可見於《重修玉篇》,為「蚙」字之切語〔註24〕。而《類篇》中又有「呥」、「袡」、「蚦」、「秐」、「釅」、「鬑」、「絣」等七字之音為「如占切」〔註25〕;同時「甜」、「詀」、「鮎」、「楠」、「痭」、「痰」、「襜」、「袡」、「襝」、「抌」、「姌」、「姌」、「蚦」、「蚙」、「冊」等十五字之又音為「如占切」〔註26〕。由此可知,「冄(冉)」之切語於《類篇》為「如占切」,應參考了《重修玉篇》中「蚙」字與《類篇》中其他以「冉」或「冄」為聲符的字之切語〔註27〕。

〔註23〕見北宋·陳彭年等重修:《大廣益會玉篇》,頁396。

〔註24〕見同前注,頁360。

〔註25〕見北宋·司馬光等:《類篇》,頁48、65、239、300、320、483。

〔註26〕見同前注,頁79、85、185、207、263、295、447、465、496、543。

〔註27〕見梁·顧野王撰、北宋·陳彭年等重修:《大廣益會玉篇》,頁360。

　　「甲」字「古洽切」之切語最早見於大徐本《說文》，為「鞅」、「輅」、「梜」、「帢」、「袷」等五字之切語〔註28〕；又見於《重修玉篇》，為「郟」、「䢒」、「夾」、「庲」、「厙」、「鵊」、「韐」、「帢」、「袷」等九字的切語〔註29〕。而《類篇》中又有「帢」字之切語，以及「筟」字之又音為「古洽切」〔註30〕。由此可知，「甲」之切語於《類篇》中為「古洽切」，應是主要參考了《重修玉篇》，同時又受到大徐本《說文》等音為「古洽切」之字的影響，而「古洽切」非「甲」字原本之切語，因大徐本《說文》、《廣韻》與《集韻》二書中「甲」字之切語皆為「古狎切」。

　　除此之外，「厽」字的「力軌切」在這十五個溢出大徐本《說文》、《集韻》、《廣韻》三本書的切語中是最為特別的一個。「厽」字於大徐本《說文》的切語為「力軌切」，而於《類篇》中則為「力軓切」，明顯可見其將反切下字由「軌」字改為「軓」字，因此而既不同於大徐本《說文》的切語，又不同於《集韻》的「力僞切」，以及《廣韻》的「力委切」。但在《類篇》中除了作為部首的「厽」字以外，與「厽」字同音的「絫」、「壘」二字之切語亦為「力軓切」，然而另外一組與「厽」字同音的「漯」、「灅」二字之又音則為「力軌切」〔註31〕，此二字的反切下字用「軌」而不用「軓」。《類篇》將三個切語本為「力軌切」的字之切語改成了「力軓切」，雖然「軓」與「軌」為異體字之關係〔註32〕，但「軌」為常用字，「軓」為罕見字。一般來說，切語的上下字均甚少使用罕見字，《類篇》作如此的改動，而且在五個同音字的切語中只改了三個而已，此為《類篇》於相同切語的字形使用上不夠嚴謹之失。因此，「厽」字切語「力軓切」的反切

〔註28〕見東漢・許慎撰、北宋・徐鉉校定：《說文解字》，頁61、124、160、172。

〔註29〕見梁・顧野王撰、北宋・陳彭年等重修：《大廣益會玉篇》，頁60、155、300、316、318、350、380、391、392。

〔註30〕見北宋・司馬光等：《類篇》，頁273、173。

〔註31〕《類篇》「漯」、「灅」二字之本音為「魯水切」，又音為「力軌切」，見北宋・司馬光等：《類篇》，頁408。

〔註32〕關於「軓」與「　」二字之關係，《干祿字書》以為：「　軓，竝上通下正。」見唐・顏元孫：《干祿字書》，頁16，載於王雲五主編，《叢書集成簡編》（臺北市：臺灣商務印書館股份有限公司，1965年）。《隸辨》一書於「　」字下言：「《說文》軌從九，碑變從几。」見清・顧藹吉：《隸辨》，頁86。可見「軌」與「　」為異體字之關係。

下字的字形當爲「軌」而非「軓」。《類篇》誤將「軌」之形字作「軓」字，以罕見的異體代替了常用的正體，故「厽」字之切語應作「力軌切」，而與大徐本《說文》相同。將「軌」字改爲「軓」字，此又可以說是因小形的筆誤所致，因爲二字的形體結構十分相似，差異極爲微小。

第四節　《類篇》部首字切語之來源

　　透過統計與歸納，可知《類篇》部首字的切語來源主要是《集韻》、《廣韻》與大徐本《說文》這三本書，基本上可以說甚少出此三本書之範圍。然當中實有少數與此三本書的切語相異，它們有的因筆誤所產生，有的切語確是來自或參考了《重修玉篇》，更有來源不明，有待考證，又或者是《類篇》編纂者所新造的切語。關於《類篇》五百四十部部首字與各書切語相同的數據如下：

書　名	大徐本《說文》	《廣韻》	《集韻》	其　他
相同數量	456	357	197	15
百分比	84.4％	66％	36.5％	2.8％

　　以上的統計數據爲：與大徐本《說文》相同的有 84.4％、與《廣韻》相同的有 66％、與《集韻》相同的有 36.5％，以及出三本書者的有 2.8％。因爲這統計數據只是簡單地把《類篇》部首字切語中與大徐本《說文》、《廣韻》、《集韻》相同者，或與三本書相異者簡單列出。並沒有把完全與三本書之切語相同者，或與其中兩本書之切語相同者，又或是只與其中一本書相同的情況分開，同時亦未對出於三本書者之切語考據其來源。若將與三本書之切語相同者，或者與其中兩本書相同者，又或是只與其中一本書相同者等情況再作出詳細畫分〔註33〕，並對出於三本書者考據其來源，則可得以下數據：

書　名	大徐本《說文》	《廣韻》	《集韻》	使用或參考《重修玉篇》	來源不明有待考證
相同數量	464	357	70	3	3
百分比	85.9%	66.1%	12.9%	0.6%	0.6%

〔註33〕其中詳細的畫分爲：《類篇》與《廣韻》及大徐本《說文》的切語相同，但與《集韻》相異；與《集韻》及大徐本《說文》的切語相同，但與《廣韻》相異；《類篇》只與大徐本《說文》或只與《集韻》的切語相同者。

以上各書與《類篇》部首字切語相同的百分比相加後超過一百，這是因爲其中佔 66.1 %的《廣韻》，除了與《類篇》相同，又與大徐本《說文》之切語相同外；更有同時與《集韻》之切語相同，即有四本書之切語完全一樣的情況出現。故從《類篇》部首字中與《廣韻》相同的切語，可以得知其與《集韻》、及大徐本《說文》三本書的關係是：《集韻》爲《廣韻》之重修及擴大，《廣韻》之編纂與徐鉉爲《說文》注音時均參考了孫愐的《唐韻》；而《類篇》之編纂材料與範圍皆本之於《集韻》，分部、部敘、部數及部首字說解內容等又多同於大徐本《說文》。

《類篇》之編纂材料及範圍本於《集韻》，且其編纂目的更是爲了與《集韻》「相副施行」；其編纂體例又「以《說文》爲本」，故可知《集韻》與《說文》對《類篇》一書之編纂影響最大。相對而言，《廣韻》對於《類篇》的影響性還不及《說文》、《集韻》二書。《廣韻》與《類篇》只存有間接的影響關係，其對於《類篇》之影響遠不及《集韻》和大徐本《說文》，因爲蘇轍的《類篇·序》中完全沒有提及《廣韻》〔註34〕。若單就《類篇》與《廣韻》切語相同的情況來看，《類篇》與其相同，則同時必定與大徐本《說文》或《集韻》相同，從沒出現單獨與《廣韻》切語相同的例子。由此可知，《廣韻》實非《類篇》部首字切語的直接來源，其對於《類篇》最多只有間接性的影響。

拋開對《類篇》部首字切語最多只有間接性影響的《廣韻》，而只就大徐本《說文》與《集韻》二書，以及溢出二書之切語而言，其數量相加後正符合五百四十部之數，而其百分比相加後亦正好達到一百。如此，則可以專就大徐本《說文》、《集韻》，與溢出二書之切語的這三項資料作出討論，以探討出《類篇》部首字切語的眞正來源。以下就歸納統計的數據、《類篇》與大徐本《說文》等書切語相同類型這兩方面進行討論，以論證其來源。

一、統計數據的歸納

關於歸納統計的數據方面，因《廣韻》對於《類篇》只有間接性的影響，故可以摒除不談。只就大徐本《說文》、《集韻》二書與《類篇》部首字的相同切語而論，並且劃分其與《說文》、《集韻》兩書之切語相同者，又或是只與其

〔註34〕〈類篇序〉中所提及的小學類書籍只有《集韻》和《說文》以及《類篇》自身，見北宋·司馬光等：《類篇》，頁 1～2。

中一本書相同者；又根據十五個異於各書之切語的考據，所得到的結果是：與大徐本《說文》相同的切語有四百六十四個，佔整體的數量爲 85.9％；與《集韻》相同切語的有七十個，佔整體數量的 12.9％；與《重修玉篇》相同的切語有一個、參考《重修玉篇》而定的切語亦有兩個，二者相加共有三個，此佔整體的數量約爲 0.6％；而來源不明，或爲《類篇》編纂者自造的切語有三個，亦佔整體數量的 0.6％。

在這些數據中，只要是《類篇》部首字之切語同時與《集韻》及大徐本《說文》二書相同者，則將其歸入與大徐本《說文》相同一類中。因爲在一百九十七個與《集韻》相同的部首字切語中，只有七十個是單獨的與其相同，且又同時異於大徐本《說文》的切語，其對照關係如下〔註35〕：

字	《類篇》	《集韻》	《廣韻》	大徐本《說文》
丄（上）	是掌切	是掌切	時掌切	時掌切
王	于方切	于方切	雨方切	雨方切
王（玉）	虞欲切	虞欲切	魚欲切	魚欲切
珏	訖岳切	訖岳切	古岳切	古岳切
牛	魚尤切	魚尤切	語求切	語求切
延	抽廷切	抽延切	丑延切	丑連切
牙	牛加切	牛加切	五加切	五加切
𧮫	極虐切	極虐切	其虐切	其虐切
革	各核切	各核切	古核切	古覈切

從以上的例子可見，在《類篇》部首字的切語中，有部分與《集韻》相同的切語，則必定不會與大徐本《說文》之切語相同。因此，在《類篇》部首字切語與《集韻》相同的統計中，只選取了如上表中《類篇》與《集韻》切語相同，而異於《廣韻》及大徐本《說文》這個形式的例子作爲統計，並沒有把同時與《說文》、《集韻》二書皆相同者統計在內，若三本書的切語完全相同，則將其歸入與大徐本《說文》切語相同以作統計。因爲三本書之切語相同無異者與此情況不同，其中《類篇》的切語無疑是來自於大徐本《說文》。

〔註35〕上表中加入《廣韻》作爲參照，以凸顯出《類篇》部首字切語與《集韻》相同者，則與大徐本《說文》部首字切語相異之情況。另外，以灰底顯示出《類篇》、《集韻》二書切語的相同情況。

通過上表的方式所歸納與統計的結果，可知《類篇》部首字與《集韻》相同的切語共有七十個，遠少於與大徐本《說文》切語相同的四百六十四個，而使用或參考《重修玉篇》共有三個、來源不明，有待考證，或由《類篇》編纂者所自造之切語亦有三個。由此可以推斷，在《類篇》五百四十個部首字切語中，大部分是來自於大徐本《說文》，此書可謂是《類篇》部首字切語的主要來源；少部分來自於《集韻》；只有極少數的個別例子是使用或參考了《重修玉篇》中的切語；來源不明，有待考證，或為《類篇》編纂者所自造之切語只出現了三次，可以說是例外。

二、切語相同的類型

其次，是《類篇》部首字切語與各書相同的形式。從《類篇》與大徐本《說文》、《集韻》、《廣韻》的相同情況上，可以找出一些基本的形式，透過這些基本的形式，亦可以探討出其切語的來源。現將《類篇》部首字切語與各書相同的各種形式整理如下表：

形　式	例　子	《類篇》	《集韻》	《廣韻》	大徐本《說文》
形式一	支	章移切	章移切	章移切	章移切
形式二	寸	倉困切	村困切	倉困切	倉困切
形式三	甏	乳兗切	乳兗切	而兗切	乳兗切
形式四	用	余訟切	余頌切	余頌切	余訟切
形式五	旻	火劣切	嚻劣切	許劣切	火劣切
形式六	教	居效切	居效切	古孝切	古孝切
形式七	史	爽士切	爽士切	踈士切	疏士切
形式八	ム	自夷切	相諮切	息夷切	息夷切

上表的八種形式中，形式八所代表的是《類篇》部首字切語出於對其有所影響的三本書之範圍，這個情況一共有十五字。考其來源後，此十五個切語大多是因形近而訛的筆誤所致，改正以後則可歸入其他七種形式之中，其中只六個部首字的切語真正溢出對其有影響的三本書以外〔註36〕。

〔註36〕這六個部首字的切語前面已有所論：「茍」字的「居力切」源自《重修玉篇》；「舟（舟）」字切語「如占切」與「甲」字切語「古洽切」則明顯地參考了《重修玉篇》；「采」字切語「博莧切」、「異」字切語「餘志切」、「比」字切語「必志切」，皆是來源不明，有待考證。

　　從形式六以及形式七中，明顯可以看出《類篇》部首的切語是源自《集韻》，其異於《廣韻》及大徐本《說文》，且又只與《集韻》一書之切語相同。這是因爲《類篇》部首字說解內容完全承襲大徐本《說文》，當中包括了除鉉依據孫愐《唐韻》以反切所標示之字音，故《類篇》部首字之切語理應與其相同無異，然形式六及形式七所出現的切語只與《集韻》一書相同。從《類篇》之編修目的是爲了要與《集韻》「相副施行」，以及在其編纂時以《集韻》作爲其取材對象與範圍等的原因，可以推斷形式六及形式七中所顯示的這些《類篇》部首的切語之來源，正是出自《集韻》一書。

　　由形式二、形式四、形式五中，可以明顯地看出《類篇》部首的切語是源自大徐本《說文》。於這三種形式中，《類篇》部首的切語均於與《集韻》相異，而同於大徐本《說文》，雖與《廣韻》之切語或異或同，然對於探討其來源並沒有太大的影響。《類篇》爲歷代最爲遵行《說文》之字書〔註37〕，尤其是於分部、部數、部次以及部首字說解內容等方面，可謂是完全與《說文》相同〔註38〕，且以大徐本《說文》爲本，由此可推論，在形式二、形式四、形式五中，《類篇》部首的切語確實是源自於大徐本《說文》。

　　形式三與形式一最爲特別。於形式三中，《類篇》的切語同時與大徐本《說文》及《集韻》相同；於形式一中，亦同樣有的情況出現。兩者的相異之處是，於形式三中《廣韻》之切語異於《類篇》、《集韻》、大徐本《說文》三本書；而於形式一中《廣韻》之切語與三本書相同，即四本書的切語無異。撇開《廣韻》不談，只就《類篇》部首字切語來源的兩本主要書籍而論，則形式三與形式一會出現完全相同的情況，即《類篇》的切語同時與《集韻》及大徐本《說文》相同。在這情況之下，可以說《集韻》與大徐本《說文》同是《類篇》部首字切語的來源，但此推論實有不當之處，於形式三與形式一中《類篇》的切語應來自於大徐本《說文》而非《集韻》，其原因有二。

　　其一，是《類篇》於分部、立部、部數、部敍以及部首字說解內容等方面，完全與於徐鉉所校定的《說文解字》相同。對於此，孔仲溫先生曾言：

〔註37〕見孔仲溫：《類篇研究》，頁 92～93。

〔註38〕見同前注，頁 89～90。

> 《類篇》爲《說文》五百四十部一系字書之殿軍作,其分部承襲許
> 書之舊,而無所更革,故其分部亦如同《說文》具備完整之條理。
> 〔註39〕

孔仲溫先生言《類篇》承襲許書之舊,於北宋之時,許愼之《說文解字》流傳已千年之久,蓋非其最初之貌,故《類篇》所承襲者爲當時十分流行,經徐鉉所校定的大徐本《說文》。字書發展至北宋,除了對於字形、字義的解釋以外,同時亦十分注重對於字音的標示,反切發展至北宋之時亦已十分成熟。因此,徐鉉爲《說文解字》校定之時才會爲其逐字注音;而《類篇》之編纂目的爲了要與《集韻》相副施行,因此而發展出「以形爲經,以韻爲緯」的這個編纂方式,於同一部首內的字次安排則依照《集韻》的兩百零六韻,以及平、上、去、入之次序所排列。可見《類篇》於分部、部數、部敘與部首字說解內容等全同於大徐本《說文》,於材料及範圍上取之於《集韻》。正因爲以上的原因,《類篇》既然於部首字說解內容上承襲了大徐本《說文》,對於徐鉉爲其所注的字音,理應亦一併承襲。由此可知,於形式三與形式一的《類篇》部首字切語,雖然同時與《集韻》及大徐本《說文》相同,然其所根據者應爲大徐本《說文》而非《集韻》。

其二,是《類篇》部首字切語若來自於《集韻》,則必定會以形式六或形式七之方式表現,其切語只與《集韻》相同,並且異於大徐本《說文》。雖然《類篇》之編纂內容及範圍本之於《集韻》,但由於《類篇》之分部、部次、部敘等全與大徐本《說文》相同,《類篇》於承襲之時連徐鉉所注之音亦一并抄錄。故《類篇》部首字的切語,應大多同於大徐本《說文》,而有少數同於《集韻》。於形式三與形式一中《類篇》的切語同於大徐本《說文》,又同時與《集韻》相同,當中形式一更是同時與《廣韻》相同,這可能是那些部首字的讀音於當時變化不大,故其切語亦沿用不變。由此可以推論,這些形式三與形式一的《類篇》部首字切語,其來源的根據爲大徐本《說文》而非《集韻》。

第五節 《類篇》部首字切語來源檢討

《類篇》的編纂主要受到了大徐本《說文》與《集韻》的影響,而《集韻》又爲《廣韻》的擴大與重修。透過以上的討論,可以得知在《類篇》五百四十

〔註39〕見孔仲溫:《類篇研究》,頁84~85。

個部首字切語中，絕大部分來自於當時流傳廣泛的大徐本《說文》，共有四百六十四個；來自於其姊妹篇著作以及其編纂材料的《集韻》則相對較少，只有七十個；此外有六個部首字切語的來源是溢出《廣韻》、《集韻》與大徐本《說文》三書。由此可以得出的結論為，《類篇》五百四十個部首字切語的主要來源是大徐本《說文》，次要來源是《集韻》，當中有極少數是溢出此二書以外。

在溢出大徐本《說文》與《集韻》的這六個部首字切語中，又可以分為兩個部分：其一，是使用或參考《重修玉篇》，這樣的切語有三個，分別是：「苟」字的「居力切」是來自於《重修玉篇》；「冄（冉）」字的「如占切」以及「甲」字的「古洽切」，則是參考了《重修玉篇》中與之音讀相同的切語，此可見《類篇》的編纂對於《玉篇》是有所參考及使用〔註40〕。其二，是獨自出現在《類篇》一書中的切語，同樣一共有三個，分別是：「采」字之切語「博莧切」、「異」字之切語「餘志切」、「比」字切語「必志切」。此三個部首字的切語最為特別，不見於前代或後代的字書、韻書中，其來源仍有待考證，又或者是為《類篇》編纂者所自造之切語。

《類篇》一書有著「以形為經，以韻為緯」的編纂特點，於內容範圍及取材皆本於與其相副施行的韻書《集韻》，於編纂體例之上又與於大徐本《說文》的分部、部次與部敘等相同。正由於此，《類篇》的部首字說解內容理應與大徐本《說文》完全無異，當中亦包括徐鉉為每字所加的反切注音，這才符合其編纂體例。然而經過統計數據的歸納，與切語相同的類型兩項分析以後，所得出的結果是：《類篇》五百四十個部首字切語並非完全與大徐本《說文》相同，當中有七十個部首字的切語是來自於《集韻》，約佔整體部首字切語數量的12.9%，且而更有六個部首字的切語溢出此二書之範圍，約佔整體部首字切語數量的 1.2%。從這七十六個異於大徐本《說文》的部首字切語中，可知《類篇》於部首字切語的選取與使用之上有違反同於大徐本《說文》部首字說解，以及字音之處，此已與其編纂體例不相符合。雖然《類篇》於編纂之初其編纂者已

〔註40〕沈祖春先生認為：「宋初《玉篇》完成修訂之後，始纂《集韻》。《集韻》成書後，方才編纂《類篇》。《類篇》的編纂是以《集韻》為藍本，但是又不完全泥於《集韻》，於收字釋義有一定的增減。《玉篇》也是《類篇》編纂時的參考字書之一。」見《《類篇》與《集韻》《玉篇》比較研究》（華東師範大學博士論文，2010 年），頁 311。

詳定音切〔註41〕，然而當中有七十個部首字切語取之於《集韻》；有三個部首字的切語使用或參考《重修玉篇》；又有三個首字的切語來源有待進一步考據，它們或為《類篇》編纂者所自造。出現這樣的結果，其原因可能是《類篇》之編纂歷時長達二十八年之久〔註42〕，經由不同官員主持編纂所至，才有如此違反自身編纂體例的情況出現。

就溢出大徐本《說文》的七十六個部首字切語而言，當中取自《集韻》的七十個切語，明顯不符合《類篇》的編纂體例，然而卻並沒有離開其編纂的材料與範圍，可以說此七十個切語是有本可尋。另外的六個部首字切語中，不論是使用或參考《重修玉篇》的三個切語，或是來源不明的三個切語，均超出了其編纂的材料與範圍，此六個既非取自大徐本《說文》，又非取自《集韻》的切語，正是《類篇》於部首字切語選取中，與其編纂體例不相符合之處。書中共有七十個部首字切語來自《集韻》，這個現象的原因未明，可能是出於編纂者的有意為之；又可能與《類篇》編纂期間多次更換主纂官員，歷經多人之手才得以完成，以致在部首字切語的選取之上沒有一定的標準有關。而六個溢出大徐本《說文》或《集韻》的部首字切語中，同樣也可以說是編纂者有意為之，而且不取二書切語之意圖亦十分明顯，顯然違反了《類篇》的編纂體例。這樣的情況並非刻鈔者大意所至，若是刻鈔者的無心之失，則其只會出現點畫之間的筆誤，或是形體相近的字誤，絕不可能出現溢出二書之切語。

第六節 小 結

於《類篇》的編纂體例中，除了分部、立部、部敘，以及部首字的說解內容皆與當時流行的大徐本《說文》相同以外，於字音方面，亦應與徐鉉為《說文》逐字以反切所注之音相同。然而在書中五百四十個部首字切語中，卻並非全部如此，它們的來源紛雜不一。經過數據的對比、統計與歸納，所得到的結果是：當中只有四百六十五個切語符合其編纂體例，是來自於大徐本《說文》；其餘不符合其編纂體例的切語中，有七十個來自《集韻》，有三個是使用或參考

〔註41〕見孔仲溫：《類篇研究》，頁119。

〔註42〕此書於仁宗寶元二年（1039年）十一月始編，至英宗治平四年（1067年）十二月成書。

《重修玉篇》，更有三個切語來源不明。書中部首字切語所取向的對象並非單純統一，或取之大徐本《說文》，或取之於《集韻》，並無規範可言；更有來自或參考《重修玉篇》的切語，又或者是來源不明，可能爲編纂者所自造。由此可知，導致書中部首字切語來源混亂的主要原因是，編纂者於切語的選取之上沒有遵循固定與統一的標準。

第四章　《類篇》處理《集韻》新增字音之探析

　　《集韻》一書是在《廣韻》的基礎上再進行編修，故可視之爲《廣韻》的擴大與重修，在字音的收錄方面，除了對於《廣韻》原本的切語進行改造以外，同時又收錄了不少新增字音。而《類篇》則在成書於《集韻》之後，其編纂之目的更是爲了與《集韻》「相副施行」，以達到二書可以互相參協之目的與效果。既然如此，《類篇》對於「《集韻》新增字音」的處理，理應一字不改地完全抄錄，然而將此二書新增字音的切語作出比對，則可發現《類篇》書中的新增字音與《集韻》多有不同。因此，本章欲針對《類篇》處理《集韻》新增字音之方式、優點與疏漏等作出探討。

第一節　《集韻》之新增字音

　　要了解什麼是「《集韻》新增字音」，必須先說明《集韻》與《廣韻》之間的關係，而要了解此二書之關係，則必須從《集韻》一書的編纂目的說起。關於《集韻》之編纂目的，其書前的〈韻例〉曾有以下說明：

> 先帝時令陳彭年、丘雍因法言韻就爲刊益，景祐四年太常博士直
> 史館宋祁、太常丞直史館鄭戩建言彭年、雍所定多用舊文，繁略
> 失當，因詔祁、戩與國子監直講賈昌朝、王洙同加脩定，刑部郎

中知制誥丁度、禮部員外郎知制誥李淑為之典領，今所撰集，務
從該廣，……凡經典字有數讀，先儒傳授，各欲名家，今竝論著，
以稡羣說。〔註1〕

從以上所引這段《集韻‧韻例》的內容中，可見《集韻》之編纂目的，是因為
《廣韻》「多用舊文，繁略失當」〔註2〕，因此需要一本在內容上繁略得當的韻
書，去取代原本舊有，而又通行已久的《廣韻》，並且改進其中的不善之處。既
然是在《廣韻》已有的基礎之上，再進行編纂，而且又要「務從該廣」，則可知
當中所收錄的字音數量必定會多於《廣韻》。另外，〈韻例〉中「凡經典字有數
讀，先儒傳授，各欲名家，今竝論著，以稡羣說」之言，更是進一步地說明了
《集韻》是如何的在編輯音方面「務從該廣」，「先儒」、「名家」更是《集韻》
異讀的其中一個主要來源〔註3〕。

除此以外，透過《集韻》一書的書名，亦可以了解到此書的另外一個編纂
目的，以及與《廣韻》的關係為何。對於此，潘重規先生曾言：

《集韻》之名，乃本於「務從該廣」之語，而有集其大成之意，故
不用《廣》舊名也。〔註4〕

透過以上引文，可知《集韻》一書的另外一個編纂目的，是為了擴大與增加原
本《廣韻》的內容，以補其書中之不足，故不襲用舊有以「廣」命名的書名，
而改以「集」名之，可見《集韻》對於《廣韻》是有著承繼的關係。

既然《集韻》是在《廣韻》的基礎之上再進行編修，因此可以說二書之間
的關係是：《集韻》作為《廣韻》一書之重修與增加〔註5〕，並有所承繼〔註6〕。
可知《集韻》以《廣韻》作為編修的底本，當中必定有其所改動之處，如書中

〔註1〕北宋‧丁度等：《集韻》，頁1～2。
〔註2〕所謂的「繁略失當」，正如《集韻‧韻例》後文所舉之例子：「凡姓望之出，舊皆
陳名系，既乖字訓，復譜牒。」見《集韻》，頁3。意指字義之訓釋過於繁瑣，不
便於使用。
〔註3〕見張渭毅：《中古音論》（開封：河南大學出版社，2006年），頁50。
〔註4〕潘重規：《中國聲韻學》（臺北市：東大圖書有限公司，1978年），頁274。
〔註5〕見邱榮鐍：《集韻研究》，頁25～26。
〔註6〕見陳新雄：《訓詁學（下冊）》（臺北市：臺灣學生書局有限公司，2005年），頁637
～644。

韻目、所用切語的改造等〔註7〕。而《集韻》對於《廣韻》的增加之處,其〈韻例〉又言「字五萬三千五百二十五(新增二萬七千三百三十一字)」〔註8〕,所新增之字數比《廣韻》多出一倍有餘〔註9〕。

　　《集韻》相對於《廣韻》,在收字數量方面必定有所增加,由此可知此書於字音方面,亦是同樣地增加不少。關於《集韻》新收錄的字音數量,竺家寧先生認為:「這也是『務從該廣』的結果。」〔註10〕而《集韻》新增字音的確實數量,從林英津先生博士論文《集韻之體例及音系統中的幾個問題》所整理的〈集韻廣韻切語對照表〉內容中,再進行重新統計〔註11〕,所得到的結果是:《集韻》所新增而不見於《廣韻》的字音,一共有六百八十三個〔註12〕。這接近七百個的新增字音,皆只是對於每個韻目之下的小韻而言,同音字的音讀由於與小韻相同,所以並沒有計算在其中。

　　本章探討《類篇》如何處理「《集韻》新增字音」,本論文對於「新增字音」的定義為:丁度等人在「務從該廣」此編纂原則之下所新增,只見於《集韻》,而不見於《廣韻》的六百多個字音。當然,由於字書與韻書的編纂方式不同,韻書會把字音相同的字排到在同一小韻之下;相對地,字書以形為重,只會以部首「據形繫聯」,原本字音相同的字,會因所從部首之不同而遭到分散。因此與新增字音相同的同音字字音,即於《集韻》中每一小韻之下的屬字字音,亦包括在本章所探討的範圍內。既然《集韻》於形、音、義三方面皆有所增加,可知在《集韻》所新增的字音中,除了新增字形的本音以外,同時亦包括了舊

〔註7〕見同前注。

〔註8〕見北宋·丁度等:《集韻》,頁3。

〔註9〕《廣韻》收字一共二萬一千六百九十四,見北宋·陳彭年等:《廣韻》,頁9。

〔註10〕竺家寧:《聲韻學》(臺北市:五南圖書股份有限公司,2011年),頁385。

〔註11〕見林英津:《《集韻》之體例及音系統中的幾個問題·附表 3-1:集韻廣韻切語對照表》(臺北:國立臺灣大學中國文學研究所博士論文,1985年),頁1〜100。

〔註12〕林英津先生所整理的〈集韻廣韻切語對照表〉中,並沒有對《集韻》新增而《廣韻》未有的字音數量進行統計,這統計結果乃從此表的內容中進行統計而得。此數據與竺家寧先生的統計有所出入,竺先生對於《集韻》新增字音的統計結果是:「《廣韻》共有反切三千八百七十五音,而《集韻》共有四千四百七十三音。」見竺家寧:《聲韻學》,頁385。即《集韻》的新增字音一共有五百九十八音。

有字形所新增的重音。因此,「《集韻》新增字音」的範圍,應包括新增字形的本音,以及舊有字形的新增重音。

第二節　《類篇》處理《集韻》新增字音的方式

　　《類篇》與《集韻》身為「相副施行」的姊妹篇著作,並且又以《集韻》作其編纂的主要取材範圍。雖然一為字書,一為韻書,於體例之上有所不同,然而於內容之上理應一致。在新增字音的處理方面,《類篇》大部分會採取直錄《集韻》切語的方式〔註13〕,這樣的處理方式,正好符合了其編纂之目的與宗旨。然而,在《類篇》書中的「《集韻》新增字音」,亦並非每個切語都與《集韻》相同無異,當中亦有不小更改之處。關於《類篇》與《集韻》新增字音的相異情況,如下表所示〔註14〕:

韻　目	韻首字	屬　字	《集韻》切語	《類篇》切語	備註〔註15〕
東	徟	徟	樸蒙切	襆蒙切(重音)〔註16〕	切語上字由「樸」改為「襆」
鍾	䎱	䎱	鳴龍切	鳴龍切(重音)	
		氄		〔缺〕	「氄」字未收此音
支	觤	觤	語支切	〔缺〕	《類篇》未收此字
		輗		語支切(重音)	
	瀡	瀡	髓隨切	「濿」字:髓隨切	
	匯	匯	空為切	〔缺〕	《類篇》未收此音
	齜	齜	隗宜切	「齜」字:阻宜切	切語上字由「隗」改為「阻」

〔註13〕見附錄一:《《類篇》《集韻》新增字音異同表》。

〔註14〕此表中,凡《類篇》之切語與《集韻》相異者,均以灰底標示。

〔註15〕「備註」一欄,簡單陳述《類篇》處理「《集韻》新增字音」之方式,為經過判斷以後所得出的結果。

〔註16〕表中「《類篇》切語」一欄之新增字音,凡於書中非列於首音者,皆以「重音」標示。因為據孔仲溫先生《類篇字義析論》一書所言,《類篇》在多音多義之下的排列方式主要有二,分別是完全依據音序排例,或是先排例常用音義,再依序排例其餘音義。見孔仲溫:《類篇字義析論》,頁66。但不管以何種方式排例,《類篇》中對於首列字音以外的其他字音,皆稱之為「重音」。

韻	字頭	字	切語	音	備註
皆	頍	頍	蘗皆切	檗皆切（重音）	切語上字由「蘗」改爲「檗」
		碩〔異體〕		檗皆切（重音）	同上
	呪	呪	塢皆切	鳴皆切（重音）	切語上字由「塢」改爲「鳴」
		諰		塢皆切（重音）	
諄	蜎	蜎	一均切	〔缺〕	「蜎」字未收此音
		淵		一均切（重音）	
		鱬		一均切（重音）	
文	磌	磌	旁君切	滂君切（重音）	切語上字由「旁」改爲「滂」
元	讏	讏	此元切	「鱭」字：止元切（重音）	切語上字由「此」改爲「止」
寒	麗	麗	知干切	〔缺〕	《類篇》未收此字
僊（仙）	鐉	鐉	椿全切	椿全切（重音）	
		猭		椿全切（重音）	
		逐〔異體〕		〔缺〕	「逐」字未收此音
		剶		椿全切（重音）	
蕭	嬈	嬈	裏聊切	裊聊切（重音）	切語上字由「裏」改爲「裊」
宵	瀌	瀌	蒲嬌切	蒲嬌切（重音）	
		藨		蒲嬌切（重音）	
		麃〔異體〕		〔缺〕	「麃」字未收此音
麻	衺	衺	徐嗟切	徐嗟切	
		邪〔異體〕		徐嗟切（重音）	
		㖦		徐嗟切	
		斜		〔缺〕	「斜」字未收此音
		査		徐嗟切	
		蒣 莇〔異體〕		徐嗟切	
		菾〔異體〕		徐嗟切（重音）	
		荼〔異體〕		徐嗟切	
		䣄		徐嗟切	
		苴		徐嗟切（重音）	
		涂		徐嗟切	

		狋	徐嗟切		
		嘶	徐嗟切		
		㖒	徐嗟切		
	捼	捼	儒邪切	〔缺〕	《類篇》未收此音
庚	奢	奢	口觥切	口觚切	切語下字由「觥」改爲「觚」
		磘		〔缺〕	「磘」字未收此音
清	頸	頸	吉成切	吉城切（重音）	切語下字由「成」改爲「城」
		澄		吉成切	
青	娙	娙	正刑切	五刑切（重音）	切語下字由「正」改爲「五」
	婴	婴	於下切	於丁切（重音）	切語下字由「下」改爲「丁」
		啨		於丁切	同上
		鯖		於丁切（重音）	同上
		鎣		於丁切（重音）	同上
	屦	屦	子坰切	子扃切（重音）	切語下字由「坰」改爲「扃」
	娑	娑	火螢切	火瑩切（重音）	切語下字由「螢」改爲「瑩」
登	彰	彰	七曾切	〔缺〕	《類篇》未收此音
談	笘	笘	七甘切	〔缺〕	《類篇》未收此音
	蚦	蚦	汝甘切	汝甘切	
		訹		汝甘切（重音）	
		飪		汝甘切（重音）	
		姌		汝甘切	
		冄		〔缺〕	「冄」字未收此音
		臑〔異體〕		〔缺〕	《類篇》未收此字
嚴	产	产	之嚴切	〔缺〕	《類篇》未收此音
腫	醲	醲	乃湩切	乃潼切（重音）	切語下字由「湩」改爲「潼」
		繷		乃湩切（重音）	
		癑		乃湩切（重音）	
		貜		乃湩切〔註17〕（重音）	

〔註17〕「　」字此切語於《類篇》中，四庫本及姚刊本均作「乃潼切」，只有宋鈔本作「乃湩切」，與《集韻》之切語相同，今據宋抄本而定此切語爲「乃湩切」。

紙	被	被	部靡切	都靡切（重音）	切語上字由「靡」改爲「都」
		藣		部靡切	
		罷		部靡切	
		貏		部靡切	
		埤		部靡切	
		𣧞		部靡切	
		骳		部靡切	
		庳		部靡切	
旨	柀	柀	之誄切	之壘切（重音）	切語下字由「誄」改爲「壘」
止	禮	禮	鄰以切	鄰以切（重音）	
		醴		隣以切	切語上字由「鄰」改爲「隣」
薺	鳽	鳽 [illegible]〔異體〕	古礼切	古禮切（重音）	切語下字由「礼」改爲「禮」
		𦙶		古禮切（重音）	同上
蠏（蟹）	扒	扒	仄蟹切	仄蟹切（重音）	
		跐		仄蟹切（重音）	
		䖪		女蟹切	切語上字由「仄」改爲「女」
		秕		女蟹切	同上
	胯	胯	枯買切	枯買切（重音）	
		銙 䩐〔異體〕		枯買切	
				枯買切	
		𡶇		枯買切	
		恗		〔缺〕	「恗」字未收此音
		跨		枯買切（重音）	
	女	女	奴解切	奴蟹切（重音）	切語下字由「解」改爲「蟹」
		疓		奴解切	
	帍	帍	艸買切	〔缺〕	《類篇》未收此音
駭	䈘	䈘 䈵〔異體〕	徙駭切	徒駭切（重音）	切語上字由「徙」改爲「徙」

		偍		徒駭切〔註18〕（重音）
賄	琣	琣		普罪切（重音）
		俖	普罪切	普罪切
		啡		普罪切（重音）
		朏		〔缺〕 「朏」字未收此音
		咄		普罪切
	頜	頜		沽罪切
		乑	沽罪切	〔缺〕 「乑」字未收此音
		腿		沽罪切（重音）
		憒		沽罪切（重音）
準	縯	縯		阻引切
		毣		阻引切
		亲	阻引切	阻引切（重音）
		笮		阻引切（重音）
		濜		〔缺〕 「濜」字未收此音
	稇	稇		苦磒切〔註19〕 切語下字由「殞」改爲「磒」
		稛〔異體〕 麋〔異體〕	苦殞切	苦磒切（重音） 同上
				苦磒切（重音） 同上
		僒		苦磒切（重音） 同上
	輑	輑		牛尹切（重音） 切語上字由「生」改爲「牛」
		稛		牛尹切（重音） 同上
		琨	生尹切	牛尹切（重音） 同上
		撍		牛尹切 同上
		霣		牛尹切 同上
		喗		牛尹切 同上
	蜠	蜠		丘忍切（重音）
		趣	丘忍切	丘忍切（重音）
		圣		〔缺〕 「圣」字未收此音

〔註18〕此切語於《類篇》中，四庫本及姚刊本均作「徒駭切」，與《集韻》之切語相同，只有宋鈔本作「徒駭切」，同於書中「　贊」之切語，此明顯有誤，故此切語應從四庫本及姚刊本。

〔註19〕「稇」字於《類篇》中「苦磒切」之音讀，四庫本及姚刊本均作「苦磒切」；只有宋鈔本作「苦殞切」，與《集韻》之切語相同，今從四庫本及姚刊本。

	臏	臏	逋忍切	逋忍切（重音）	
		齻		〔缺〕	「齻」字未收此音
	黿	黿 螿〔異體〕	姜愍切	姜愍切（重音）	
		螼		〔缺〕	「螼」字未收此音
		巾		姜愍切（重音）	
	蟻	蟻	柱允切	〔缺〕	「蟻」字未收此音
		塚		柱允切	
		隊		柱允切	
		瑑		柱允切	
阮	顀	顀	翻阮切	飜阮切	切語上字由「翻」改爲「飜」
		飜		飜阮切（重音）	同上
		鵸		飜阮切（重音）	同上
		鵒		翻阮切	
緩	侒	侒	何侃切	何侃切	切語下字由「侃」改爲「侃」
	輨	輨	五管切	五管切	
		鯇		〔缺〕	「鯇」字未收此音
獮 （獮）	蔓	蔓	詳兖切	詳兖切（重音）	
		鄷		「鄷」字： 詳兖切（重音）	
		腺		祥兖切（重音）	切語上字由「詳」改爲「祥」
小	槗	槗	袪矯切	袪夭切（重音）	切語下字由「夭」改爲「矯」
		喬		〔缺〕	「喬」字未收此音
		鱎		袪矯切（重音）	
		鱎		袪矯切（重音）	
	剽	剽	魚小切	魚小切	
		轈		魚小切	
		鱎		〔缺〕	「鱎」字未收此音
皓	曤	曤 麃〔異體〕	滂保切	滂保切（重音）	
				〔缺〕	「麃」字未收此音
		犥		滂保切（重音）	
		歃		滂保切（重音）	

靜	悦	悦	吁請切	吁諸切（重音）	切語下字由「請」改爲「諸」
迥	婧	婧	績嶺切	績領切（重音）	切語下字由「嶺」改爲「領」
抍（拯）	澄	澄	直拯切	直抍切（重音）	切語下字由「拯」改爲「抍」
等	倰	倰	朗等切	郎等切（重音）	切語上字由「朗」改爲「郎」
	瞢	瞢	忙肯切	〔缺〕	「瞢」字未收此音
		懜		忙肯切（重音）	
		㬝		忙肯切	
有	受	受	是酉切	是酉切	
		殧〔異體〕			
		授		是酉切（重音）	
		綬		是酉切（重音）	
		壽		殖酉切（重音）	切語上字由「是」改爲「殖」
		䶵〔異體〕			
		儔		是酉切（重音）	
		濤〔異體〕		是酉切（重音）	
		鄩		是酉切	
		璹〔異體〕		是酉切（重音）	
		愸		是酉切	
		浸		是酉切	
		檮		是酉切	
		裯		是酉切	
		璹		是酉切	
敢（敢）	澉	澉	胡歌切	胡敢切（重音）	切語下字由「歌」改爲「敢」
琰	㦎	㦎	習琰切	〔缺〕	「㦎」字未收此音
		剡		習琰切（重音）	
		棪		習琰切（重音）	
		銛		習琰切（重音）	
儼	險	險	希埯切	希掩切（重音）	切語下字由「埯」改爲「掩」
檻	摻	摻	素檻切	素擥切（重音）	切語下字由「檻」改爲「擥」

范	冂	冂	五犯切	〔缺〕	《類篇》未收此音
	扣	扣	极范切	〔缺〕	《類篇》未收此字
送	矗	矗	丑眾切	〔缺〕	《類篇》未收此音
絳	𩔖	𩔖	厄降切	尼降切（重音）	切語下字由「厄」改爲「尼」
		饢		尼降切（重音）	同上
至	蒩	蒩	子冀切	子冀切（重音）	切語下字由「冀」改爲「冀」
志	子	子	將吏切	〔缺〕	「子」字未收此音
		秄		將吏切（重音）	
		仔		將吏切（重音）	
未	倪	倪	五未切	五味切（重音）	切語下字由「未」改爲「味」
御	姐	姐	様豫切	祥豫切（重音）	切語上字由「様」改爲「祥」
祭	毳	毳	充芮切	充芮切（重音）	
		竁		充芮切（重音）	
		㖪		充芮切（重音）	
		蕝		充芮切	
		橇		充芮切（重音）	
		橐		充芮切（重音）	
		㒸		充芮切	
		劓 劓〔異體〕		〔缺〕	「劓劓」未收此音
		㸟		充芮切	
		膬		充芮切（重音）	
		啜		充芮切	
	惙	惙	丑芮切	〔缺〕	「惙」字未收此音
		啜		丑芮切（重音）	
怪	聉	聉	犀怪切	〔缺〕	《類篇》未收此音
	觟	觟	火界切	火戒切（重音）	切語下字由「界」改爲「戒」
	鮭	鮭	忌戒切	尼戒切	切語上字由「忌」改爲「尼」
	𣟧	𣟧	任戒切	忙戒切（重音）	切語上字由「任」改爲「忙」

《類篇》編纂問題研究

韻	字頭	字	原切語	改訂	備註
夬	睉	睉	仕夬切	仕怪切（重音）	切語下字由「夬」改爲「怪」
隊	抐	抐	苦對切	若對切（重音）	切語上字由「苦」改爲「若」
廢	獩	獩	牛吠切	牛吷切（重音）	切語下字由「吠」改爲「吷」
		杌		牛吠切	
		軏		牛吷切（重音）	切語下字由「吠」改爲「吷」
		聉		牛吠切（重音）	
	歲	歲	虛乂切	虛又切（重音）	切語下字由「乂」改爲「又」
	瞥	瞥	普吠切	〔缺〕	「瞥」字未收此音，而書中「獩」字之本音爲「普吠切」
稕	抻	抻	居覲切	居覲切（重音）	
		攟		居覲切	
	捃〔異體〕			〔缺〕	「捃」字未收此音
		菫		居覲切（重音）	
		稹		居覲切	
		矜		居覲切（重音）	
		紖		居覲切（重音）	
		劤		居覲切（重音）	
	淪	淪	倫浚切	倫峻切（重音）	切語下字由「浚」改爲「峻」
		輪		倫浚切（重音）	
	阭	阭	所陳切	所陣切（重音）	切語下字由「陳」改爲「陣」
	酳	酳	于欶切	千欶切（註20）（重音）	切語上字由「于」改爲「千」
㷸	趣	趣	丘運切	〔缺〕	《類篇》未收此音
霰	辡	辡	批睍切	毗汌切（重音）	更改全部切語用字，上字由「批」改爲「毗」；下字由「睍」改爲「汌」

〔註20〕此切語於《類篇》中，姚刊本作「子欶切」；四庫本、宋鈔本均作「千欶切」，均爲筆誤所致，今從四庫本及宋鈔本。

綫（線）	軔	軔	如戰切	如戰切（重音）	
		繎		奴戰切（重音）	切語上字由「如」改爲「奴」
	恮	恮	子眷切	〔缺〕	《類篇》未收此音
号	犥	犥	叵到切	叵到切（重音）	
		橐 槖〔異體〕		乃到切	切語上字由「叵」改爲「乃」
				乃到切	同上
		⿺毛巴		叵到切	
		⿰月橐		匹到切	切語上字由「叵」改爲「匹」
禡	瘥	瘥	楚嫁切	楚嫁切（重音）	
		汊		楚嫁切	
		差		楚嫁切（重音）	
		衩		〔缺〕	《類篇》未收此字
		⿰礻叉		楚嫁切	
		⿰⻊叉		楚嫁切	
		⿰言爽 訍〔異體〕		楚嫁切	
				楚嫁切（重音）	
漾	霜	霜 灀〔異體〕	色壯切	色壯切〔註21〕	
				〔缺〕	《類篇》未收此字
		孀		色壯切（重音）	
勁	⿱穴寧	⿱穴寧	女正切	〔缺〕	《類篇》未收此音
	纓	纓	於正切	於政切（重音）	切語下字由「正」改爲「政」
		嬰		於政切（重音）	同上
		⿰嬰阝		於政切（重音）	同上
		罌 甖〔異體〕		於政切（重音）	同上
				於正切	
		浧		於政切（重音）	切語下字由「正」改爲「政」
徑	濴	濴	胡鎣切	胡鎣切（重音）	
		熒		胡鎣切（重音）	
		迥		胡鎣切（重音）	
		高		〔缺〕	「高」字未收此音

〔註21〕「霜」於《類篇》中重出，故「色壯切」爲其本音，同時亦爲其重音。

宥	副	副	敷救切	敷救切（重音）	
		畐〔異體〕		敷救切	
		郛		敷救切（重音）	
		福		敷救切	
		疊 / 疊〔異體〕		敷救切	
		愊 / 恒〔異體〕		敷救切	
		覆		敷捄切（重音）	切語下字由「救」改為「捄」
		猵		敷救切（重音）	
		仆		敷救切（重音）	
		踣〔異體〕		敷捄切（重音）	切語下字由「救」改為「捄」
		絀		敷救切	
		瘦		敷救切	
		福		敷救切	
		籍		敷救切	
	憂	憂	於救切	〔缺〕	《類篇》未收此音
沁	勰	勰	思沁切	思沈切	切語下字由「沁」改為「沈」
闞	鑑	鑑 / 濫〔異體〕/ 䀠〔異體〕/ 覽〔異體〕	胡暫切	胡暫切	
				胡暫切（重音）	
				〔缺〕	《類篇》未收此字
				胡暫切（重音）	
		鎌		胡暫切	
	甄	甄	义濫切	义鑑切	切語下字由「濫」改為「鑑」
		甌		义濫切	
沃（沃）	儥	儥	地篤切	他篤切（重音）	切語上字由「地」改為「他」
	磟	磟	盧督切	盧篤切（重音）	切語上字由「督」改為「篤」
		濼		盧篤切（重音）	同上
	宗	宗	才竺切	才竹切（重音）	切語下字由「竺」改為「竹」

質	蝥	蝥		地一切（重音）	
		𡏖	地一切	他一切	切語上字由「地」改爲「他」
		蛭		他一切（重音）	同上
	屈	屈		其述切（重音）	
		傶〔異體〕		其述切	
		趉	其述切	〔缺〕	「趉」字未收此音
		𩏬		其述切	
		𩾩〔異體〕		其述切	
	繘	繘		其律切（重音）	
		趫		其律切	
		趐〔異體〕		〔缺〕	《類篇》未收此字
		傶		其律切（重音）	
		魆〔異體〕	其律切	其律切	
		矞		其律切（重音）	
		趫		其律切（重音）	
		趫〔異體〕		其律切	
		矞		女律切（重音）	切語上字由「其」改爲「女」
迄	气	气		欺訖切（重音）	切語下字由「气」改爲「訖」
		乞〔異體〕		欺訖切	同上
		芞	欺气切	欺訖切（重音）	同上
		契		欺訖切（重音）	同上
		吃		欺訖切	同上
	乙	乙	於乞切	〔缺〕	「乙」字未收此音
		圪		於乞切（重音）	
薛（薜）	晢	晢	遷薛切	遷薛切（重音）	
		蕝		〔缺〕	「蕝」字未收此音
	㡀	㡀		蒲滅切（重音）	切語上字由「滅」改爲「蒲」
		娝	便滅切	便滅切（重音）	
		繐		便滅切（重音）	
		斃		〔缺〕	「斃」字未收此音
		獘〔異體〕		便滅切（重音）	

麥	瘍	瘍	丑厄切	丑厄切	
		糒		丑厄切（重音）	
		瞋		丑厎切（重音）	切語下字由「厄」改為「厎」
		鬩		丑厄切（重音）	
錫	鹼	鹼	況壁切	〔缺〕	「鹼」字未收此音
		泣		況碧切（重音）	切語下字由「壁」改為「碧」
	槭	槭	于臭切	于貝切（重音）	切語下字由「臭」改為「貝」
職	日	日	而力切	而力切（重音）	
		聑		〔缺〕	「聑」字未收此音
狎	霅	霅	斬狎切	斬甲切（重音）	切語下字由「狎」為「甲」
乏	饁	饁	下法切	于法切（重音）	切語上字由「下」為「于」

　　透過上表，可見《類篇》對於「《集韻》新增字音」的處理方式，分別有不錄某字、不錄某音、更改切語上字、更改切語下字、更改全部切語用字等五項，以下分別論之：

一、不錄某字

　　《類篇》雖然以《集韻》作為其編纂的範圍，但二書相較之下，仍可發現其中出現原本收錄在《集韻》中的字，並沒有被《類篇》收錄的情況。而在上表中，這些並沒有被《類篇》所收錄的字中，它們均擁有屬「《集韻》新增字音」的音讀，這些字又可以分為兩類：其一，是屬於某韻之下的某小韻；其二，是屬於某小韻之下的屬字。而在某韻之下的某小韻中，又可以分為兩個不同的情況。情況一：若《類篇》所沒有收錄的字，屬於某韻之下的某小韻，如果此小韻沒有任何屬字，這代表了不收其字，即不收其音。情況二：若同樣是屬於某韻之下的某小韻，但其小韻擁有一個或以上音讀相同的屬字，這些屬字並為《類篇》所收錄，又或者是屬於某小韻之下的屬字這一類型，則這些字的字形雖然不見於《類篇》，但其音卻見於書中其他與其音讀相同的字，亦即代表了這類「《集韻》新增字音」仍然存在，並不因為不收其字，而不見其音。

　　屬於情況一的例子，如：（1）「知干切」，此音為「寒」韻的最後一個小韻，「屢」字為其音首字，此小韻在《集韻》中並沒有任何屬字，《類篇》不錄此字，故「知干切」之音亦因而不見於《類篇》。（2）「极范切」，此音為「范」韻最後一個小韻，「拑」字為其音首字，此小韻在《集韻》中沒有任何屬字，《類篇》不收錄此字，因此「极范切」之音亦同樣不見於書中。屬於情況二的例子，如：（1）「語支切」，此音為「支」韻的第三十二個小韻，其韻首字為「觬」，《類篇》不錄此字，然而同一小韻之下的「輗」卻被收錄，並有「語支切」之音，因此這個新增字音得以被保存。（2）「其律切」，此音為「質」韻的第四十五個小韻，其音首字為「趫」，《類篇》不錄此字，然而同一小韻之下的「趫」、「僑」、「魖」、「醨」、「趖」、「趏」、「喬」等字卻有所收錄，並且皆有「其律切」之音，因此這個新增字音得以被保留。

二、不錄某音

　　此與不錄某字相同，同樣是可以分作兩種情況。情況一：《類篇》所不錄的「《集韻》新增字音」，是屬於某韻之下某小韻，此小韻中並沒有任何屬字，即上表備註欄中，以「《類篇》未收此音」所表示之情形。因為這些字於《集韻》中為沒有屬字的小韻，亦即沒有同音字，因此《類篇》若不收其音，即代表了這個新增字音不被保留。情況二：所不錄的新增字音，同樣是屬於某韻之下某小韻，又或者是屬於某小韻之下的其中一個屬字，但因為小韻中有著一個或以上的屬字，即上表於備註欄中，以「某字未收此音」所表示之情形。因此，縱然《類篇》於某字之下，沒有收錄它的其中一個屬於「《集韻》新增字音」的音讀，但此音讀卻沒有完全消失不見，仍可見於其他本音或重音，與此未收錄之字音相同的字之上，只不過是此字形在《類篇》缺少了一個新增的字音。

　　屬於情況一的例子，如：（1）「空為切」，此音為「支」韻中的第五十九個小韻，其韻首字為「匯」，此小韻並沒有任何屬字。《類篇》「匯」之下字不錄「空為切」，故此新增字音沒有被保留。（2）「七甘切」，此音為「談」韻的第十四個小韻，其韻首字為「笘」，此小韻並沒有任何屬字。《類篇》「笘」之下字不錄「七甘切」之音，故此新增字音等於被刪除。屬於情況二的例子，如：（1）「徐嗟切」，此音為「麻」韻的第七個小韻，其中的屬字「斜」，《類篇》中並沒有收錄此音，但同一小韻之下，作為音首字的「衺」字，以及「邪」、「梛」、「斜」、「查」、

「茮」、「蒤」、「嵞」、「菿」、「茶」、「梌」、「苴」、「潒」、「狳」、「唋」、「㗉」等屬字，於《類篇》中均有所收錄，並且皆有「徐嗟切」之音，因此這個新增字音得以被保存。（2）「祛矯切」，此音為「小」韻的第二十三個小韻，其中的屬字「喬」，在《類篇》並沒有收錄此音，但同一小韻之下，作為音首字的「橋」字，以及「鱎」、「鱎」等屬字，於《類篇》中均有所收錄，並且同樣擁有「祛矯切」之音，故此新增字音得以被保存。

除了上述所論以外，另外還有一種比較特別的「不錄某音」情況，但卻十分罕見，只有一個個別的例子而已。其為：《類篇》不錄的新增字音為某韻之下某小韻，當中沒有任何的同音字。原本《類篇》不錄，則此音必定不會被保存，但卻因為書中將此字音定為某字的新增讀音，故其音亦因此而得到保存。當中只有「瞥」字的新增字音如此，其於《集韻》中有「普吠切」之音，《類篇》並沒有收錄，但卻將此音讀定為「殠」字的本音，所以這個「《集韻》新增字音」亦得以被保存。

三、更改切語上字

《類篇》對於「《集韻》新增字音」之處理，並非完全一字不改地直接抄錄，當中有不少切語是經過編纂者的修改。例如：（1）「箻」字，為「東」韻第十六個小韻的韻首字，其音為「樸蒙切」，《類篇》改為「襆蒙切」，切語上字由「樸」而變為「襆」。（2）「嬈」字，為「蕭」韻第最後一個小韻的韻首字，其音為「裹聊切」之音，《類篇》改為「裊聊切」，切語上字由「裹」變為「裊」。（3）「被」字，為「紙」韻第四十八個小韻的音首字，其音為「部靡切」，《類篇》將其改為「都靡切」，切語上字由「部」變為「都」。

四、更改切語下字

除了切語上字以外，某些新增字音的切語下者會被編纂者所更改。例如：（1）「硈」字，為「庚」韻最後一個小韻的韻首字，其音為「口觥切」，《類篇》改為「口觚切」，切語下字由「觥」而變為「觚」。（2）「枺」字，為「旨」韻最後一個小韻的韻首字，其音為「之誄切」，《類篇》改為「之壘切」，切語下字由「誄」變為「壘」。（3）「纓」字，為「勁」韻最後一個小韻的音首字，與其屬字「嬰」、「郢」、「罌」、「渥」皆有「於正切」之音，《類篇》均改為「於政切」，切語下字由「正」而變為「政」。

五、更改全部切語用字

對於「《集韻》新增字音」的處理，除了更改切語的上字或下字以外，《類篇》更會將個切語更換，但此情況極爲罕有，當中只有一個例子而已。「辡」字，其爲「霰」韻的其中一個小韻的韻首字，於《集韻》中此字有「批睍切」之音，其義爲「急流也」〔註22〕，而《類篇》書中「辡」字「急流也」之義的音讀則變爲「毗沔切」〔註23〕。由此可見，《類篇》將此音之切語更改爲「毗沔切」，全部切語用字均異於《集韻》。

第三節　《類篇》處理《集韻》新增字音之檢討

關於「《集韻》新增字音」，《類篇》的處理方式大部分都是直接收錄，只有少數的字音被刪除、或者因爲不錄某字、不錄某音，而使某些新增字音也一併被刪除。此外，更有少部分的字音，受到《類篇》編纂者的改造，這些改造包括了：更改切語上字、更改切語下字、更改全部切語用字三方面。然而，除了直接收錄這個處理方式，是遵於其與《集韻》「相副施行」的原則以外，其餘數種處理新增字音的方式，皆有其訛誤與疏漏之處。以下分別就《類篇》處理《集韻》新增字音之優點，與疏漏之處進行檢討。

一、優點方面

對於新增字音的處理，《類篇》之編纂者大多遵於二書內容相合之原則，因此對於大部分的新增字音，均會在沒有改動的情況之下，直接收錄在書中。「《集韻》新增字音」一共有六百八十三個〔註24〕，《類篇》一字不改，完全照錄的一共有五百六十六個〔註25〕，約佔全部新增字音的 82.9%。其中所更改或者是刪

〔註22〕見北宋・丁度等：《集韻》，頁571。

〔註23〕見北宋・司馬光等：《類篇》，頁410。

〔註24〕由於《集韻》將音讀相同的字放於同一小韻之下，因此這數字只以字音作爲統計
對象，而不管同一字音之下的字形數量。

〔註25〕《類篇》書中所收錄的新增字音，若在同一字音而擁有多於一個字形的情況之下，
即有多個同音字，則仍以一個新增字音計算，而不算作多個新增字音。因爲在《集
韻》書中，音讀相同的字，全置於同一小韻之下，故新增字音於《類篇》書中的
數量統計，亦依據《集韻》之標準。例如在「仕知切」這個新增字音之下，一共
擁有「䶂」、「　」、「䶅」、「　」、「㝏」、「㸲」等六個字形，則仍算作一個新增字音，
而非算作六個新增字音。

除的一共有一百一十七個〔註26〕，約佔全部新增字音的 17.1%。此外，若摒除《類篇》處理新增字音時一些疏漏與大意之處，如誤抄他字切語、誤用近似字形、改用罕見字體、改用同音字等，當中眞正被《類篇》編纂者所改造的切語數量，在全部新增字音中，其實並不多。這些受到改造的新增字音，一共只有二十三個，如下表所示：

新增字音	《類篇》所改切語上字	韻　目	韻首字	屬　字
隗宜切	阻宜切，切語上字「隗」改爲「阻」	支	齜	齜〔註27〕
塢皆切	鳴皆切，切語上字「塢」改爲「鳴」	皆	呢	呢
旁君切	滂君切，切語上字「旁」改爲「滂」	文	磌	磌
此元切	止元切，切語上字「此」改爲「止」	元	黳	黳〔註28〕
是酉切	殖酉切，切語上字「是」改爲「酉」	有	受	壽、矗
忌戒切	尼戒切，切語上字「忌」改爲「尼」	怪	鰈	鰈
任戒切	忙戒切，切語上字「任」改爲「忙」	怪	眜	眜
忌戒切	尼戒切，切語上字「忌」改爲「尼」	怪	鰈	鰈
便滅切	蒲滅切，切語上字「便」改爲「蒲」	薛（薛）	敝	敝
新增字音	《類篇》所改切語下字	韻　目	韻首字	屬　字
口觥切	口觚切，切語下字「觥」改爲「觚」	庚	硈	硈
子坰切	子局切，切語下字「坰」改爲「局」	青	屦	屦
火螢切	火瑩切，切語下字「螢」改爲「瑩」	青	嫈	嫈
奴解切	奴蟹切，切語下字「解」改爲「蟹」	蠏（蟹）	女	女
祛矯切	祛夭切，切語下字「矯」改爲「夭」	小	槁	槁
績嶺切	績領切，切語下字「嶺」改爲「領」	迥	婧	婧
胡歌切	胡敢切，切語下字「歌」改爲「敢」	敢（敢）	澉	澉

〔註26〕關於《類篇》對於新增字音刪除與更改的統計，若數個擁有相同新增字音的字，當中只有其中一個或以上的切語有所改變，則此新增字音仍然算作被《類篇》所更改，因爲《類篇》確實對於某一字音有所更改，只不過是疏忽或因其他原因而沒有全部統一更改。而且這些擁有相同新增字音的同音字，它們在《集韻》中是排列在同一小韻之下。例如「奴解切」這個新增字音，一共有「女」、「疢」兩個字形有此音讀，雖然《類篇》只把「女」的這個新增字音改爲「奴蟹切」，而「疢」並沒有作出更改，仍與《集韻》之切語相同，然而《類篇》確實有更改此新增字音。

〔註27〕「齜」字於《類篇》中作「齜」形，見北宋・司馬光等《類篇》，頁68。

〔註28〕「黳」字於《類篇》中作「黳」形，見同前注，頁317。

忌戒切	尼戒切，切語上字「忌」改爲「尼」	怪	鬁	鬁
仕夬切	仕怪切，切語下字「夬」改爲「怪」	夬	睉	睉
敷救切	敷捄切，切語下字「救」改爲「捄」	宥	副	覆、踣
思沁切	思沈切，切語下字「沁」改爲「沈」	沁	勸	勸
义濫切	义鑑切，切語下字「濫」改爲「鑑」	闞	甗	甗
才竺切	才竹切，切語下字「竺」改爲「竹」	渼（沃）	宗	宗
欺气切	欺訖切，切語下字「气」改爲「訖」	迄	气	乞、芞、契、吃
斬狎切	斬甲切，切語下字「狎」改爲「甲」	狎	霅	霅
新增字音	**《類篇》所改全部切語用字**	**韻目**	**韻首字**	**屬字**
玭晛切	毗沔切，全部切語用字被更改，切語上字「玭」改爲「沔」，切語下字「晛」改爲「晛」	霰	辯	辯

從上表中可見，《類篇》編纂者眞正所改造的切語一共只有二十三個，只佔六百八十三個新增字音的 3.4%，在數量上是非常的少。而在這二十三個切語有所更改的新增字音中，數量最多爲切語下字的改造，一共有十四個；其次，是切語上字的改造，一共有八個；而切語上下字皆被改造的新增字音，則只有一個。從數字上觀察，可見《類篇》對於新增字音的改造是比較偏向韻部方面的處理。

透過這以上的統計數字，可以得出的結果是，《類篇》對於「《集韻》新增字音」的主要處理原則爲：大多是一字不改地完全抄錄。這亦同時符合了二書內容互相參協的這個最高編纂原則，使二書於新增字音的收錄之上，不致於出現南轅北轍的情況，此正爲《類篇》處理新增字音的優點所在。而爲數不多的切語受到改造，此亦可以看出《類篇》在處理這些新增字的態度上，並非一成不變地採取與《集韻》相同的內容，對於某些新增字音是有選擇地吸收與改造。

二、疏漏方面

除了大部分新增字音切語與《集韻》相同，以符合二書「相副施行」、可互相參協的編纂觀念這項優點以外，《類篇》在更改或刪除新增字音的過程中，出現了不少疏忽與不善之處，以下分別論之：

（一）誤抄他字切語

誤抄他字切語之情況並不常見，其中只有三個例子而已，但已顯示出編纂者的不愼與疏忽，這些新增字音包括：

（1）是「蚩」與「秕」二字，皆有「仄蟹切」之音，在《集韻》中同爲「蟹」韻的小韻屬字。在《類篇》中，二字的這新增字音皆被改爲「女蟹切」，切語上字由「仄」而變爲「女」。然而，「女蟹切」應爲《集韻》同頁上方，在此小韻之前的一個切語，此切語有「嬭」、「妳」、「𡤝」等三個屬字〔註29〕，而「嬭」、「妳」、「𡤝」三字於《類篇》中正有「女蟹切」之音〔註30〕。由此可見，此爲切語之誤抄，而非切語之更改也，《類篇》亦未曾改造此新增字音。

（2）是「橐」、「櫜」二字，均有「叵到切」之音，在《集韻》中同爲「号」韻的小韻屬字。於《類篇》中，此二字的這個新增字音皆被更改爲「乃到切」，切語上字由「叵」而變爲「乃」。但「乃到切」切之音，應爲誤抄《集韻》同頁前一小韻之切語而得〔註31〕，但此切語的唯一屬字，即其韻首字「臑」，於《類篇》中的確有「乃到切」之音讀〔註32〕。由此可證，「橐」、「櫜」二字「乃到切」之新增字音，爲誤抄他字切語而來，並非爲編纂者所改造，故此新增字音應與《集韻》相同。

（3）是「矞」字，有「其律切」之音，在《集韻》中同爲「号」韻的小韻屬字。此切語在《類篇》中被改爲「女律切」，切語上字由「其」而變爲「女」。然而，「女律切」之音讀應爲誤抄《集韻》同頁前一小韻之切語而來〔註33〕，而此小韻的三個屬字「貀」、「柮」、「吶」於《類篇》皆有「女律切」之音〔註34〕。可見此新增字音的切語上字由「其」變爲「女」之原因爲誤抄他字切語，並非改造而來。因此，這個新增字音應與《集韻》相同，皆爲「其律切」，且沒有被《類篇》所改造。

（二）誤用近似字形

在切語用字出現字形之誤的新增字音，又可以細分爲切語上字之誤、切語下字之誤。

〔註29〕見北宋・丁度等：《集韻》，頁345。

〔註30〕見北宋・司馬光等：《類篇》，頁463、464、222。

〔註31〕見北宋・丁度等：《集韻》，頁588。

〔註32〕見北宋・司馬光等：《類篇》，頁147。

〔註33〕見北宋・丁度等：《集韻》，頁670。

〔註34〕見北宋・司馬光等：《類篇》，頁348、215、52。

首先，是切語上字之誤，一共有十四處，包括了：（1）「樸蒙切」，此音爲「東」韻之小韻，其韻首字「倲」的切語，《類篇》誤作「樸蒙切」，切語上字「樸」應改爲「樸」。（2）「正刑切」，爲「青」之小韻，其韻首字「娙」之切語，《類篇》誤作「五刑切」，切語上字「五」應改爲「正」。（3）「徒駭切」，爲「駭」韻之小韻，其韻首字「箷」與屬字「簹」之切語，《類篇》皆誤作「徙駭切」，切語上「徙」應改爲「徒」。（4）「生尹切」，爲「準」韻的小韻，其韻首字「輴」，與「稇」、「琚」、「搇」、「霣」、「暉」等屬字之切語，《類篇》全誤作「牛尹切」，切語上字「牛」應改爲「生」。（5）「朗等切」，爲「等」韻之小韻，其韻首字「倰」之切語，於《類篇》中誤作「郎等切」，切語上字「朗」應改爲「郎」。（6）「厄降切」，爲「絳」韻之小韻，其韻首字「鬞」與屬字「饟」之切語，《類篇》皆誤作「尼降切」，切語上字「尼」應改爲「厄」。

（7）「样豫切」，其爲「御」韻的小韻，其韻首字「姐」之切語，《類篇》誤作「祥豫切」，切語上字「祥」應改爲「样」。（8）「苦對切」，爲「隊」韻的小韻，其韻首字「坲」，於《類篇》中之切語誤作「若對切」，切語上字「若」應改爲「苦」。（9）「于紵切」，爲「稕」韻的小韻，其韻首字「酳」之切語，在《類篇》中誤作「千紵切」，切語上字「千」應改爲「于」。（10）「如戰切」，爲「綫」韻的小韻，其中的屬字「緂」之切語，《類篇》誤作「奴戰切」，切語上字「奴」應改爲「如」。（11）「叵到切」，爲「号」韻之小韻，其屬字「臕」之切語，《類篇》誤作「匹到切」，切語上字「匹」應改爲「叵」。（12）「地篤切」，爲「沃」韻之小韻，其韻首字「儥」的切語，《類篇》中誤作「他篤切」，切語上字「他」應改爲「地」。（13）「地一切」，爲「質」韻的小韻，其中「垤」、「蛭」兩個屬字的切語，《類篇》均誤作「他一切」，切語上字「他」應改爲「地」。（14）「下法切」，爲「乏」韻的小韻，其韻首字「鰪」的切語，《類篇》誤作「于法切」，切語上字「于」應改爲「下」。

其次，是切語下字之誤，一共有十處，分別爲：（1）「於下切」，此爲「青」之小韻，有屬字「婹」、「嘖」、「鯖」、「鎣」，四字之切語於《類篇》中均誤作「於丁切」，切語下字「丁」字應改爲「下」。（2）「乃湩切」，爲「腫」韻的小韻，其韻首字「繷」之切語，《類篇》誤作「乃潼切」，切語下字「腫」應改爲「潼」。（3）「苦殞切」，爲「準」韻的小韻，其韻首字「稇」，與屬字「圖」、「麋」、「僗」

之切語，《類篇》均誤作「苦磧切」，切語下字「殤」字應改爲「磧」。（4）「吁請切」，爲「靜」韻的小韻，其韻首字「悅」的切語，《類篇》誤作「吁諸切」，切語下字「諸」字應改爲「請」。（5）「希掩切」，爲「儼」韻的小韻，其韻首字「險」的切語，《類篇》誤作「希掩切」，切語下字「掩」應改爲「埯」。（6）「素檻切」，爲「檻」韻之小韻，其韻首字「摲」之切語，《類篇》誤作「素攬切」，切語下字「攬」應改爲「檻」。（7）「牛吠切」，爲「廢」韻之小韻，其韻首字「穢」與屬字「軏」之切語，《類篇》皆誤作「牛吹切」，切語下字「吹」應改爲「吠」。（8）「虛乂切」，亦爲「廢」韻之小韻，其韻首字「歇」之切語，《類篇》誤作「虛又切」，切語下字「又」應改爲「乂」。（9）「所陳切」，爲「稕」韻的小韻，其韻首字「阠」之切語，在《類篇》中誤作「所陣切」，切語下字「陣」應改爲「陳」。（10）「于臭切」，爲「錫」韻的小韻，其韻首字「棫」的切語，《類篇》誤作「于具切」，切語下字「具」應改爲「臭」。

可見《類篇》中有不少新增字音的切語，皆因爲形近而誤之關係，從而不小心地使用了與之形體相似或相近的字，致使原本的音讀，因此而產生了錯誤的變化。其實這些新增字音，並沒有任何的改變，《類篇》之編纂者亦沒有爲其進行改造，它們的變化都是因爲編纂者於切語字形的選取之上，出現不慎與疏忽所致，若多加留意，或用心校閱，則應該可以避免這些不必要的錯誤。

（三）改用罕見字體

改用不同字體的新增字音切語，是指《類篇》在處理這些切語之時，於切語的上字或者是下字使用了或體〔註35〕、俗字〔註36〕，又或者是異體字〔註37〕，因此變得與《集韻》原本之切語不同。

〔註35〕此處所言或體之定義爲：字形結構與本字相同，但構形位置有所改變，亦即《類篇》書中以「或書」稱之的字體。見孔仲溫：《類篇字義析論》，頁 229。此種字體有別於其他異體字，故以或體稱之。此處之或體定義，亦有別於《類篇》書中不及非將本字字形歸類而全以或體混稱的異體字。

〔註36〕俗字的定義爲：「未經字書正式收錄，而在社會上頗爲通行者。」見王力：《中國現代語法》（北京：商務印書館，2000 年），頁 380。而且「俗字與正字相對，與正字同時。」見孔仲溫《類篇研究》，頁 201。

〔註37〕異體字定義爲：「音義相同而外形不同。」見裘錫圭：《文字學概要》（臺北市：萬卷樓圖書股份有限公司，2010 年），頁 233。

切語用字改用或體的新增字音只有一個，其爲「鄰以切」，是「止」韻的小韻，其屬字「軆」的切語，《類篇》改爲「隣以切」，切語上字「隣」與「鄰」爲或體字的關係〔註38〕。而切語用字改用俗字的則有：（1）「裏聊切」，爲「蕭」韻的小韻，其韻首字「嬈」之切語，《類篇》改爲「裊聊切」，切語上字「裊」爲「裏」之俗字〔註39〕。（2）「丑厄切」，爲「蕭」韻的小韻，其屬字「瞝」之切語，《類篇》改爲「丑厃切」，切語下字「厃」爲「厄」之俗字〔註40〕。

切語用字改用異體的新增字音包括了：（1）「古礼切」，爲「薺」韻的小韻，其韻首字「鷄鷄」與屬字「膌」的切語，《類篇》皆改爲「古禮切」，切語下字「禮」與「礼」爲異體字的關係〔註41〕。（2）「翻阮切」，爲「阮」韻的小韻，其韻首字「蹳」與屬字「幩」、「畚」的切語，《類篇》皆改爲「飜阮切」，切語上字「飜」與「翻」爲異體字之關係〔註42〕。（3）「何侃切」，爲「緩」韻之小韻，其韻首字「侒」之切語，《類篇》改爲「何侃切」，切語下字「侃」與「偘」爲異體字之關係〔註43〕。（4）「直拯切」，爲「拚」韻之小韻，其韻首字「澄」之切語，《類篇》改爲「直抍切」，切語下字「抍」與「拯」爲異體字之關係〔註44〕。（5）「子冀切」，爲「至」韻的小韻，其韻首字「蓄」的切語，《類篇》改爲「子冀切」，切語下字「冀」與「�」爲異體字之關係〔註45〕。

《類篇》在新增字音的處理之上，並非所有的更改都是，《類篇》在使用罕

〔註38〕見清・顧藹吉：《隸辨》，頁31。

〔註39〕見明・張自烈：《正字通》，頁1110。

〔註40〕見同前注，頁187、465。

〔註41〕見清・顧藹吉：《隸辨》，頁37。梁・顧野王撰、北宋・陳彭年等重修：《大廣益會玉篇》，頁41。北宋・陳彭年等：《廣韻》，頁268。北宋・丁度等：《集韻》，頁342。

〔註42〕見明・張自烈：《正字通》，頁937。北宋・陳彭年等：《廣韻》，頁144。北宋・丁度等：《集韻》，頁135。

〔註43〕見明・張自烈：《正字通》，頁105。

〔註44〕見梁・顧野王撰、北宋・陳彭年等重修：《大廣益會玉篇》，頁108。北宋・陳彭年等：《廣韻》，頁320。北宋・丁度等：《集韻》，頁824。

〔註45〕見梁・顧野王撰、北宋・陳彭年等重修：《大廣益會玉篇》，頁236。北宋・陳彭年等：《廣韻》，頁353。北宋・丁度等：《集韻》，頁479。而《字彙・八部》（頁447）、《正字通・八部》（頁140）則將其視之爲俗字。

見字體，當中亦有《集韻》原本的切語中所使用的是罕見字體，而《類篇》將其改爲常用字體。如改「何偘切」中的「偘」爲「侃」，改「子冀切」中的「冀」爲「冀」，這些更改，雖然與《集韻》相異，但在音讀沒有被改變的情況之下，將切語所用的罕見字改爲常用字，此是值得稱讚之舉。然而瑜不掩瑕，在《類篇》一書中的「《集韻》新增字音」，卻實出現使用或體、俗字、異體字的情況，而且這些或體、俗字、異體字又多爲罕見字。雖然數量不多，一共不到十個切語有此情況，但是在切語中出現罕見，且常人多不認識的字體，這除了對使用者產生不必要的困擾以外，更令人誤會這些新增字的音讀有所變化。一般而言，切語所用之字體皆不會是非常用，又或者是罕見的字體。因此，在切語中改用罕見字體，其實是沒有必要，甚至是多此一舉的做法。

（四）改用同音字

在改用同音字方面，《類篇》處理《集韻》新增字音時，一共有八個切語出現此情況。分別是：（1）「吉成切」，爲「清」韻的小韻，其韻首字「頸」的切語被《類篇》改爲「吉城切」。切語下字雖由「成」變爲「城」，但「成」與「城」於《廣韻》的音讀皆爲「是征切」〔註46〕；而於《集韻》中則皆變爲「時征切」〔註47〕，二字皆爲「禪」母字，又同屬「清」韻，可見二字之音讀完相同。（2）「之誄切」，爲「旨」韻的小韻，其韻首字「林」的切語被《類篇》改爲「之壘切」。切語下字雖然由「誄」變爲「壘」，然而「誄」、「壘」二字於《廣韻》的音讀皆爲「力軌切」〔註48〕；而於《集韻》中則皆變爲「魯水切」〔註49〕，二字皆爲「來」母字，又同屬「旨」韻，因此二字之音讀完相同。

（3）「詳兗切」，爲「獮」韻的小韻，其屬字「㳄」之切語被《類篇》改爲「祥兗切」。雖然切語上字由「詳」變爲「祥」，但是「詳」與「祥」於《廣韻》中皆有「似羊切」之音〔註50〕；而於《集韻》中則皆變爲「徐羊切」〔註51〕，二字皆爲

〔註46〕見北宋・陳彭年等：《廣韻》，頁191。
〔註47〕見北宋・丁度等：《集韻》，頁239。
〔註48〕見北宋・陳彭年等：《廣韻》，頁249。
〔註49〕見北宋・丁度等：《集韻》，頁318、319。
〔註50〕見北宋・陳彭年等：《廣韻》，頁171。
〔註51〕見北宋・丁度等：《集韻》，頁213。

「邪」母字，又同屬「陽」韻，可見二字之音讀完相同。（4）「五未切」，為「未」韻的小韻，其韻首字「倪」之切語被《類篇》改為「五味切」。切語下字由「未」變成「味」，然而「未」、「味」二字於《廣韻》中的音讀皆為「無沸切」〔註52〕；而於《集韻》中之音讀亦然〔註53〕，二字皆為「微」母字，又同屬「未」韻，故二字之音讀完相同。（5）「火界切」，為「怪」韻的小韻，其韻首字「魝」的切語被《類篇》改為「火戒切」。切語下字雖然由「界」變為「戒」，但「界」與「戒」於《廣韻》中的音讀皆為「古拜切」〔註54〕；而於《集韻》又同樣變為「居拜切」〔註55〕，二字皆為「見」母字，又同屬「怪」韻，因此二字之音讀完相同。

（6）「倫浚切」，為「稕」韻之小韻，其韻首字「淪」的切語被《類篇》改為「倫峻切」。切語下字由「浚」變成「峻」，然而「浚」、「峻」二字於《廣韻》中的音讀皆為「私閏切」〔註56〕；而於《集韻》均變為「須閏切」〔註57〕，二字皆為「心」母字，又同屬「稕」韻，可見二字之音讀完相同。（7）「於正切」，為「勁」韻的小韻，其韻首字「纓」，與「嬰」、「郢」、「罌」、「㜌」等屬字的切語均被《類篇》改為「於政切」。切語下字雖然由「正」變為「政」，但「正」與「政」於《廣韻》中皆有「之盛切」之音〔註58〕；而於《集韻》中的音讀亦然〔註59〕，二字皆為「章」母字，又同屬「勁」韻，故二字之音讀完相同。（8）「盧督切」，為「沃」韻之小韻，其韻首字「碌」與屬字「濼」的切語被《類篇》改為「盧篤切」。切語下字由「督」變為「篤」，然而「督」與「篤」兩字於《廣韻》中的音讀皆為「冬毒切」〔註60〕；而於《集韻》均變為「都毒切」〔註61〕，二字皆為「端」母字，又同屬「沃」韻，可見二字之音讀完相同。

〔註52〕見北宋・陳彭年等：《廣韻》，頁358。

〔註53〕見北宋・丁度等：《集韻》，頁486。

〔註54〕見北宋・陳彭年等：《廣韻》，頁384。

〔註55〕見北宋・丁度等：《集韻》，頁525～526。《集韻》中「界」字之形體變為「畍」，並於注解中言：「亦書作界。」

〔註56〕見北宋・陳彭年等：《廣韻》，頁394。

〔註57〕見北宋・丁度等：《集韻》，頁541。

〔註58〕見北宋・陳彭年等：《廣韻》，頁430。

〔註59〕見北宋・丁度等：《集韻》，頁606。

〔註60〕見北宋・陳彭年等：《廣韻》，頁450～460。

〔註61〕見北宋・丁度等：《集韻》，頁650。

切語之中，所重者乃字音而非字形、字義，即使所改用的為音讀完全相同無異的同音字，亦不會影響到切語所顯示出的字音。然而，由於《類篇》與《集韻》為「相副施行」的姊妹篇著作，又以《集韻》作為其主要的編纂材料與範圍。因此，在二書內容需要能相互參協的要求之下，若《集韻》新增字音的音讀沒有任何的改變，對於其切語，理應一字不改地收錄在書中，而非動輒改用同音字。既然改用同音字，對於顯示新增字音的讀並沒有影響，則又何需花時間與心思去改用形體不同的字？此實為「舊瓶新酒」之舉。

（五）或更改或不改

某些新增字音，由於在《集韻》的小韻之下收錄了不止一個的屬字，而這些擁有某個相同音讀，但形、義完全相異的字，到了《類篇》書中，由於字書與韻書的體例有所不同，因此而分見多處。《類篇》在處理這類型，有著多個屬字的新增字音時，不免會出現某些字形之下的新增字音有所更改，某些則沒有，這個不統一的情況。《類篇》書中真正所更改，而不是因為各種疏漏所造成的新增字音不統一，或更改或不改的例子包括了：

（1）「塢皆切」，此音有「呢」、「諰」兩個屬字，而《類篇》只改「呢」字的切語改為「鳴皆切」，「諰」字的切語則沒有更改。（2）「奴解切」，此音有「女」、「疖」兩個屬字，而《類篇》只改「女」字的切語改為「奴蟹切」，「疖」字的切語則沒有更改。（3）「袪矯切」，此音有「槁」、「喬」、「鱎」、「鱎」四個屬字，而「喬」之下未收錄此新增字音，《類篇》又只改「槁」字的切語改為「袪夭切」，其餘「鱎」、「鱎」兩字之切語則沒有更改。（4）「是酉切」，此音一共有「受」、「叜」、「授」、「綬」、「壽」、「皽」、「鄩」、「濤」、「郖」、「璹」、「愯」、「浸」、「儔」、「蒀」、「璹」十五個屬字，而《類篇》只改「壽」與「皽」二字的切語為「殖酉切」，其餘十三個字的切語皆沒有更改。（5）「敷救切」，此音一共有「副」、「畐」、「郢」、「福」、「畐」、「䯝」、「愊」、「恒」、「覆」、「猵」、「仆」、「踣」、「絥」、「瘦」、「福」、「簤」十六個屬字，而《類篇》只改「覆」與「踣」二字的切語為「敷拯切」，其餘十四個字的切語皆沒有更改。（6）「義濫切」，此音有「甄」、「甀」兩個屬字，而《類篇》只改「甄」字的切語為「義鑑切」，「甀」字之切語則沒有更改。（7）「便滅切」，此音有「敝」、「嫳」、「鼈」、「氅」、「樊」五個屬字，而「氅」之下未收錄此新增字音，《類篇》又只改「敝」字的切語改為「蒲滅切」，其餘「嫳」、「鼈」、「樊」三字之切語均沒有更改。

從以上的例子當中，除了解到某些新增字音的屬字若多於一個，但其切語有被《類篇》所改造，則很有可能出現或改或不改的情況以外；又可以發現，於同一個新增字音之下的屬字，切語被改造的通常都只有原本於《集韻》中作爲小韻韻首字之下所收錄的音讀，而其他非小韻韻首字的切語則大多沒有被更改，例如以上所舉「敝」字之切語由「便滅切」改爲「蒲滅切」，「敝」爲此小韻的韻首字，被《類篇》所更改，而同一小韻之下的屬字「韒」、「獙」、「樊」則沒有，此三字之切語仍與《集韻》相同，爲「便滅切」。可見《類篇》在改造新增字音的過程中，大多只注意到原本在《集韻》中作爲小韻韻首的字，對於音讀相同而非韻首字者，則多有忽略，以致出現相同切語或更改或不改的情況，這應爲編纂者不愼與大意所產生的疏漏。

（六）刪除字音

《類篇》在處理《集韻》新增字音的過程中，不論是因爲不錄某字，或者是不錄某音的處理方式，書中確實刪除了某些原本見於《集韻》的字音。這些被刪除的新增字音一共有十三個，分別是：「寒」韻的「知干切」、「麻」韻的「儒邪切」、「登」韻的「七曾切」、「談」韻的「七甘切」、「嚴」韻的「之嚴切」、「蟹」韻的「艸買切」、「范」韻的「五犯切」與「极范切」、「送」韻的「丑眾切」、「怪」韻的「墀怪切」、「廢」韻的「普吠切」、「焮」韻的「丘運切」、「綫」韻的「子眷切」、「宥」韻的「於救切」。

雖然被刪除的新增字音，只佔全部新增字音的數量約 2%，但《類篇》身爲官方所編修的大形字書，理應於每一字形之下廣收它所包含的音讀與意義。此外，爲了與《集韻》達到「相副施行」的效果，更不應隨便地刪除一些原本爲《集韻》所收錄的新增字音，從而使到兩書在新增字音的收錄情況出現太大的差異。另一方面，把這些新增字音刪除不錄，除了致使它們消失不見以外，更會引致一些字的重音數量因此而減少。

第四節 小 結

《類篇》處理「《集韻》新增字音」的方式中，除了佔全部新增字音數量最多的完全照錄以外，另外主要是有不錄某音、不錄某字、更改切語上字、更改切語下字、更改全部切語用字這五種方式。而在這五種處理新增字音的方式中，

又分別出現了誤抄他字切語、誤用近似字形、改用罕見字體、改用同音字、同一新增字音之下的不同屬字切語或更改或不改，以及直接刪除新增字音等數項疏漏與不善。這些疏漏之處不少，可見編纂者的不慎與疏忽。若不算這些疏漏與不善之處，真正被所《類篇》改造的新增字音其實並不多，一共只有二十三個，只佔六百八十三個新增字音的 3.4%。由此可見，《類篇》處理新增字音的大原則是一字不改地完全抄錄原本《集韻》中的切語，此處理方式正符合了二書內互相參協的這個最高編纂原則，這亦是《類篇》處理新增字音的優點所在。另外，在那些數量不多，且被改造的新增字音切語中，可以看出《類篇》的處理態度，並非一成不變，對於某些新增字音也是有選擇地吸收與改造。而在這些真正被《類篇》所改造的新增字音切語中，比較常見的情況是：於同一新增字音之下的屬字，切語被改造的通常都只有原本於《集韻》中作為小韻韻首字之下所收錄的音讀，而其他非小韻韻首字的切語，則大多沒有被更改，此亦為《類篇》處理「《集韻》新增字音」的疏漏之處。

第五章　《類篇》徵引《說文》之方式

　　《類篇》以《集韻》作爲其編纂的主要材料與範圍，而《集韻·韻例》中又曾言其書之字義主要源自《說文》，因此在《類篇》的字義中，亦多有徵引《說文》之處。本章欲就《類篇》徵引《說文》的方式進行探討，以歸納出此書徵引《說文》的各種形式與疏漏，並與《集韻》之所引作出對比，以找出二書所引的異同，並且爲《類篇》徵引《說文》之方式作出檢討。

第一節　《類篇》體例、字義與《說文》的關係

　　《類篇》於其十五卷下的〈附記〉內曾經言及翰林學士丁度等人於《集韻》成書後不久，即向宋仁宗奏請編纂此書，而其主要目的，是爲了與當時新修的韻書《集韻》「相副施行」〔註1〕。從中更可以知道《類篇》是以《集韻》作爲其編纂的材料與範圍，是其形、音、義的主要來源，這是因爲宋人於字書、韻書之內容上，會刻意地要求二者的內容協和一致，以便相互參稽，如此獨特之觀念乃爲宋代所特有〔註2〕，而未見於其他時代。雖然如此，但從蘇轍於《類篇·

〔註 1〕《類篇》十五卷下之〈附記〉曾言：「今修《集韻》，添字既多，與顧野王《玉篇》不相參協，欲乞委脩韻官將新韻添入，別爲《類篇》，與《集韻》相副施行。」見北宋·司馬光等：《類篇》，頁 563～564。

〔註 2〕見孔仲溫：《類篇研究》，頁 9。

序》中的一句「凡爲《類篇》，以《說文》爲本」的話中〔註3〕，則又可知《類篇》與《說文》的關係非淺，雖然以《集韻》作爲其編纂之主要內容與範圍，但又有沿革與承繼《說文》之處。《類篇》對於《說文》的沿革，主要是在於編纂體例方面，當中包括了分部、部次、部數及部首字的說解內容〔註4〕，以及卷數、目錄之設立等〔註5〕。

此外，《類篇》在每部之後，均會注明本部「文」與「重音」之總數。可知除了分部、部數、部次、部首字的說解等與《說文》無異之外〔註6〕，《類篇》於每部之後均言「文」與「重音」之總數，這是對於《說文》於每部之後言「文」與「重文」總數的仿效，亦可視爲《說文》對於《類篇》的其中一項影響〔註7〕。

《類篇》可以說是歷代字書中最爲特別的一本，因爲它以《說文》之形爲經，以《集韻》之韻爲緯〔註8〕，在體例上本之於《說文》，於內容之上本之於《集韻》，因此，《類篇》與一般以形爲綱之字書大爲不同。在《類篇》的編纂體例中，其分部、部數、部次、部首字說解內容等方面完全與《說文》的五百四十部相同，並以此達到「據形繫聯」之目的；而於同部中屬字的編排則以《集韻》爲據，依照二百零六韻，同時又以平、上、去、入四聲爲次，以此作爲部中屬字的排列次序〔註9〕。雖然《類篇》於同部屬字的排例是以《集韻》之韻次爲據，然而，其於分部等方面是與《說文》幾乎無異，無怪乎孔仲溫先生稱讚《類篇》爲「所見最爲遵循《說文》之字書」〔註10〕。

〔註3〕見北宋・蘇轍：〈類篇序〉，載於北宋・司馬光等：《類篇》，頁1。

〔註4〕見孔仲溫：《類篇研究》，頁92。

〔註5〕《四庫全書總目提要》對於《類篇》一書的介紹中曾言：「書分十五卷，各卷分上中下，故稱四十五卷，末一卷爲目錄，用《說文解字》例也。」見清・紀昀、永瑢等：《景印文淵閣四庫全書・第一冊・欽定四庫全書總目經部小學類二》，卷41頁843。

〔註6〕唯獨將《說文》「凡某之屬皆从某」中的「屬」字改爲「類」字以符合「類篇」之名。

〔註7〕當中的「重音」並非像《說文》重文，而是言一字多音中音讀的數量。

〔註8〕見孔仲溫：《類篇研究》，頁83。

〔註9〕見黃德寬、陳秉新：《漢語文字學史》，頁67。

〔註10〕見孔仲溫：《類篇研究》，頁92。

雖然《類篇》作爲與《集韻》「相副施行」的姊妹篇著作，其內容與範圍皆取自《集韻》，於形、音、義之上與《集韻》又多有相同之處；但《說文》對於《類篇》一書之內容應該亦有所影響，由此可以推測《類篇》一書除了編纂體例以外，於內容方面對於《說文》亦有所沿革，受到《說文》一定的影響。而《集韻》方面，其於字義的說解上，又多引用《說文》，對於《集韻》與《說文》二書之間的關係，《集韻·韻例》曾言：「凡字訓悉本許慎《說文》，慎所不載，則引他書爲解。」〔註11〕

既然《類篇》之內容與範圍皆本之於《集韻》，而《集韻》一書對於字義的說解又多源自《說文》。因此可以得到的合理推論是：《類篇》對於《說文》的沿革除了在編纂體例，特別是分部、立部、部次、部數、部首字的說解，以及每部所收字數等的統計以外；於字義的訓解方面，亦多本之於《說文》，這是因爲《類篇》之內容與《集韻》相比，可以說是大同小異，而《集韻》於字義解釋上所採取的說解來源，《類篇》亦會一併承襲使用。對於此，孔仲溫先生於《類篇字義析論》一書曾言：

> 《類篇》的字義源自許慎《說文解字》，這應該是最可以確認定的事實。蘇轍在《類篇·序》中即明確地指出「凡爲《類篇》，以《說文》爲本」，此處的「《說文》爲本」，它不僅說明在體例上以 540 部首爲宗，也是在說《說文》的義訓，是字義解釋的基礎。而與《類篇》「相副施行」，內容大同小異的《集韻》，其〈韻例〉中有「凡字訓悉本許慎《說文》」的話，也是一項堅實的佐證。〔註12〕

誠如孔仲溫先生所言，《類篇》一書除了體例以外，其於字義的說解上亦多本之於《說文》。而《類篇》於字義解釋上所引用的《說文》到底爲哪個版本？據孔仲溫先生的考據，是以大徐本爲主，再斟酌參考小徐本〔註13〕。而小徐本的引用方面，所引之內容均集中在徐鍇的按語之上。《類篇》於字義方面之所據爲多爲大徐本而非小徐本《說文》，相信當中亦涉及政治之因素，因徐鉉等人是奉宋

〔註11〕見北宋·丁度等：《集韻》，頁 2。

〔註12〕孔仲溫：《類篇字義析論》（臺北市：臺灣學生書局有限公司，1994 年），頁 26～27。

〔註13〕見同前注，頁 28。

太宗之詔而校定《說文》〔註14〕，而小徐本《說文》的編撰者徐鍇則終身仕南唐，並沒有入宋〔註15〕。《類篇》與大徐本《說文》同為當時官方所修之字書，故其於釋義方面多以該書為據亦是自然之事。至於《類篇》於字義說解方面又是如何的引用《說文》？當中的引用會否因為以《集韻》作為其主要的編纂內容與範圍，而與《集韻》所引之《說文》內容無異，成為了間接的引用？除了釋義以外，於釋形方面又有否引錄《說文》的內容？對於小徐本《說文》又是如何的斟酌參考？這些都是值得探討的問題。

第二節　《類篇》引用《說文》的方式

　　《類篇》對於《說文》的引用，至少可以分為兩大類，分別是部首字與一般非部首字，兩者對於《說文》內容之引錄方式可謂是完全不同。為了與其編纂體例配合，《類篇》對於五百四十個部首字的說解，皆會完全引錄《說文》之內容以作解釋。而非部首字方面，大多只是使用《說文》中對於該字釋義的部分，然亦有使用釋形的部分，但所引錄之方式則不及部首字般固定統一致。在非部首字對於《說文》引用的方式中又可以細分為：標明出處以釋義、標明出處並釋形義、逕自引用，不標明出處，以下分別論之。

一、部首字的引用

　　在部首字方面，由於《類篇》於分部、部數、部次等，均與《說文》相同，並以此作為「據形繫聯」之綱領，成為類聚群分之依據去蒐羅文字〔註16〕，因此對於部首字的引用，應與以音排列的《集韻》有所不同，下面以《類篇》的首二十五個部首作為例子，與《集韻》作出對比，以了解二書對於《說文》部首字引用的差異〔註17〕：

〔註14〕「鉉精小學，好李斯小篆，臻其妙，隸書亦工。嘗受詔與句中正、葛湍、王惟恭等同
　　　　校《說文》。」見元・脫脫等：《宋史・卷三三七，列傳第二百文苑三》，頁 13045。

〔註15〕「鍇字楚金，四歲而孤，母方教鉉，未暇及鍇，能自知書。李景見其文，以為秘書省
　　　　正字，累官內史舍人，因鉉奉使入宋，憂懼而卒，年五十五。」見同前注，頁 13049。

〔註16〕見孔仲溫：《類篇字義析論》，頁 86。

〔註17〕此表中《類篇》以及《說文》中的「大字」均以標楷體標示；《類篇》及《集韻》
　　　　引用《說文》的內容則均以灰底標示。

部首字	《類篇》內容	《集韻》內容	《說文》內容
一	一，惟初太始，道立於一，造分天地，化成萬物。凡一之類皆從一。古文作弌。於悉切。古文從弌。文二。	入聲第五「質」：一弌，益悉切。《說文》：「初太始，道立於一，造分天地，化成萬物。」或作弌。文七。	一，惟初太始，道立於一，造分天地，化成萬物。凡一之屬皆從一。於悉切。弌，古文一。
上（上）	上，高也。此古文上，指事也。凡上之類皆從上。或作上，古作二。是掌切。上又時亮切。文三。重音一。	上聲三十六「養」：上上二，是掌切。《說文》：「高也，此古文，指事也。」一曰外也。或作上，古作二。文三。	上，高也。此古文上，指事也。凡上之屬皆從上。時掌切。上，篆文上。
示	示，天垂象，見吉凶所以示人也。從二（二古文上字）三垂，日月星也。觀乎天文以察時變，示，神事也。凡示之類皆從示。古文作示。神至切。示又翹夷切，地祇也。又市之切，姓也，晉有示眯明。又支義切，寘也。文二。重音三。	去聲第六「至」：示示，神至切。《說文》：「天垂象，見吉凶所以示人也。從二，古文上字，三垂，日月星也。觀乎天文，以察時變。示，神事也。」古作示。文十一。	示，天垂象，見吉凶，所以示人也。從二。二，古文上字。三垂，日月星也。觀乎天文，以察時變。示，神事也。凡示之屬皆從示。示，古文示。神至切。
三	三，天地人之道也，從三數。凡三之類皆從三。古文作弎。穌甘切。三又倉含切，謀度也又。蘇暫切，《論語》：三思而後行。文二。重音二。	下平三十三「談」：三弎：穌甘切。《說文》：「天地人之道也，從三數。」古作弎。	三，天地人之道也。從三數。凡三之屬皆從三。穌甘切。弎，古文三從弋。
王	王，天下所歸往也。董仲舒曰：「古之造文者，三而連其中謂之王。三者天地人也，而參通之者王也。」孔子曰：「一貫三為王。」李陽冰曰：「中畫近上。王者則天之義。」凡王之類皆從王。古文作王。于方切。又于放切，興也。文二。重音一。	下平第十「陽」：王，雨方切。《說文》：「天下所歸往也。董仲舒曰：古之造文者，三畫而連其中謂之王。三者天地人也，而參通之者王也。孔子曰：一貫三為王。」又姓。文十。去聲四十一「漾」：王，興也。	王，天下所歸往也。董仲舒曰：「古之造文者，三畫而連其中謂之王。三者，天地人也，而參通之者王也。」孔子曰：「一貫三為王。」凡王之屬皆從王。古文王。李陽冰曰：「中畫近上。王者，則天之義。」雨方切。王，古文王。
王（玉）	王，石之美有五德：潤澤以溫，仁之方也； 理自外，可以知中，義之方也；其聲舒揚，專以遠聞，智之方也；不撓而	入聲第三「燭」：王玉玉，虞欲切。《說文》：「石之美有五德：潤澤以溫，仁之方也；腮理自外，可以知中，義之	王，石之美。有五德：潤澤以溫，仁之方也；腮理自外，可以知中，義之方也；其聲舒揚，專以遠聞，智之方也；不橈而

	折，勇之方也；銳廉而不撓，絜之方也。象三王之連，丨其貫也。凡王之類皆从王。古文作珏。虞欲切，臣光曰：今隸文或加點。文二。	方也；其聲舒揚，專以遠聞，智之方也；不撓而折，勇之方也；銳廉而不技，絜之方也。象三玉之連，丨其貫也。」隸加點，古作玉。文十一。	折，勇之方也；銳廉而不技，絜之方也。象三玉之連，丨，其貫也。凡玉之屬皆从玉。陽冰曰：「三畫正均如貫玉也。」魚欲切。珏，古文玉。
珏	珏，二玉相合爲一珏。凡珏之類皆从珏。或作瑴。訖岳切。或从殼。瑴又古祿切。文二。重音一。	入聲第四「覺」：珏瑴，《說文》：「二玉相合爲一珏。」或从殼。	珏，二玉相合爲一珏。凡珏之屬皆从珏。古岳切。瑴，珏或从殼。
气	气，雲气也，象形。凡气之類皆从气。去既切。又欺訖切，取也。文一。重音一。	去聲「未」：气氣炁，亡既切。《說文》：「雲气也，象形。」或作氣炁。文十一。	气，雲气也。象形。凡气之屬皆从气。去既切。
士	士，事也。數始於一，終於十，从一从十。孔子曰：推十合一爲士。凡士之類皆从士。鉏里切。文一。	上聲第六「止」：士，士史切。《說文》：「事也。數始於一，終於十，从一从十。孔子曰：推十合一爲士。」亦姓。文六。	士，事也。數始於一，終於十。从一从十。孔子曰：「推十合一爲士。」凡士之屬皆从士。鉏里切。
丨	丨，上下通也。引而上行讀若囟引；而下行讀若退。凡丨之類皆从丨。古本切。又息利切。又丑二切，上小下大中十等字从之。又吐外切。又敕列切。文一。重音四。	上聲二十一「混」：丨，《說文》：「上下通也。引而上行讀若囟引；而下行讀若退。」 去聲第六「至」：丨，上下通也。 去聲第六「至」：丨，上下通也。上小下大中十等字从之。 去聲第十四「夳」：丨，上下通也。 入聲第十七「薛」：丨，上下通也。	丨，上下通也。引而上行讀若囟，引而下行讀若退。凡丨之屬皆从丨。古本切。
屮	屮，木初生也。象丨出形有枝莖也。古文或以爲艸字，讀若徹。凡屮之類皆从屮。丑列切。又采早切。文一。重音一。	入聲第十七「薛」：屮，敕列切。《說文》：「木初生也。象丨出形有枝莖也。古文或以爲艸字。尹彤說。」文十五。	屮，艸木初生也。象丨出形，有枝莖也。古文或以爲艸字。讀若徹。凡屮之屬皆从屮。尹彤說。臣鉉等曰：丨，上下通也，象艸木萌芽，通徹地上也。丑列切。
艸	艸，百卉也，从二屮。凡艸之類皆从艸。或作草。倉老切。草又在早切，斗櫟實也。文二。重音一。	上聲三十二「晧」：艸草屮，采早切。《說文》：「百卉也，从二屮。」或作草。文八。	艸，百卉也。从二屮。凡艸之屬皆从艸。倉老切。

蓐	蓐，陳艸復生也。从艸，辱聲。一曰蔟。凡蓐之類皆从蓐。籀作薅。而蜀切。文二。	入聲第三「燭」：蓐薅，《說文》：「陳艸復生也。一曰蔟也。」籀从茻。	蓐，陳艸復生也。从艸，辱聲。一曰蔟也。凡蓐之屬皆从蓐。而蜀切。蘻，籀文蓐从茻。
茻	茻，眾艸也，从四屮。凡茻之類皆从茻。讀與岡同。摸朗切。又滿補切，宿艸。又文紡切，眾艸也。又莫後切，文一。重音三。	上聲三十七「蕩」：茻，《說文》：「眾艸也，从四屮。」上聲四十五「厚」：茻，眾艸也。	茻，眾艸也。从四屮。凡茻之屬皆从茻。讀與岡同。模朗切。
小	小，物之微也。从八丨，見而分之。凡小之類皆从小。私兆切。文一。	上聲三十「小」：小，思兆切。《說文》：「物之微也。从八丨，見而分之。」文四。	小，物之微也。从八，丨見而分之。凡小之屬皆从小。私兆切。
八	八，別也。象分別相背之形。凡八之類皆从八。博拔切。文一。	入聲第十四「黠」：八，布拔切。《說文》：「別也。象分別相背之形。」文十。	八，別也。象分別相背之形。凡八之屬皆从八。博拔切。
釆	釆，辨別也。象獸指爪分別也。凡釆之類皆从釆。讀若辨。古文作𠦋。博莧切。釆又邦免切，揀別也，一曰獸懸蹄。又莫晏切。文二。重音二。	去聲三十「諫」：釆，分別也。去聲三十一「襉」：釆𠦋，《說文》：「辨別也，象獸指爪分別也。」古作𠦋。	釆，辨別也。象獸指爪分別也。凡釆之屬皆从釆。讀若辨。蒲莧切。𠦋，古文釆。
半	半，物中分也。从八从牛，牛爲物大，可以分也。凡半之類皆从半。博幔切。又普半切。大片也。又逋潘切。文一。重音二。	上平二十六「桓」：半，中分也。去聲二十九「換」：半，博漫切。《說文》：「中分也，从八从牛。牛爲物大，可以分也。」文九。	半，物中分也。从八从牛。牛爲物大，可以分也。凡半之屬皆从半。博幔切。
牛	牛，大牲也。牛，件也。件，事理也。象角頭三封尾之形。凡牛之類皆从牛。魚尤切。文一。	下平十八「尤」：牛，魚尤切。《說文》：「大牲也。牛，件也。件，事理也。」又姓。文三。	牛，大牲也。牛，件也；件，事理也。象角頭三、封尾之形。凡牛之屬皆从牛。徐鍇曰：件，若言物一件、二件也。封，高起也。語求切。
犛	犛，西南夷長髦牛也。从牛𠩺聲。凡犛之類皆从犛。莫交切。又鳴龍切。又陵之切。又郎才切。又謨袍切，犛牛尾也。文一。重音四。	上平第十六「咍」：犛氂，《說文》：「西南夷長髦牛也。」或从毛。下平第五「爻」：犛氂氂髦，《說文》：「西南夷有長髦牛也。」或作氂氂髦，通作貓。	犛，西南夷長髦牛也。从牛，𠩺聲。凡犛之屬皆从犛。莫交切。

告	告，牛觸人角，箸橫木所以告人也。從口從牛。《易》曰：「僮牛之告。」凡告之類皆從告。古奧切。又乎刀切，休謁也。《漢書》：「告歸之田。」又居勞切，白也。又居六切，讀書用法曰告。《禮》：「告于甸人。」又枯沃切，吏休假也。又沽沃切，《易》：「初筮告。」又轄角切。文一。重音六。	去聲三十七「号」：告，《說文》：「牛觸人角，箸橫木所以告人也。從口從牛。」引《易》「僮牛之告」。	峕，牛觸人，角箸橫木，所以告人也。從口，從牛。《易》曰：「僮牛之告。」凡告之屬皆從告。古奧切。
口	口，人所以言食也，象形。凡口之類皆從口。苦后切。文一。	上聲四十五「厚」：口，去厚切。《說文》：「人所以言食也，象形。」又姓，文十一。	口，人所以言食也。象形。凡口之屬皆從口。苦后切。
凵	凵，張口也，象形。凡凵之屬皆從凵。口犯切。又苦紺切。文一。重音一。	上聲五十五「范」：凵，口犯切。《說文》：「張口也，象形。」文二。去聲五十三「堪」：凵，張口皃。	凵，張口也。象形。凡凵之屬皆從凵。口犯切。
吅	吅，驚嘑也，從二口。凡吅之屬皆從吅。況袁切。徐鍇曰：「或通用讙，今俗別作喧，非是。」又荀緣切，呼聲。又似用切，爭也。文一。重音二。	上平二十二「元」：吅讙喧，《說文》：「驚嘑也。」亦作讙喧，通作誼。	吅，驚嘑也，從二口。凡吅之屬皆從吅。讀若讙。臣鉉等曰：或通用讙，今俗別作喧，非是。況袁切。
哭	哭，哀聲也。從吅，獄省聲。凡哭之類皆從哭。苦屋切。文一。	入聲一「屋」：哭，空谷切。《說文》：「哀聲也。」文九。	哭，哀聲也。從吅，獄省聲。凡哭之屬皆從哭。苦屋切。

（一）《類篇》自身之引用

首先，從上表中可見《類篇》對於在當時擁有多個音義之部首字解釋上，依然是以《說文》的原文為先，並且均以「正文」的方式呈現，以此標明建首之字，而後代所新增的音、義，則排列在《說文》的說解之後，以注解的方式呈現。例如：（1）「釆」字，先引《說文》中「辨別也。象獸指爪分別也。凡釆之類皆從釆」的解釋，並且以「正文」的方式呈現，之後於注解中所排列的第一個切語「博莧切」，即為「釆」字的本音，然後就是「邦免切」之音，以及

此音之下「揀別也」與「獸懸蹄」之義,最後注「莫晏切」之音。(2)「犛」字,先以「正文」的方式引錄《說文》「西南夷長髦牛也。从牛产聲。凡犛之類皆从犛」的說解,之後列此字的本音「莫交切」,接著是「鳴龍切」、「陵之切」、「郎才切」等又音,最後是「謨袍切」,以及此音之下「犛牛尾也」之義。可見不管是宋代之時有多少的音義,《類篇》於部首字的說解上,皆會先以「正文」的方式列出《說文》的說解,然後才把新增的又音與字義以注解的方式列出,這是由於《類篇》「以《說文》爲本」,同時又「以形爲經,以韻爲緯」,故用其五百四十部作爲分部之依據,以此達到「據形繫聯」之目的。

其次,除了部首字的說解以外,《類篇》在列出部首字的重文異體方面,亦會以「正文」之方式呈現,當中的內容雖然亦同樣是引錄自《說文》,但卻有所更動。例如:(1)「一」字的重文「弌」,《說文》原文是「弋,古文一」,先列出字形,之後才說明此爲古文;而到了《類篇》則變成了「古文作弌」,先說明此爲古文,最後才舉出字形。(2)「三」字的重文「弎」,《說文》原文是「弎,古文三从弋」先列出字形,再解釋古文的形體結構;到了《類篇》則變成了「古文作弎」,亦是先說明此爲古文,之後才舉出字形,同時刪減了原文對於古文形構說明的部分。(3)「珏」字的重文「瑴」,《說文》原文是「瑴,珏或从殼」,到了《類篇》則變成了「或作瑴」,除了將重文之形體列於最後,同時又刪去了釋形的部分。(4)「采」字的重文「𥄉」,《說文》作「𥄉,古文采」,到了《類篇》則變爲「古文作𥄉」,除了舉出重文的術語有所更改以外,重文所出現的位置亦與《說文》不同。由此可見,《類篇》對於部首字重文的列出及說解,雖然都是以「正文」的方式呈現,但重文所出現的位置則改置於重文的說解之後,說解的內容與術語亦有所改變,而且更會刪減對於重文釋形的部分。

《類篇》於部首字的說解方面,除了重文的列出與說明的內容和述語有所刪改,以及改「凡某之屬皆从某」爲「凡某之類皆从某」以外,可以說是固定的一字不改地引錄《說文》原文,並且以「正文」的方式呈現。然而《類篇》對於《說文》部首字說解之引用亦非全然正確。例如「王」的說解中有「李陽冰曰:中畫近上,王者則天之義」,但李陽冰之言並非《說文》原文,其於大徐本《說文》只是出現在注解的位置中而非「正文」,《類篇》卻誤將注解當作《說文》原文,一併以「正文」的方式呈現,更將李陽冰之言至於「凡王之類皆从

王」一句之前。此外，又有引用缺漏之處，如「屮」字的說解，在《說文》原文裡，於「凡屮之屬皆从屮」前有「尹彤說」三字，到《類篇》卻缺此三字。另一方面，《類篇》引《說文》中也出現字形之誤，如「蓐」字的籀文，《說文》作「𦰩」，字形結構中應有「寸」，其隸定之形應爲「𦱹」，但《類篇》此字卻作「𦱸」形，缺少了「寸」這個部件。

（二）與《集韻》所引的差異

第一，《類篇》與《集韻》最大的差異，是於每個部首字的說解之後，皆會寫「凡某之類皆从某」，表明此爲部首字，更將《說文》原本的「屬」全改爲「類」，二字雖有別，其義實相同〔註18〕。而《集韻》方面，對於《說文》部首字說解的引用內容中，則沒有出現此標明建首字之語。例如：（1）「气」字，《類篇》對於《說文》所引用的內容是「雲气也，象形。凡气之類皆从气」；而《集韻》則是「《說文》：雲气也，象形」，缺少了「气之類皆从气」一句。（2）「士」字《類篇》對於《說文》所引用的內容是「士，事也。數始於一，終於十，从一从十。孔子曰：推十合一爲士。凡士之類皆从士」；而《集韻》則是「《說文》：事也。數始於一，終於十，从一从十。孔子曰：推十合一爲士」，缺少了「凡士之類皆从士」一句。（3）「八」字，《類篇》對於《說文》所引用的內容是「別也。象分別相背之形。凡八之類皆从八」；而《集韻》則是「《說文》：別也。象分別相背之形」，缺少了「凡八之類皆从八」一句。由此可見，在部首字引用《說文》方面，《類篇》與《集韻》最大的差異是有無標明「凡某之類皆从某」。由於《集韻》爲依韻排列的韻書，其體例與「據形繫聯」的字書截然不同，故在原本《說文》五百四十個部首字的說解之上，雖然也有引用《說文》的內容，但必定不會出現標明建首之字的術語，並以此作爲其收字依據。此外《類篇》對於部首字的說解均會以「正文」的方式呈現，《集韻》則不會如此。

第二，二書引錄《說文》部首字內容的最大差異是，《類篇》之所引並沒有刪減，而《集韻》之所引則會出現刪減的情況。例如：（1）「丄」字，《說文》原文的內容是「高也。此古文上，指事也。凡丄之屬皆从丄」；《類篇》所引的內容是「高也。此古文上，指事也。凡丄之類皆从丄」；而《集韻》所引的內容是「《說文》：高也，此古文，指事也」。明顯可見《集韻》將《說文》原本「此

〔註18〕見孔仲溫：《類篇研究》，頁86。

古文上，指事也」刪減爲「此古文，指事也」，而《類篇》則沒有刪減。（2）「蓐」字，《說文》原文的內容是「陳艸復生也。从艸，辱聲。一曰蔟也。凡蓐之屬皆从蓐」；《類篇》所引的內容是「陳艸復生也。从艸，辱聲。一曰蔟也。凡蓐之類皆从蓐」，而《集韻》所引的內容是「《說文》：陳艸復生也。一曰蔟也」。相較之下，《集韻》刪減了「从艸，辱聲」這個釋形的部分。

　　第三，從《集韻》引用《說文》的首二十五個部首字說解的內容觀之，可知其對於一字多音的字義內容處理之上，除了如「犛」字於下平第五「爻」韻「謨交切」，比起上平第十六「咍」韻「郎才切」的釋義內容與多出了一「有」字以外，其餘基本上都是，出現在常用音之下的字義說解會較爲全面，其餘字義說解通常都會變得簡略。如「半」字，出現在常用音去聲二十九「換」韻「博漫切」的釋義內容是「《說文》：中分也，从八从牛。牛爲物大，可以分也」，而在上平二十六「桓」韻「逋潘切」這個非常用音之下的釋義則被刪減爲「中分也」，更沒有說明其字義之來源。相較之下《類篇》則不會有此問題，因爲於部首字的說解之上，幾乎是完全照錄《說文》原文。

　　第四，又可以發現二書對於《說文》部首字說解的引用中，《類篇》對於直音的部分會一字不改地引用，《集韻》則完全刪除。如「屮」字下的「讀若徹」、「𡳫」字下的「讀與罔同」、「釆」字下的「讀若辨」，都爲《類篇》所有而《集韻》沒有引用的《說文》內容。許愼所注之音只爲《類篇》所引而《集韻》不引，這是因爲《集韻》原本已有反切注音，因此不收錄《說文》中與其注音方式不同的直音注音，而且漢代的語音到了北宋之時又多有改變。《集韻》身爲官方所編修的韻書，以音爲重，故必須在注音方式之上有所統一，因此不錄《說文》原本以直音方式所注之字音，亦是自然與可理解之事。《類篇》方面，由於身爲字書，且而又「以形爲經」，分部、立部等與《說文》的五百四十部相同，在體例上爲了達到「據形繫聯」，因此對於《說文》部首字的說解內容，幾乎都是一字不改的完全引錄，其中當然包含了許愼以直音方式注音的部分。

二、非部首字的引用

　　在非部首字的引用方面，今以《說文》與「虎」形相關的四部爲例，以探討《類篇》於字義的解釋方面是如何的引用《說文》一書，以及與《集韻》引用《說文》的差異。爲方便論述與顯示《類篇》對於《說文》的引用，現將二

書中此四部之內容並列，整理爲以下簡表〔註19〕：

字	《類篇》之內容	《集韻》之內容	大徐本《說文》之內容
豆	豆，古陶器也。从豆，虍聲。凡豆之類皆从豆。許羈切。文一。	上平第五「支」： 豆，《說文》：「古陶器也。」	豆，古陶器也。从豆，虍聲。凡豆之屬皆从豆。許羈切。
虊	虊，丈吕切。《說文》：「器也。」文一。	上聲第八「語」： 虊宔，《說文》：「器也。」或省。	虊，器也。从豆宔，宔亦聲。闕。直吕切。
號豐	號豐，後到切。《說文》：「土釜也。」或不省。文二。	上聲三十二「晧」： 號豐甕，《說文》：「土釜也。」或不省，亦作甕。 去聲「号」： 號甕，《說文》：「土釜也。」或作甕。	豐，土鏊也。从饍，号聲。讀若鎬。胡到切。
虍	虍，虎文也，象形。凡虍之類皆从虍。古作虘。荒胡切。徐鍇曰：象其文章屈曲也。一曰未見皃。文二。	上平十一「模」： 虍虘，《說文》：「虎文也。」一曰未見皃。古作虘。	虍，虎文也。象形。凡虍之屬皆从虍。徐鍇曰：象其文章屈曲也。荒烏切。
虞厹	虞厹，元俱切。《說文》：「騶虞也。白虎黑文，尾長於身，仁獸也，食自死之肉。」一曰安也、度也、助也、樂也。古作厹。虞又元具切。文二。重音一。	上平第十「虞」： 虞厹吳：《說文》：「騶虞也。白虎黑文，尾長於身，仁獸也，食自死之肉。」一曰安也、度也、助也、樂也。亦姓。古作厹、吳。俗作驉，非是。	虞，騶虞也。白虎黑文，尾長於身。仁獸，食自死之肉。从虍，吳聲。《詩》曰：「于嗟乎，騶虞。」五俱切。
虖	虖，匈于切，虎吼。文一。	上平第十「虞」： 虖，虎吼。	〔《說文》未收此字〕
虘	虘，叢租切，又才何切。《說文》：「虎不柔不信也。」文一。重音一。	上平十一「模」： 虘，虎不柔。 下平第八「戈」： 《說文》：「虎不柔不信也。」	虘，虎不柔不信也。从虍，且聲。讀若鄘縣。昨何切。
虖	虖，洪孤切。乎古文从虍。又荒胡切。《說文》：「嗁虖也。」又醓經切，虖，池水名。又後五切。	上平十一「模」： 虖諄，《說文》：「嗁虖也。」或从言。	虖，嗁虖也。从虍，乎聲。荒烏切。

〔註19〕表中凡《類篇》、《集韻》所引之大徐本《說文》內容皆以灰底標示。

	闕。人名，《莊子》有子桑虖。文一。重音三。		
虨𧇭	虨𧇭，逋閑切。《說文》：「虎文，彪也。」或从彬省。虨又帔巾切。文二。重音一。	上平十七「眞」：虨，虎文。 上平十七「眞」：虨𧇭，虎文。或省。 上平二十八「山」：虨𧇭，《說文》：「虎文，彪也。」或从彬省。俗作霦非是。	，虎文，彪也。从虍，彬聲。布還切。
虔	虔，渠焉切。《說文》：「虎行皃。」一曰恭也、固也、殺也。文一。	下平第二「僊」：虔，《說文》：「虎行皃。」一曰恭也、固也、殺也。	，虎行皃。从虍，文聲。讀若矜。臣鉉等曰：文非聲。未詳。渠焉切。
虤	虤，魚咸切，雄虎絶有力者。文一。	下平二十七「咸」：虤，雄虎絶有力者。	〔《說文》未收此字〕
虡虞	虡虞，臼許切。《說文》：「鍾鼓之柎也，飾爲猛獸。从虍異，象其下足。」或作虞，虡又逸職切，闕。人名，魏有荀虡。文二。重音一。	上聲第八「語」：虡虞鐻鑢艫篕，《說文》：「鍾鼓之柎也，飾爲猛獸。从虍異，象其下足。」或省，亦作鐻鑢艫篕。	鐘鼓之柎也，飾爲猛獸。从虍異，象其下足。，虡或从金豦聲。，篆文虡省。其呂切。
䖏	䖏，兩舉切，細切肉也。文一。	上聲第八「語」：䖏，細切肉也。	〔《說文》未收此字〕
虙	虙，房六切。《說文》：「虎皃。」古有虙犧氏，亦姓。文一。	入聲第一「屋」：虙，《說文》：「虎皃。」古有虙犧氏，亦姓。	，虎皃。从虍，必聲。房六切。
虐𧆛𧆳	虐𧆛𧆳，逆約切。《說文》：「殘也。从虎，足反爪人也。」隸省古作𧆳，文一。	入聲第一「藥」：虐𧆛，逆約切。《說文》：「殘也。从虍，虎足反爪人也。」隸省。文五。	，殘也。从虍，虎足反爪人也。古文虐如此。魚約切。
虖	虖，轄甲切，虎習搏皃。文一。	入聲三十三「狎」：虖，虎習搏皃。	〔《說文》未收此字〕
虎	虎，山獸之君。从虍，虎足象人足，象形。凡虎之類皆从虎。古文作。火五切。文三。	上聲第十「姥」：虎，火五切。《說文》：「山獸之君。」亦姓。古作。文十六。	，山獸之君。从虍，虎足象人足。象形。凡虎之屬皆从虎。，古文虎。，亦古文虎。呼古切。
虪	虪，徒東切，黑虎。又徒冬切，又徒登切。文一。重音二。	上平第一「東」：虪，黑虎。	〔《說文》未收此字〕

憋䢇	憋䢇，之戎切，虎文赤黑。亦从終。文二。	上平第一「東」：憋䢇，虎文赤黑。或从終。	〔《說文》未收此字〕
䮾	䮾，徒東切，黑虎。又徒登切。文一。重音一。	上平第二「冬」：䮾䮾，黑虎，或作䮾。 下平十七「登」：䮾䮾，《說文》：「黑虎也。」或省。	黑虎也。从虎，騰聲。徒登切。
虒	虒，相支切，《說文》：「委虒，虎之有角者。」又田黎切，虒奚縣名。又丈尒切。文一。重音二。	上平第五「支」：虒，相支切，《說文》：「委虒，虎之有角者。」一曰虒祁，地名，在晉。虒上，地名，在長安。俗作廛，非是。 上聲第四「紙」：虒，委虒，獸名。似虎而角，出廣陽。	委虒，虎之有角者也。从虎，厂聲。息移切。
㹠	㹠，同都切。《春秋傳》：「楚人謂虎於菟。」或作㹠。文一。	上平十一「模」：菟㹠檡兔，《春秋傳》：「楚人謂虎於菟。」一曰菟裘，魯邑。或作㹠檡兔。	【新附字】楚人謂虎爲烏㹠。从虎，兔聲。同都切。
䖜	䖜，魚斤切。《說文》：「虎聲也。」文一。	上平二十一「欣」：䖜，魚斤切。《說文》：「虎聲也。」文二十五。	虎聲也。从虎，斤聲。語斤切。
虥	虥，鉏山切，獸名。《爾雅》：「虎竊毛謂之虥。」又昨閑切，又鋤連切，又士嬾切，又仕版切，又仕限切，又士免切，又士諫切。文一。重音七。	上平二十八「山」：虥，獸名。《爾雅》：「虎竊毛謂之虥。」貓或書作虥。 上平二十八「山」：虥，昨閑切。《說文》：「虎竊毛謂之虥貓。」文三。 上聲二十四「緩」：士嬾切，《爾雅》：「虎竊毛謂之虥貓。」施乾讀。文一。	虎竊毛謂之虥苗。从虎，戔聲。竊，淺也。昨閑切。
虓	虓，許交切，虎鳴也。一曰師子。文一。	下平第五「爻」：虓猇唬，虛交切。《說文》：「虎鳴也。」或从口、从犬。文四十二。	虎鳴也。一曰師子。从虎，九聲。許交切。

䖅	䖅，郎丁切，獸名。似虎而小，出南海。文一。	下平十五「青」： 䖅，獸名。似虎而小，出南海。	〔《說文》未收此字〕
彪	彪，必幽切，虎文也。又悲幽切。文一。重音一。	下平二十「幽」： 彪，虎文也。 下平二十「幽」： 彪，悲幽切。《說文》：「虎文也。」文四。	，虎文也。从虎，彡象其文也。甫州切。
甝	甝，胡甘切，獸名。《爾雅》：「甝，白虎。」文一。	下平二十三「談」： 獸名。《爾雅》：「甝，白虎。」	〔《說文》未收此字〕
䖈	䖈，苦感切，甝屬。又户感切，虎聲。又口敢切，又苦濫切，又呼濫切，一曰虎怒皃。文一。重音四。	上聲四十八「感」： 䖈，甝屬。 上聲四十九「敢」： 䖈，甝屬。 去聲五十四「闞」： 䖈，《說文》：「甝屬。」一曰怒也。 去聲五十四「闞」： 䖈，《說文》：「甝屬。」一曰虎怒皃。	，甝屬。从虎，去聲。臣鉉等曰：去非聲。未詳。呼濫切。
𧆝	𧆝，魚既切，虎皃。文一。	去聲第八「未」： 𧆝，虎皃。	〔《說文》未收此字〕
𧇎	𧇎，詰計切，獸很不動皃。文一。	去聲十一「霽」： 𧇎，獸很不動皃。	〔《說文》未收此字〕
𧆛	𧆛，牛例切，又魚刈切。《說文》：「虎皃。」文一。重音一。	去聲十三「祭」： 𧆛，虎皃。 去聲二十「廢」： 𧆛，《說文》：「虎皃。」	，虎皃。从虎，乂聲。魚廢切。
虣𧆨	虣𧆨，薄報切，強侵也。《周官》有司虣。或从戒。文二。	去聲三十七「号」： 虣𧆨，強侵也。《周官》有司虣。或从戈廾。通作暴。	【新附字】，虐也。急也。从虎从武。見《周禮》。薄報切。
𧇄	𧇄，口陷切，虎怒也。文一。	去聲五十八「陷」： 𧇄，口陷切，虎怒皃。	〔《說文》未收此字〕
虪𧇺	虪𧇺，式竹切，《說文》：「黑虎也。」或省虪，又余六切。文二。重音一。	入聲第一「屋」： 虪𧇺，《說文》：「黑虎也。」或省。 入聲第一「屋」： 虪，黑虎。	，黑虎也。从虎，儵聲。式竹切。

虓	虓，魚乙切。《說文》：「虎皃。」或書作虠。文一。	入聲第九「迄」：虓，《說文》：「虎皃。」或書作虠。	虓，虎皃。从虎，气聲。魚迄切。
虢	虢，郭獲切。《說文》：「虎所攫畫明文也。」文一。	入聲二十「陌」：虢，郭獲切。《說文》：「虎所攫畫明文也。」亦姓。文十一。	虢，虎所攫畫明文也。从虎，𡂨聲。古伯切。
虩	虩，迄逆切，恐懼也。《說文》引《易》「履虎尾虩虩」。一曰蟲名，蠅虎也。又力擿切，又色責切。驚懼謂之虩。又火ㄟ切，虩虩恐懼也。文一。重音三。	入聲二十「陌」：虩，迄逆切，恐懼也。《說文》引《易》「履虎尾虩虩」。一曰蟲名，蠅虎也。文二。 入聲二十二「昔」：火ㄟ切，虩虩恐懼也。文一。	虩，《易》：「履虎尾虩虩。」恐懼。一曰蠅虎也。从虎，𡭴聲。許隙切。
覤	覤，乞逆切，覤覤驚懼皃。又色責切。文一。重音一。	入聲二十「陌」：覤，覤覤驚懼皃。 入聲二十四「職」：覤，覤覤驚懼皃。	〔《說文》未收此字〕
虊	虊，克革切，虎聲。文一。	入聲二十七「麥」：虊，虎聲。	〔《說文》未收此字〕
虄	虄，各核切。《說文》：「虎聲也。」文一。	入聲二十七「麥」：虄，《說文》：「虎聲也。」	虄，虎聲也。从虎，𣪠聲。讀若隔。古覈切。
虥虦	虥虦，莫狄切。《說文》：「白虎也。」或从冥省。文二。	入聲「二十三」錫：虥虦，《說文》：「白虎也。」或从冥省。	虥，白虎也。从虎，昔省聲。讀若鼏。莫狄切。
虤	虤，虎怒也。从二虎。凡虤之類皆从虤。五閑切，又胡犬切。文一。重音一。	上平二十八「山」：虤，《說文》：「虎怒也。」 上聲二十七「銑」：虤，虎皃。	虤，虎怒也。从二虎。凡虤之屬皆从虤。五閑切。
𧆨	𧆨，魚巾切。《說文》：「兩虎爭聲。」又鉏救切。文一。重音一。	上平十八「諄」：𧆨，《說文》：「兩虎爭聲。」 去聲四十九「宥」：𧆨，虎聲。	𧆨，兩虎爭聲。从虤从日。讀若憖。臣鉉等曰：日，口气出也。語巾切。
贙	贙，相犬切。《說文》：「分別也。从虤對爭貝也。」一曰獸名，出西海大秦國，似狗多力獷惡。又熒絹切。文一。重音一。	上聲二十七「銑」：贙，《說文》：「分別也。从虤對爭貝也。」一曰獸名，出西海大秦國，似狗，多力獷惡。	贙，分別也。从虤對爭貝。讀若迥。胡畎切。

　　從上表中可見，對於非部首字，《類篇》大多只是引用《說文》釋義的部分，只有少數會並引釋形，但引用之方式則不及部首字般固定一致。於非部首字的引用《說文》方式中，又可以細分為：標明出處以釋義、標明出處並釋形義、逕自引用，不標明出處等，以下分別論之。

（一）標明出處以釋義

　　一般非部首字的字義解釋方面，可以發現《類篇》所收錄的字，若《說文》亦有收錄，則《類篇》於該字的釋義上大多會直接使用《說文》原本之解釋，而且並不作任何修改，於引用之時更會標明「說文」二字，以「《說文》某某」的方式表示。例如：（1）「盝」字，《說文》的字義是「器也」，《類篇》承之，於「盝」字之釋義上言「《說文》：器也」。（2）「慮」字，《說文》的字義是「虎皃」，《類篇》承之，於「慮」字之釋義言「《說文》：虎皃」。（3）「虒」字，此字於《說文》的字義是「委虒，虎之有角者也」，《類篇》承之，於「虒」字之釋義上言「《說文》：委虒，虎之有角者」。（4）「䖒」字，《說文》的字義是「兩虎爭聲」，《類篇》承之，於「䖒」字之釋義上言「《說文》：兩虎爭聲」。以上四字於字義的解釋上均會標明其來自於《說文》。

　　同樣以這個方式標明該字是引用《說文》以釋義的例子，於「虍」、「虎」、「虎」、「虤」這四個部首的屬字中，還包括了「虞」、「虘」、「虖」、「彪」、「虔」、「虓」、「虦」、「魖」、「號」、「號」、「虪」、「虪」等。於以上所舉的例子中，都是以「《說文》某某」的方式說明該字之字義，明確地知道這些字義的解釋都是使用了《說文》原本的解釋，這可以說是《類篇》於非部首中引用《說文》釋義數量最多，以及最為常見的方式。據孔仲溫先生的統計，《類篇》中指明出自《說文》的解釋一共有七千多次〔註20〕。而於這個方式之中，大多只是字義說解的部分而已，對於字形結構的說解則甚少引用。

（二）標明出處並釋形義

　　《類篇》引用《說文》字義，以「《說文》某某」這個方式所顯示的，通常只會單單地對字義進行解釋，然而亦有例外者，其於釋義以外，對於《說文》的引用，同時亦包含了字形結構的說解部分。例如：（1）「虞」字，此字於《說文》

〔註20〕見孔仲溫：《類篇字義析論》，頁 23。

中的解釋是「鐘鼓之柎也。飾爲猛獸，从虍異，象其下足。」而《類篇》方面，則完全承之，其對於「虡」字的解釋是「《說文》：鍾鼓之柎也，飾爲猛獸。从虍異，象其下足。」可見除了「鍾鼓之柎也，飾爲猛獸」屬於字義方面的解釋以外，同時亦引用了「从虍異，象其下足」這個《說文》對於「虡」字釋形的部分。

（2）「虐」字於《說文》中的解釋是「殘也。从虍，虎足反爪人也。」《類篇》於「虐」字的解釋與《說文》相同，其爲「《說文》：殘也。从虎，足反爪人也。」可見除了字義部分以外，同時亦引用了《說文》對於「虐」字釋形部分的說解。

（3）「虤」字，其於《說文》中的解釋是「分別也。从虤對爭貝。讀若迴。」《類篇》對於「虤」的解釋中所引用《說文》的內容是「《說文》：分別也，从虤對爭貝也。」當中除了引用「分別也」以釋義之外，同時亦引用「从虤對爭貝」對字形結構進行解釋。至於「讀若迴」這個以直方式所標注的字音，則刪除不引。

另一方面，在此種引用方式之中，又可見《類篇》不太重視形體結構的解釋，重字義更甚於字形。因爲，從以上的例子中可見，書中涉及釋形的部分均來自於《說文》原文的引用，即使是有所引用，亦只是引錄釋義的部分爲主，而於說解中未引用《說文》之字，更不見任何釋形的痕跡，此亦可見《類篇》是不太重視解釋文字形體結構的說解。

（三）逕自引用，不標明出處

除了以「《說文》某某」的方式徵引《說文》原文以釋義，或者形義兼釋以外，《類篇》中另外一個引用《說文》的方式，是逕自引用《說文》中的解釋，但卻沒有加以標明出處，只有通過二書之間的對比才能知曉。例如：（1）「虓」字，《類篇》以「虎鳴也，一曰師子」釋其字義，《說文》對於「虓」字的解釋同樣是「虎鳴也，一曰師子」，此明顯可見《類篇》的釋義材料是源自《說文》，然而《類篇》卻沒有標明其解釋的出處。（2）「彪」字，其於《類篇》及《說文》均以「虎文也」釋義，這很明顯可見《類篇》是引用了《說文》的解釋，但《類篇》卻沒有標明其釋義內容是對於《說文》的引用。（3）「儵」字雖爲大徐本《說文》的新增字，其於《說文》的解釋是「楚人謂虎爲烏儵」，此句出自《左傳·宣公四年》中的「楚人謂乳穀，謂虎於菟」〔註21〕，可見《說文》於引用之時

〔註21〕見李學勤主編：《十三經注疏·春秋左傳正義》（臺北市：臺灣古籍出版有限公司，2001年），頁702。

除了沒有標明出處以外，於引文之上更出現了錯誤。而到了《類篇》的引用，則爲其標明出處，更改正了《說文》的錯誤，變成了「《春秋傳》：楚人謂虎於菟」。可見《類篇》於此處雖有改正之功，但亦應該於引用之時應該以「《說文》引某書」的方式標明所引之來源。另外，「虦」字的解釋之下雖然引用了《說文》所引《左傳》之內容，卻沒有標明出處，此與「虢」字之下言「《說文》引《易》……」的引用方式明顯有異，這正如孔仲溫先生所言，《類篇》對於書中所引用的二手資料，時而加「引」時而不加〔註22〕，引用體例如此的不一，此應改善。

（四）《類篇》新增字引用《說文》之方式

由於《類篇》爲後出之字書，因此它所收錄的字數必會定比《說文》爲多〔註23〕，然而其對於後代所新增的或體〔註24〕與異體字，在釋義上，仍然會有使用《說文》字義以作解釋。例如：（1）「虝」字爲《類篇》所有而《說文》沒有之字，此字的字義爲「虎兒」，而《說文》中部首爲「虎」、字義爲「虎兒」的有「虓」、「虥」二字，《類篇》於「虥」字的解釋中又曾言「或書作虝」，二字所組成的部件完全相同，只是形構之位置有所不同而已，由此可知「虝」與「虥」爲或體字之關係。既爲或體，二字之字義應該相同，但《說文》中只有「虥」字而沒有「虝」字，故《類篇》借用《說文》「虥」字之義去解釋新增的或體，「虝」字的字義。《類篇》於「虝」字的釋義中並沒有標明其字義來源爲《說文》，這必須透過二書的對比與考證，才可以明瞭。

（2）「䳌」字，爲《類篇》所有而《說文》沒有之字，此字之義爲「黑虎」，於《說文》中部首爲「虎」、字義爲「黑虎」的有「虥」、「虪」二字。以字音求之，「䳌」有「徒東切」、「徒多切」與「徒登切」三個音讀，而「虥」字於《說文》又有「徒東切」及「徒登切」之音，二字既有相同之字音及字義，所以是異體字的關係。以《集韻》求之，可見於「冬」韻「徒多切」之下，有「䳌」、

〔註22〕孔仲溫：《類篇字義析論》，頁24。

〔註23〕不管《類篇》實際收字數量爲多少，單從蘇轍〈類篇序〉一文所統計的「三萬一千三百一十九」字，可知比《說文》的九千三百五十三字，加上重文一千一百六十三字，多出一倍以上。

〔註24〕此處所言的或體字定義爲：字形結構與本字基本相同，所異者爲構形之位置有所改變，亦即《類篇》書中以「或書」稱之的字體。見孔仲溫：《類篇字義析論》，頁229。

「驦」二字並列，其字義爲「黑虎」；此外又於「登」韻「徒登切」之下，亦有「騰」、「驦」二字並列，它們的字義爲「《說文》：黑虎也」〔註25〕，可知二字於《集韻》中爲異體字的關係。另外，《集韻》於「東」韻「徒東切」之下又有獨立的「騰」字，其字義亦爲「黑虎」，可知「騰」除了是「驦」的異體字以外，於「徒東切」的音讀之下其本身又是一個本字。於《類篇》中「騰」字比「驦」多出「徒冬切」之音，二字雖然有相同的字義及部首，卻因爲字音上的差異，因此不被視作異體字〔註26〕。雖然如此，但透過《說文》與《集韻》二書，仍可推測《類篇》於「騰」字的釋義中是使用了《說文》「驦」字的字義，但卻並沒有標明其字義來源。由此可見對於《說文》所沒有的新增字，《類篇》若要引用《說文》的解釋，對於《集韻》一書是有所參考的。

對於《類篇》此種參考《集韻》異體字，而爲後代新增字使用《說文》字義，以作解釋的引用方式，孔仲溫先生認爲這是「赴形不確」的錯誤，更造成了重覆引錄的情況：

> 《集韻》引《說文》以釋義，全是針對「本字」而作，……《類篇》爲了兼顧與《集韻》相副施行，……也將本字的《說文》釋義，同時分派到不同部首的本字與異體字的釋義中，而造成《說文》字義重複出現，並赴形不確的情形。〔註27〕

雖然孔仲溫先生所言，是對於《集韻》部首不同的異體字，到了《類篇》書中引用《說文》以釋義的情況，但除了部首不同的異體字以外，對於部首相同，而字音有一個或以上不同，但又有共同音義的異體字，《類篇》於釋義上引用《說文》的方式，與部首不同的異體字亦是相同的。此外，就算是部首相同的異體字，亦不見得爲《說文》所有，《類篇》將其並列，又共用本字之字義，若以孔先生的標準視之，此亦應有問題。異體字爲「音義相同而外形不同的字」〔註28〕，雖然於《類篇》的異體字觀念中仍雖加上部首相同這項條件，但若字與字之間爲異體字的關係，則他們的字義必定相同，就如以上所引「騰」、「驦」二字，

〔註25〕見北宋・丁度等：《集韻》，頁15、253。

〔註26〕《類篇》的異體字定義是音、義全同，且部首相同。

〔註27〕孔仲溫：《類篇字義析論》，頁49。

〔註28〕見裘錫圭：《文字學概要》，頁233。

既然是有相同之義，又何以不能使用《說文》所有的本字字義，去爲後起的異體字釋義？因此，孔仲溫先生的說法仍有商榷之餘地，這只是《類篇》其中一項引用《說文》以釋義的方式而已，故不可以算是「赴形不確」的重覆引錄。

（五）《類篇》與《集韻》引用《說文》的差異

《類篇》之形、音、義大多源自《集韻》，而《集韻》於字義解釋上所採取的說解來源大部分又來自於《說文》，故《類篇》所引用的《說文》內容應與《集韻》無異，但細心觀察二書所引的《說文》內容或引用方式，其實二書之所引是同中有異的。第一個明顯的差異就是《集韻》對於《說文》的部首字，其解釋之時均不會出現「凡某之屬皆从某」這建首之術語，此於上文已有所討論，上表中「虍」、「虎」、「虎」、「虤」四個部首字亦是如此，這更可以證明二書對於五百四十個部首字解釋時引用《說文》的差異。

在一般非部首字中，首先可見二書的差異是《集韻》在一字多音的相同字義上，大部分只會在其中一個字音之下作出較爲詳細的說解，即所引用的《說文》內容亦較爲全面，且多與《類篇》所引相同。例如：（1）「虘」字，於《集韻》中出現在下平第八「戈」韻中的釋義爲「《說文》：虎不柔不信也」，與《類篇》之所引無異；而出現在上平十一「模」韻的「虘」字，其釋義只作「虎不柔」，不但刪減了「不信」這個義項，而且更沒有注明字義之來源。（2）「彪麻」的說解，於《集韻》中出現在上平二十八「山」韻的釋義爲「《說文》：虎文，彪也」，與《類篇》所引相同，而出現在上平十七「眞」韻「披巾切」及「苦巾切」之下「虘」字的釋義均只作「虎文」，除了刪減《說文》原文以外，均沒有說明字義之所出。（3）「虤」字，《集韻》在上平十八「諄」韻中的釋義是「《說文》：兩虎爭聲」，與《類篇》所引無異，而於去聲四十九「宥」中「虤」的釋義則只作「虎聲」，除了刪減《說文》原文以外，亦同樣沒有標明字義的來源。

當然《集韻》對於一字多音的釋義，亦會出現不同音讀之下所引《說文》皆相同無異，而不作刪減的情況，如「虤虤」的釋義，但此情況並不多。由此可見二書於引用《說文》的其中一點相異之處是：《集韻》對於一字多音所重覆出現的字義，只會在其中一個音讀之下的釋義，對於《說文》作出較爲全面的引錄，其餘大多有所省略；而《類篇》方面，由於所有的音義並列在同一字形之下，因此其所引的《說文》內容相對顯得較爲全面。

其次，二書的另一個不同之處亦是與一字多音的釋義相關，《集韻》在一字多音的相同字義上，除了大部分只會在其中一個字音之下作出較為全面的注解以外，同時亦只會在該注解中說明其釋義之內容出自《說文》，對於其他音讀之下的釋義則大多省略字義之來源。例如：（1）「猇」字，於《集韻》中出現在去聲二十「廢」韻中的釋義為「《說文》：虎兒」，與《類篇》之所引無異；而在去聲十三「祭」韻「猇」字之下的釋義則作「虎兒」，省略了字義之來源。（2）「纑」字的注解，《集韻》入聲第一「屋」韻「式竹切」之下的釋義是「《說文》：黑虎也」，與《類篇》所引完全相同；而在「屋」韻「余六切」之下的釋義則變為「黑虎」，亦是省略了字義之來源。相較之下《類篇》對於《說文》的引用，會說明出處的比例必定比《集韻》為高。

此外，亦有《集韻》之所引不及《類篇》全面者。如只有一個音義的「虓」，《集韻》所引《說文》以釋義的內容是「《說文》：虎鳴也」；而《類篇》所引則是「虎鳴也。一曰師子」。相較之下，《類篇》雖然沒有標明釋義內容的出處，但其所引比《集韻》完整，因為《集韻》刪減了「一曰師子」這個義項，這可以說是釋義不完整。另外，二書所引《說文》之差異亦有，《集韻》之所引有標明來源，而《類篇》之所引則沒有標明的情況。如「虥」字的釋義，《類篇》只言「魋屬」而已；《集韻》方面，於去聲五十四「闞」韻「苦濫切」與「呼濫切」兩個音讀之下的釋義皆為「《說文》：魋屬」，皆有標明字義之來源。

三、《類篇》引用《說文》的疏漏

從以上討論中，可知《類篇》對於《說文》的引用方式，可以分為部首字及非部首字兩大類，部首字方面則全錄《說文》原文之解釋，只將「凡某之屬皆從某」中的「屬」改成「類」。非部首字方面，則多數引用《說文》原本之字義以釋義，少數的字甚至會連《說文》中字釋形的部分也一併引用。當中的引用又可以分為以「《說文》某某」的方式明確地標示出其解釋之來源；又或者是逕自引用《說文》，沒有標示其解釋的來源，必須經過與《說文》的對比乃可得知。而對於新增的或體與異體字方面，它們於釋義方面所引用的《說文》內容，大多沒有標明出處，要與《類篇》同部字，或《集韻》的異體字對比方可得知。

以上的數種方式中，於新增字、非部首字而逕自引用《說文》的這兩種引用方式中，可以說是其徵引其中一項失當，因為在這兩種引用方式中，確實的

使用了《說文》的內容，但卻沒有標示來源。使用者不知，還會誤以為是出自於《類篇》的本身。另外，《類篇》引用《說文》的瑕疵與失當中又包括了訛誤、脫漏、衍文等〔註29〕，屬於形式上的疏漏，以下分別論之：

（一）引用出現訛誤。例如：（1）「塩」字，於《說文》的釋義是「土鏊也」，而《類篇》所引則變成了「《說文》：土釜也」，考之於《說文繫傳》「塩」字之義亦為「土鏊也」〔註30〕；而於《集韻》中「塩」字所引的《說文》字義亦為「土鏊也」〔註31〕。由此可知，《類篇》於「塩」字的解釋引用《說文》時出現了字形上的訛誤，誤將「鏊」字作「釜」字。雖然二字皆於《說文》皆有「鍑屬」之義〔註32〕，但於字形與字音上卻有明顯的差異，故不應隨意更換。（2）「虝」字，其於《說文》中的釋義是「魁屬」，於《類篇》中所引則變成了「魁屬」〔註33〕，考之於徐鍇的《說文繫傳》，「虝」字之義亦為「魁屬」〔註34〕。而於《集韻》中，「塩」字所引《說文》之義又同時出現「魁屬」與「魁屬」之異，「塩」字於「感」韻「戶感切」與「敢」韻「口敢切」之字義為「魁屬」，而「塩」字於「闞」韻「苦濫切」與「呼濫切」之字義為「魁屬」〔註35〕。關於「魁」與「魁」字之別，《正字通》於「魁」字之下有言「魁字之譌」〔註36〕。由此可見，《類篇》對「虝」字的釋義中，於引用《說文》時出現了字形上的訛誤，錯將「魁」字作「魁」字，這錯誤很可能是沿自於《集韻》在「塩」字的解釋下所引的《說文》內容，而《類篇》在引錄之時並沒有作出修正。

（二）所引原文有所脫漏。例如：（1）「虜」字，其於《說文》的解釋是「殘也。從虍，虎足反爪人也。」到了《類篇》則變成「《說文》：殘也。從虍，

〔註29〕 見孫緒武：〈《類篇》所引《說文》辨析〉（《廣西民族大學學報（哲學社會科學版）》，第 34 卷第 1 期，2012 年），頁 175。

〔註30〕 見南唐·徐鍇：《說文解字繫傳》（北京：中華書局，2011 年），頁 94。

〔註31〕 見北宋·丁度等：《集韻》，頁 399、585。

〔註32〕 見東漢·許慎撰、北宋徐鉉校定：《說文解字》，頁 62、294。

〔註33〕 《類篇》於此雖沒有以「《說文》某某」的方式指出其來源，但通過與《說文》的對比則可知此解釋源自該書。

〔註34〕 見南唐·徐鍇：《說文解字繫傳》，頁 94。

〔註35〕 見北宋·丁度等：《集韻》，頁 445、449、625。

〔註36〕 見明·張自烈：《正字通》（日本東京都：株式會社東豐書店，1996 年），頁 768。

足反爪人也」，雖然於釋義的部分沒有訛誤，但於釋形的部分卻出現了引用脫漏的情況，因此而引致原本的「从虍」變成了「从虎」，而「虎足反爪人也」則變成了「足反爪人也」。（2）「䖟」字，其於《說文》的釋義是「黑虎也」，而到了《類篇》則變成只有「黑虎」二字，脫漏了「也」字。（3）「虦」字，其於《說文》的釋義是「虎竊毛謂之虦苗」，此義來自於《爾雅·釋獸》〔註37〕，《說文》卻沒有說明其來源；《類篇》為其補之，為「虦」字釋義之時言「《爾雅》虎竊毛謂之虦」，但卻脫漏了「苗」字〔註38〕。（4）「虒」字，其於《說文》的字義是「委虒，虎之有角者也。」而到了《類篇》則變成「《說文》：委虒，虎之有角者。」明顯地缺少了一個「也」字。

　　（三）引錄時出現衍文。例如：（1）「虞」字，其於《說文》的字義是「騶虞也。白虎黑文，尾長於身。仁獸，食自死之肉。」於《類篇》所引則變為「《說文》：騶虞也。白虎黑文，尾長於身，仁獸也，食自死之肉。」在「仁獸」之後多出了一「也」字。（2）「虩」字，其於《說文》之解釋是「《易》：『履虎尾虩虩』。恐懼。一曰蠅虎也。」；而在《類篇》書中所引則變為「恐懼也。《說文》引《易》『履虎尾虩虩』。一曰蟲名，蠅虎也。又力摘切，又色責切。驚懼謂之虩。又火彳切，虩虩恐懼也。」可見《類篇》的「一曰蟲名，蠅虎也」較《說文》多出了「蟲名」的衍文。

　　（四）所引原文有所分散。除了以上的三種失當及瑕疵，於「虩」所引用的內容中，又可以發現其所引之內容分散了《說文》的原文，「恐懼」二字於《說文》中是位於《易》引文與「一曰蠅虎也」中間，到了《類篇》則移於「又力摘切，又色責切。驚懼謂之虩。又火彳切」之後，如此之改變，致使其所引用的《說文》原文變得不集中，若不將二書之內容進行對比，則不知「虩虩恐懼也」一句是來自《說文》，而且此句中又有衍文，較《說文》多出了「虩虩」及「也」三字。另外，「恐懼也」出現在「《說文》引《易》」一句之前的位置，但後文又有致使《類篇》引錄不集中及出現有衍文的「虩虩恐懼也」，這是相同字義的重出，同時又可以算是《類篇》對於《說文》解說內容次序的擅改。

〔註37〕見李學勤主編：《十三經注疏·爾雅注疏》（臺北市：臺灣古籍出版有限公司，2001年），頁361。

〔註38〕此句《說文》作「虎竊毛謂之虦苗」，《爾雅·釋獸》作「虎竊毛謂之虦貓」。

由此可見，衍文、與原文不集中、相同字義重出，以及擅改解說內容和次序，這些都是《類篇》引用《説文》的瑕疵與失當。

第三節 《類篇》對《說文繫傳》的引用

《類篇》因為「以形為經，以韻為緯」之特點，所以同時受到了《集韻》與《說文》的影響，由於編纂體例與政治上的因素，《類篇》在釋義方面對於《説文》的引用是以大徐本為主。雖則如此，對於小徐本《説文》，《類篇》亦有斟酌參考，例如以上討論「《類篇》引用《説文》的方式」時，所舉「虎」字的注解中，即引有與大徐本《説文》所引相同的《説文繫傳》內容。以這種方式所引用的小徐本《説文》，於引用的性質上屬於間接性的引用；而於引用的內容上亦只有徐鍇的按語部分。由於二徐本《説文》原文的內容，大致上相同之處多於相異之處，《類篇》於釋義之上既然選擇了同為官方所校刊編定的大徐本《説文》，理論上對於《説文》的引用與參考應該定於一尊，但當中又確實有《説文繫傳》的內容，只不過當中所引之內容僅以徐鍇的按語為範圍而已。

下面僅以「徐鍇曰」作為關鍵詞，找出《類篇》中獨有而不見於大徐本《説文》的《説文繫傳》內容，以此探討《類篇》對《説文繫傳》的引用。於《類篇》全書中以「徐鍇曰」的方式引錄《説文繫傳》以作補充解釋的地方，據孔仲溫先生的統計一共有六十八處〔註39〕，然而獨為《類篇》所引而不見於大徐本《説文》的直接引用卻只有「遳」、「ㄥ」、「寪」、「尼」、「碑」、「臭」六字。其餘的六十二字只屬於間接性的引用〔註40〕，因為當中所引用的內容，大徐本《説文》亦有所引用，因此難以推斷這些引用是依據徐鉉之書還是徐鍇之書，故暫不論之。為方便論述，現將《類篇》中直接引用《説文繫傳》的六個字，

〔註39〕見孔仲溫：《類篇字義析論》，頁28。

〔註40〕另外《類篇》所引《説文繫傳》以作解釋，且與大徐本《説文》相同的六十二字
　　　　包括：「瑞」、「蓸」、「局」、「迖（走）」、「正」、「御」、「足」、「舌」、「異」、「孚」、
　　　　「執」、「及」、「卑」、「夐」、「　」、「蔓」、「鷹」、「禼」、「歺」、「工」、「覝」、「瞖」、
　　　　「鼓」、「虎」、「鶛」、「木」、「才」、「魿」、「　」、「刺」、「員」、「　」、「虍」、「韎」、
　　　　「坴（齊）」、「克」、「稀」、「署」、「重」、「　」、「態」、「攸」、「辰」、「否」、「丿」、
　　　　「厂」、「直」、「乍」、「弼」、「糸」、「亘」、「盃」、「开」、「尤」、「丙」、「戚」、「巴」、
　　　　「疑」、「　」、「育」、「寅」、「辰」。

以及《集韻》所引之内容整理爲以下簡表〔註41〕：

字	《類篇》	《集韻》	《說文繫傳》
遺	遺，徒谷切。《說文》：「媟遺也。」徐鍇曰：「不以禮自近。」文一。	入聲第一「屋」：遺，《說文》：「媟遺也。」徐鍇曰：「不以禮自近。」	媟遺也。從辵，賣聲。臣鍇曰：「不以禮自習也。」駝谷反。
厶	厷厶，姑弘切。《說文》：「臂上也。」古作厶，徐鍇曰：「象人曲腕而寫之，乃得其實不爾，即多相亂。」厷又乎萌切，大通也。文二重音一。	下平十七「登」：肱厷厶，姑弘切。《說文》：「臂上也。」古作厷，徐鍇曰：「象人曲腕而寫之，乃得其實不爾，即多相亂。」或作肱。	古文厷，象形。臣鍇曰：「此既象形，宜學人曲肱而寫之，乃得其眞實不爾，即多相亂也。」
寡	寡，民堅切。《說文》：「寡寡不見也。一曰寡寡不見省人。」徐鍇曰：「室無人也。」文一。	下平第一「先」：寡，《說文》：「寡寡不見也。一曰寡寡不見省人。」徐鍇曰：「室無人也。」	寡寡不見也。從宀，鼻聲。一曰寡不省人。臣鍇曰：「室中無人也。」忙千反。
尼	尼，女夷切。《說文》：「從後近之。」徐鍇曰：「妮也。」又延知切，平也。又乃禮切，《爾雅》：「定。」又尼質切，止也。文一。重音三。	上平第六「脂」：尼，女夷切。《說文》：「從後近之。」徐鍇曰：「尼也。」文十八	從後近之。從尸，匕聲。臣鍇曰：「尼猶昵也。」女咨反。
碑	碑，班麋切。《說文》：「豎石。」徐鍇曰：「紀功德也。」《釋名》：「被也。」葬時設施，鹿盧以繩，被其上引下棺。鄭康成曰：「宮有碑，所以識景宗廟，則麗牲焉。其材官廟以石，窆用木。」文一。	上平第五「支」：碑，《說文》：「豎石。」徐鍇曰：「紀功德也。」《釋名》：「被也。」葬時設施，鹿盧以繩，被其上引下棺。鄭康成曰：「宮有碑，所以識景宗廟，則麗牲焉。其材官廟以石，窆用木。」	豎石，紀功德。從石，卑聲。臣鍇按：古宗廟立碑以繫牲耳，非石也。後人因于其上紀功德，則此從石卑字，秦以來製也。或難臣曰：古七十二家封禪勒石，便應有碑，何以言秦以來有碑？臣應之曰：古雖七十二家封禪勒石，不言碑。七十二家之言起於管仲，不言碑。《穆天子傳》曰「天子乃紀丌迹於弇山石上」，亦不言

〔註41〕凡《類篇》、《集韻》所引《說文繫傳》之内容皆以灰底標示。

			碑。又難曰：劉熙《釋名》何以言起於縣棺之碑。臣對曰：起於縣棺者，蓋今之神道碑，而銘勒功德，當始於宗廟麗牲之碑也。披移反。
臭	臭，許救切，逐氣也。禽走臭而知其迹者，犬也，故從犬。又尺救切。徐鍇曰：「以鼻知臭，故從自。」又赤又切。文一。重音二。	去聲四十九「宥」：逐氣也。禽走臭而知其迹者，犬也，故從犬。 去聲四十九「宥」：臭，許救切。《說文》：「禽走臭而知其迹者，犬也，故從犬。」徐鍇曰：「以鼻知臭，故從自。」文三。	臭，禽走臭而知其迹者，犬也，故從犬從自。臣鍇曰：「自，鼻也。會意。」赤狩反。

一、引用之目的

　　透過上表，可知《類篇》對於《說文繫傳》書中徐鍇按語的引用，大部分皆是爲了對字義作出補充解釋：例如：（1）「遾」字之下所引「徐鍇曰：不以禮自近。」、（2）「寪」字下所引「徐鍇曰：室無人也」、（3）「尼」字下所引「徐鍇曰：妮也」、「碑」字下引「徐鍇曰：紀功德也」，可見當中所引《說文繫傳》只是爲了補充解釋該字之字義。同時爲釋義與釋形作補充的引用則有二字，它們包括：（1）「乚」字之下所引「徐鍇曰：象人曲腕而寫之，乃得其實不爾，即多相亂」、（2）「臭」字下所引「徐鍇曰：以鼻知臭，故從自」，可見其所引主要是爲了解釋字形與字義之間的關係。

　　此外，從上表中又可見《類篇》引用《說文繫傳》時均會將原本的「臣鍇曰」改爲「徐鍇曰」。這樣的更改，當中原因可能是因爲徐鍇爲南唐之臣，而非北宋之臣，且徐鍇當年又忠於南唐而不肯仕宋，故身爲官方所編修的字書，《類篇》於引用時必定會有所忌諱。另外，《類篇》對於《說文繫傳》直接引用的數量上只有六次而已，這應該就是孔仲溫先生於《類篇字義析論》所言斟酌引用之情況。

二、引用的疏漏

　　《類篇》於此六個字的解釋中所引用《說文繫傳》內容以作補充之時，亦

與其引用大徐本《說文》之情況相同，當中存在著不少的瑕疵與失當。關於《類篇》引用《說文繫傳》的疏漏，包括了以下四項：

（一）是擅改引用內容，例如：（1）「還」字於《說文繫傳》有「臣鍇曰：不以禮自習也」的解釋，到了《類篇》的引用則變成了「徐鍇曰：不以禮自近」，將原本的「自習也」更改爲「自近」。（2）「臭」字於《說文繫傳》中有「臣鍇曰：自，鼻也。會意」的內容，到了《類篇》的引用則變成了「徐鍇曰：以鼻知臭，故從自」。將原本的「自，鼻也」更改爲「以鼻知臭，故從自」，且又刪去指明六書歸屬的「會意」二字。這樣的更改雖然仍可知「臭」字從「自」的意義，然而於此處所引的內容中若沒有「徐鍇曰」三字，則不知其解釋源自於《說文繫傳》。

（二）是簡化引用內容，「乚」字於《說文繫傳》有「臣鍇曰：此既象形，宜學人曲肱而寫之，乃得其眞實不爾，即多相亂也」的解釋，到了《類篇》的引用則變成了「徐鍇曰：象人曲腕而寫之，乃得其實不爾，即多相亂」，將原本的「此既象形，宜學人曲肱而寫之」簡化爲「象人曲腕而寫之」，而於原本「即多相亂也」一句中亦脫漏了一「也」字。可見於簡化引錄內容之餘，《類篇》於引錄《說文繫傳》內容時亦有脫漏的情況。

（三）是引文的脫漏，除了以上所舉「乚」字之所引以外，又如「寡」字的引用，《說文繫傳》原本的內容是「臣鍇曰：室無人也」，到了《類篇》所引則變成了「徐鍇曰：室無人」，脫漏了「也」字。另外，於「尼」的引用中，同時可見簡化的痕跡與引用的訛誤，其於《說文繫傳》中有「臣鍇曰：尼猶昵也」的解釋，而到了《類篇》的引用則變成了「徐鍇曰：妮也」，可見此處之引用除了簡化以外，又出現訛誤的問題，《類篇》誤將原本的「昵」字作「妮」字。

（四）是誤引原文，《類篇》對於《說文繫傳》的引用，除了有擅改、簡化、訛誤、脫漏等問題以外，又有誤引的情況。於「碑」字的解釋中，《類篇》引《說文繫傳》以作解釋的內容是「徐鍇曰：紀功德也」，然而於《說文繫傳》中「紀功德也」並非徐鍇之言，其正確來源是《說文繫傳》中對於「碑」字釋義時原文所言的「豎石，紀功德」，可知《類篇》誤將此言當作是徐鍇的按語。

三、與《集韻》所引的差異

在與《集韻》所引的差異方面，與之相比，《類篇》所引用的《說文繫傳》內容可說是差不多完全相同，當中只有極為微小的兩個分別。

（一）是用字上的不同，二書之間只有一處而已。《類篇》於「尼」字之下所引的內容是「徐鍇曰：妮也」；而《集韻》所引的內容是「徐鍇曰：尼也」。其中相異之處是《類篇》所使用的是「妮」字，而《集韻》所使用的是「尼」字，然而二書皆有錯誤，因為徐鍇於《說文繫傳》的按語中所使用的是「昵」字。

（二）是《集韻》在一字多音的相同字義上，對於《說文繫傳》的引用只是有一次，於其他音讀之下的注解則省略徐鍇的按語，與該書引用大徐本《說文》的方式相似。當中的例子亦只有一個，在「臭」字的注解中，《集韻》於去聲四十九「宥」韻「尺救切」之下有引用《說文繫傳》的內容，其為「徐鍇曰：以鼻知臭，故从自」，所引亦與《類篇》相同，而於同一韻目在「許救切」之下則沒有引用。造成這個情況的原因是，由於所有《類篇》音義均並列在同一字形之下，而《集韻》則會因音讀的不同而分開，故於相同形義，而音讀相異的釋義之上對於《說文繫傳》只作一次的引用，以避免重覆。

四、反證他書之誤

在《類篇》間接引用《說文繫傳》內容以作補充解釋的六十二個字中，透過「开」字所引用之內容又可以反證大徐本《說文》中的錯誤之處。現將「开」字於三本書中的內容整理為以下簡表：

書　名	「开」字說解內容
《說文繫傳》	开，平也，象二干對構上平也。凡开之屬皆从开。臣鍇曰：「开但象物平也，無音義。」激賢反。
大徐本《說文》	开，平也，象二干對構上平也。凡开之屬皆从开。徐鉉曰：「开但象物平也，無音義。」古賢切。
《類篇》	开，平也，象二干對構上平也。凡开之類皆从开。徐鍇曰：「开但象物平，無音義也。」古賢切。又輕煙切，羌謂之开。又倪堅切。文一重音二。

從上表中可見，三者於按語內容上的差異不大，僅在於「也」字的有所位置不同。從發出按語的人視之，《類篇》、《說文繫傳》皆為徐鍇，分別作「徐鍇

曰」與「臣鍇曰」；大徐本《說文》方面，發出此按語的人則變成了徐鉉，其作「徐鉉曰」。然而於二徐本《說文》中，兄弟二人凡是引用對方的說法都會以「徐鉉曰」、「徐鍇曰」之方式以表示；而對於自己所發出的按語，徐鍇會以「臣鍇曰」之方式表示，而徐鉉則會以「臣鉉等案」或「臣鉉等曰」〔註42〕之方式表示，二者涇渭分明，絕無於己書中稱自引自己姓名者。且而大徐本《說文》為官方所校定，身為校定官員的徐鉉若要透過按語發表意見時，則必定會自稱為臣，絕對不敢如此不敬地稱自己之全名。然而今大徐本《說文》於「开」的按語前卻出現了「徐鉉曰」這個例外的例子，與《類篇》所引用內容及《說文繫傳》對比，則清楚可知此條按是來自徐鍇，而非徐鉉，可見大徐本於此處誤將「鍇」字作「鉉」字。能夠發現此錯誤，全賴《類篇》引用之功，雖然其引用《說文繫傳》之處不多，而且所引錄的內容又有不少的瑕疵與失當，然而亦有其正確及可參考之處。

第四節　《類篇》引用《說文》之檢討

《類篇》一書承繼了大徐本《說文》的不少內容，特別是於字義方面的解釋，當中又可以分為部首字的引用，與非部首字的引用兩大方面。關於部首字解釋，可以發現沒有什麼失當或訛誤，對於五百四十個部首字，幾乎都是一字不易地引用《說文》的內容，其書中部首字的解釋，已經形成了自己的一套系統與規範。於部首字解釋的引用之上雖然沒有標明出處，但透過其中的一句「凡某之類皆從某」，以及部首的數量、排列次序等的體例，可知其必定來自於《說文》。由此可見《類篇》對於部首字解釋的引用，是非常遵守自身之體例，故沒有什麼疏漏。

而於非部首字的引用方面，有七千六百多個字義的解釋是引用《說文》〔註43〕，但是這些非部首字的引用，與部首字相比，相對地沒有一定的系統與規範。在非部首字的引用中，大部分會以「《說文》某某」之方式標明字義之來

〔註42〕大徐本《說文》雖以「大徐」稱之，然而當時奉召校訂《說文》的除了主要的徐鍇以外，又有句中正、葛湍、王惟恭等人，故於按語中皆會以「臣鉉等案」或「臣鉉等曰」之方式表示。

〔註43〕孔仲溫：《類篇字義析論》，頁16。

源；但亦有一部分的引用並沒有標明字義來源，屬於逕自引用，只要透過與《說文》的對比則可發現此現象。這些字義的解釋，雖然都是來自於《說文》，但卻沒有一個引用的規範，在沒有標準可言的情況之下，因此而造成了現在所見引用體例不一的問題。這是須要改善的地方，因為沒有注明出處，使人不知字義之所本。另外，於引用《說文》所引某書時，對於二手資料的處理又時而加「引」，時而不加，引用方式如此不統一，除了令人無所適從以外，更會使人誤會某些字的字義來源，是出自《類篇》編纂者所作的解釋，又者或是使用了其他書籍，而非來自於《說文》。因此，《類篇》於非部首字的解釋中，如有引用《說文》之處，皆應標明其來源，使用「《說文》某某」的方式；若有引用《說文》所引的二手資料，應該皆以「《說文》引某書……」的方式處理。

　　此外，非部首字與部首字引用《說文》內容的最大差異是，部首字由於是全引《說文》對於該字解釋的所有內容，因此形義均有所釋；而非部首字，《類篇》對於《說文》的引用大多只集中在釋義之上，對於釋形部分的引用不多。這同樣是需要改善的，因為文字於形義之的間關係極為密切，雖然《類篇》一書皆為楷體之字書，與小篆相比距離先民造字的本義更為遙遠，但釋形對於釋義有所幫助，既然是引用《說文》內容以釋義，則何以兼錄釋形部分的數量如此的少？另外，不管引用的內容是有否標明出處，又或者是兼及釋形，均存有訛誤、脫漏、衍文、引文分散不集中、相同字義重出，以及擅改解說內容和次序等六項失當，這雖然沒有影響《類篇》在文字學史上的地位與價值〔註44〕，然而卻顯示出編纂者的大意與疏漏。造成這些疏漏與失當的原因，孫緒武先生認為：

> 其一，《類篇》編撰過程曲折，歷經多人之手而成，其後又輾轉相傳，
> 其未免出現疏失。其二，跟當時刻工的文化水平有關。刻工包括寫
> 工、刊、印工、裱褙工，而刊工是負責刻板的。如果刊工因文化水
> 平所限，把字體誤刻、漏刻則會直接導致書籍的疏漏。其三，跟編

〔註44〕「一方面繼承《說文解字》和《玉篇》的系統，著重於探討字原，講古音古訓，闡明古今文字形體之變，為研究文字的人提供參加資料；一方面也相當豐富地吸引了由於時代社會的發展而孳乳的新字，這又是對一般讀者很有用處的。」見劉葉秋《中國字典史略》，頁112～113。

者對文字學、語言學等的認識水平有關。我們知道，中國古代並沒
有獨立的成系統的語言學、文字學、訓詁學等理論，所以古代學者
對於字詞的認識有不少是不科學，甚至是錯誤的。〔註45〕

以上的三點皆是《類篇》引用《說文》內容出現瑕疵與失當的原因，當中的第
一點與第三點，其實都是編纂者的大意與疏漏所造成的。而第二點則是將錯誤
歸咎於刻工的文化水平，此應有商榷之處，因為在《類篇》引用《說文》的瑕
疵中，引用體例不一、訛誤、脫漏、衍文、引文分散不集中、相同字義重出，
以及擅改解說內容和次序此七項，當中除了字形上的訛誤以外，其餘的六項瑕
疵與失當，恐怕與刻工的文化水平無關。由此可見，編纂者的問題應該是導致
《類篇》徵引《說文》時，出現如此多疏漏與失當的主要原因。

另一方面，除了大徐本《說文》以外，在《類篇》所引的《說文》版本中，
同時亦包含了《說文繫傳》，且均集中在徐鍇的按語部分。但當中屬於直接，而
非間接引自大徐本《說文》所引之徐鍇按語，卻只有六處而已。雖然只有六處，
但同樣存有不少的瑕疵與失當，當中包括了擅改、簡化、訛誤、脫漏、誤引等
問題，相信《類篇》於引用《說文繫傳》所出現的這些瑕疵及失當，與編纂者
的疏忽大意亦不無關係。除此以外，對於徐鍇按語的引用數量方面，總計直接
與間接的引用一共有六十八處，但徐鍇於《說文繫傳》中之按語一共接近有五
千條之多，而《類篇》書中所引只有約百分之一。徐鍇是文字學史上第一個全
面且有系統研究《說文》的學者，《說文繫傳》更是歷史上首部系統性研究《說
文》的作品〔註46〕，但《類篇》之編纂者卻基於政治之原因，而只是斟酌使用，
此實為可惜。

除此之外，由於《類篇》之編纂內容與材料大多源自《集韻》，當中所引《說
文》多與《集韻》無異，然細心觀察，則可發現二書是同中有異的。最為明顯
的差異在於部首字的說解之上，《集韻》對於《說文》部首字的解釋，其所引內
容均不會出現「凡某之類皆从某」，而《類篇》則必定出現。第二，在一般非部
首字中，《集韻》在一字多音的相同字義上，大部分只會在其中一個字音之下作

〔註45〕 孫緒武：〈《類篇》所引《說文》辨析〉（《廣西民族大學學報（哲學社會科學版）》，
　　　　 第 34 卷第 1 期，2012 年），頁 177。

〔註46〕 見黃德寬、陳秉新：《漢語文字學史》，頁 113。

出較爲全面的注解，即所引用的《說文》內容亦比較多，且多與《類篇》所引相同。第三，《集韻》在一字多音的相同字義上，除了大部分只會在其中一個字音之下作出較爲全面的解釋以外，同時亦只會在該解釋中說明其釋義之內容是出自《說文》，對於其他音讀之下的釋義則大多省略字義之來源，《類篇》則沒有此問題。第四，是《集韻》之所引內容不及《類篇》全面者。而二書對於《說文繫傳》的引用方面，內容可說是差不多完全相同，當中只有極爲兩個差異，分別是用字上的不同，以及《集韻》在一字多音的相同字義上，對於《說文繫傳》之所引只有一次，於其他音讀之下的注解則省略，以免重覆。

從相同處可見二書顯有深厚的關係，《類篇》編纂者毫不懷疑地直接引錄《集韻》的內容。從相異之處中，特別是部首字方面，則可見《類篇》會依照自己的編纂體例去引用《說文》。可知二書對於《說文》的引用其實是同中有異。相同之處是引《集韻》之所引的間直引用，而相異之處爲對於《說文》原書的直接引用。然而不管是直接還是間接，編纂者亦應與《說文》原書的內容進行詳細比對，才不會出現訛誤、脫漏、衍文、引文分散不集中、相同字義重出，以及擅改解說內容和次序等瑕疵。

第五節　小　結

《類篇》對於《說文》的徵引方式，主要可以分爲部首字與非部首字兩大類。對於部首字，其引用方式是固定地全錄《說文》原文，當中除釋義以外，亦包含釋形的部分，甚至是許愼以直音所注之字音。對於非部首字，主要是引錄《說文》釋義之部分，其中可以分爲：標明出處以釋義、標明出處並釋形義、逕自引用，不標明出處等三種不同類型。於引錄的疏漏之上，包括了訛誤、脫漏、衍文、相同字義重出，以及擅改解說內容和次序等。

而與《集韻》相較，二書徵引《說文》的差異在於，《類篇》對於《說文》部首字會全錄《說文》原文，而《集韻》則只引釋義的部分，而且不會出現標明建首之字的術語；而非部首字的差異方面，《集韻》在一字多音的相同字義上，大多只會在其中一個字音之下，所引之《說文》內容會較爲詳細與全面，同時亦會標明字義之來源，對於其他音讀之下的釋義則大多省略。除了大徐本《說文》以外，《類篇》對於《說文繫傳》之內容亦有所徵引，但均集中在徐鍇的按

語之上，而且所引數量不多，而與《集韻》相比，二書所引之內容可謂是大同小異，當中只有用字，以及在一字多音的相同字義上，對於《說文繫傳》的引用只是有一次，這兩個微小的差異。

第六章　司馬光「按語」意義探析

　　關於《類篇》之作者，歷來皆題為「司馬光等」或「司馬光撰」，多忽略了在其之前的數任主纂官員，學者對此亦多有反對，更因此加以否定司馬光對於此書的貢獻，認為其最多只有監繕之功而已。然觀《類篇》全書內容，其中有五十五條由司馬光親自所發出的按語，單憑這些按語，即可知司馬光對於此書編纂的貢獻，應該不止監繕寫定。本章欲透過探討司馬光「按語」之意義與內容，以了解其對於此書編纂工作的真正貢獻，並且重新審視《類篇》與司馬光之關係。

第一節　司馬光與《類篇》

　　《類篇》一書編纂時間前後長達二十八年，期間曾數易主纂之官，由丁度等人向宋仁宗奏請編纂，直到司馬光寫定整理後進呈宋神宗期間，分別經過史館檢討王洙、翰林學士胡宿、光祿卿掌禹錫、大理寺丞張立次、翰林學士范鎮等人之手。而司馬光對於此書編纂工作的貢獻，《類篇》十五卷下之〈附記〉曾言：

> 治平三年二月，范鎮出知陳州，以龍圖閣學士司馬光代之，時已成
> 書，繕寫未畢，至四年十二月上之。〔註1〕

〔註 1〕北宋·司馬光等：《類篇》，頁 564。

於此記載中，可知范鎮將其工作交到司馬光手中以前，《類篇》基本上已經完成，司馬光對於《類篇》的編纂工作只有完成繕寫，之後再上呈君主而已。《類篇》之〈附記〉應爲記載其成書過程中，最爲眞確的第一手資料，其言司馬光只有寫定進呈之功，亦應該大致可信。

然而《類篇》之編纂者從宋代以來都只言「司馬光撰」〔註2〕或「司馬光等」〔註3〕，即以其領銜，作爲主編之首，這又似乎與眞實情況不合，到底司馬光於《類篇》一書的編纂過程中用力如何？歷來學者對此說法不一，莫衷一是，且大多受到了《類篇‧附記》的影響，認爲司馬光於《類篇》編纂用力甚少，從而否定其功，例如《四庫全書總目提要》言：

> 光於是書，特監繕寫奏進而已，傳爲光修，非其實也。〔註4〕

此外，胡樸安先生於《中國文字學史》一書中亦言：

> 舊本題司馬光等奉敕修纂，實則歷王洙、胡宿、掌禹錫、張立次、范鎮，而告成奏進於司馬光，非司馬光撰也。〔註5〕

另外，劉葉秋先生於《中國字典史略》中亦持此看法，認爲：

> 後來因范鎮去陳州作官，於是又由司馬光接替了這個工作。當時書已完成，不過由司馬光整理，然後獻給皇帝而已。〔註6〕

除此以外，王力先生於《中國語言學史》中也認爲，司馬光於《類篇》編纂之功不大：

> 《類篇》，舊本題司馬光奉敕撰，實際上成於修韻官王洙等人之手，司馬光不過奏進此書罷了。〔註7〕

〔註2〕如上海古籍出版社影印上海圖書館藏汲古閣影宋鈔本《類篇》、四庫本《類篇》，以及董南一〈切韻指掌圖序〉等。

〔註3〕如中華書局印「姚刊三韻」本《類篇》。

〔註4〕清‧紀昀、永瑢等：《景印文淵閣四庫全書‧第一冊‧欽定四庫全書總目經部小學類二》，卷41頁843。

〔註5〕胡樸安：《中國文字學史》，頁151。

〔註6〕劉葉秋：《中國字典史略》，頁111。

〔註7〕王力：《中國語言學史》（山西：山西人民出版社，1981年），頁103。

《漢語文字學史》一書亦言：

> 司馬光接手時，原書已成，他只是校讀原稿一遍，如補充則加「臣
> 光曰」於後。舊以此書是經司馬光而最後定稿奏上的，題爲「司馬
> 光撰」，這是不確切的。《四庫全書總目》說「光於是書，特繕寫奏
> 進而已，傳爲光修，非其實也」，這是對的，不過司馬光也有校審之
> 功。〔註8〕

可見《四庫全書總目提要》、《漢語文字學史》等書，以及胡樸安、劉葉秋、王
力等學者，均認同〈附記〉中的記載，而否定從治平三年正月到四年十二月，
這接近兩年的時間裡，司馬光對於《類篇》編纂所用之力。

　　除了以上否定司馬光對《類篇》之功的意見以外，亦有學者持相反意見，
爲司馬光對《類篇》一書之貢獻進行辯護，例如南宋・董南一，他於〈切韻指
掌圖序〉一文中便言：

> 公嘗被命修纂《類篇》，古文奇字，蒐獵該盡。〔註9〕

可見董南一不但沒有否定司馬光對於《類篇》的貢獻，更將古文奇字蒐獵之功
亦歸到司馬光身上。不過《類篇》的編纂過程歷經多人之手，以「古文奇字，
蒐獵該盡」之功皆歸到司馬光一人身上，則略嫌過譽。雖然《類篇》一書之重
點在於闡述梳理，以明古今文字形體的變遷，爲研究文字學之學者提供一重要
的參考資料〔註10〕，但書中古文奇字之蒐獵應爲每一任主纂官員所共同辦理之
事，故不應將此功全歸於司馬光一人身上，更何況他在范鎮之後繼任主編之職
時，《類篇》大致上已經成書。

　　《漢語文字學史》一書雖認爲司馬光對於《類篇》編纂之貢獻不大，但
於前文所引其書之內容，曾經提及到司馬光的按語，此種以「臣光曰」或「臣
光按」所發出的按語，於整本《類篇》中一共有五十五處，單是憑此則可以
證明司馬光對於《類篇》之編纂並非只有繕寫奏進而已。對於此，孔仲溫先
生認爲：

〔註 8〕黃德寬、陳秉新：《漢語文字學史》，頁 66。

〔註 9〕南宋・董南一：〈切韻指掌圖序〉，載於北宋・司馬光：《切韻指掌圖》（北京：中
　　　　華書局，1986 年），頁 110。

〔註10〕見劉葉秋：《中國字典史略》，113。

> 夫《類篇》自王洙受詔自司馬光領纂之初，已歷時二十六年矣！言
> 書已成草，固屬可信，然司馬光主纂之二年間，於《類篇》之完成，
> 非僅有監繕之工夫而已，其應有統合之整理，何以見得？且檢此書
> 以觀，則其中多見「臣光曰」之按語，即可知矣。〔註11〕

孔仲溫先生從按語方面為司馬光進行辯護，認為他對於《類篇》一書的編纂，除了監繕以外，同時亦有統合整理之功。書中五十五處按語正是司馬光的用力之處，可見其於統合整理以及檢閱之上花了不少功夫，用力甚多，否則如《四庫》所言只是「特監繕寫奏進」，則不會花上了接近兩年的時間才完成，可見司馬光於這段時間中為《類篇》之編纂所花費的心力。

除此以外，雖然《四庫全書總目提要》對於《類篇》作出評論時，曾引董南一於〈切韻指掌圖序〉之說，但卻站在反對的角度加以否定〔註12〕。而對於《四庫》評論《類篇》的意見，《四庫提要訂誤》一書曾以相反意見提出反駁，其言：

> 司馬光總纂此書將近兩年，期間除繕寫以外，還作了修定加工的工
> 作，凡斷以己意者冠「臣光曰」或「臣光按」三字，其例與修《資
> 治通鑑》史論前冠「臣光曰」三字略同。……司馬光並非徒掛其名，
> 而是作了細緻加工的，他廣收隸變以後異字、俗字、武則天自撰字、
> 補《集韻》之缺，或探究隸變之原因，《提要》以為「（司馬）光於
> 是書，特監繕寫奏進而已，傳為光修，非其實也」，顯然冤屈了作者
> 的用心，這是館臣未研讀本書而妄加推測所造成的。〔註13〕

以上引文是從司馬光的按語中指出了他除了修定加工的工作以外，同時又於繕寫之時廣泛地收錄了不同的字體，可知當中對於司馬光的辯護是站於《四庫全書總目提要》的錯誤之處所發，同時亦可見其讚同董南一之說，故廣收字體之功亦歸功於司馬光一人。司馬光於《類篇》中的五十五處按語，誠如引文中所言，乃其於監繕寫定期間的用心之處，正因為如此才會花上近兩年的時間才把

〔註11〕孔仲溫：《類篇研究》，頁20。

〔註12〕見清・紀昀、永瑢等：《景印文淵閣四庫全書・第一冊・欽定四庫全書總目經部
　　　　小學類二》，卷41頁843。

〔註13〕李裕民：《四庫提要訂誤》（北京：中華書局，2005年），頁32～33。

一本編纂大致完成的書寫定完畢。將《類篇》中的「臣光按」或「臣光曰」比作《資治通鑑》中史論部分的「臣光曰」，可謂是推崇推崇備至。然而司馬光於《類篇》中的五十五處按語，是否眞的如此用心？其於《類篇》中的角色與地位又是如何？可否自成一個體系？此與《類篇》一書的編纂者只冠予司馬光一人又是否有關與合理？這些都是值得探討的問題。

第二節　司馬光按語的體例、出現位置與引用資料

要了解司馬光對於《類篇》一書之編纂用力如何，以及其餘值得探討的相關問題，則必須先了按語按語的體例、出現的位置以及所引用的資料，故現將司馬光之按語從書中挑出，整理爲以下簡表，以方便論述 〔註14〕：

編　號	字	司馬光按語
1	天兲兂	天兲兂，他年切。《說文》：「顛也，至高無上。」古作兲兂。唐武后作兲。天又鐵因切。文三。重音一。臣光曰：唐武后所撰字，別無典據，各附本文注下。
2	王（玉）	王，石之美有五，德潤澤以温，仁之方也。䚡理自外可以知中，義之方也。其聲舒揚，專以遠聞，智之方也。不撓而折，勇之方也。銳廉而不枝，絜之方也。象三王之連，丨其貫也。凡王之類皆从王。古文作㺩。虞欲切。臣光曰：今隸文或加點。文二。
3	葥	葥，子踐切，艸名，王彗也。又子賤切。文一。重音一。臣光曰：此與先韻文同。按《說文》前字从止从舟，篆文作歬，變隸作前，後或筆誤，歬字加刀作剦，因而不改，今筆勢既殊，故从兩出。
4	歪（走）	歪，趨也。从夭止。夭止者，屈也。凡歪之類皆从歪。徐鍇曰：「歪則足屈，故从夭。」子苟切。又則候切，疾趨也。文一。重音一。臣光曰：今變隸作走。
5	辵	辵，乍行乍止也。从彳从止。凡辵之類皆从辵。讀若《春秋公羊傳》曰：辵階而走。丑略切。文一。臣光曰：變隸作辶。
6	赾	赾，才用切。《說文》：「隨行也。」文一。臣光曰：與前文迊字同。
7	踞屍	踞屍，斤於切。居或作踞屍。踞又居御切。《說文》：「蹲也。」文二。重音一。臣光按：《說文》尸部居字云：「俗居從足。」當作屍，今本悞作踞，宜無斤於一音。

〔註14〕凡司馬光之按語，皆以灰底標示。表中將說解之內容與按語一併列出，而不單列按語，是爲了彰顯正文與按語間之聯繫。

8	奉𢍙	奉𢍙，父勇切。《說文》：「承也。」古作𢍙。又撫勇切，掬也。又房用切。俸或作奉。臣光曰：按《說文》奉，扶隴切，承也。从手，从廾，丰聲，變隸作奉。今《集韻》曰：「古作𢍙」，非。文二。重音二。
9	要㥶𦥔	要㥶𦥔，伊消切。《說文》：「身中也，象人要自臼之形。」古作㥶𦥔，又竝一笑切，約也。要又伊鳥切。騕褭，古之良馬。騕或作要。又以紹切，偠或作要。臣光曰：按篆文𦥔象人要自臼之形，變隸從簡以，𦦝爲西，故㥶文作要。文三。重音三。
10	農農辳蕽𨐌	農農辳蕽𨐌，奴冬切。《說文》：「耕也。」一曰厚也，又姓。古作農辳蕽。農農又奴刀切，耕也。臣光按：篆文農从晨囟聲，變隸从簡，以𦦝爲曲，故農文作農。文五。重音一。
11	闅	闅，紕民切。《說文》：「鬬也，从鬥。」又匹刃切。臣光曰：按《說文》从鬥从賓省，當作闅。文一。重音一。
12	㲼	㲼，所八切。史文殺作㲼。臣光曰：《說文》失收，故《集韻》今不載。文一。
13	攴	攴，小擊也，从又卜聲。凡攴之類皆从攴。普木切。又匹角切。臣光曰：攴或書作攵。文一。重音一。
14	㪅	㪅，古行切，改也。又古青切，歷也。又古孟切。臣光曰：今變隸作更。文一。重音二。
15	𠧞兆𠧞	𠧞兆𠧞，直紹切。《說文》：「灼龜坼也，从卜兆，象形。」一說十億曰兆。古省或作𠧞。兆又徒了切，數也。臣光曰：按兆兵列切，重八也，𠧞古當作𠧞。文三。重音一。
16	甯	甯，囊丁切，願也。又乃定切，《說文》：「所願也。」又邑名，亦姓。臣光曰：今甯文竝从冉，非是。文一。重音一。
17	𥏼智𣈶	𥏼智𣈶，知義切。《說文》：「識詞也，一曰知也。」或作智。臣光曰：按《說文》𣈶古智字，今《集韻》失收。文三。
18	鳥	鳥，長尾禽總名也。象形，鳥之足似匕，从匕。凡鳥之類皆从鳥。都了切。又覩老切。臣光曰：篆文从匕，隸變之。文一。重音一。
19	鳳䳄鵬	鳳䳄鵬，馮貢切。《說文》：「神鳥也。引天老曰：鳳五色備舉，出於東方君子之國，見則天下安寧。」古作䳄，象形。鳳飛，羣鳥從以萬數，故亦以爲朋黨字。古亦作鵬。䳄又蒲登切。臣光按：今文別有朋，蓋傳寫䳄之譌。文三。重音一。
20	歺	歺，列骨之殘也，从半冎。凡歺之類皆从歺。古文作𣦼。徐鍇曰：「冎，剔肉置骨也。」歺，殘骨也，故从半冎。徐鉉曰：「義不應有中一，秦刻石文有之。」五割切。又並居陵切，骨朽之餘。歺又才達切。文二。重音二。臣光曰：隸或書作歹。
21	刀	刀，兵也，象形。凡刀之類皆从刀。都牢切。又丁聊切，古者軍有刀斗，以銅作鐎，受一斗，晝炊飲食，夕擊行夜。亦姓。俗作刁，非是。文一。重音一。臣光曰：隸或作刂。

22	豆	豆，古食肉器也。从口，象形。凡豆之類皆从豆。古作𣅀。徒候切。臣光按：《說文》木豆也。故吕木豆之豆附之。文二。
23	豊（豐）	豊，行禮之器也。从豆，象形。凡豊之類皆从豊。讀與禮同。盧啓切。臣光曰：今隸作豐。文一。
24	否	否，天口切。相與語唾而不受也。又普后切，又佗候切。文一。重音二。臣光曰：變隸或作音。
25	𩫖	𩫖，度也，民度居也。从回，象城𩫖之重，兩亭相對也。或但从口（音韋）。凡𩫖之類皆从𩫖。古博切。文一。臣光曰：隸或从享。
26	栫	栫，徂門切。《說文》：「以柴木雝水。」又徂悶切。又才甸切，《博雅》：「籬也。」文一。重音二。臣光曰：徂門切音，今《集韻》不收。
27	楢	楢，夷周切。《說文》：「柔木也，工官以爲耎輪。」又雌由切，木名。《山海經》：「崌山，多楢杻，中車材。」又將由切，聚也。一曰柔木。又兹秋切，木名。又齒紹切，赤木名。又以九切，積木燎之也。一曰木名。文一。重音五。臣光按：《集韻》將由切有二字，一注曰聚也，一注曰柔木，今止用一音切。
28	宋	宋，艸木盛宋宋然，象形。八聲。凡宋之類皆从宋。普活切。又博蓋切，又北末切。臣光曰：隸或作巿。文一。重音二。
29	貟	貟，于倫切，闕。人字，《春秋傳》有子貟。又王問切，姓也。臣光曰：貟本从口，今或从厶。文一。重音一。
30	贏𧴞	贏𧴞，怡成切。《說文》：「有餘賈利也。」或作𧴞。文二。臣光按：《說文》𧴞字在夊部，古乎切。秦以市買，多得爲𧴞。从乃从夊，今變隸或譌，故从兩出。
31	邑	邑，國也。从口，先王之制，尊卑有大小，从卪。凡邑之類皆从邑。於汲切。又遏合切。唈或作邑。臣光曰：今偏旁變隸或作阝。文一。重音一。
32	㤣	㤣，臣光按：《集韻》失收，《說文》亦無反切，注曰从反邑，㠱字从此，闕。又按：《說文繫傳》音怨阮切。文一。
33	㕛	㕛，夷周切。《說文》：「木條生也，从马由聲。《商書》曰：若顛木之有㕛枿」。或省。臣光按：徐鍇曰：《說文》無由字，今《尚書》作由枿，蓋古文省马，而後人因省之通用爲因由等字。文二。
34	片	片，判木也，从半木。凡片之類皆从片。匹見切。又普半切，半也。文一。重音一。臣光曰：傳寫之譌，片或作爿。
35	彔	彔，刻木彔彔也，象形。凡彔之類皆从彔。盧谷切。臣光按：篆文作𢊑，變隸作彔。文一。
36	疒	疒，倚也。人有疾病，象倚箸之形。凡疒之類皆从疒。女戹切。又仕莊切。病也。臣光曰：疒文變隸作疒。文一。重音一。

37	艮	艮，古恨切。《說文》：「很也，从匕目。匕目，猶目相匕不相下也。《易》曰：艮其限。又胡□切，又□□切〔註15〕，望遠也。臣光曰：今隸作艮。文一。重音二。
38	舟	舟，船也。古者共鼓貨，狄刳木爲舟，剡木爲楫，以濟不通。象形。凡舟之類皆从舟。職流切。臣光曰：隸或作月。文一。
39	卞	卞，皮變切。縣名，在魯。又蒲官切，樂也。臣光按：《說文》無卞字。又按：弁不从厶，變隸作弁，故卞止从弁省。文一。重音一。
40	覵	覵，癡林切。《說文》：「私出頭視也。」又丑禁切。臣光曰：《說文》从見㣺聲，讀若郴，今變隸作覵。文一。
41	裔（卷）	裔，居轉切。《說文》：「䰊曲也。」又逵倫切。眴卷，縣名。又丘云切，縣名，在鄭。又渠言切，又逵圓切，縣名，在河南。又逵員切，曲也。又巨隕切，又去粉切，又九遠切，孿卷不舒也。又苦遠切，區也。《禮》：一卷石之多。范宣讀。又窘遠切，斂也，又古本切。裔或作卷。又古倦切，搏飯。也文一。重音十二。臣光曰：今隸作卷。
42	鬼	鬼，人所歸爲鬼。从人，象鬼頭，鬼陰气賊害，从厶。凡鬼之類皆从鬼。或作禬。居偉切，或从示。臣光按：《說文》本部字竝从鬼，今《集韻》文或从鬼省。文二。
43	嶸	嶸，乎萌切，峥嶸也。或作嶸，又呼宏切，大聲也。又岭嶸山深。又玄扃切。臣光按：《集韻》嶸有二字，呼宏切，一云大聲也，一云岭嶸山深，宜同用一音切。文一。重音三。
44	黑	黑〔註16〕，火所熏之色也。从炎上出囱囱，古窻字。凡黑之類皆从黑。呼北切。文一。臣光曰：隸或作黑。
45	皋	皋，古勞切，气皋白之進也。禮祝曰皋，登謌曰奏，故皋奏，《周禮》曰詔，來鼓皋舞，皋告之也。又乎刀切，呼也。又後到切，又攻乎切。橐皋，地名，在壽春。臣光曰：今變隸作皋。文一。重音三。
46	昦	昦，胡老切。春爲昦天，元气昦。臣光曰：今俗作昊。文一。
47	心	心，人心，土藏，在身中，象形。博士說，以爲火藏。凡心之類皆从心。息林切。臣光曰：或書作忄小。文一。
48	頻	頻，水涯，人所賓附，頻蹙不前而止。从頁从涉。凡頻之類皆从頻。古作顰，或作瀕。毗賓切。顰瀕又卑民切。文三。重音一。臣光曰：頻變隸从省。

〔註15〕此兩切語宋鈔本、姚刊本、四庫本皆有缺字。

〔註16〕「黑」字之形體，孔仲溫先生認爲應改爲「黑」，而司馬光按語中的「黑」則應改爲「黑」。見孔仲溫《類篇研究》，頁245。然而各版本《類篇》的「黑」字均作表中之形，而司馬光於按語中所舉之形亦與上表所引相同，故不從孔先生之說。

49	岷	岷，莫獲切。《說文》曰：「籀文𡶛。」臣光曰：今《集韻》失收。文一。
50	賑	賑，莫狄切。《說文》：曰「籀文覎。」臣光曰：今《集韻》失收。文一。
51	㙖㘳	㙖㘳，相然切，升高也。或从卪。臣光曰：㘳變隸作西。文二。
52	覃覃鹵覃覃	覃覃鹵覃覃，徒南切。《說文》：「長味也。引《詩》：實覃實訏。」或省，古作鹵覃覃。覃又徐廉切，利也。又式荏切。臣光曰：隸變鹵作西。文五。重音二。
53	聳	聳，筍勇切。《說文》：「生而聾曰聳。」一曰高也。又雙講切。《博雅》：「聾也。」一曰欲也，悚也。臣光按：《說文》𦕈，息拱切，从耳从從省。文一。重音一。
54	瑟爽爽瑟	瑟爽爽瑟，所櫛切。庖犧所作弦樂也。从琴，必聲。古作爽爽瑟。瑟又疏吏切。臣光曰：今隸書琵琶瑟等字並从珡省。文四。重音一。
55	陽隴	陽隴，余章切。《說文》：「高明也。」又姓。古作隴。臣光按：《說文》隴古文陸字，力竹反，疑《集韻》之誤。文二。

一、按語的體例

從上表中可見，凡是開頭以「臣光曰」或是「臣光按」之方式呈現的文句，均是司馬光對於某一字所作出的補充，或提出的說明。雖然這些按語有詳有簡，所補充說明的內容及類型亦有所不同，然而卻可以知道「臣光曰」或者「臣光按」之後的文字必定爲司馬光從范鎮手中接過快將完成的《類篇》，於校讀原稿、監繕寫定期間所增加。另外，書中以「臣光曰」所發出的按語比以「臣光按」的爲多，「臣光曰」一共有四十一條，但「臣光按」卻只有十四條。時而「臣光曰」，時而「臣光按」這容讓人產生按語體例不統一的錯覺，不管是以何種方式所發出的按語，司馬光主要是爲了提出己見或補充說明。可見這些按語的內容與用意基本上相同，但當中卻存有按語用語不統一的問題。

司馬光在發出按語之前必定會自稱爲「臣」，將「臣」之稱謂冠於其名「光」之前，然而再才是「曰」或「按」。可知「臣光曰」或是「臣光按」整句的思意就是：臣司馬光說，或是臣司馬光以爲。書中並沒有一條按語是不稱臣，而逕行以「光曰」或「光按」的方式出現，這是因爲《類篇》是一本由北宋朝廷下令所編修的大型字書，在傳統家天下的觀念裡，爲國修書即爲君修書，司馬光身爲北宋的官員，同時又是受皇命而接任主纂之官，因此其所發出的按語中沒有一條是不以臣自稱。於按語中稱臣，除了是身分的顯示以外，同

時亦表明了《類篇》的編修性質是屬於官方所修而非私人所撰。在同為官方所下令校閱編修的大徐本《說文解字》中，亦可見主校者徐鉉以「臣鉉等曰」或「臣鉉等按」之方式發出按語，故可知主編官員於官編修書籍發出按語的固定體例。另一方面，司馬光於英宗治平三年二月接任為此書的主纂之官，當時同為司馬光主編的《資治通鑑》，雖然仍處於剛展開編修的階段〔註17〕，但卻已完成了《歷年圖》五卷以及《通志》八卷。《歷年圖》收錄於司馬所撰的《稽古錄》中，書中內容起迄年代與《資治通鑑》相仿，當中已出現以「臣光曰」方式所作出的史論〔註18〕。由此推測，《類篇》中以「臣光曰」或是「臣光按」的方式發出按語，除了大徐本《說文》以外，亦可能同時受到《資治通鑑》書中史論的體例所影響。

二、按語的位置

在一般的情況之下按語皆會出現在一個段落的結束以後，而不管此段落的大小，這與可以出現在任何位置的注疏略有不同。而於字書方面，就宋代來說，不管是徐鍇於《說文繫傳》所發出的按語，或者徐鉉受旨校定《說文》時所發出的按語，一般是出現在一字的說解以後，而絕不會出現在說解的中間。以《說文繫傳》為例，徐鍇之按語均會出現在文字的說解與反切注音之間，例如「淪，小波為淪。從水侖聲。《詩》曰：河水清且淪漪。一曰沒。臣鍇曰：有倫理也。呂辰反」。〔註19〕以大徐本《說文》為例，徐鉉的按語亦同樣是固定出現在文字的說解與反切注音之間，例如「羣，輩也。從羊君聲。臣鉉等曰：羊性好羣，故從羊。渠云切」〔註20〕，可見二書中按語所出現的位置皆是固定且相同的。

然而，司馬光於《類篇》中的按語卻非如此。從上表中可見，這些按語出現的位置分別有兩種：第一種是出現在某字的注解，以及該字加上重文數量與重音數量的統計之後〔註21〕，例如「杏，天口切。相與語唾而不受也。又普后

〔註17〕 見王錦貴：《司馬光及其資治通鑑》（河南：大象出版社，1997年），頁31～32。

〔註18〕 見北宋·司馬光：《稽古錄》（北京：中華書局，1991年），頁105、107、169。

〔註19〕 見南唐·徐鍇：《說文解字繫傳》，頁78。

〔註20〕 見東漢·許慎撰、北宋·徐鉉校定：《說文解字》，頁240。

〔註21〕 《類篇》於注解上的編排是先標注字音，之後解釋字義，最後把該字的「文」及「重音」之數列出，當中「文」的數量統計，是本字加上並列在該字之下的異體字數量。

切，又佗候切。文一。重音二。臣光曰：變隸或作音」；第二種是出現在注解以及該字加上重文的數量與重音數量的統計之間，例如「負，于倫切，闕。人字，《春秋傳》有子負。又王問切，姓也。臣光曰：負本从口，今或从厶。文一。重音一」。在這五十五條按語中，以第一種方式出現的按語有：「天兲旡」、「蕭」、「歪」、「乏」、「赸」、「踞屍」、「歺」、「刀」、「杏」、「章」、「栫」、「楢」、「贏𠃌」、「片」、「𣏂」、「黑」、「頻」等字，一共有十七條；以第二種方式出現的按語有：「王（玉）」、「奉羍」、「要嬰夒」、「農辳䢉晨䢊」、「䦣」、「殺」、「攴」、「夏」、「㳥兆兆」、「甯」、「𪏽智𪏽」、「鳥」、「鳳䳍鵬」、「豆」、「豐」、「宋」、「貟」、「邑」、「邑」、「甹由」、「录」、「广」、「㠯」、「舟」、「卜」、「腕」、「鬼」、「嶝」、「皐」、「界」、「心」、「岷」、「賑」、「㚒䆿」、「覃覃鹵覃覃」、「聳」、「瑟奭奭璱」、「陽隖」等字，一共三十八條，數量超過全部按語的三分之二，這可以說《類篇》之按語出現的位置並不固定，游走在兩種不同的情況當中。

若依照同時代的字書視之，《說文繫傳》及大徐本《說文》的慣例，按語應該是出現在文字的說解與反切注音之間，因為《說文》之時仍沒有反切注音，故於校定時必定是先校定釋義與釋形的內容，之後再發出按語，最後才以反切為該字進行注音。而《類篇》方面則又分為部首字與非部首字兩類，部首字是先全錄《說文》的說解，再錄字音與其他《說文》所沒有的解釋，最後是「文」及「重音」的統計；而非部首字則是先標出該字常用之音、解釋常用之義，之後標出不常用音義，最後為「文」及「重音」的統計。可見不管是否部首字，「文」及「重音」的統計皆應該是《類篇》一書完成之前的最後工作，這正如徐氏兄弟為《說文》以反切進行逐字注音一樣，而此項工作應該是檢閱完成後，就連校編者所發出的按語也已經完成之後才做的工作。而於《類篇》中每一字的「文」及「重音」統計均非常重要，因為這涉及到總字數與所收錄重音的統計。正常來說，前有二徐本《說文》作為參考，故按語所出現的位置應該均有所固定。

司馬光作為《類篇》成書以前的最後校閱與審定之人，故其所發出的按語理應會出現在一個統一而又固定的位置。但如今所見卻非如此，出現這樣的情況可能是因為司馬光對於《類篇》作出了不止一次的親自校閱，除了初閱以外，至少仍應該有一次或以上的覆閱，當中出現在注解以及該字加上重文的數量與重音數量統計之間的三十八條按語，應該就是未作最終覆閱時所發出，故於按

語後才會有「文」及「重音」的統計。而出現在注解以及該字加上重文的數量與重音數量的統計之後的那十七條按語，則是司馬光於最後一次總校閱之時所作出的補充，因爲其位置出現在代表《類篇》最後工作，即每一字之「文」及「重音」的統計之後。由此可以推測，司馬光是非常認眞與謹愼地對待《類篇》的編纂工作，從按語所出現的不同位置，則可以推測出其對於此書，至少進行了兩次或者是更多的親自校閱。

三、按語引用的資料

從上表中可見，不算指出《說文》失收之字，以及指出《集韻》之錯誤與疏漏者，司馬光於按語中所引用的材料主要是以《說文繫傳》、大徐本《說文》、《集韻》這三部書爲主。其中引用《說文》的分別有「蕭」、「踞屋」、「奉秦」、「闈」、「豆」、「邑」、「腕」、「鬼」、「聳」、「陽隴」等字的按語，一共有十條；而引用《說文繫傳》的有「邑」、「粵由」等字的按語，只有兩條；對於《集韻》有所引用的則包括「奉秦」、「楢」、「嶒」等字的按語，一共有三條。通過以上的統計，可知書中的按語一共十五條是有引用資料，約超過全部按語的五分之一，而且引用字書的次數多於韻書，於字書的引用方面又以大徐本《說文》爲主。這除了可見司馬光的按語並非只是單憑一己之所見而發出，當中所言者除了有所根據以外，同時又可知其在按語方面所下之工夫與用心。此外，又可知司馬光爲《類篇》進行校閱之時會參考與此書關係密切的大徐本《說文》與《集韻》，甚至是小徐的《說文繫傳》，並非只以《類篇》一書的內容進行單方面的校閱。

第三節　司馬光按語之分類與內容

從上一節的簡表中可見，司馬光之按語大致可以分爲：說明歸字條例、指出《類篇》自身之誤、指出《集韻》之誤、言隸書之差異變化、言今文之誤，以及論及俗體、或體等、部首字的變化、補充假借義、難以歸類，不知其所指等不同的類型，下面分別論之，以探討當中所包括的內容。

一、說明歸字條例

在這五十五條按語中，其中有七條所講的是《類篇》之歸字凡例，它們分別是：（1）是「天忝夭」的解釋中有「唐武后作兲」一句，司馬光於解釋

的最後有按語言「臣光曰：唐武后所撰字，別無典據，各附本文注下」，可見這是對於凡例六「兲之附天，埊之附人，凡字之後出而無據者，皆不得特見也」〔註22〕的說明。而蘇轍於序中所舉作兩個例子中，「埊」正是唐武后新字，其與注解中所言的「兲」字之處理方法相同〔註23〕，只見於注中而不得特見。除了「兲」、「埊」二字以外，書中所收錄的武后新字還有「𡔈」（君）、「𠀷」（正）、「𧫦」（證）、「忠」（臣）、「𡔈」（初）、「𤯨」（生）、「圀」（國）、「囝」（日）、「○」（星）、「囝」（月）、「𡕀」（年）、「曌」（照）、「𡈼」（聖）、「𥡔」（授）、「坔」（地）、「𡔈」（載）等十六個，當中除了「𥡔」字同時被視爲異體字以及又見於注解中〔註24〕，其餘皆只見於注解中。而「𥡔」字的處理方式是沒有違反歸字條例，因爲蘇轍所舉的另一個例子「兲」字，其爲「天」字的古文，此說最早見可見於《玉篇》〔註25〕，其處理方法是既被視爲異體字，同時又見於注解中。可見司馬光爲凡例六所作出的說解中，只是對附於注解中的處理方式作出了解釋，對於附於本字之下的處理方式卻沒有任何的說明。

（2）於「𣪠」字的解釋中，按語言「臣光曰：《說文》失收，故《集韻》今不載」；（3）對於「𧠻智矯」，又言「臣光曰：按《說文》矯古智字，今《集韻》失收」；（4）在「㠯」字之下，按語言「臣光按：《集韻》失收，《說文》亦無反切，注曰从反邑，邑字从此，闕。又按：《說文繫傳》音怨阮切」；（5）在「𡿦」字的解釋中，有按語言「臣光曰：今《集韻》失收」；（6）於「賑」字的解釋中，按語亦同樣言「臣光曰：今《集韻》失收」。可見這些按語皆是對於凡例八「邑之加邑，白之加矯，凡《集韻》之所遺者，皆載於今書也」〔註26〕的說明。

司馬光的說明正好印證了《集韻》所失收之字，皆會被《類篇》所收錄，如「𣪠」字最早見於《玉篇》，爲「殺」字的籀文〔註27〕；「𡿦」字最早見於《說

〔註22〕見北宋・司馬光等：《類篇》，頁1。

〔註23〕《類篇》於「人」的注解中言「唐武后作埊」，見北宋・司馬光等：《類篇》，頁176。

〔註24〕見同前注，頁44、59、89、104、156、220、222、232、237、238、244、370、440、452、511、536。

〔註25〕見北宋・陳彭年等重修：《大廣益會玉篇》，頁39。

〔註26〕見北宋・司馬光等：《類篇》，頁1～2。

〔註27〕見北宋・陳彭年等重修：《大廣益會玉篇》，頁251。

文》，正如《類篇》注解中所言，其爲「衈」字的籀文〔註28〕；「脈」字亦見於《說文》，爲「覛」的籀文〔註29〕。「𦒱」字，正如司馬光所言，《集韻》未收但卻見於《說文》中，爲「𥅸」之古文〔註30〕；「邑」字，與「𦒱」字情況相同，也是《集韻》未收但卻見於《說文》中〔註31〕。《集韻》遺漏了這些於前代字書已有所收錄的字，故《類篇》根據其歸字凡例而將它們再次收錄，可見司馬光於這些字之下的按語，正是要爲此凡例作出說明。除此以外，從「邑」字的按語中可以推測，《類篇》收錄此字時，由於《集韻》失收的關係，因此而只有字形，並沒有音、義，作爲一本官方所編修的大型字書，這是不可接受的失誤。有見及此，司馬光便於按語中盡力補之，於字義方面雖依然言「闕」，但在字音方面則根據《說文繫傳》的反切而增補，此可見司馬光的用心。

（7）於「鳳𦐀鵬」之下，司馬光有按語言「臣光按：今文別有朋，蓋傳寫𦐀之譌」，這是對於凡例七「凡字之失故而遂然者，皆明其由也」的說明。在「鳳𦐀鵬」的注解中曾言「古作𦐀，象形，鳳飛，羣鳥從以萬數，故亦以爲朋黨字」指出了今文作爲朋黨字的「朋」是從古文「𦐀」字而來，且而蘇轍於《類篇·序》中爲凡例七所舉的例子中正有「𦐀之爲朋」〔註32〕，可見司馬光於此處發出按語之目的是爲了對歸字凡例進行更爲深入的補充說明。

二、指出《類篇》自身之誤

司馬光作爲《類篇》最後一任主纂官，同時又負責繕寫進呈的任務，故對於書中的錯誤必定有所改正或指出，按語即爲明顯的事證。（1）於「踞屋」的解釋後，司馬光有按語言「臣光按：《說文》尸部居字云，俗居從足。當作屋，今本悞作踞，宜無斤於一音」，根據《說文》而指出書中的「踞」字有所錯誤，應將其改爲「屋」形。（2）於「闠」字的解釋後，按語又言「臣光曰：按《說文》从門从賓省，當作闠」，指出此字之正確字形應作「闠」而非「闠」。

〔註28〕見東漢·許愼撰、北宋·徐鉉校定：《說文解字》，頁240。

〔註29〕見同前注。

〔註30〕見同前注，頁74。

〔註31〕見同前注，頁136。

〔註32〕見北宋·司馬光等：《類篇》，頁1。

（3）於「垗兆兆」之下，有按語言「臣光曰：按兆兵列切，重八也，垗古當作兆」，司馬光指出「兆」字之音讀為「兵列切」，其原因是「重八」，因此於字形結構上，書中所收「垗」字之古文應作「兆」，而非作「兆」形。

（4）司馬光又於「奉㧊」的按語中言「臣光曰：按《說文》奉，扶隴切，承也。从手，从廾，丰聲，變隸作奉。今《集韻》曰古作㧊，非」，指出了注解中「古作㧊」此句的錯誤，以及錯誤來源。司馬光通過《說文》而考證出「㧊」為「奉」字隸定之形，而非其古文之形，更從《類篇》之誤中同時指出了其姊妹篇著作《集韻》之誤，可見司馬光校對之用心。

（5）司馬光於「陽隂」之下有按言「臣光按：《說文》隂古文陸字，力竹反，疑《集韻》之誤」。「陽」字於《集韻》中確有異體字作「隂」形〔註33〕，而「陸」字又有異體字作「隂」〔註34〕，而於《說文》中確實又如司馬光所言，「隂」為「陸」之古文〔註35〕，而非為「陽」之古文。《集韻》中「隂」、「隂」二形非常相似，又與「陸」字籀文「坴」之形相合，且於《說文》的排例次序中，「陽」字之後便緊接「陸」字。由此可以推測，「隂」或「隂」原本皆是「坴」的隸定之形，而《集韻》因為《說文》中「陽」、「陸」二字的連續排列，但「陸」字有重文，「陽」字卻沒有，所以就把「隂」誤當為「陽」的異體字。由此可知，此為《集韻》之誤，而《類篇》於編纂之時不察，仍依《集韻》原本之內容去處理「隂」字，故此亦可以說是《類篇》自身之誤。司馬光透過《集韻》而找出了《類篇》的錯誤，但卻沒有逕行修改，只提出問題讓使用者自行思考。

三、指出《集韻》之誤

除了《類篇》自身的錯誤以外，司馬光於其按語中，亦會指出《集韻》的錯誤，這是因為二書為「相副施行」之著作，且《類篇》又以《集韻》為其內容的主要來源與範圍，故可從《類篇》中找出《集韻》之誤。這些按語包括：（1）「栫」字之下有按語言「臣光曰：徂悶切音，今《集韻》不收」，司馬光於此指出了《集韻》遺漏了此字「徂悶切」之音而沒有收錄，這是於輯音方面的疏漏。（2）於「鬼」字之下有按語言「臣光按：《說文》本部字竝从鬼，今《集

〔註33〕見北宋・丁度等：《集韻》，頁 211。

〔註34〕見同前註，頁 645。

〔註35〕見東漢・許慎撰、北宋・徐鉉校定：《說文解字》，頁 304。

韻》文或从鬼省」，而「鬼」字於《集韻》作「鬼」〔註36〕，而其他有部件有「鬼」的字於《集韻》中多作「鬼」形，如「醜」作「醜」、「魏」作「魏」、「隗」作「隗」等〔註37〕。可見司馬光的「文或从鬼省」，應是指「鬼」上半部象鬼頭之形的「由」，於《集韻》中皆變成了「田」，這兩個字形的分別是在於，「由」字於隸化以後變得與「田」字沒有差異〔註38〕，這是於字形方面的疏忽。

（3）於「楢」字之下，司馬光有按語言「臣光按：《集韻》將由切有二字，一注曰聚也，一注曰柔木，今止用一音切」，可知這是同時涉及字音與字義的疏忽。「楢」字於《集韻‧尤韻》「將由切」之下出現了因字義不同而分作二字之情況〔註39〕，二字之形、音相同無異，只是於字義上有所不同，故可將後面「柔木」之義歸到前面「聚也」之義的說解中，而不應兩出。在《類篇》的說解中，即合併於《集韻》中同一音切之下，但卻分見二處的字義，於同一形體的說解之下，可見司馬光的按語正是為此而作出解釋。（4）在「嶸」字之下有按語言「臣光按：《集韻》嶸有二字，呼宏切，一云大聲也，一云岭嶸山深，宜同用一音切」，這亦是同時涉及音、義的疏忽。「嶸」字於《集韻‧耕韻》「呼宏切」之下確實因為有字義不同而分作二字的情況〔註40〕，二字既然有相同的音、形，因此而應將其不同的字義歸於同一音、形之下，而不應視作兩個不同的字。從以上的分析中可見，司馬光於其按語中分別指出了《集韻》在收字上形、音、義的錯誤之處。

四、言隸書之差異變化

司馬光按語中，言及隸書者演變者，一共有二十九條，此類型佔全部按語的半數以上。這麼多按語言及隸書，這可能是因為《類篇》中的隸書包括了隸定的古文字，以及隸化之今文字兩大類，且在文字收錄之上又時而隸定，時而隸化，故才有如此多的按語與此相關。在這些按語中，又可以分為明同字異形兩見之原因、揭示隸化過程的規律、指出因隸化隸定的不同而成為或體者、言

〔註36〕見北宋‧丁度等：《集韻》，327。

〔註37〕見同前注，頁433、490、347。

〔註38〕見清‧顧藹吉：《隸辨》，頁227。

〔註39〕見北宋‧丁度等：《集韻》，頁262。

〔註40〕見同前注，頁235。

隸書作部首時之差異、引用資料或較爲詳細說明隸書變化、直接指引錄隸書相
異之形等數方面，以下分別論之。

（一）明同字異形兩見之原因

　　首先，「𧀍」字下有按語言「臣光曰：此與先韻文同。按《說文》前字从
止从舟，篆文作𦥯，變隸作前，後或筆誤，𦥯字加刀作剪，因而不改，今筆
勢既殊，故从兩出」。透過司馬光的按語可知《說文》中的「前」字作「𦥯」
形〔註41〕，又或因筆誤加「刀」作而「剪」形，可知「前」爲隸化之形。而按
語中所言「此與先韻文同」，即言先韻之「前」字於《類篇》中同樣是同字異形
而兩見，隸化之「前」字出現在「止」部，爲「𦥯」字之異體〔註42〕，隸定之
「剪」字則見於「刀」部〔註43〕。而「𧀍」字亦如「前」字之例，故「艸」中
部除了收有部件爲隸化之「前」形的「𧀍」字以外，同時又收有部件爲隸定之
「剪」形的「蕍」字〔註44〕。由於「前」字於隸化時出現筆誤，因此今《類篇》
於「前」與「剪」、「𧀍」與「蕍」均出現異形兩見的情況，並且沒有合併在一
處作爲異體字。

　　此外，於「贏𢏚」之下，司馬光又有按語言「臣光按：《說文》𢏚字在夊
部，古乎切。秦以市買，多得爲𢏚。从丂从夊，今變隸或譌，故从兩出」。「𢏚」
於《類篇》中除了作爲「貝」部「贏」字的異體以外，同時又見於「夊」部，
而於「夊」部中作「𢏚」形〔註45〕。透過按語，可以了解到「𢏚」爲隸定之形，
且爲較符合篆體之「𠀠」形，但於隸化之時又或譌作「及」形，故《類篇》二
形皆收，出現了同字異形兩見的情況，而不將二字當作是異體字處理。可見司
馬光於此兩處的按語主要是爲了說明書中同字異形兩見，卻不依異體字編排方
法處理之原因，而造成這個情況，是因爲文字於隸化的過程中出現錯誤，因此
而與隸定之形相異。

〔註41〕見東漢・許愼撰、北宋・徐鉉校定：《說文解字》，頁38。

〔註42〕見北宋・司馬光等：《類篇》，頁58。

〔註43〕見同前注，頁157。

〔註44〕見同前注，頁20～21。

〔註45〕見同前注，頁196。

（二）揭示隸化過程的規律

漢字於字體的演化過程中常會出現化異為同、化同為異，又或者是統一簡化的情況，特別是由篆體進入隸書的過程中。在言隸書演變的這類按語中，共有五條涉及這方面，其中的四條，司馬光雖然沒有明言它們之間的關係，但透過其共同點，再加以整合，則可知道其中揭示了隸化過程中文字的同化或異化情況。

此四條按語分別是：（1）於「要嬰嬰」之下有按言「臣光曰：按篆文嬰象人要自臼之形，變隸從簡以，𠧪為西，故嬰文作要」；（2）於「農農農農農」之下按語是「臣光按：篆文農从晨凶聲，變隸从簡，以𠧪為曲，故農文作農」；（3）於「㮚㮚」之下，按語則言「臣光曰：𠧪變隸作西」；（4）於「覃覃鹵鹵鹵」的按語言「臣光曰：隸變鹵作西」。

從按語中可見化同為異的現象是：「要」字原本作「嬰」形，而「農」字原本則作「農」形，二字皆有作「𠧪」的部件。但「要」字隸化以後上半部從簡，由「𠧪」而變為「覀」形；「農」字隸化以後，上半部亦從簡，但卻由「𠧪」變為「曲」形。可見原本相同無異的部件，於隸化之時卻因為各自的從簡而變得不再相同。而當中可見化異為同的現象是：「㮚㮚」上半部之「覀」原本作「𠧪」形，而「覃」字上半部之「覀」原本作「鹵」形，但於隸化的過程中，由於化異為同的關係，把「𠧪」與「鹵」皆簡化為「覀」形，「㮚㮚」與「覃」字因此而有了相同的部件。

除此以外，於「瑟㲋乘㲋」之下，有有按語言「臣光曰：今隸書琵琶瑟等字並从珡省」，此條按語較為特別，與以上述四條按語不同，不用與其他按語對比，仍可看出隸化過程中，文字之間所統一簡化的情況。「珡」之篆文作「珡」形，可知「珡」為其隸定之形，而按語中所提及的「琵」、「琶」、「瑟」三字，它們之篆文分別作「琵」、「琶」、「瑟」，三字以篆文為對象所隸定之型分別為「琵」、「瑟」、「琶」；而三字隸化之形則分別作「琵」、「琶」、「瑟」，可見均是從「珡」而有所減省，此與按語中所言之隸化情況相合。此三字的隸化過程中，皆統一地從「珡」作出簡省。

（三）指出因隸化隸定不同而成為或體者

《類篇》一書廣收古、籀、篆等字體，但其為楷體字書，所以對於當中收錄的古文字都會進行隸定處理，而且書中某些字或取隸定之形，或取隸化之形，

並沒有統一的標準可言，書中某些或體字〔註46〕正是因為這個原因而形成，所以司馬光於按語中對因此而形成的或體字皆會有所說明。例如：（1）在「歺」字之下，按語即言「臣光曰：隸或書作歹」，「歺」字的篆文作「𡿪」形，可見與之相似的「歺」為其隸定之形，而司馬光所提出的「歹」則為其隸化之形。（2）「杏」字之下，司馬光有按語言「臣光曰：變隸或作杏」。「杏」的篆文作「𣑦」形，與之十分相似，可知「杏」為隸定之形，而司馬光於按語中有所提出，並以「變隸」稱之的「杏」形，則為此字隸化之形。（3）於「稾」字之下，按語言「臣光曰：隸或从享」。「稾」之篆文作「𥝩」形，可見與其極為相似的「稾」為隸定之形，而司馬光所提出的「享」則為隸化之形。（4）「舟」字之下，按語言「臣光曰：隸或作月」。「舟」為篆文「𦨡」的隸化之形，由於書中對於「舟」字取隸化之形，而部中屬字所從之部首有少量並非从「舟」，卻从其不常用的另一個隸書之「月」形，如「俞」、「朕」、「服」等字〔註47〕，已與从「月」、从「肉」、从「丹」之字無別〔註48〕。司馬光能夠發現這點，並於按語中加以提出「舟」於隸書中的另一個形體作「月」，這可見其細心之處。

除了找出《類篇》原本沒有收錄屬於隸書的或體字以外，按語中亦有疏漏與商榷之處，包括了：（1）於「朮」字之下，司馬光有按語言「臣光曰：隸或作市」，「朮」的篆文作「𣎵」形，「朮」雖與篆文相似，但應為隸化之形。司馬光於按語中認為「朮」於隸書中又或作「市」，這應該是受到「朮」部中某些字所從的部首作「市」形，如「𣎳」、「𣎴」、「索」等字〔註49〕所影響，因此而誤會了「朮」字「隸或作市」。司馬光之言有商榷之處，因為《隸辨》一書中認為从「朮」會譌作从「市」〔註50〕，可知「市」絕非「朮」之或體，而「朮」

_____

〔註46〕《類篇》一書中的「或體字」定義是「編纂者於整理字形之際，凡不及將字形明確歸入古文、籀文、小篆、隸書諸體下，而其形後與本字有別，則悉以『或體』混而稱之。」見孔仲溫《類篇研究》，頁 220。而司馬光於按語中所述之或體亦與此相同。另外，此處所言之或體異於《類篇》書中，以「或書」稱之，即字形結構與本字相同，唯構形位置相異的字。

〔註47〕見北宋・司馬光等：《類篇》，頁 303～304。

〔註48〕見清・顧藹吉：《隸辨》，頁 210。

〔註49〕見北宋・司馬光等：《類篇》，頁 220。

〔註50〕見清・顧藹吉：《隸辨》，頁 210。

部中某些字的部首變成了從「巿」之形，這可能是受到隸化過程中化異爲同的作用所影響。（2）於「黑」字之下，有按語言「臣光曰：隸或作黑」，司馬光指出了「黑」字隸化的另外一個形體應作「黑」，然而此書「黑」部中並任何沒有一個屬字從「黑」形〔註51〕，「黑」於隸化之時，誤將上半部原本正確的「囪」作「田」形〔註52〕，所以「黑」作「黑」形並不正確，「黑」並非「黑」字之或體，可見司馬光之誤。這兩個於司馬光按語中所指出的字體，雖然並非完全正確，但亦可見司馬光之用心，以及遵守《類篇》對於或體字只附於注解中而不特立之處理方式〔註53〕。

（四）言隸書作部首時之差異

隸書與古文字相比，形體結構會變得有所不同，當某些字作爲部首之時更會有簡化的情況出現，而在司馬光的按語中，對此亦有所說明，可見司馬光考慮之周全與細心。這些按語包括：（1）「辵」的按語中，司馬光言「臣光曰：變隸作辶」，此按語雖只言隸書之變化，並沒有明言「辶」形是「辵」字作爲首部時的變化，然而從書中從「辵」之字多作「辶」形〔註54〕，則可知此按語所要說明的是「辵」字於隸書中作爲部首時的形體變化。（2）對於「刀」字，有按語言「臣光曰：隸或作刂」，這雖然亦未有明言「刀」於隸書中或作「刂」形，爲其作爲部首時之變化〔註55〕，但從書中從「刀」，且形體結構可分爲左右的字觀之，如「制」、「列」、「劍」、「割」、「刮」等字〔註56〕，則可知司馬光在此條按語中所言者就是「刀」字作爲部首時的變化。（3）於「邑」字之下，有按語言「臣光曰：今偏旁變隸或作阝」，此條按語與前兩條不同，司馬光明確地說明了「邑」於隸書作爲偏旁使用時或書作「阝」形，以《類篇》「邑」部屬中字視之，其中如「邦」、「都」、「郊」、「耶」、「郎」等字所從之部首正是如此〔註57〕，

〔註51〕見北宋・司馬光等：《類篇》，頁 372～374。

〔註52〕見清・顧藹吉：《隸辨》，頁 229。

〔註53〕見孔仲溫：《類篇研究》，頁 259。

〔註54〕見北宋・司馬光等：《類篇》，頁 60～64。

〔註55〕《正字通》言：「刂爲偏旁之文。」見明・張自烈：《正字通》，頁 155。

〔註56〕見北宋・司馬光等：《類篇》，頁 158。

〔註57〕見同前注，頁 226～228。

同時亦正如《隸辨》一書所言，「邑」字作爲部首且於字之右方時，則多作「阝」形〔註58〕。

（五）引用資料或較爲詳細說明隸書變化

司馬光於按語中，對於隸書變化的解釋方面，當中或會引用資料作爲證據，或者是作出較爲詳細的說明，但這樣的按語並不多。有引用資料的按語包括：（1）司馬光於「卞」字的按語中言「臣光按：《說文》無卞字，又按：弁不从厶，變隸作弁，故卞止从弁省」，可見按語通過《說文》中的「覍」字及其重文「鼻」、「弁」〔註59〕，以解釋此字於隸書中形體之來源。（2）於「脫」字的按語言「臣光曰：《說文》从見彤聲，讀若郴，今變隸作脫」，司馬光於此處亦同樣通過《說文》對於「脫」字釋形的說解，來解釋今隸書中此字原本應作「覶」形，「脫」乃爲隸定之形，而「覶」則爲此字的隸化之形。

較爲詳細說明隸書變化的按語有：（1）司馬光於「玉」字的按語「臣光曰：今隸文或加點」。說明了隸化以後的「玉」本作「王」形，此形與君王之「王」字完全相同無異，二字難以分辨，故於隸書的「玉」字加上一點，以別於「王」字，可見司馬光於在此條按語中，明確地說明了隸書的「玉」字或於其形體加上一點。（2）於「鳥」字下，司馬光有按語言「臣光曰：篆文从匕，隸變之」，可見其於按語中解釋了「鳥」字於隸書中下面的「灬」，其實是由篆文「鳥」字中的「匕」變化而來。（3）於「录」字的按語中又言「臣光按：篆文作彔，變隸作录」，當中說明了「录」是從篆文形體隸定而來的字，而其於隸化之過程中變爲「彔」形，二字一爲隸定，一爲隸化。

（4）於「广」字之下，有按語言「臣光曰：厂文變隸作广」，「广」於《說文》中篆文作「厂」形〔註60〕，與按語所引之形相同，可見司馬光於此是要引用篆文以說明其與隸化之形的差異。（5）對於「頻」字，按語又言「臣光曰：頻變隸从省」。「頻」的篆文作「顰」形，書中對於「頻」字的解釋中曾有「古作顰，或作瀕」之言，可見「顰」與篆文之形體相合，而「瀕」字的部件中有「水」，由此可知可馬光所言之「从省」，是「頻」字於隸化的過程中省去了「水」

〔註58〕見清・顧藹吉：《隸辨》，頁218。

〔註59〕見東漢・許愼撰、北宋・徐鉉校定：《說文解字》，頁177。

〔註60〕見同前注，頁38。

這個部件。在言及隸書變化的按語中，大多都只言「變隸作某」或「隸作某」，甚少會作出其他的說明，但以上所見的幾條按語中卻有簡略的說明，此亦可見司馬光於說明字體變化方面的用心。

（六）直引隸書相異之形

在說明隸書演變的按語中，有一部分是直接引出隸書與書中所收之字不同的形體，當中並沒有任何的說明。這些按語分別包括了：（1）在「歪」字下的按語「臣光曰：今變隸作走」；（2）在「夏」字下的按語「臣光曰：今變隸作更」；（3）在「豐」字下的按語「臣光曰：今隸作豐」；（4）於「皀」字下的按語「臣光曰：今隸作艮」；（5）於「𡍼」字下的按語「臣光曰：今隸作卷」；（6）「皐」字下的按語「臣光曰：今變隸作皐」。以上的六條按語中，都只是簡單地把不同的隸書形體列出，但從中可以發現《類篇》所收錄的都是不常用的隸定之形，而司馬光所引的都是比較常用的隸化之形，可見這六例按語皆是站在使用者的立場出發，為其引出方便檢識，且又較為常用的字形以作比對，以防使用者不識隸定之形而產生困擾，這亦可見司馬光的用心。

五、言今文之誤

關於今文之誤方面，包括了：（1）司馬光於「甯」字下，有按語言「臣光曰：今甯文竝从冉，非是」。透過此處之按語，可知「甯」字於北宋之時有作「寧」之形，司馬光認為此字形有誤，而《重修玉篇》〔註61〕、《廣韻》〔註62〕、《集韻》〔註63〕等北宋時編修的字書、韻書中的「甯」字亦誤作「寧」形。（2）於「片」字之下，按語言「臣光曰：傳寫之譌，片或作爿」。可見司馬光認為「爿」是由於「片」傳寫之譌而出現，且「爿」字並不見於《說文》，以及北宋時所流行的《重修玉篇》、《廣韻》、《集韻》等書。而且徐鍇於《說文繫傳》「牀」字之下的按語中認為「爿」是不成字的，更認為李陽冰所提出的「木」之左旁為「爿」之說亦有所錯誤〔註64〕，其說正與司馬光按語之言相合。

〔註61〕見北宋・陳彭年等重修：《大廣益會玉篇》，頁170。

〔註62〕見北宋・陳彭年等：《廣韻》，頁431。

〔註63〕見北宋・丁度等：《集韻》，頁247、608。

〔註64〕見南唐・徐鍇：《說文解字繫傳》，頁114。

（3）於「㽕由」之下，有按語言「臣光按：徐鍇曰：《說文》無由字，今《尚書》作由枿，蓋古文省马，而後人因省之通用爲因由等字。」司馬光借用小徐之言，以《說文》中沒有「由」字作爲證據，去解釋今文中因由等意義所借用的「由」字，其實與「㽕」字通用，其被借用是因爲「㽕」字減省了「马」這個部件，可知由之本義爲「由枿」，今文的借用，或者可以說是有誤。（4）按語在「聳」字之下言「臣光按：《說文》聳，息拱切，從耳從從省」，可見司馬光於此處引用了《說文》釋義的部分以證明作爲本字的「聳」，其正確之形爲「聳」，而《重修玉篇》〔註65〕、《廣韻》〔註66〕、《集韻》〔註67〕等書，與《類篇》相同，亦誤將「聳」字作「聳」形。從以上四條言及今文之誤的按語中，這可見司馬光觀察之細心以及其考證的用心。

六、其他

關於司馬光按語中的其他類型，包括了：（一）言俗字、（二）言或體字、（三）言部首字的變化、（四）補充假借義、（五）難以歸類，不知其所指。這五類按語中大多只是對於上述所言者作簡單地提出，並沒有任何的解釋或說明，而且這些分只佔按語中的極少數，大多只有一條按語有所提及，故將這些按語中的內容與類型全歸在其他這個類別中探討。

（一）是俗字方面，於「昪」字之下，按語言「臣光曰：今俗作昊」，可知司馬光只是提出「昊」爲「昪」之俗字，而沒有作出任何的說解。

（二）是或體字方面，（1）於「攴」字下，按語言「臣光曰：攴或書作攵」，可見司馬光只是簡單地把或體提出。（2）於「負」字之下，又有按語言「臣光曰：負本從口，今或從厶」，此條按並沒有直接把或體提出，因書中所收錄的本字正作「負」形，而按語所言之或體則作「員」形，可見司馬光於此處只是用了較爲間接的方式把或體字簡單地提出，仍然沒有作出任何討論。這兩條按語中提出的或體字，與前面所探討因隸定隸化之異所產生的或體字不同，因爲司馬光並沒有從隸書差異變化的角度去討論或者爲它們作出解釋。

〔註65〕見北宋・陳彭年等重修：《大廣益會玉篇》，頁91。

〔註66〕見北宋・陳彭年等：《廣韻》，頁239。

〔註67〕見北宋・丁度等：《集韻》，頁304、307。

（三）爲部首字的變化方面，於「心」字之下，有按語言「臣光曰：或書作忄小」。司馬光於此要說明的是，當「心」字作爲部首之時，除了原本的形體以外，又可變化爲「忄」或「小」二形，此可見司馬光對於部首字形體的變化亦有所留意。

（四）是明借假義方面，在「豆」字之下，按語言「臣光按：《說文》尗，豆也，故吕尗豆之豆附之」。「豆」字之六書分類爲象形，其義可見之於其形，本義與字形相合，爲古時盛載食品的器皿。而《類篇》對於此字之解釋與《說文》相同，只收錄本義。因此司馬光在按語中，引《說文》對於「尗」字的解釋以作補充，其實是爲了說明「尗豆之豆」的這個假借義，已附於「豆」這個形體之上，且爲其所專〔註68〕。

（五）是難以歸類，不知其所指者，此類按語只有一條。在「趒」字之下，按語言「臣光曰：與前文迊字同」，然而查之於前文「迊」字，其注解爲「牆容切，《說文》相聽也」，與「趒」字的注解「才用切，《說文》：隨行也」〔註69〕之形、音、義均不相同，可見司馬光所指二字的相同之處不明。

第四節　從「按語」看司馬光對《類篇》的貢獻

司馬光在《類篇》所發出的五十五條按語最能顯示他對於此書所作出的貢獻，這些按語大致上可以分爲：對歸字條例的說明、指出《類篇》自身之誤、指出《集韻》之誤、言隸書之差異變化、言今文之誤、指出俗體、指出或體、言部首字的變化、補充假借義、難以歸類，不知其所指等不同類型，這些類型與其所佔按語的數量如下表所示：

按語類型	數　量	按語所在之字與相關分類
說明歸字條例	7	天夭夭、殺、㠯、衇、賑、鳳鵬鵬、㲉
指《類篇》之誤	5	踞屁、闈、𣥂兆兆、奉㤼、陽隄
指《集韻》之誤	4	栟、鬼、楢、嶒
言隸書之差異變化	29	明同字異形兩見之原因：萹、贏𦝠 揭示隸化過程的規律：要嫛嬰、農農農辳嚻、耎需、覃

〔註68〕見王師初慶：《中國文字結構——六書釋例》（臺北市：洪葉文化事業有限公司，2011年），頁614。

〔註69〕見北宋·司馬光等：《類篇》，頁60。

		覃凰鄩鄩、瑟爽爽蘱
		指出因隸化隸定不同而成的或體：歺、杏、臯、舟、宋、黑
		言隸書作部首時之差異：辵、刀、阝
		引用資料或較爲詳細說明隸書變化：卞、腕、玉、鳥、彔、广、頻
		直引隸書之相異之形：歪、夏、豐、邑、衆、皐
言今文之誤	4	甯、片、粵由、簪
其他	6	言俗體：界
		言或體：貟、攴
		言部首字變化：心
		補充假借義：豆
		不知其所指：赺

　　從上表中可知，按語一共可以分爲十個不同的類型，但於此十個類型中，按語的數量分配並不平均，其中最多者爲「言隸書之差異變化」有二十九條，最少者如「言俗體」、「言部首字變化」、「補充假借字義」、「不知其所指」四類，均只有一條。於「言隸書之差異變化」中又可以再細分爲：「明同字異形兩見之原因」、「揭示隸化過程的規律」、「指出因隸化隸定不同而成的或體」、「言隸書作部首時之差異」、「引用資料或較爲詳細說明隸書變化」、「直引隸書之相異之形」六項。由此可見，於此五十五條按語中，以隸書之差異變化爲重，這應該是因爲書中對於所收錄文字隸定隸化不定，沒有一定的標準，不免會造成使用上的錯誤與混亂，故按語中多涉及隸書之差異變化是可以理解之事。然而，其他類型所佔的數量與之相比不免顯得不足，按語的類型，以及其所說明、補充的內容雖然多樣性，但在數量上卻不免給一人種過於貧乏不足之感。

　　透過按語類型的分類與意義的探析，可知其對書中內容有裨補之功〔註70〕，於《類篇》有著補充說明之功效與角色，故其地位不容輕易忽視，可惜卻缺乏整體性可言，未能自成體系。但司馬光卻是十分用心地處理此書的校閱工作，故其於此書完成之前的兩年內，除了監繕寫定以外，更有兩次或以上的親自校閱。若非如此，則不可能有如此多不同類型之按語出現，以及細心地發現《類篇》、《集韻》二書中的錯誤。按語中對於《集韻》的引用一共有七次，而對指出《集韻》之誤，一共有四條，另外對於大徐本《說文》以及《說文繫傳》二

〔註70〕見孔仲溫：《類篇研究》，頁 241。

書亦有所引用。從其引用的書籍，以及發現所引用書籍的錯誤中，可見司馬光對於《類篇》的校閱是十分用心，盡其所能而為之，故《四庫全書總目提要》、《漢語文字學史》二書之記載，以及胡樸安、劉葉秋、王力等學者認為司馬光只有寫定之功的看法是不盡可信，因為司馬光除了特監繕寫以外，更有至少兩次或以上親自詳細校閱，其對《類篇》一書的貢獻不可輕易被否定。

此外，從按語中亦可見司馬光對於《類篇》的態度，他從范鎮手上接過主纂官之時，此書基本上已經編纂完成，故司馬光對於此書的錯誤，多只是透過按語指出，並不會擅自更動前人修纂的成果，如「踞屍」、「闠」、「玼兆兆」、「奉表」、「陽隴」之下的五條按語，司馬光雖然發現錯誤，但卻沒有擅自修改，只是透過按語對這些錯誤作出補充說明而已，把這些錯誤當作是不同的意見而加以保留，維持著之前各編纂者所編修時的原貌。這誠如孔仲溫先生所言，司馬光對於《類篇》的編纂態度是「嚴謹而客觀」〔註71〕，且又十分地尊重前任主纂官對於此書的編纂成果。另一方面，從按語補所充說明的偏向視之，但當中除了「天兛旡」、「赵」、「殺」、「豆」、「栫」、「楢」、「岷」、「賑」等字之下的按語言及歸字凡例，或指出《集韻》之誤等以外，其餘的四十七條按語皆是對於字形的補充解釋。司馬光之按語雖然紛雜散見，且又不能自成體系，但它們卻是有所則重，以字形的補充說明為主，這正好與《類篇》為字書此點相符，無怪乎孔仲溫先生稱這些按語為「司馬光之析字」〔註72〕，可見其按語的特點所在。

另一方面，可能因為《類篇》均會為其所收錄的古文進行隸定，導致不少字會出現隸定或隸化之不同形體，而司馬光按語的則重點是對於字形的補充以及說明，且當中又接近一半是關於隸書之差異變化，所以董南一才會有「公嘗被命修纂《類篇》，古文奇字，蒐獵該盡」〔註73〕之言。然而董南一之言不盡正確，司馬光雖有功於《類篇》，但《類篇》的編纂過程歷經多人之手，以「古文奇字，蒐獵該盡」之功皆歸到司馬光一人身上，則是有所過譽與不合理。但是，從按語的多種類型，以及對於當時字書韻書的引用與參考，可知司馬光對於此書之編纂工作是十分用心；此外又可見司馬光態度的是嚴謹而客觀，因為他並

〔註71〕見同前注，頁243。

〔註72〕見同前注，頁236。

〔註73〕見南宋・董南一：〈切韻指掌圖序〉，載於北宋・司馬光：《切韻指掌圖》，頁110。

沒有擅自更改前人的修纂成果，這是對於前面數任主纂官員的尊重；而在按語所出現的不同位置上，又可以推測司馬光對於《類篇》必定作出過至少兩次或以上的親自校閱，可見其努力與所花費之心力，這絕對不能輕易地加以否定。

從以上的分析中，可知司馬光對於《類篇》一書的編纂，除了繕寫奏進以外，更有校閱刊誤、補充說明之功。《類篇》的編纂者若只冠上司馬光一人之名固然難以服眾，因在他之前確有王洙、胡宿、掌禹錫、張立次、范鎮等官員曾經主持此書之編纂工作。但司馬光對於此書所用之力實不止「特監繕寫奏進」而已，他為最後一任主纂之官，且《類篇》一書又實確是於他手中完成，其前住主纂官只不是已經去世，就是不在其位，故《類篇》一書的編纂者題為「司馬光等」並沒有任何不當之處。後世詬病只題司馬光一人為此書之編者的原因，很大部分是由於不了解他為《類篇》作出的真正貢獻，以及並沒有全面檢視其按語的內容所致。另外，如上海古籍出版社影印上海圖書館藏汲古閣影宋鈔本《類篇》、四庫本《類篇》，以及董南一〈切韻指掌圖序〉等均題為「司馬光撰」當中省略了「等」字，此亦應該是引致《類篇》之作者成為司馬光一人，而致使他被詬病，甚至於漠視其對於此書纂編之功的原因之一。

第五節 小 結

司馬光之按語一共有：說明歸字條例、指出《類篇》之誤、指出《集韻》之誤、言隸書之差異變化、言今文之誤、言俗體、言或體、言部首字變化、補充假借義、不知所指等十大類型。其中以言隸書之差異變化的按語所佔數量最多，又可細分為：言同字異形兩見之因、揭示隸化過程的規律、指出因隸化隸定不同而成之或體、言隸書作部首時之差異、引用資料或較為詳細說明隸書變化、直引隸書相異之形六種類型。這些按語類型多樣，但其重點皆以字形的補充說明為主，對於書中之內容有確有「裨補之功」。此外，從按語所出現的位置之上，又可知司馬光對於此書，至少有兩次或以上的親自校閱。其對於《類篇》一書之編纂工作用力甚深，絕非如前人所言，只有特監、繕寫、奏進而已；更有親自校閱、統合之整理、補充說明之功，故其地位與貢獻不容輕易忽視。

第七章 《類篇》目錄訛誤考

　　目錄對於書中內容有著綱舉目張之效，同時又便於讀者對於書中內容的了解，這不論是對於古代或現代、東方或西方的書籍皆同樣如此，而字書的目錄更有著方便使用者查閱的功用。《類篇》末一卷爲目錄，這是對《說文解字》編纂體例的繼承。以目錄與正文內容互相比較，可以發現當中存有不少相異之處，未能有效地爲正文內容作出綱舉目張之功效，以及便於使用者的查閱。因此，本章將針對《類篇》目錄的各種誤訛進行討論，找出其中的疏漏，並且加以訂正。

第一節　中華書局本《類篇》對目錄的改正

　　中國古代的字書之中，最早有目錄者爲東漢許慎所著《說文解字》，其末卷中包括了五百四十部目次表〔註1〕，此目次表其實相等於《說文》一書的目錄。《說文》一書中的部首目次表對後代字書於目錄的編纂上亦有所影響，例如《重修玉篇》〔註2〕、《龍龕手鑑》〔註3〕等書，亦有類似於《說文》部首目次表的目

〔註 1〕《說文》之敘目可分爲三部分，包括了前敘、五百四十部首目次表、後序。見許錟輝：
　　　　《文字學簡編・基礎篇》（臺北市：萬卷樓圖書股份有限公司，2009 年），頁 99。

〔註 2〕見北宋・陳彭年等重修：《大廣益會玉篇》，頁 27～38。

〔註 3〕見遼・釋行均：《龍龕手鑑》，卷 1 頁 3。

錄。《類篇》作爲「以《說文》爲本」的字書〔註4〕，於體例之上均仿傚《說文》，
故以正文之後的最後一卷作爲全書的目次，蘇轍於《類篇·序》中亦曾言：

> 凡十四篇，目錄一篇，每編分上中下，總四十五卷。〔註5〕

關於《類篇》目錄的設立，胡樸安先生認爲：

> 末一卷爲目錄，亦是用《說文解字》之例。〔註6〕

另外《漢語文字學史》一書言：

> 《類篇》共分十五卷，末一卷爲目錄，每卷又分上、中、下三卷，
>
> 故又稱四十五卷，這都是仿《說文》之例。〔註7〕

由此可知《類篇》的分卷與卷數是完全依照《說文解字》所劃分，當中最後一
卷爲目錄，而目錄的設立是完全遵照《說文》的編纂體例而爲之。然而《類篇》
的目錄卻不及《說文》目次表嚴謹與周密，於北京中華書局所出版的姚刻本《類
篇》（下文簡稱姚刊本）目錄中發現了八處由其編輯人員所更正的痕跡，中華書
局的改正方法是，以引號（「」）標記錯誤的字形，再於原本有錯誤的字形右邊
把正確字形列出，如下圖所示〔註8〕：

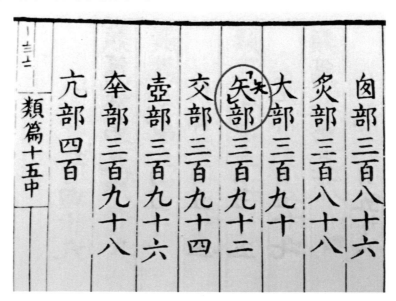

〔註4〕見北宋·蘇轍：〈類篇序〉，載於北宋·司馬光等：《類篇》，頁1。

〔註5〕見同前注，頁2。

〔註6〕胡樸安：《中國文字學史》，頁152。

〔註7〕黃德寬、陳秉新：《漢語文字學史》，頁66。

〔註8〕北宋·司馬光等：《類篇》（北京：中華書局，2012年），頁560。

從上圖可見其改正的痕跡十分明顯，且定為後代出版者所改，因為與現在可看到的其他《類篇》目錄對比，則可發現當中只有中華書局所出版的有此情況，由此可以斷定其必為中華書局局方編輯人員所更改。

關於中華書局本《類篇》對目錄的八個改正之處，整理為以下簡表：

部　　次	目錄原本字形	中華書局所改正	正文部首字字形
215	永	宋	宋
244	母	毌	毌
256	畚	黍	黍
262	木	朮	朮
263	林	林	林
340	卬	印	印
348	由	甶	甶
392	矢	矢	矢

上表中顯示了中華書局編輯人員對於姚刊本目錄的更改，多在字形的點畫之間，與正文內容互相比較，可以發現其更改基本上都是正確的。由此可知，《類篇》一書的目錄應該不少有訛誤之處，此問題值得深入探討，因為目錄對於字書有著方便檢視正文，以及利於使用者查閱的作用，更有著舉網張目的效果，但如今發現其與正文並不一致，此不但對使用者造成不便，更顯示了編纂者的疏忽。對於《類篇》目錄的訛誤，胡樸安先生認為：

> 今日通行之姚刻本，其目錄一卷，顛倒錯誤，不足為據。〔註9〕

透過胡樸安先生之言，可知《類篇》目錄除了中華書局所發現，於字形上點畫之間的錯誤以外，同時更有「顛倒錯誤」之問題，此應包括包含部次、部數等的訛誤。中華書局所發行及改正的正是胡樸安先生所言的「姚刻本」，此亦正好證明了胡先生所言不虛。然而胡樸安先生此言只是單單針對姚刊本之目錄而發，對於其他版本目錄的訛誤情況並沒有言及，而孔仲溫生先對於胡樸安先生的發現有以下意見，認為：

> 今《類篇》之目錄與正文之參差不一，甚為嚴重，……其實不獨姚刻本如此，就所見之其他版本，亦莫不如此。〔註10〕

〔註 9〕胡樸安：《中國文字學史》，頁 156。

〔註10〕孔仲溫：《類篇研究》，頁 86～87。

從孔仲溫先生之言中可知,《類篇》目錄「顛倒錯誤」,與正文之參差不一的這個情況,其實不獨姚刊本如此,其他的版本亦同樣出現如此狀況,可能訛誤之處不及姚刊本爲多,所以胡樸安先生才會單獨針對姚刊本而言其訛誤不足爲據。

在現存的《類篇》版本之中,有出版爲紙本刊物,同時又爲外界容易看到的分別有:由臺灣商務印書館所出版收錄在《四庫全書》中的版本(下文簡稱四庫本)、由北京中華書局出版印「姚刊三韻」本,以及由上海古籍出版社出版影印上海圖書館藏汲古閣影宋鈔本(下文簡稱宋鈔本)三個版本。在這三個不同版本中,唯獨中華書局對於目錄的某些錯誤進行改正,其餘兩個版本均沒有。雖然中華書局對於目錄訛誤之處有所更正,然而卻並沒有對《類篇》末卷之所有內容進行全面的審視。至於其餘兩個版本,則並沒有像中華書局般於出版之前對於目錄的錯誤之處進行修正。

第二節　宋鈔本、姚刊本、四庫本的目錄差異

宋鈔本、姚刊本、四庫本爲現在比較容易看到以及流行的《類篇》版本,於此三個版本以外,還有現藏於臺北國立故宮博物院的明景鈔金大定重校本,以及現藏於日本內閣文庫與京都大學人文科學研究所的曹棟亭本〔註11〕,唯此二版本罕爲學界所見,因此而不流行。其餘三個版本所據的底本均有所差異,在討論《類篇》目錄的訛誤問題之前,必先簡單地談及這三個版本的差異。

首先,是宋鈔本,其爲上海古籍出版社出版影印上海圖書館藏汲古閣影宋鈔本,此應爲三個版本中最爲接近宋代時《類篇》原本面目的一個。關於宋鈔本,藏書及版本鑒定家潘景鄭先生(1907～2003)於〈宋印本《類篇》跋〉一文中曾言:

> 《類篇》宋刻本今已無傳,僅有宋鈔本見於著錄。現通行本以清康熙間曹寅刻《棟亭五種》本爲善。光緒中姚氏咫進齋即舉曹本重刻。曹本未所據是刻是鈔,又變易行疑,已失宋本眞面。上海圖書館藏有毛氏汲古閣影宋鈔本,經藏朱氏結一廬,影摹精工,與宋刻不爽毫黍。〔註12〕

〔註11〕見孔仲溫:《類篇研究》,頁 36、57。

〔註12〕潘景鄭:〈宋印本《類篇》跋〉,載於上海古籍出版社出版影印上海圖書館藏汲於古閣影宋鈔本印本《類篇》(上海:上海古籍出版社,1984 年),頁 559～560。

透過潘景鄭先生的話，可知宋鈔本原爲明末藏書家汲古閣毛晉所藏，此書由於「影摹精工」的關係，因此而應與宋刻本最爲接近。這亦可以說此爲三個版本之中最爲接近《類篇》於宋代的本來面目，因此要研究《類篇》於版本上的問題，此書是十分重要的依據之一。雖爲最接近宋代之版本，但蔣禮鴻先生卻認爲姚刊本略勝於此版本〔註13〕。

其次，是現在最常見及流行的姚刊本，此版本爲清代光緒年間由姚覲元（？～1092）所刻印，根據上引潘景鄭先生的話，可知姚刊本是姚氏根據康熙年間刻印的曹楝亭本《類篇》所重刻的版本。關於曹楝亭本，孔仲溫先生認爲：

> 曹刻本之底本，當與明鈔本爲一系者。〔註14〕

明鈔本方面，孔仲溫先生於《類篇研究》一書曾作出詳細的考證，從其依然避宋諱方面觀之，認爲很可能是金大定年間重校的《類篇》〔註15〕。由此，所得出的結果是光緒年間的姚刊本根據康熙年間曹楝亭本而刻，而曹楝亭本又是根據源流很可能是金大定年間所重校刊行的版本。關於姚刊本的優劣，孔仲溫先生認爲：

> 吾人認爲姚氏所刻，除目錄稍較正於曹本者外，餘尤下之。〔註16〕

可知姚刊本主要之功是在於目錄上對於前人錯誤有所修定，這對於研究《類篇》目錄的問題非常重要。然而此版本於全書之內容方面均不及別的版本完善，無怪乎有〈姚刊三韻本《類篇》不可盡依——讀《類篇考索》札記〉〔註17〕、〈中華書局姚刊三韻本《類篇·石部》校讀箚記〉〔註18〕、〈姚刊三韻本《類篇》石部補校七例〉〔註19〕等針對姚刊本《類篇》訛誤而發的文章。追本溯源，姚刊

〔註13〕見蔣禮鴻：《類篇考索》，頁1。

〔註14〕孔仲溫：《類篇研究》，頁61。

〔註15〕見同前注，頁42。

〔註16〕同前注，頁69。

〔註17〕姚永銘：〈姚刊三韻本《類篇》不可盡依——讀《類篇考索》札記〉，《漢語史學報》，2003年，2003年第1期，頁69～72。

〔註18〕陳源源：〈中華書局姚刊三韻本《類篇·石部》校讀箚記〉，《西南交通大學學報（社會科學版）》，2011年5月，第12卷第3期，頁17～24。

〔註19〕張龍：〈姚刊三韻本《類篇》石部補校七例〉，《溫州大學學報（社會科學版）》，2012年11月，第25卷第6期，頁34～37。

本雖然源自與金大定年間重校的《類篇》內容相仿之明鈔本，然而其內容與價值卻有所不及。

第三爲，收錄於《四庫全書》中的四庫本，此乃清代乾隆年間修編《四庫全書》時的版本，根據孔仲溫先生之考證，其底本是依據當時由各地進呈的三部不同曹棟亭本所修篇而成〔註20〕。其佳處不在其他版本之下，因爲《四庫全書》在的編修過程中對於一書之抄寫，均會先以不同的善本詳細校閱審定，故此版本除了較姚刊本錯誤爲少以外，相信對於《類篇》一書的各種訛誤亦應該有所修正，所以此版本對於《類篇》之研究亦極爲重要。

關於這三個版本於目錄上的相異之處，現整理簡表如下〔註21〕：

部 次	宋鈔本	姚刊本	四庫本
68	臼	臼	臼
110	隹	隹	隹
246	柬	柬	柬
260	臼	臼	臼
280	网		网
281		网	两
296	壬	壬	壬
347	鬼	鬼	鬼
361	柰	柰	柰
403	六	大	六
445			「闕」
450	丿	厂	厂

從上表可見，三個版本的目錄中，只有十二個部首不一樣，在《類篇》五百四十三部〔註22〕中，所佔的百分比約爲 2.2%，這是相當小的比例，但爲了更正確及有效地找出《類篇》目錄中的訛誤，故必須先找出三個版本於目錄中的相異之處，並且作出分析。

〔註20〕見孔仲溫：《類篇研究》，頁 66。

〔註21〕此表只列出三個版本的相異之處，所有相同之處皆不列出。

〔註22〕《類篇》部首之數與《說文》基本上相同，然而《類篇》於「艸」、「木」、「食」、「水」四部分爲上、下兩部，而且於目錄一卷又有增減錯漏等問題，因此而較《說文》多出三部。

　　於這三個版本之間的十二個不同之處，有八個是字形之間點畫的差異，分別是：（1）第六十八部，宋鈔本作「ЕϿ」形，姚刊本及四庫本均作「臼」形；（2）第一百一十部，姚刊本作「隹」形，宋鈔本及四庫本均作「隹」形；（3）第二百四十六部，四庫本作「柬」形，宋鈔本及姚刊本均作「柬」形；（4）第二百六十部，宋鈔本作「ЕϿ」形，姚刊本及四庫本均作「臼」形；（5）第二百九十六部，宋鈔本作「壬」形，姚刊本及四庫本均作「壬」形；（6）第三百四十七部，宋鈔本作「鬼」形，姚刊本及四庫本均作「鬼」形；（7）第四百零三部，姚刊本作「大」形，宋鈔本及四庫本均作「六」形；（8）第四百五十部，宋鈔本作「丿」形，姚刊本及四庫本均作「厂」形。以上這些點畫之間的相異之處，若不細心留意，有些其實比較難發現，如「柬」與「柬」、「鬼」與「鬼」等，它們之間雖然差異不大，但細心留意亦可分辨出這些字到底爲何字。

　　除了字形上點畫之間的不同以外，三個版本中更有部次不同與部首闕漏等問題。在部次不同方面，宋鈔本及四庫本的目錄中均將「网」部排在第二百八十部，姚刊本則把「网」部排在第二百八十一部。另外，從上表中可見宋鈔本「网」部以及姚刊本「网」部之前皆有所闕，與正文內容相較，則可知目錄於「网」部之後其實是缺了「襾」部〔註23〕，而「襾」則只有四庫本有，其餘的兩個版本均沒有，故可知此應爲編修《四庫全書》者所補上。另一方面，於部首闕漏這個問題中，第四百四十五部，宋鈔本與姚刊本均只有部次，並沒有字形，對於這個情況，四庫本有一「闕」字補之，以表示該部首之闕。

　　除此以外，在以上所討論三個版本的十二個相異之處中，它們之間其實又有相同的地方，可以發現宋鈔本與姚刊本相比有三處相同，而與四庫本相比，又有三處相同；姚刊本與四庫本相比方面，兩者有五處相同，可見三個版本間其實是異中又有同。而這些不同之處中，大部分是在於字形點畫之間的微小差異，因此單就目錄一卷而言，其實三個版本之間的差異並不算太大，就連常被學者所詬病的姚刊本，其目錄與其他兩個版本相比，亦未有太大出入。若以目錄部分的差異去談論三個版本之間的優劣，這樣以小見大的做法顯然是不足夠，必須對三個版本的正文內容作出詳細校讎比對乃可爲之；但是單就目錄而言之，此三個版本則是優劣難分。

〔註23〕見北宋・司馬光等：《類篇》，頁268～269。

第三節　《類篇》目錄存在的問題

　　《類篇》目錄的問題除了三個不同版本之間有若干的差異以外，若將各不同版本擱置不論，目錄本身其實還存在著不少值得深入探討的問題，從中華書局對目錄字形的改正可知其存有字形上的訛誤；從胡樸安先生在《中國文字學史》言《類篇》目錄有「顛倒錯誤」的現象，則可知當中存有部首次序錯誤的問題；而從孔仲溫先生於《類篇研究》中言「今《類篇》之目錄與正文之參差不一，甚爲嚴重」，則可知當中又存有目錄字形與正文字形不相合的情況。現將三個版本的《類篇》目錄與大除本《說文》〔註24〕作出對比，兼附《類篇》正文部首字字形，以及部中屬字所从部首之形，整理爲以下表格，以凸顯當中的訛誤與問題：

部次	大徐本《說文》	宋鈔本	姚刊本	四庫本	正文部首字（隸書）〔註25〕	部中屬字所从部首之字形
1	一	一	一	一	一	一
2	丄	丄	丄	丄	丄	二／丄
3	示	示	示	示	示	示
4	三	三	三	三	三	〔沒有屬字〕
5	王	王	王	王	王	王
6	玉	王	王	王	王	王
7	玨	玨	玨	玨	玨	玨
8	气	气	气	气	气	气
9	士	士	士	士	士	士
10	丨	丨	丨	丨	丨	丨
11	屮	屮	屮	屮	屮	屮

〔註24〕選擇大徐本《說文》作爲比較的對象，這是因爲《類篇》是以大徐本《說文》作爲其編纂的主要依據。見孔仲溫：《類篇研究》，頁85。

〔註25〕此處所舉出的「隸書」、「或體」並非大徐本《說文》原本所有，爲《類篇》抄錄《說文》部首字說解內容以後所增加，當中部中屬字所从部首之字形有爲「隸書」或「或體」，而非部首字之形。故於此表「正文部首」一欄中，若部首字有「隸書」之形，則以（　）表示；部中字所从部首之字形爲「或體」者，則以隨頁注的方式說明。

12	屮	艸〔上〕	艸〔上〕	艸〔上〕	艸〔註26〕	++
13	蓐	艸〔下〕	艸〔下〕	艸〔下〕	艸	++
14	茻	蓐	蓐	蓐	蓐	蓐
15	川	茻	茻	茻	茻	茻
16	八	小	小	小	小	小
17	釆	八	八	八	八	八
18	半	采	采	采	采	采
19	牛	半	半	半	半	半
20	犛	牛	牛	牛	牛	牛
21	告	犛	犛	犛	犛	犛
22	口	告	告	告	告	告
23	凵	口	口	口	口	口
24	品	凵	凵	凵	凵	凵
25	㗊	品	品	品	品	品
26	哭	㗊	㗊	㗊	㗊	㗊
27	止	哭	哭	哭	哭	走
28	㞢	歪	歪	歪	歪	止
29	步	止	止	止	止（癶）	癶
30	此	址	址	址	址	步
31	正	步	步	步	步	此
32	是	此	此	此	此	正
33	辵	正	正	正	正	是
34	彳	是	是	是	是	辵
35	廴	辵	辵	辵	辵	彳
36	延	彳	彳	彳	彳	廴
37		廴	廴	廴	廴	延
		延	延	延	延	

〔註26〕於《類篇》中「草」爲「艸」之或體，然部中屬字皆無从「草」者。書中將此形
當作「艸」之或體，應受《集韻·皓韻》「艸」「草」「屮」三字並列爲異體之影響
（頁401）。

38	齒	行	行	行	行	行
39	齒	齒	齒	齒	齒	齒
40	牙	牙	牙	牙	牙	牙
41	足	足	足	足	足	足
42	疋	疋	疋	疋	疋	疋
43	品	品	品	品	品	品
44	龠	龠	龠	龠	龠	龠
45	冊	冊	冊	冊	冊	冊
46	舌	品	品	品	品	品
47	千	舌	舌	舌	舌	舌
48	谷	干	干	干	干	干
49	只	谷	谷	谷	谷	谷
50	商	只	只	只	只	只
51	句	商	商	商	商	商
52	丩	句	句	句	句	句
53	古	丩	丩	丩	丩	丩
54	十	古	古	古	古	古
55	卅	十	十	十	十	十
56	言	卉	卉	卉	卅	卅
57	言	言	言	言	言	言
58	詰	詰	詰	詰	詰	詰
59	音	音	音	音	音	音
60	辛	辛	辛	辛	辛	辛
61	举	举	举	举	举	举
62	羍	羍	羍	羍	羍	羍
63	廾	廾	廾	廾	廾	廾
64	艸	廾	廾	廾	廾（八）	八
65	共	共	共	共	共	共
66	異	異	異	異	異	異
67	舁	舁	舁	舁	舁	舁

68	晨	𦥑	𦥑	𦥑	𦥑	𦥑
69	爨	晨	晨	晨	晨	晨
70	革	爨	爨	爨	爨	爨
71	鬲	革	革	革	革	革
72	䰜	鬲	鬲	鬲	鬲	鬲
73	爪	䰜	䰜	䰜	䰜	䰜
74	丮	爪	爪	爪	爪	爪
75	鬥	丮	丮	丮	丮（丸）	丮／丸
76	又	鬥	鬥	鬥	鬥	鬥
77	𠂇	又	又	又	又	又
78	史	𠂇	𠂇	𠂇	𠂇	𠂇
79	支	史	史	史	叓	史
80	𦘒	支	支	支	支	支
81	聿	𦘒	𦘒	𦘒	𦘒	𦘒
82	畫	聿	聿	聿	聿	聿
83	隶	畫	畫	畫	畫（畫）	畫
84	臤	隶	隶	隶	隶	隶
85	臣	臤	臤	臤	臤	臤
86	殳	臣	臣	臣	臣	臣
87	殺	殳	殳	殳	殳	殳
88	𠘧	殺	殺	殺	殺	殺
89	寸	几	几	几	几	几
90	皮	寸	寸	寸	寸	寸
91	㼱	皮	皮	皮	皮	皮
92	攴	㼱	㼱	㼱	㼱	㼱
93	教	攴	攴	攴	攴	攴
94	卜	教	教	教	教	教
95	用	卜	卜	卜	卜	卜
96	爻	用	用	用	用	用
97	㸚	爻	爻	爻	爻	爻

98	昊	焱	焱	焱	焱	焱
99	目	昜	昜	昜	昜	昜
100	明	目	目	目	目	目
101	眉	明	明	明	明	明
102	盾	眢	眢	眢	眢（眉）	眢
103	自	盾	盾	盾	盾	盾
104	白	自	自	自	自	自
105	鼻	白	白	白	白	白
106	皕	鼻	鼻	鼻	鼻	鼻
107	習	皕	皕	皕	皕	皕
108	羽	習	習	習	習	習
109	隹	羽	羽	羽	羽	羽
110	雀	佳	佳	佳	佳	佳
111	雀	奞	奞	奞	奞	奞
112	丫	萑	萑	萑	萑	萑
113	首	丫	丫	丫	丫	丫
114	羊	首	首	首	首	首
115	羴	羊	羊	羊	羊	羊
116	瞿	羴	羴	羴	羴	羴
117	雔	瞿	瞿	瞿	瞿	瞿
118	雥	雔	雔	雔	雔	雔
119	鳥	雥	雥	雥	雥	雥
120	烏	鳥	鳥	鳥	鳥	鳥
121	華	烏	烏	烏	烏	烏
122	華	華	華	華	華	華
123	冓	冓	冓	冓	冓	冓
124	幺	幺	幺	幺	幺	幺
125	絲	絲	絲	絲	絲	絲
126	叀	叀	叀	叀	叀	叀
127	玄	玄	玄	玄	玄	玄

128	(篆)	予	予	予	予	予
129	(篆)	放	放	放	放	放
130	(篆)	受	受	受	受	受
131	(篆)	奴	奴	奴	奴	奴
132	(篆)	歺	歺	歺	歺	歺
133	(篆)	死	死	死	死	死
134	(篆)	冎	冎	冎	冎〔註27〕	另
135	(篆)	骨	骨	骨	骨	骨
136	(篆)	肉	肉	肉	肉	月
137	(篆)	筋	筋	筋	筋	筋
138	(篆)	刀	刀	刀	刀	刂／刀
139	(篆)	刃	刃	刃	刃	刃
140	(篆)	韧	韧	韧	韧	韧
141	(篆)	丰	丰	丰	丰	丰
142	(篆)	耒	耒	耒	耒	耒
143	(篆)	角	角	角	角	角
144	(篆)	竹	竹	竹	竹	竹
145	(篆)	箕	箕	箕	箕	箕
146	(篆)	丌	丌	丌	丌	丌
147	(篆)	左	左	左	左	左
148	(篆)	工	工	工	工	工
149	(篆)	㼿	㼿	㼿	㼿	㼿
150	(篆)	巫	巫	巫	巫	巫
151	(篆)	甘	甘	甘	甘	甘
152	(篆)	曰	曰	曰	曰	曰
153	(篆)	乃	乃	乃	弓（乃）	乃
154	(篆)	丂	丂	丂	丂	丂
155	(篆)	可	可	可	可	可

〔註27〕於《類篇》中「另」爲「冎」之或體。

156	𠔻	兮	兮	兮	兮	兮
157	丂	号	号	号	号	号
158	亏	亏	亏	亏	亏	亏
159	旨	旨	旨	旨	旨	旨
160	喜	喜	喜	喜	喜	喜
161	壴	壴	壴	壴	壴	壴
162	鼓	鼓	鼓	鼓	鼓	鼓
163	豈	豈	豈	豈	豈	豈
164	豐	豆	豆	豆	豆	豆
165	豊	豐	豐	豐	豐	豐
166	豑	豐	豐	豐	豐	豐
167	盧	盧	盧	盧	盧	盧
168	虍	虍	虍	虍	虍	虍
169	虎	虎	虎	虎	虎	虎
170	虤	虤	虤	虤	虤	虤
171	皿	皿	皿	皿	皿	皿
172	𠙴	凵	凵	凵	凵	凵
173	去	去	去	去	去	去
174	丶	血	血	血	血	血
175	𠕒	丶	丶	丶	丶	丶
176	青	丹	丹	丹	丹	丹
177	井	青	青	青	青	青
178	皀	井	井	井	井	井
179	鬯	皀	皀	皀	皀	皀
180	食	鬯	鬯	鬯	鬯	鬯
		食〔上〕	食〔上〕	食〔上〕	食	食
181	亼	食〔下〕	食〔下〕	食〔下〕	食	食
182	會	亼	亼	亼	亼	亼
183	倉	會	會	會	會	會
184	入	倉	倉	倉	倉	倉

185	𠂹	入	入	入	入	入
186	𠂤	缶	缶	缶	缶	缶
187	高	矢	矢	矢	矢	矢
188	𠕋	高	高	高	高	高
189	𩛿	冂	冂	冂	冂	冂
190	亯	亯	亯	亯	亯	亯
191	高	京	京	京	京	京
192	𦚢	𦚢	𦚢	𦚢	𦚢（享）	𦚢／享
193	𩰪	𩰪	𩰪	𩰪	𩰪	𩰪
194	�	畐	畐	畐	畐	畐
		㐭	㐭	㐭	㐭	㐭
195	嗇	嗇	嗇	嗇	嗇	嗇
196	來	來	來	來	來	來
197	麥	麥	麥	麥	麥	麥
198	夊	夊	夊	夊	夊	夊
199	舛	舛	舛	舛	舛	舛
200	舞	舜	舜	舜	舜（舜）	舜
201	韋	韋	韋	韋	韋	韋
202	弟	弟	弟	弟	弟	弟
203	夂	夂	夂	夂	夂	夂
204	久	久	久	久	久	〔沒有屬字〕
205	桀	桀	桀	桀	桀	桀
206	木	木〔上〕	木〔上〕	木〔上〕	木	木
207	東	木〔下〕	木〔下〕	木〔下〕	木	木
208	林	東	東	東	東	東
209	才	林	林	林	林	林
210	叒	才	才	才	才	〔沒有屬字〕
211	㞢	叒	叒	叒	叒	叒
212	帀	之	之	之	之	之
213	出	帀	帀	帀	帀	帀

214	〔篆〕	出	出	出	出	出
215	〔篆〕	求	求	求	宋	宋
216	〔篆〕	生	生	生	生	生
217	〔篆〕	乇	乇	乇	乇	〔沒有屬字〕
218	〔篆〕	丞	丞	丞	丞	丞
219	〔篆〕	雩	雩	雩	雩	雩
220	〔篆〕	蕚	蕚	蕚	蕚（華）	華
221	〔篆〕	禾	禾	禾	禾〔註28〕	禾
222	〔篆〕	稽	稽	稽	稽	稽
223	〔篆〕	巢	巢	巢	巢	巢
224	〔篆〕	桼	桼	桼	桼	桼
225	〔篆〕	束	束	束	束	束
226	〔篆〕	橐	橐	橐	橐	橐
227	〔篆〕	口	口	口	口	口
228	〔篆〕	員	員	員	員	員
229	〔篆〕	貝	貝	貝	貝	貝
230	〔篆〕	邑	邑	邑	邑	阝／邑
231	〔篆〕	㔷	㔷	㔷	㔷	邔／㔷
232	〔篆〕	日	日	日	日	日
233	〔篆〕	旦	旦	旦	旦	旦
234	〔篆〕	倝	倝	倝	倝	倝
235	〔篆〕	㫃	㫃	㫃	㫃	㫃
236	〔篆〕	冥	冥	冥	冥	冥
237	〔篆〕	晶	晶	晶	晶	晶
238	〔篆〕	月	月	月	月	月
239	〔篆〕	有	有	有	有	有
240	〔篆〕	朙	朙	朙	朙（明）	朙
241	〔篆〕	囧	囧	囧	囧	囧

〔註28〕應爲「禾」形。

242	多	夕	夕	夕	夕	夕
243	冊	多	多	多	多	多
244	乄	毌	毌	毌	毌	毌
245	東	弓	弓	弓	马	马
246	卤	東	東	東	東	東
247	齊	卤	卤	卤	卤	卤
248	朿	坴	坴	坴	坴（齊）〔註29〕	齊
249	片	束	束	束	束	束
250	鼎	片	片	片	片	片
251	克	鼎	鼎	鼎	鼎	鼎
252	彔	克	克	克	克	〔沒有屬字〕
253	禾	彔	彔	彔	彔	〔沒有屬字〕
254	秝	禾	禾	禾	禾	禾
255	黍	秝	秝	秝	秝	秝
256	香	黍	黍	黍	黍	黍
257	米	香	香	香	薌（香）	香
258	毇	米	米	米	米	米
259	臼	毇	毇	毇	毇	毇
260	凶	臼	臼	臼	臼	臼
261	朮	凶	凶	凶	凶	凶
262	林	木	木	木	朿	朮
263	麻	林	林	林	棥	林
264	尗	麻	麻	麻	麻	麻
265	耑	尗	尗	尗	尗	尗
266	韭	耑	耑	耑	耑	〔沒有屬字〕
267	瓜	韭	韭	韭	韭	韭
268	瓠	瓜	瓜	瓜	瓜	瓜
269	宀	瓠	瓠	瓠	瓠	瓠

〔註29〕於《類篇》中「齊」爲「坴」之或體。

270	宮	宀	宀	宀	宀	宀
271	呂	宮	宮	宮	宮	宮
272	內	呂	呂	呂	呂	呂
273	窟	穴	穴	穴	穴	穴
274	广	癃	癃	癃	癃	癃
275	门	广	广	广	广	广
276	門	冂	冂	冂	冂	冖
277	冃	冃	冃	冃	冃	冃
278	网	冃	冃	冃	冃	冃
279	网	网	网	网	网	网
280	西	网		网	网	冂
281	巾		网	西	西	西
282	市	巾	巾	巾	巾	巾
283	帛	市	市	市	市	市
284	白	帛	帛	帛	帛	帛
285	黹	黹	黹	黹	黹	黹
286	黹	黹	黹	黹	黹	黹
287	白	白	白	白	白	白
288	人	人	人	人	人	人
289	匕	匕	匕	匕	匕	匕
290	匕	匕	匕	匕	匕	匕
291	从	从	从	从	从	从
292	比	比	比	比	比	比
293	北	北	北	北	北	北
294	丘	丘	丘	丘	丠（丘）	丘
295	从	从	从	从	从	似
296	壬	壬	壬	壬	壬	壬
297	重	重	重	重	重	重
298	臥	臥	臥	臥	臥	臥
299	身	身	身	身	身	身

300		肙	肙	肙	肙	肙
301		衣	衣	衣	衣	衣／衤
302		裘	裘	裘	裘	裘
303		老	老	老	老	老
304		毛	毛	毛	毛	毛
305		毳	毳	毳	毳	毳
306		尸	尸	尸	尸	尸
307		尺	尺	尺	尺	尺
308		尾	尾	尾	尾	尾
309		履	履	履	履	履
310		舟	舟	舟	舟	舟
311		方	方	方	方	方
312		儿	儿	儿	儿	儿
313		兄	兄	兄	兄	兄
314		兂	兂	兂	兂	兂
315		兒	兒	兒	兒	兒
316		兂	兂	兂	兂	兂
317		先	先	先	先	先
318		禿	禿	禿	禿	禿
319		見	見	見	見	見
320		覞	覞	覞	覞	覞
321		欠	欠	欠	欠	欠
322		歠	歠	歠	歠〔註30〕	歠
323		次	次	次	次	次
324		旡	旡	旡	旡	旡
325		頁	頁	頁	頁	頁
326		百	百	百	百	百
327		面	面	面	面	面

〔註30〕「　」之或體爲「歙」。

328	𣬛	丏	丏	丏	丏	〔沒有屬字〕
329	𦣻	首	首	首	𦣻	𦣻／首
330	須	㬎	㬎	㬎	㬎	㬎
331	彡	須	須	須	須	須
332	彤	彡	彡	彡	彡	彡
333	文	㐱	㐱	㐱	㐱	㐱
334	彣	文	文	文	文	文
335	后	髟	髟	髟	髟	髟
336	司	后	后	后	后	后
337	卮	司	司	司	司	司
338	卩	卮	卮	卮	卮	卮
339	㠪	卩	卩	卩	卩	卩
340	印	印	印	印	印	印
341	色	色	色	色	色	色
342	辟	卵	卵	卵	卵〔註31〕	卵
343	勹	辟	辟	辟	辟	辟
344	包	勹	勹	勹	勹	勹
345	苟	包	包	包	包	包
346	鬼	苟	苟	苟	苟	苟
347	由	鬼	鬼	鬼	鬼	鬼
348	厶	由	由	由	由	由
349	嵬	厶	厶	厶	厶	厶
350	山	嵬	嵬	嵬	嵬	嵬
351	屾	山	山	山	山	山
352	屵	屾	屾	屾	屾	屾
353	广	屵	屵	屵	屵	屵
354	厂	广	广	广	广	广
355	𠂆	厂	厂	厂	厂	厂

〔註31〕應為「卵」形。

356	丸	丸	丸	丸	丸
357	危	危	危	危	危
358	石	石	石	石	石
359	長	長	長	長	長
360	勿	勿	勿	勿	勿
361	秫	秫	秫	冄	冄
362	而	而	而	而	而
363	豕	豕	豕	豕	豕
364	希	希	希	希	希
365	互	互	互	互	互
366	脪	脪	脪	脪	脪
367	豸	豸	豸	豸	豸
368	舃	舃	舃	舃	〔沒有屬字〕
369	易	易	易	易	易
370	象	象	象	象	象
371	馬	馬	馬	馬	馬
372	廌	廌	廌	廌	廌
373	鹿	鹿	鹿	鹿	鹿
374	麤	麤	麤	麤	麤
375	㲋	㲋	㲋	㲋	㲋
376	兔	兔	兔	兔	兔
377	萈	萈	萈	萈	〔沒有屬字〕
378	犬	犬	犬	犬	犭／犬
379	狀	狀	狀	狀	狀
380	鼠	鼠	鼠	鼠	鼠
381	能	能	能	能	能
382	熊	熊	熊	熊	熊
383	火	火	火	火	火／灬
384	炎	炎	炎	炎	炎
385	黑	黑	黑	黑	黑

386		囡	囡	囡	囡	囡
387		焱	焱	焱	焱	焱
388		炙	炙	炙	炙	炙
389		赤	赤	赤	赤	赤
390		大	大	大	大	大
391		亦	亦	亦	亦	亦
392		矢	矢	矢	矢	矢
393		夭	夭	夭	夭	夭
394		交	交	交	交	交
395		允	允	允	允	允
396		壺	壺	壺	壺	壺
397		壹	壹	壹	壹	壹
398		夲	夲	夲	夲（幸）	幸／夲
399		奢	奢	奢	奢	奢
400		亢	亢	亢	亢	亢
401		夅	夅	夅	夅	夅
402		夵	夵	夵	夵〔註32〕	夵
403		六	大	六	大	大
404		夫	夫	夫	夫	夫
405		立	立	立	立	立
406		竝	竝	竝	竝	竝
407		囟	囟	囟	囟	囟
408		恖	恖	恖	恖（思）	思
409		心	心	心	心	忄／心
410		惢	惢	惢	惢	惢
411		水〔上〕	水〔上〕	水〔上〕	水	氵／水
412		水〔下〕	水〔下〕	水〔下〕	水	氵／水
413		林	林	林	林	林

〔註32〕籀文「大」的隸定之形應爲「夵」。

414		頻	頻	頻	頻	頻
415		〈	〈	〈	〈	〔沒有屬字〕
416		〈〈	〈〈	〈〈	〈〈	〈〈
417		〈〈〈	〈〈〈	〈〈〈	〈〈〈	〈〈〈／川
418		泉	泉	泉	泉	泉
419		灥	灥	灥	灥	灥
420		永	永	永	永	永
421		辰	辰	辰	辰	辰
422		谷	谷	谷	谷	谷
423		冫	冫	冫	仌	冫
424		雨	雨	雨	雨	雨
425		雲	雲	雲	雲	雲
426		魚	魚	魚	魚	魚
427		鱻	鱻	鱻	鱻	鱻
428		燕	燕	燕	燕	〔沒有屬字〕
429		龍	龍	龍	龍	龍
430		飛	飛	飛	飛	飛
431		非	非	非	非	非
432		卂	卂	卂	卂	卂
433		乙	乙	乙	乙	乚【乙】〔註33〕
434		不	不	不	不	不
435		至	至	至	至	至
436		西	西	西	西	西
437		鹵	鹵	鹵	鹵	鹵
438		鹽	鹽	鹽	鹽	鹽
439		戶	戶	戶	戶	戶
440		門	門	門	門	門
441		耳	耳	耳	耳	耳

〔註33〕《集韻》亦作此形,「乚」才爲「玄鳥」之正確字形。

442	崋	匠	匠	匠	匠	匠
443	𢆶	手	手	手	手	扌／手
444	𢆶	傘	傘	傘	傘	傘
445	民			「闕」		
446	ノ	女	女	女	女	女
447	∫	毋	毋	毋	毋	毋
448	丨	民	民	民	民	民
449	氏	ノ	ノ	ノ	ノ	ノ
450	坙	ノ	厂	厂	厂	厂
451	夬	乀	乀	乀	乀	乀
452	戌	氐	氐	氐	氐	氐
453	我	氒	氒	氒	氒	氒
454	ノ	戈	戈	戈	戈	戈
455	戔	戉	戉	戉	戉	戉
456	乚	我	我	我	我	我
457	匕	亅	亅	亅	亅	亅
458	乚	琴	琴	琴	琴	琴
459	匚	乚	乚	乚	乚	乚
460	曲	乚	乚	乚	乚	乚
461	甾	匚	匚	匚	匚	匚
462	弓	匚	匚	匚	匚	匚
463	弓	曲	曲	曲	曲（曲）	曲／曲
464	弜	甾	甾	甾	甾	甾
465	絲	瓦	瓦	瓦	瓦	瓦
466	素	弓	弓	弓	弓	弓
467	素	弜	弜	弜	弜	弜
468	絲	弦	弦	弦	弦	弦
469	絲	系	系	系	系	系
470	率	糸	糸	糸	糸	糸
471	素	絲	絲	絲	絲（素）	素／絲

472	[篆]	絲	絲	絲	絲	絲
473	[篆]	率	率	率	率	率
474	[篆]	虫	虫	虫	虫	虫
475	[篆]	蚰	蚰	蚰	蚰	蚰
476	[篆]	蟲	蟲	蟲	蟲	蟲
477	[篆]	風	風	風	風	風
478	[篆]	它	它	它	它	它
479	[篆]	龜	龜	龜	龜	龜
480	[篆]	黽	黽	黽	黽	黽
481	[篆]	夗	夗	夗	卵	卵
482	[篆]	二	二	二	二	二
483	[篆]	土	土	土	土	土
484	[篆]	垚	垚	垚	垚	垚
485	[篆]	堇	堇	堇	堇	堇
486	[篆]	里	里	里	里	里
487	[篆]	田	田	田	田	田
488	[篆]	畕	畕	畕	畕	畕
489	[篆]	黃	黃	黃	黃	黃
490	[篆]	男	男	男	男	男
491	[篆]	力	力	力	力	力
492	[篆]	劦	劦	劦	劦	劦
493	[篆]	金	金	金	金	金
494	[篆]	开	开	开	开	〔沒有屬字〕
495	[篆]	勺	勺	勺	勺	勺
496	[篆]	几	几	几	几	几
497	[篆]	且	且	且	且	且
498	[篆]	斤	斤	斤	斤	斤
499	[篆]	斗	斗	斗	斗	斗
500	[篆]	矛	矛	矛	矛	矛
501	[篆]	車	車	車	車	車

502	𤴓	自	自	自	自	自
503	四	𦣹	𦣹	𦣹	𦣹	阝／𦣹
504	兒	䮉	䮉	䮉	䮉	䮉
505	狀	厽	厽	厽	厽	厽
506	亞	四	四	四	四	〔沒有屬字〕
507	五	宁	宁	宁	宁	宁
508	央	叕	叕	叕	叕	叕
509	卡	亞	亞	亞	亞	亞
510	九	五	五	五	五	〔沒有屬字〕
511	扏	六	六	六	六	〔沒有屬字〕
512	畢	七	七	七	七	〔沒有屬字〕
513	甲	九	九	九	九	九
514	乙	厹	厹	厹	厹	内
515	丙	畾	畾	畾	畾	畾
516	个	甲	甲	甲	甲	甲
517	戈	乙	乙	乙	乙	乙
518	己	丙	丙	丙	丙	〔沒有屬字〕
519	巳	丁	丁	丁	丁	丁
520	庸	戊	戊	戊	戊	戊
521	辛	已	已	已	已〔註34〕	已
522	辯	巴	巴	巴	巴	巴
523	王	庚	庚	庚	庚	庚
524	米	辛	辛	辛	辛	辛
525	甲	羍	羍	羍	羍	羍
526	壬	壬	壬	壬	壬	〔沒有屬字〕
527	茻	癸	癸	癸	癸	〔沒有屬字〕
528	古	子	子	子	子	子
529	丑	了	了	了	了	了

〔註34〕應為「己」形。

530	癸	癸	癸	癸	癸	癸
531	子	子	子	子	子	子
532	丑	丑	丑	丑	丑	丑
533	寅	寅	寅	寅	寅	寅
534	卯	卯	卯	卯	卯	〔沒有屬字〕
535	辰	辰	辰	辰	辰	辰
536	巳	巳	巳	巳	巳	巳
537	午	午	午	午	午	午
538	未	未	未	未	未	〔沒有屬字〕
539	申	申	申	申	申	申
540	酉	酉	酉	酉	酉	酉
541		酋	酋	酋	酋	酋
542		戌	戌	戌	戌	戌
543		亥	亥	亥	亥	〔沒有屬字〕

從上表中可見，《類篇》目錄與正文相較，確有不少的差異，當中存在一定的訛誤，以下分別敘述並探討《類篇》目錄的各種問題。

一、部次之誤

於部次之誤方面，將《類篇》目錄與正文之部次，以及大徐本《說文》之部次互相比對，則可發現有一處，是從第二百八十四「帛」部到第二百八十八「人」部之間，這五個部首的排列次序。於目錄中這五部的先後順序是：「帛」、「㡀」、「黹」、「白」、「人」；而於正文與大徐本《說文》中，這五部的排列次序為：「帛」、「白」、「㡀」、「黹」、「人」〔註35〕。由此可知，「白」部的正確排序應緊接在「帛」部之後，而非目錄中所見位於「黹」部與「人」部之間。

二、部首之缺

關於《類篇》目錄中部首之缺的問題，又可以分為部首字的缺漏與部數的缺漏兩個部分。

〔註35〕見東漢・許慎撰、北宋・徐鉉校定：《說文解字》，頁160～161。以及北宋・司馬光等：《類篇》，頁273～276。

（一）部首字的缺漏

宋鈔本的第二百八十部為「网」部，二百八十一部則只有部數，但並沒有列出部首字，接下來的第二百八十二部為「巾」。於姚刊本的目錄中，情況與宋鈔本剛好相反，當中的於「㒳」部之後的第二百八十部只有部數而沒有列出部首字，其二百八十一部則為「网」部，之後的部首亦同為「巾」部。四庫本的目錄中，第二百八十部為「网」部，與宋鈔本相同，而宋鈔本只有部數而沒有部首字的第二百八十一部，四庫本則於此處的缺漏補上了「㒼」部。由於《四庫全書》在編修的過程中對於每一書收錄以前都會以善本作詳細的校對，故只有四庫本才有的「㒼」部，此應為其編修者所補，並非目錄原本所有。考之於大徐本《說文》部首由「㒳」部到「巾」部的編排〔註36〕，同時以《類篇》正文第二百七九部「网」部到二百八十一部「巾」部為範圍〔註37〕，再與三個版本的目錄進行比對，則可以發現四庫本所補是正確無誤之外，更可以從另外兩個版本中得知《類篇》目錄中部首缺漏之情況，而由「㒳」部到「巾」部之間的正確次序與內容應該是：「㒳」、「网」、「㒼」、「巾」。

除了「㒼」部之缺以外，另一個於目錄中並沒有出現的部首字是在「巫」部與「女」部之間的第四百四十五部。於三個版本中，宋鈔本與姚刊本除了沒有列出該部的字形以外，就連部數也沒有列出，若不細心留意，是難以發現此當中的缺漏；而四庫本方面，其編修者則於四百四十五部之下補上一「闕」字，以示此部首字之缺。然考之於大徐本《說文》以及《類篇》正文由「巫」部至「女」部的內容〔註38〕，當中除了此二部以外，並沒有發現存有其他部首，可知此為《類篇》目錄之誤，誤以為在「巫」部與「女」部這兩個相連的部首之間存有別的部首。因此，應把「女」部排在第四百四十五部，且把往後的部數皆向前推移一部，以符合正文之實際情況。

（二）部數的缺漏

此問題在於目錄中有些部首字被列出，但卻沒有為其注明部數，這樣的部

〔註36〕見東漢・許慎撰、北宋・徐鉉校定：《說文解字》，頁 157～158。

〔註37〕見北宋・司馬光等：《類篇》，頁 267～269。

〔註38〕見東漢・許慎撰、北宋・徐鉉校定：《說文解字》，頁 258～265。以及北宋・司馬光等：《類篇》，頁 456～468。

首有二，分別爲「食」部上與「亩」部。於「食」部上方面，雖然其在《類篇》中與「艸」、「木」、「水」四部分皆被分爲上、下﹝註39﹞，然而「食」部上與另外三個皆被分爲上、下的部首比對，其於目錄中只有部首字的列出而沒有被注明部數。於《類篇》目錄中第一百八十部爲「鬯」，接下來便是「食」部上，之後就是第一百八十一「食」部下，明顯地可以看出「食」部上被略過，因此而沒有爲其注明部數。若非如此，則第一百八十一部爲緊接在第一百八十「鬯」部之下的「食」部上，而非「食」部下。另外「亩」部的情況也是如此，「亩」部緊接在第一百九十四「畗」部之後，但卻沒有爲其注明部數，故第一百九十五部爲「嗇」部而非「亩」部。由此可以推測，「食」部上和「亩」部於目錄中只有被列出，而沒有爲其注明部數，這很有可能與編纂者的疏忽相關。

三、部數之誤

《類篇》爲一部遵循《說文》五百四十部分部，以求達到「據形系聯」、「始一終亥」的字書，故其部首數量、次序等亦應與《說文》一樣，同爲五百四十部，但由於將「艸」、「食」、「木」、「水」四部分成上下兩部，故其部首之數量比《說文》多出四部，共有五百四十四部﹝註40﹞。然而目錄的部首數量卻只有五百四十三部，與正文部首的數量不相符合，從目錄中部首字與部數增減缺漏的情況之下，可知此定爲目錄之誤而非正文之失。

關於造成部數之誤的原因，從目錄中觀之，可分爲缺漏與增加兩個情況。首先是缺漏方面，於第一百八十「鬯」部以前均未見任何的增減缺漏，然而緊接其後的「食」部上僅列出部首字，並沒有注明部數，之後便是第一百八十一「食」部下。由於目錄於此處之誤，故部首數量已缺一。另外，於第一百九十四「畗」部之後有「亩」部，「亩」部與「食」部上的情況相同，皆是僅列出部首字，而沒有注明部數，故原本爲緊接在「亩」部之後排序爲第一百九十六的「嗇」部，成爲了第一百九十五部，「亩」部之次序被略過，目錄至此，部首數量又缺一。其次，爲增加方面，目錄於第四百四十五部只注明部數，而沒有列

﹝註39﹞ 此四部於《類篇》中分爲上下部，其分上下部的原則爲，平聲字爲上部，上、去、入聲者爲下部。見孔仲溫《類篇研究》，頁80。

﹝註40﹞ 嚴元照於〈類篇後序〉一文曾言：「分部亦遵《說文》，而艸、食、木、水又各分上下，故得五百四十四。」見清‧嚴元照《悔菴學文》，卷7頁6〜7。

出部首字，四庫本於此亦只是補上一「關」字，但並沒有補上所欠缺的部首。觀之於正文內容，則可知第四百四十四「巫」部之後即爲第四百四十六「女」部，而「巫」部與「女」是相連的，兩個部首之間並沒有任何的其他部首存在，目錄於此卻錯誤地增加了一個部首。

從以上的討論中可知《類篇》目錄部數與正文不符，爲五百四十三部的原因是因爲沒有爲「食」部上與「亩」部兩部注明部數，將它們排進《類篇》的五百四十四部中，故目錄被減少了兩部，爲五百四十二部。另外，目錄中又在「巫」部與「女」部之間注明了某一部不存在的部首及部數，然而卻沒有列出部首字，故目錄的部數於此又增加了一部。由此可知，《類篇》目錄的部數錯誤地變爲五百四十三部，出現了部數之誤，這正是由於上述的失誤所致。

四、字形之誤

關於字形之誤方面，孔仲溫先生已於《類篇研究》一書中以四庫本爲對象，找出了三十個目錄與正文存有點畫之間差異的部首字〔註41〕，但《類篇》目錄中於字形方面的訛誤卻不止如此，數量方面多於三十，而且要找出《類篇》目錄的錯誤，除了四庫本以外，亦雖以其餘可見的版本一併對比方可窺其全豹。點畫之間的差異又可包含在隸定問題、誤用其他部首、誤用他字字形等三種訛誤的情況，下面從這三個角度分別論之。

（一）隸定問題

《類篇》一書雖然以《說文》爲本，但全書所收錄的文字卻是當時通行的楷體，與《說文》以篆體爲主去說解文字的做法大爲不同。觀之於目錄，則可發現其中有些部首並非楷書，它們仍然維持與《說文》相同的篆體。這些部首包括第六十四「𣥂」部、第四百六十三「𠃊」部，此二部沒有以隸定或隸化之形顯示，且與《說文》的篆體完全相同，此可見目錄之誤。然查之於正文，這兩個部首除了目錄爲篆體以外，它們於正文的部首字部首亦是如此。但「𣥂」部於部首字說解之末有「隸作癶」之言〔註42〕，其部中屬字之部首均作「癶」；而「𠃊」部方面，其於部首字說解之末有「隸作曲」之言〔註43〕，其部中屬字

〔註41〕見孔仲溫：《類篇研究》，頁88。

〔註42〕見北宋・司馬光等：《類篇》，頁94。

〔註43〕見同前注，頁473。

之部首或作「曲」，或作「𥤮」。由此可見，目錄中「八」、「曲」二部沒有以當時流行的楷體示之的這個失誤，應該受到二部於正文中的部首字字形所影響，故除了目錄以外，正文中部首字說解的字形亦應改爲楷體，以符合全書的編纂體例。

關於目錄中的隸定問題，除了有部首仍然使用篆體以外，又有以使用者鮮少的隸定形體示之，而不選取使用者較多的隸化形體的問題〔註44〕。目錄中存有這有這情況的部首一共有二十六個。於這些部首中，目錄與正文的字體大多不統一，當中訛誤的情況通常都是目錄爲隸定之形，正文部首字或部中屬字所從之部首爲隸化之形；又或者是目錄爲隸化之形，正文或部中屬字所從之部首爲隸定之形。

目錄爲隸定之形，而正文或部中屬字所從之部首爲隸化之形的這些部首包括：（1）第十二及十三「艸」部上、下，《說文》篆文作「屮」形，而部中屬字所從之部首均作「⺿」形，雖然在後代字書中，此字作爲部首字或有以「艸」形示之，但爲求目錄與正文的統一，故目錄與部正文部首字均應改爲隸化之「⺿」形。（2）第二十七「㞬」部，《說文》篆文作「㞬」形，而部中屬字所從之部首均作「走」形，目錄與部正文部首字均應改爲隸化之「走」形。（3）第二十九「𡳒」部，《說文》篆文作「屮」形，正文於部首字說解之末有「隸作𣎵」之言，此言隸化而非隸定，且部中屬字所從之部首均作「𣎵」形，因此目錄與部正文部首字均應改「𡳒」爲「𣎵」形，且於部首字說解之末刪去「隸作𣎵」三字，因部首字說解中所言的「隸作某」多爲一字隸化之字形，若部首字改爲隸化之形則可刪去此三字以避免重覆。（4）第三十四「辵」部，《說文》篆文作「辵」形，部中屬字所從之部首均作「辶」形，而且於後代字書中，此字作爲部首字亦多以「辵」形示之，但爲求目錄與正文的統一，故《類篇》目錄及部首字亦應改「辵」爲「辶」形。（5）第七十三「弼」部，《說文》篆文作「𪔣」形，而正文部首字與部中屬字所從之部首均作「翼」，故目錄應改「弼」爲「翼」。（6）第七十五部「𢆶」部，《說文》篆文作「𢆶」形，部中屬字所從之部首均

〔註44〕隸定是指後世學者根據古文字詰屈圓弧的形體，將其改變爲筆直方正的形體，過程中並沒有經過約定俗成，而且變化迅速。而隸化是指在漢字字體的發展過程中，於秦漢之間由小篆漸漸演變爲隸書的經過，期間經歷約定俗成的程序。

作「丮」形或部首字說解所舉隸書之「丸」形，因此目錄與正文部首字皆應改「㲄」爲「丮」形。

（7）第一百一十五「羋」部，《說文》篆文作「羊」形，明確可見其爲隸定而非隸化之形，且正文部首字與部中屬字所從之部首均作「羊」形，故目錄亦應改爲「羋」爲「羊」形。（8）第一百三十三「歺」，《說文》篆文作「𣦵」形，而正文部首字與部中屬字所從之部首均作「死」形，因此目錄亦應改「歺」爲「死」形。（9）第一百六十五「豊」，《說文》篆文作「豊」形，正文部首字作「豊」形，雖則目錄與正文部首字之字形有異，但仍可看出二字均是從篆文隸定而來，而且部中屬字所從之部首均作隸化的「豊」形，故目錄及正文部首字皆應統一改爲「豊」形。（10）第二百二十「蕐」部，《說文》篆文作「蕐」形，在正文於部首字說解之末有「隸作華」之言〔註45〕，而部中屬字所從之部首均作「華」形，因此目錄與部正文部首字均應改「蕐」爲「華」形，且於部首字說解之末刪去「隸作華」三字。（11）第二百四十八「亝」部，《說文》篆文作「齊」形，仍可看出「亝」爲隸定之形，正文於部首字說解之末有「或作齊」之言〔註46〕，而且部中屬字所從之部首均作「齊」形，故目錄與正文部首字均應改「亝」爲「齊」形，且於部首字說解之末刪去「或作齊」三字。（12）第三百六十一「𦬸」部〔註47〕，《說文》篆文作「𦬸」形，正文部首字與部中屬字所從之部首均作「丮」形，故目錄應改「𦬸」爲「丮」形。

（13）第三百九十八「㚔」部，《說文》篆文作「㚔」形，正文於部首字說解之末有「隸作幸」之言〔註48〕，部中屬字所從之部首作或作「幸」形，或作「㚔」形，此可見除了目錄有與正文內容不統一處以外，部中屬字所從之部首亦沒有統一，故「幸」部除了目錄與正文部首字以外，其部中屬字所從之部首作亦須統一作「幸」形，且於部首字說解之末應刪去「隸作幸」三字。（14）第四百零八「悤」部，《說文》篆文作「悤」形，正文於部首字說解之末有「隸

〔註45〕見北宋・司馬光等：《類篇》，頁220。

〔註46〕見同前注，頁240。

〔註47〕宋鈔本及姚刊本均作此形，而四庫本作「𦬸」形，雖則於點畫之間有細微的差異，但仍可看出此爲隸定之形而非隸化之形。

〔註48〕見北宋・司馬光等：《類篇》，頁378。

作思」之言〔註49〕，而部中屬字所从之部首皆爲「思」形，故目錄與正文部首字均應改「恖」爲「思」形，且於部首字說解之末刪去「隸作思」三字。（15）第四百五十七「亻」部，《說文》篆文作「ㄥ」形，而正文部首字與部中屬字所从之部首均作「丨」形，故目錄與正文部首字均應改「亻」爲「丨」形。（16）第四百七十一「糸」部，《說文》篆文作「𦃃」形，正文於部首字說解之末有「隸作素」之言〔註50〕，部中屬字所从之部首或作「素」形，或作「糸」形，此可見除了目錄有與正文內容不統一處以外，部中屬字所从之部首亦沒有統一，故「素」部除了目錄與正文部首字以外，部中屬字所从之部首作亦須統一作「素」形，且於部首字說解之末刪去「隸作素」三字。（17）第五百一四「厽」部，《說文》篆文作「𠫔」形，雖然目錄與正文部首字皆作「厽」形，然部中屬字所从之部首均作隸化之「內」形，故目錄與正文部首字亦皆從之，改「厽」爲「內」形。

目錄爲隸化之形，正文部首字或部中屬字所从之部首爲隸定之形包括：（1）第十五「井」部，《說文》篆文作「丼」形，正文部首字作「丼」，與目錄及部中屬字所从之部首皆作「井」形不同，故正文部首字應改「丼」爲目錄之「井」形。（2）第七十九「史」部，《說文》篆文作「𤿡」形，正文部首字作「叓」形，與目錄及部中屬字所从之部首皆作「史」形不同，因此正文部首字應改「叓」爲「史」形。（3）第二百「舜」部，《說文》篆文作「𦮙」形，部中屬字所从之部首作「舜」形，然而其正文於部首字卻作「䑞」形，於說解之末有「隸作舜」之言〔註51〕，故正文部首字應改爲目錄所使用的「舜」形，而且於部首字說解之末亦應刪去「隸作䑞」三字。（4）第二百四十一「囧」部，《說文》篆文作「囧」形，正文部首字及部中屬字所从之部首皆作「囧」形，因此目錄之「囧」應改爲正文部首字及其部中屬中所从之「囧」形。

（5）第二百五十七「香」部，《說文》篆文作「薔」形，目錄及部中屬字所从之部首皆作「香」形，與正文部首字之「𪏰」形不同，而於正文於部首字說解之末有「隸省作香」之言〔註52〕，因此正文部首字應改「𪏰」爲目錄中的

〔註49〕 見同前注，頁380。

〔註50〕 見同前注，頁489。

〔註51〕 同北宋・司馬光等：《類篇》，頁194。

〔註52〕 見同前注，頁249。

「香」形，且於部首字說解之末刪去「隸省作香」四字。（6）第二百九十四「丘」部，《說文》篆文作「坙」形，目錄及部中屬字所從之部首皆作「丘」形，正文部首字之「坙」形不同，「坙」是使用篆文作為部首，且於正文於部首字說解之末有「隸作丘」之言〔註53〕，故正文部首字應改「坙」為目錄之「丘」形，且於部首字說解之末刪去「隸作丘」三字。（7）第四百二十三「冫」部，《說文》篆文作「仌」形，正文部首字作「仌」，與目錄及部中屬字所從之部首皆作「冫」形不同，故正文部首字應改「仌」為目錄之「冫」形。（8）第四百二十六「魚」部，《說文》篆文作「𩵋」形，正文部首字作「𩵋」，與目錄及部中屬字所從之部首皆作「魚」形不同，故正文部首字應改「𩵋」為目錄之「魚」形。（9）第四百五十一「乁」部，《說文》篆文作「乁」形，正文部首字皆作「乁」形，而目錄及部中屬字所從之部首均作「乁」形，故正文之部首字亦應改為目錄之「乁」形。

（二）誤用其他部首

在《類篇》的目錄中可以發現有部首重出的情況，然而這些重出的部首並非真正的重出，與第五「王」部、第六「王」（玉）部；第一百零五「白」部、第二百八十七「白」部因隸化過程中的同化作用，而致使其於楷體中變得相同的情況有異，它們大多是於目錄中誤用其他字形相近之部首作為本部的部首所致。當中包括：（1）第四十九「谷」部，與第四百二十二「谷」部相同，然而第四十九「谷」部的正文部首字與部中屬中所从之部首皆作「合」形，可知目錄中誤用了「谷」為「合」，應將目錄中第四十九部之「谷」改為「合」形。（2）第六十八「臼」部，與第二百六十「臼」相同〔註54〕，但第六十八「臼」部的正文部首字與部中屬字所從之部首均作「臼」形，由此可知目錄中的六十八部誤用「臼」形為「臼」形，故應把目錄中第部六十八之「臼」改為「臼」形。（3）第一百七十二「凵」部及其正文中部首字，與第二十四「凵」部相同，而第一百七十二「凵」部，其部中屬字所從之部首均作「凵」形，此可知目錄中第一百七十二「凵」部及其正文中的部首字皆誤用了第二十四「凵」部的字形，故

〔註53〕見同前注，頁290。

〔註54〕鈔本及姚刊本均於第六十八及二百六十作「臼」形，而四庫本於兩部皆為「𦥑」形。

此兩處的「凵」均應改爲「凸」形。（4）第一百九十八「夂」部，與第二百零三「夊」部相同，但第一百九十八「夂」部的正文部首字及部中屬字所從之部首均作「夊」形，可知目錄中誤用了字形極爲相似的「夊」爲「夂」形，因此目錄應將第一百九十八部之「夂」改爲「夊」形。

（5）第二百二十一「禿」部，與第二百五十四「禾」相同，這兩個部首不但於目錄中完全相同，就連正文部首字與部中屬字所從之部首亦完全相同，然而與《說文》篆文及字義對比，第二百二十一「禿」部的篆文爲「朶」形，字義爲「木之曲頭，止不能上也」〔註55〕；第二百五十四「禾」部的篆文則作「朿」形，字義是「嘉穀也」〔註56〕。從篆文的形體與字義觀之，可知第二百二十一「禿」部誤用了第二百五十四「禾」部的字形，而其眞正的字形應爲「禿」，此亦與《類篇》的姊妹篇著作《集韻》〔註57〕以及《玉篇》〔註58〕等書相同，故第二百二十一「禿」部的目錄、正文部首字以及部中屬字所從之部首均須改爲「禿」形。（6）第三百四十二「卯」部，與第五百三十四「卯」相同，這兩個部首不但於目錄中完全相同，就連正文部首字與部中屬字所從之部首亦完全相同，然而與《說文》篆文及字義對比，三百四十二「卯」部的篆文爲「𡚇」，字義爲「事之制也」〔註59〕；第五百三十四「卯」部的篆文則爲「甪」，字義「冒也」〔註60〕。從篆文的形體與字義觀之，可知三百四十二「卯」部誤用了第三百四十二「卯」部的字形，而其眞正的字形應爲「夘」，此亦與《類篇》的姊妹篇著作《集韻》〔註61〕以及《玉篇》〔註62〕、《廣韻》〔註63〕等書相同，故第三百四十二「卯」部的目錄、正文部首字以及部中屬字所從之部首均須改爲「夘」形。

〔註55〕見東漢・許愼撰、北宋・徐鉉校定：《說文解字》，頁 128。

〔註56〕見同前注，頁 144。

〔註57〕見北宋・丁度等：《集韻》，頁 96。

〔註58〕見北宋・陳彭年等重修：《大廣益會玉篇》，頁 221。

〔註59〕見東漢・許愼撰、北宋・徐鉉校定：《說文解字》，頁 187。

〔註60〕見同前注，頁 311。

〔註61〕見北宋・丁度等：《集韻》，頁 177、232。

〔註62〕見北宋・陳彭年等重修：《大廣益會玉篇》，頁 396。

〔註63〕見北宋・陳彭年等：《廣韻》，頁 269。

（7）第二百四十五「弓」部，與第四百四十六「弓」部相同，然而第二百四十五「弓」部的正文部首字與部中屬字所從之部首皆作「𢎏」，由此可知目錄中誤用了「弓」爲「𢎏」形，因此應把目錄中第二百四十五部的「弓」改爲「𢎏」形。（8）第二百六十二「木」部，與第二百零六「木」部上與第二百零七「木」部下完全相同，然而第二百六十二「木」部之正文部首字作「宋」形，部中屬字所從之部首則作「朮」形。與《說文》篆文「𣎵」的字形相比對，則可知「宋」應爲隸定之形，而「朮」爲隸化之形。因此第二百六十二「木」部除了把目錄中的「木」改爲「朮」形以外，同時亦須把正文部首字的「宋」改爲「朮」形。（9）第二百六十三「林」部，與第二百零九「林」部相同，然而第二百六十三「林」部的正文部首字作「𣛓」形，部中屬字所從之部首則作「林」形。與《說文》篆文「𣋾」的字形相比對，則可知「𣛓」應爲隸定之形，而「林」爲隸化之形。因此第二百六十三「林」部除了要把目錄中的「林」改爲「林」以外，同時亦須把正文部首字的「𣛓」改爲「林」。（10）第二百七十六「冂」部及其正文中的部首字，與第一百八十九「冂」部相同，然而第二百七十六「冂」部，其部中屬字所從之部首皆作「冖」形，由此可知第二百七十六「冂」部於目錄以及正文部首字均誤用了「冂」爲「冖」形，故此部首之字形，於目錄以及其正文部首字中的「冂」皆須改爲「冖」形。

（11）第二百八十九「匕」部，與第二百九十「七」部相同，然而第二百八十九「匕」部的正文部首字與部中屬字所從之部首皆作「七」形，由此可知目錄中誤用了「匕」爲「七」形，應將目錄中第二百八十九部之「匕」改爲「七」形。（12）第二百九十六「壬」部〔註64〕，及其正文部首字、部中少部分屬字所從之部首，與第五百二十六「壬」相同，然而第二百九十六「壬」部，大部分部中屬字所從之部首爲「壬」形，此外「壬」的《說文》篆文作「𡈼」形，而「壬」的說文篆文則作「王」形，二者完全不同，但二字於隸化以後的字形變得十分相近。由此可知第二百九十六部目錄、正文部首字與部中某些屬字所從之部首皆誤用了「壬」爲「壬」形，因此均須將其改爲「壬」形。（13）第三百九十二「矢」部，與第一百八十七「矢」部相同，但三百九十二「矢」部正文部首字與部中屬字所從之部首皆爲「矢」形，可知目錄中的第二百九十二誤用

〔註64〕只有宋鈔本的目錄作「壬」，爲正確之形，姚刊本及四庫本均誤作「壬」。

了「矢」爲「矢」形，應將其改爲「矢」形。(14) 第四百零三「六」部〔註65〕，與第五百一十一「六」部相同，但第四百零三「六」部的正文部首字與部中屬中所從之部首皆作「大」形，由此可知目錄中誤用了「六」爲「大」形。故應將第四百零三部於目錄中的「六」改爲「大」形。第四百零三「大」部在《說文》中作「介」形，爲「大」字的籀文，故其隸化之形應爲「亣」。(15) 第四百三十三「乙」部的目錄與正文部首字，與第五百一七「乙」部相同，但第四百三十三部，其部中屬字所從之部首均作「乚」形，可知目錄中及正文部首字皆誤用了「乙」爲「乚」形，應將第四百三十三部目錄與正文中之「乙」改爲「乚」形。此外，第四百三十三「乚」部之字義於《類篇》與《說文》均爲「玄鳥也」，篆文作「乚」形〔註66〕而《集韻》中與其相同的字作「乚」形〔註67〕，故爲了配合與《集韻》「相副施行」的這個原則，四百三十三「乚」部於目錄、正文部首字等亦可改爲「乚」形。

(三) 誤用他字字形

另外一個造成目錄與正文部首字，或部中屬字所從部首之形不同的原因是，目錄中誤用了與正確字形相似或相近的字形。當中包括：(1) 第十八「釆」部，目錄中作「采」形，而其正文部首字及部中屬字所從之部首皆爲「釆」，可見目錄中誤用了與「釆」極爲相似「采」，因此該把目錄中的「采」改爲正文中的「釆」形。(2) 第五十六「卉」部，目錄作「卉」形，而其正文部首字作「芔」，部中屬字所從之部首則作「卉」形，「芔」與「卉」爲異體字之關係〔註68〕，然而目錄所用之字很明顯爲花卉之「卉」字，因與正文部首字「芔」十分相近而被誤用，故應將目錄中的「卉」，以及正文部首字的「芔」皆改爲「卉」形。(3) 第一百一十「隹」部〔註69〕，其正文部首字及部中屬字所從之部首皆作「隹」形，目錄中誤用了與「隹」極爲相似的佳人之「佳」字，因此而應改爲「隹」形。(4)

〔註65〕此部宋鈔本與四庫爲均爲「六」形，只有姚刊本作「大」形。

〔註66〕見北宋・司馬光等：《類篇》，頁435。以及東漢・許慎撰、北宋・徐鉉校定：《説文解字》，頁246。

〔註67〕見參見北宋・丁度等：《集韻》，頁695。

〔註68〕見明・張自烈：《正字通》，頁180、181。

〔註69〕此處宋鈔本及四庫本均作「佳」，反而只有最被學者所詬病的姚刊本正確地作「隹」。

第二百一十五「朮」部，目錄中作「求」，然其正文部首字及部中屬字所從之部首皆爲「朮」，目錄中誤用了與「朮」相近的「求」，因此該改「求」爲「朮」形。（5）第二百四十四「毌」部，其正文部首字及部中屬字所從之部首皆爲「毌」，目錄中誤用了與「毌」極爲相似的母親的「母」字，故應將目錄中的「母」改爲「毌」形。（6）第二百五十六「黍」部，其正文部首字及部中屬字所從之部首皆爲「黍」，目錄中誤用了篆文香的隸定之形「香」，故應改「香」爲「黍」形。

（7）第二百九十八「臥」部，其正文部首字以及部中屬字所從之部首皆作「臥」形，「臥」與「卧」爲正俗字之關係〔註70〕，而《類篇》對於俗字多持否定的態度〔註71〕，故目錄的「卧」字應改爲「臥」形，以符合書中對於俗字的態度。（8）第三百四十「印」部，其正文部首字及部中屬字所從之部首皆爲「印」，目錄中誤用了與「印」相似的「卬」字，應將「卬」改爲「印」形。（9）第三百四十八「由」部，正文部首字及部中屬字所從之部首皆爲「由」，目錄中誤用了與之極爲相似「由」，應改「由」爲「由」形。（10）第四百六十四「畾」部，其正文部首字及部中屬字所從之部首皆作「畾」形，「畾」字於《說文》中爲「薔」字之省〔註72〕，故目錄應改「畾」爲「畾」形。（11）第四百八十一「夘」部，其正文部首字及部中屬字所從之部首皆爲「卵」，目錄中誤用了與「卵」相似「夘」字，應將「夘」改爲「卵」形。（12）第四百八十四「垚」部，其正文部首字及部中屬字所從之部首均作「垚」，目錄中誤用了與「垚」極爲相似的「垚」字，故應將「垚」改爲「垚」形。（13）第四百八十五「堇」部，其正文部首字及部中屬字所從之部首皆爲「堇」，目錄中誤用了與「堇」爲「堇」，因此應把目錄的「堇」改爲「堇」形。

第四節　《類篇》目錄檢討

　　《類篇》末卷目錄存有的訛誤頗多，綜合現存可見且有出版成冊的宋鈔本、姚刊本、四庫本三個版本而言，目錄一卷除了存有除了部次之誤、部數之誤、

〔註70〕見明・張自烈：《正字通》，頁970～971。以及明・焦竑：《俗書刊誤・去聲十四簡韻》（臺北縣：藝文印書館，1970年），卷3頁6。

〔註71〕《類篇》中多以「非」或「非是」的態度對待俗字。

〔註72〕見東漢・許慎撰、北宋・徐鉉校定：《說文解字》，頁24。

部首之缺以外，當中最爲嚴重的是字形上的訛誤與隸定隸化無定，這些疏漏與訛誤之處導致目錄與正文內容大相徑庭。於字形的訛誤中，又可細分爲隸書的問題、誤用其他部首字，以及誤用他字字形。這些訛誤與疏漏一共有五十四部，佔《類篇》五百四十四部中的約 10%，即爲十分之一。在一本身爲官方所編修，而且前後經過二十八年之久的大型字書來說，其目錄中竟然有多處與正文相異，出現這麼多的訛誤，這是不能被接受之事，同時亦顯示出編纂者的疏忽。

目錄對於全書內容有綱舉目張之效，對於字書來說，更有著方便使用者查閱的功用，但《類篇》目錄卻出現了如此多的錯誤，不但對於使用者查閱沒有便利的功效，更有可能因爲目錄與正文的差異而徒添困擾，而且對於全書內容綱舉目張之功效亦因此而大大降低。孔仲溫先生於《類篇研究》一書中曾經指出《類篇》流傳不廣的原因包括：科舉考試之直接影響、書版遭兵燹之厄、宋人習用韻書勝於字書、字義之檢查不如其他字書簡明、明清以後流行依筆畫篇排之字書〔註73〕。然而除了孔先生所舉出的這五個原因之外，相信目錄與正文的差異太大，而引致《類篇》不便查閱，亦是此書流傳不廣的原因之一，只是這原因容易被忽略而已，故對此亦應有所留意。

此外，目錄於部數上的訛誤，亦影響到後代對於《類篇》一書部首總數的認知，最爲明顯的例子是出現在《四庫全書總目提要》之中，其言：

> 末一卷爲目錄，用《說文解字》例也，凡分部五百四十三。〔註74〕

透過以上的引文，可了解到即使是由皇家經過多人使用善本作出詳細比對才編修的《四庫全書》亦被《類篇》目錄於部數上的錯誤所誤導。當時的編修者應該是重視內容而相對地忽視目錄，輕信目錄中的所提供資料，雖曾增補其中之疏漏，但沒有更深入地爲目錄與正文之間作出詳細的對比校刊，因爲四庫本的目錄與宋鈔本、姚刊本相比，錯誤之處絕大部分是相同的，而且四庫本對於目錄的訛誤之處所改正者亦非常的少。

除《四庫全書》以外，胡樸安先生在《中國文字學史》一書中對於《類篇》的介紹時，亦同樣的被目錄的錯誤資料所誤導：

〔註73〕見孔仲溫：《類篇研究》，頁 69～74。

〔註74〕清・紀昀、永瑢等：《景印文淵閣四庫全書・第一冊・欽定四庫全書總目經部小學類二》，卷 41 頁 843。

《類篇》分部，一如《說文解字》，列目爲五百四十三者，「艸」部、

「木」部、「水」部因字多而分爲上下，故增出三也。〔註75〕

《類篇》分爲上下兩部的部首，除了「艸」、「木」、「水」三部以外，實際上還包括了「食」部，只不過「食」部上於目錄中只有被列出，而並沒有被注明部數，另外由於其部首錯誤的增減，而致使目錄中的部數成了五百四十三。胡樸安先生雖然曾經指出《類篇》的目錄錯誤顛倒，不足爲據〔註76〕，但卻又於部首總數的問題之上完全信賴目錄中所提供的資料，而不加以考證。對於胡樸安先生的錯誤，孔仲溫先生曾經有以下的評論：

胡氏既知目錄顛倒訛誤，不足爲據，卻不詳爲考察，復又引以爲說，

恐易貽誤後學也。〔註77〕

除了胡樸安先生以外，著名藏書及版本鑒定家潘景鄭先生於〈宋印本《類篇》跋〉一文亦認爲：

末一卷爲目錄，用《說文解字》例，其分部五百四十三。〔註78〕

可知潘景鄭先生對於《類篇》部首總數的認知亦是依靠目錄所提供的資料，因此亦被目錄的錯誤資料所誤導，而有不正確的理解。由此可見目錄對於全書影響之大，《類篇》「以《說文》爲本」，於分部、立部等與《說文》相同，以求達到「據形系聯」之目的，故其部首之建立與數量理應與《說文》相同，同爲五百四十部，然而由於《類篇》於「艸」、「食」、「木」、「水」四部分成上下兩部，故其部首之數量比《說文》多出四部，共有五百四十四部，減去重覆者，實際上是與《說文》無異。但因爲目錄於部數上錯誤的增減缺漏，導致原本的五百四十四部變成了五百四十三部，當中的錯誤之處應多加留意，而不該輕易相信。

除此之外，《類篇》目錄的訛誤更影響到學者對於《類篇》一書的研究，造成了研究成果有商榷之處的情況出現。例如沈祖春先生的博士論文《《類篇》與《集韻》《玉篇》比較研究》於第一節第三章〈《類篇》部首研究〉中，一共舉

〔註75〕 胡樸安：《中國文字學史》，頁 156。

〔註76〕 見同前注。

〔註77〕 孔仲溫：《類篇研究》，頁 87。

〔註78〕 潘景鄭：〈宋印本《類篇》跋〉，載於上海古籍出版社出版影印上海圖書館藏汲於
　　　　古閣影宋鈔本印本《類篇》，頁 558。

出了十五組部首形體相同或相近者作出比較分析〔註79〕，然而當中有些部首的相同正因為目錄的訛誤所致，沈先生卻沒有注意到此點，現將沈先生所沒有注意到的部首錯誤整理為以下簡表：

沈先生論文誤指為相同者（部數）	《類篇》目錄字形	正文部首字字形	部中屬字所從部首之字形
壬（296）	王	王	壬
壬（526）	王	王	王
乙（433）	乙	乙	乚
乙（517）	乙	乙	乙
冂（189）	冂	冂	冂
冂（276）	冂	冂	冖
凵（24）	凵	凵	凵
凵（172）	凵	凵	厶
谷（49）	谷	𧮫	𧮫
谷（422）	谷	谷	谷

從上表中可見，沈先生所沒有注意的部首訛誤之處一共有五部，其中最為明顯可見的是，透過目錄進行研究的是第四十九「谷」部與第四百二十二「谷」部的相同，因為這兩個部首只有在目錄中相同，二部的正文部首字形與部中屬字所從部首之形皆相異。沈先生的研究結果認為《類篇》中出現部首楷字相同的兩個主要原因是，因為篆文形同或近似，而楷體難以區分；以及篆文形殊，而楷字偶然形同〔註80〕，但卻忽略了目錄中有誤用其他字形相近的部首作為本部之部首，而所引起部首字重出的這個情況。

另一方面，透過《類篇》目錄中的訛誤問題又可以發現，造成目錄與正文內容不一的其中一個原因是，《類篇》編纂者對於全書字形於隸化或隸定的選取之上並沒有一致的標準。在沒有標準性的選字情況之下，導致目錄與正文本該相同的部首，因此而變為不同，例如：（1）第一百一十五部，目錄作「羋」，為隸定之形，正文部首字及部中屬字所從之部首均作「羊」，為隸化之形；（2）第一百三十三部，目錄作「夗」，為隸定之形，正文首字及部中屬字所從之部首

〔註79〕見沈祖春：《《類篇》與《集韻》《玉篇》比較研究》（華東師範大學博士論文，2010年），頁25～34。
〔註80〕同前註，頁34。

均作「死」，為隸化之形；（3）第二百二十部，目錄與正文部首字均作「蕚」，為隸定之形，部中屬字所從之部首作「華」，為隸化之形；（4）第三百六十一部，目錄作「秌」，為隸定之形，正文部首字與部中屬字所從之部首均作「丮」，為隸化之形；（5）第四百零八部，目錄作「恩」，為隸定之形，正文部首字與部中屬字所從之部首均作「思」，為隸化之形；（6）第四百二十三部，目錄與部中屬字所從之部首均作「冫」，為隸化之形，二文部首字作「仌」，為隸定之形。

以上所舉的例子之中，它們或為隸定之形，或為隸化之形，由於目錄與正文內容的相異，因此而給人一種莫衷一是，沒有固定標準的感覺，這對於一本由官方化了大量人力、物力與時間編纂的字書來說，如此般令人無所適從是難以想像的。關於《類篇》的這個情況，孔仲溫先生對於使用隸定或隸化形體的意見是：

> 均無不可，唯應求正文與目錄一致而不相矛盾也。〔註81〕

孔仲溫先生之言可謂是一針見血，道出了問題的重點所在，若當時的編纂者能有如此的正確認知，則《類篇》目錄一卷不會出現如此多的訛誤。隸定之文字雖然較隸化之文字與篆文更為接近，但當文字由詰屈圓弧的形體，轉變為筆直方正的形體時，其距離先民造字時的本義已經更為遙遠。因此，若如此的在隸定、隸化兩者之間游走，雖則仍可以做到目錄與正文一致的效果，但字書之編纂目的是為了方便大眾對於文字的認識與查閱，所以與其使用罕見的隸定之形，不如易以常用的隸化之形。

第五節　小　結

目錄對於書中內容有著綱舉目張之效，同時又便於讀者的查閱使用，以及了解書中內容，當中所顯示的資料理應與書中內一致。然而《類篇》目錄卻非如此，以其與正文內容的部首字，與部中屬字所從部首之形作出詳細的對比，所得到的結果是：有十分之一的內容出現誤訛，導致正文內容與目錄的記載的內容不相符合。目錄中的誤訛一共有四方面，包括了部次之誤、部首之缺、部數之誤、字形之誤。其中與字形相關的誤訛所佔的數量最多，又可以細分為隸

〔註81〕孔仲溫：《類篇研究》，頁89。

定問題、誤用其他部首、誤用他字字形等三大類別。目錄的這些問題除了影響後代對於此書部首數目的認知以外，更影響到學者對於《類篇》一書的研究，使研究成果出現商榷之處，因此，對於《類篇》目錄所存在的各項訛誤，應該加以定正，使其符合書中之內容。

第八章　結　論

　　《類篇》爲北宋官方所編修的大型字書，從神宗寶元二年（1039 年）起，到英宗治平四年（1067 年）成書爲止，前後一共花了二十八年時間。在這接近三十年的編纂過程中，從丁度上奏乞修，至司馬光進呈宋神宗期間，又分別經過史館檢討王洙、翰林學士胡宿、光祿卿掌禹錫、大理寺丞張立次、翰林學士范鎮等人主持。由於書成於眾人，且編纂時間過長，因此出現了不少的問題與疏漏。故本章欲就《類篇》編纂上所出現的問題作結，並作一反思。

第一節　《類篇》編纂問題總論

　　《類篇》花上這麼多的時間與人力去編纂，在正常的情況之下，此書應爲一部十分嚴謹且完備的字書。然而當中卻存有凡例與實際歸字情況不相合、部首字切語來源紛雜不一、新增字音處理多有疏漏、引用《說文》以釋義之體例與方式不統一，且又常見疏漏、最後一任的主纂之官司馬光與《類篇》之眞正關係未明、目錄嚴重訛誤而與正文內容不相符合等問題，以下就此六個問題分別討論作結。

一、歸字凡例與實際情況不合

　　《類篇》的九條歸字凡例可視爲後代字書撰寫凡例的濫觴，爲中國古代字書史上的一次重大突破，影響到以後之字書大多有凡例的撰寫，從而使字書的

體例更爲完善。此九條凡例主要從形、音、義，以及新增字這四個角度舉例說明書中的歸字原則，且又留意到古字、今字的變化與處理，當中的角度與原則可謂是十分的嚴謹和全面。這些凡例除了作爲此書編纂工作的指導，使編纂者有法可遵，有本可循以外；同時又便於使用者的檢閱與了解，對於書中內容起了提綱挈領的指示作用。

單從凡例的內容觀之，它們表面上是既細密且又完善，然而透過與書中內容的對比，則會發現歸字凡例與實際歸字情況有著明顯的差異，因此造成了歸部之誤、同部重出、異部重出、失收原本《集韻》所有之字、同部首異體字分散等如此多的失誤，導致歸字情況不合於凡例。出現如此多的失誤與疏忽，正是由於歸字條例不夠全面，以及仔細所引起。因此，清代學者嚴元照爲歸字原則提出了六條補例，孔仲溫先生亦採用了嚴元照之補例再加上原本的九條歸字凡例，重新作出整合與分類，以建構出更爲接近實際歸字情況的凡例，當中眞正有補充作用的爲孔先生所提出的：

> 凡形義皆異之字，均依形歸部。

> 凡形異義同之字，各依形歸部，若同部首則合併爲異體字。〔註1〕

以上的兩條條例中，第一條可以說是大多數字書的最基本歸字原則，而《類篇》原本的凡例中，並沒有言及其最基本的歸字原則，此應增加。第二條所講的是一般異體字，特別是同部異體字的歸字原則，《類篇》雖收錄了大量的異體字，但凡例中卻沒有任何一條與一般異體字的處理相關，此爲凡例的不足，亦應增加。

除了嚴元照的補例與孔仲溫先生所增加的條例以外，爲補歸字條例的不全面而導致其與實際歸字情況不相符合的情況，對於異體字排例次序之依據、俗字之收錄方式爲，只見於注中而不獨立標出、對於作爲其編纂內容與範圍的姊妹篇著作，《集韻》一書之字的收錄捨棄原則亦應設立凡例加以說明。可見《類篇》雖已有九條歸字凡例，但顯然是有所缺漏與不足，若非如此，則不會仍有增加凡例的空間，以及與實際歸字情況有著如此多的不合之處。另外，造成凡缺漏與不足的另一個原因，應該是凡例在建立之後，並沒有經過長期的實驗，故才會產生如此多的問題，此可見編纂者的疏漏與不愼。

〔註 1〕孔仲溫：《類篇研究》，頁 143～144。

二、部首字切語來源紛雜不一

　　由於《類篇》一書有著「以形爲經，以韻爲緯」的編纂特點，於編纂體例之上又與大徐本《說文》的分部、部次與部敘相同，故《類篇》對於五百四十個部首字的說解內容，亦理應與大徐本《說文》的內容相同無異，當中亦包括徐鉉透過孫愐《唐韻》爲每字所加的反切注音，這才符合其編纂體例。然而透過統計數據所得到的結果卻是：於《類篇》部首字的切語中，竟然會有七十個是來自於其姊妹篇著作，以及其編纂材料的《集韻》，佔部首字切語的 12.9%；來自於大徐本《說文》的切語卻只有四百六十四個，佔 85.9%，與想像中全部使用《說文》部首字切語的情況大爲不同。而與《說文》相同的這四百六十四個切語中，又有部分，約一百二十七個是同時與《集韻》相同，雖然是來自於《說文》，但又未可斷言編纂者是取之於《說文》，而非取之於《集韻》。此外，有六個部首字切語的來源是溢出《廣韻》、《集韻》與大徐本《說文》三本書，佔 1.2%。

　　這六個切語，又可以分爲兩個情況。情況一，是獨自出現在《類篇》中的切語，一共有三個，分別是：「采」字的「博莧切」、「異」字的「餘志切」、「比」字的「必志切」，這三個切語並未見於前代或後代的韻書、字書中，來源有待更進一步的考證，又或者是編纂者所自造。情況二，是使用或參考《重修玉篇》的切語，這同樣是有三個，分別是分別是：「苟」字的「居力切」，來自於《重修玉篇》；「冄（冉）」字的「如占切」、「甲」字的「古洽切」則是參考了《重修玉篇》中與之音讀相同的切語。由此可以得出的結論是，《類篇》五百四十個部首字的切語中，最主要的來源是大徐本《說文》，次要的來源是《集韻》，當中有極少數是溢出此二書以外，甚至可以說是來源不明。

　　單就溢出大徐本《說文》的七十六個部首字切語而言，其中取自《集韻》的切語所佔最多，一其有七十個，這明顯地不符合《類篇》的編纂體例，然而卻並沒有離開其編纂材料與範圍，可以說取自《集韻》的切語是有本可尋，故亦不可以說是嚴重的問題。另外的六個部首字切語中，不管是使用或參考《重修玉篇》的三個切語，或是來源不明的三個切語，均超出了其編纂的材料與範圍，此六個既非取自大徐本《說文》，又非取來自《集韻》的切語，正是《類篇》於部首字切語選取中較爲嚴重的失當。正因爲部首字切語所取向的對象語

並非單純統一，或取之大徐本《說文》，或取之於《集韻》，更有來自或參考《重修玉篇》的切語，又或者是來源不明，可能爲編纂者所自造，所以才會導致部首字切語出現來源紛雜不一的混亂情況。

三、新增字音處理多有疏漏

身爲《類篇》的姊妹篇著作，而且成書時間在前的《集韻》，是在《廣韻》的基礎之上再進行編修，故可視之爲《廣韻》的擴大與重修。《集韻》在字形、字義的收錄之上有均所增加，於字音方面亦是如此，除了收錄了不少新增字音，同時又爲《廣韻》原本的切語進行改造。《類篇》一書編纂之目的是爲了與《集韻》「相副施行」，以達到二書可以互相參協的效果。雖然二書於體例之上有所不同，但於內容之上理應一致。由此推論，在新增字音的處理方面，《類篇》應該是依照其編纂原則，一字不改地直接抄錄，但將二書新增字音的切語進行對比，則可發現當中出現爲數不少的相異之處。

在處理「《集韻》新增字音」的方式中，除了完全照錄以外，主要有不錄某音、不錄某字、更改切語上字、更改切語下字、更改全部切語用字這五種方式，它們就是致使二書新增字音相異的主要原因。在這些處理方式中，更改全部切語用字的例子只有一個而已，故可視之爲特殊情況。不錄某字或不錄某音，會直接使一些原本出現在《集韻》中的新增字音，於《類篇》書中消失不見。雖然被刪除的新增字音，只佔全部新增字音的數量約 2%，但把這些新增字音刪除不錄，則會引致某些字的本音消失，又或者是重音的數量減少。由此可知，造成二書新增字音相異的主要原因是，來自於切語上字與切語下字的更改，但不管是聲類或是韻部的變化，均會導致書中的新增字音與《集韻》所收錄的內容出現歧異。

而在這五種處理新增字音的方式中，又分別出現了誤抄他字切語、誤用近似字形、改用罕見字體、改用同音字等數項疏漏與不善。誤抄他字切語與誤用近似字形，皆會致使原本的音讀產生了錯誤的變化。在切語中使用罕見字體，除了對使用者產生不必要的困擾以外，更令人誤會這些新增字的音讀有所變化。而改用同音字，雖然對於顯示字音並沒有影響，但動輒改用，即爲多此一舉。若不算這些疏漏，真正被所《類篇》改造的新增字音其實並不多，一共只有二十三個，只佔全部個新增字音的 3.4%。可見《類篇》在新增字音的處理之

上，除了完全抄錄原本《集韻》中的切語，這個符合其編纂原則的處理方式以外，在那些為數不多，且被改造的新增字音切語中，更可以看出《類篇》的處理態度並非一成不變，對於某些新增字音是有選擇地吸收與改造。在這些真正被《類篇》所改造的新增字音切語中，比較常見的情況是：於同一新增字音之下的屬字，切語被改造的通常只有原本於《集韻》中作為小韻韻首字之下所收錄的音讀，而其他非小韻韻首字的切語，則大多沒有被更改。

四、引錄《說文》體例不一

在引錄《說文》以釋義方面，又可以分為部首字的引用與非部首字的引用兩大類別。在部首字方面，可以發現沒有什麼疏漏或訛誤，對於五百四十個部首字，幾乎都是一字不易地引用《說文》的內容，只將「凡某之屬皆從某」改為「凡某之類皆從某」，當中雖有誤引徐鉉注解為《說文》原文，又或者是漏引原文的情況，但於部首字解釋引用方面，書中有已經形成了自己的一套系統與規範：全以「正文」的方式呈現，且必定有「凡某之類皆從某」，以作為建首之標示。由此可見《類篇》對於部首字解釋的引用，是非常的遵守自身之體例，故沒有什麼錯誤與疏漏。

非部首字與部首字引用《說文》的最大差異是，部首字的引用方面，由於是全引《說文》對於該字解釋的所有內容；而非部首字，則大多只集中在釋義之上，對於釋形部分的引用之處不多。當中的疏漏包括了沒有標明出處、訛誤、脫漏、衍文、引文分散不集中、相同字義重出，以及擅改解說內容和次序這六項。另外，於引用《說文》所引某書時，對於二手資料的處理又時而加「引」，時而不加，令人無所適從。對於新增字方面，於引用《說文》之時大多沒有標明出處，必須透過與《類篇》同部字，或《集韻》的異體字對比方可得知，若使用者不明狀況，還會誤以為是出自於《類篇》本身。除了大徐本《說文》的引用以外，《類篇》亦有引用《說文繫傳》，但均集中在除鍇的按語之上，當中亦存有擅改、簡化、訛誤、脫漏、誤引等問題。

關於《類篇》與《集韻》引用《說文》的差異，二書之間最為明顯的是在部首字的引用之上。《類篇》對於《說文》的部首字皆會全錄其解釋，這是因其「以形為經，以韻為緯」的編纂體例，而《集韻》則不會如此，更不會出現「凡某之類皆從某」的建首之語。而非部首字方面，二書所引《說文》內容可以說

是大同小異。首先，《集韻》在一字多音的相同字義上，大部分只會在其中一個字音之下作出較爲詳細的注解，即所引用的《說文》內容亦相對比較多，且多與《類篇》所引相同；此外，《集韻》只會於較詳細的注解中，說明釋義之內容是出自《說文》，而《類篇》則沒有此問題。其次，二書的差異中又有《集韻》之所引內容不及《類篇》詳細者。在二書對於《說文繫傳》的引用方面，當中只有極爲微小的兩個差異，其一，是用字上的差異；其二，《集韻》在一字多音的相同字義上，對於《說文繫傳》的引用只有一次而已，於其他音讀之下的注解則有所省略，可見二書對《說文繫傳》的引用可以說是大同小異。

五、司馬光之功不止繕寫進呈

透探討司馬光在《類篇》所發出的「按語」，最能直接了解他對於此書所作出的貢獻。這五十五條按語，一共可以分爲十個不同類型，分別是說明歸字條例、指出《類篇》自身之誤、指出《集韻》之誤、言隸書之差異變化、言今文之誤、指出俗體、指出或體、言部首字的變化、補充假借義、難以歸類，不知其所以指等不同的類型。於言隸書之差異變化中又可以再細分爲：明同字異形兩見之原因、揭示隸化過程的規律、指出因隸化隸定不同而成的或體、言隸書作部首時之差異、引用資料或較爲詳細說明隸書變化、直引隸書相異之形六項。而按語的數量分配並不平均，其中最少者爲言俗體、言部首字變化、補充假借字義、不知其所指四類，均只有一條。最多者爲言隸書之差異變化有二十九條，這是因爲《類篇》皆會爲其所收錄的古文進行隸定，使不少字同時出現隸定或隸化之不同形體，而司馬光按語的則重點是對於字形的補充與說明，所以才會有如此多的按語與此相關。從按語類型之多，可見司馬光之用心。

另外，按語中亦可顯示出司馬光對於《類篇》編纂的態度。司馬光繼任爲最後一任主纂官之時，此書基本上已經大致完成編纂。司馬光爲了表示對於之前數任主纂官員及他們修纂成果的尊重，因此在面對其校閱時所發現的錯誤，均沒有憑一己之見作出更動，或者擅自修改，全都只是透過按語的式形指出，如「踞屍」、「鬮」、「沝兆**兆**」、「奉耒」、「陽隴」之下的五條按語，把這些錯誤當作是不同的意見而加以保留，盡力維持著之前各編纂者所修編時的原貌與成果。可見司馬光雖身爲主纂之官，但卻沒有在此權力之下擅自更動前人修纂的成果，故其對於《類篇》的編纂態度是絕對稱得上是嚴謹而且客觀。而按語的

則重點方面，多在於字形的補充說明之上，當中一共有四十七條按語與此相關。可見按語的則重點正是與《類篇》爲字書的特點相符，此可見司馬光於在發出按語作爲補充說明的方向上亦之相合。

　　在對於《類篇》的貢獻方面，司馬光按語對於書中內容有裨補與說明之功，故其地位不容輕易忽視，可惜卻缺乏整體性，並未能自成體系。但司馬光卻是十分用心地處了此書校閱繕寫的工作，故其於此書完成之前那接近兩年的時間內，能夠細心地發現《類篇》、《集韻》二書錯誤，以及其他不同類型的失當，同時於按語中又有《集韻》、大徐本《說文》以及《說文繫傳》等書籍的引用。此外，從按語所出現的不同位置上，又可見司馬光對於此書除了監繕寫定以外，更有至少兩次或以上的親自校閱，盡其所能而用心爲之。因此，後世詬病只題司馬光一人爲此書之編者的原因，很大部分是不了解他爲《類篇》作出的眞正貢獻，以及並沒有全面檢視其按語的內容所致。此書的編纂者若只是冠上司馬光一人之名，固然難以服眾，因爲之前確實有王洙、胡宿、掌禹錫、張立次、范鎮曾經主持編纂。然而，司馬光身爲最後一任主纂之官，《類篇》又實確成書於他手中，當時所有的前住主纂官不是已經離世，就是不在其位，所以《類篇》一書的編纂者題爲「司馬光等」並沒有任何不當之處。

六、目錄與正文差異甚多

　　目錄對於字書除了綱舉目張，又有方便用者查閱的功用，但《類篇》的目錄卻是訛誤甚多，不但有礙使用者的查閱，更造成了目錄與正文差異不一的困擾。綜合現存可見且有出版成冊的宋鈔本、姚刊本、四庫本三個版本而言，目錄一卷存有部次之誤、部數之誤、部首之欠缺、字形之誤等四方面的瑕疵與失當。其中又以字形之誤的情況最爲嚴重，這是由於《類篇》一書不論是正文或是目錄，對於字形的使用皆是隸定隸化不定，並沒有統一的規定，因此而致使目錄與正文內容大相徑庭。在字形訛誤這個問題中，又可以細分爲隸定問題、誤用其他部首字、以及誤用他字字形等三方面。而造成目錄與正文內容不一的主要原因是，編纂者對於書中字形於隸化或隸定的選取之上並沒有一致的標準。在這樣的選字情況之下，使到原本目錄與正文應該相同的部首字字形，因此而變得相異。這些訛誤與疏漏一共有五十四部之多，佔所有部首中的約 10%。對於一本身爲官方所編修，而且前後經過二十八年之

久的大型字書來說，目錄中竟然有十分之一的字形與正文相異，出現這麼多的訛誤，可見編纂者的疏忽。

由於目錄於部數上的訛誤，因此而影響到後代對於《類篇》一書部首總數的認知。最為明顯的例子是出現在《四庫全書總目提要》中「未一卷為目錄，用《說文解字》例也，凡分部五百四十三」之言。另外，胡樸安先生在《中國文字學史》一書，以及著名藏書及版本鑒定家潘景鄭先生於〈宋印本《類篇》跋〉一文中亦因目錄之疏漏，而誤以為《類篇》之部首數目為五百四三。另一方面，目錄之訛誤亦影響到學者對於《類篇》之研究，更因此導致研究成果出現可以商榷之處。其中的例子如沈祖春先生博士論文《《類篇》與《集韻》《玉篇》比較研究》中的第一節第三章〈《類篇》部首研究〉，一共舉出了十五組部首形體相同或相近者作出比較分析，當中就有五組相同的部首字是因為目錄的訛誤而被錯誤地提出。由此可見，目錄與正文不一對於認識或研究此書所造成的負面影響。

孔仲溫先生曾於《類篇研究》一書中指出了《類篇》流傳不廣的五個主要原因，它們包括了：科舉考試之直接影響、書版遭兵燹之厄、宋人習用韻書勝於字書、字義之檢查不如其他字書簡明、明清以後流行依筆畫篇排之字書。誠如孔仲溫先生所言，此五個原因確實影響到《類篇》的流傳狀況，若非經曹寅重雕刊行，而令其再度流傳〔註2〕，以及清高宗乾隆年間所編修的《四庫全書》加以保存，則有可能出現失傳的情況。然而除了孔先生所舉出的這五個原因之外，另一個致使此書流傳不廣的原因，相信就是因為目錄的訛誤之處太多，使目錄與正文內容之間的差異太大，造成了使用者的疑惑，以及查閱方面的嚴重不便，只是這原因由於人們過於相信目錄的內容而被忽略。

第二節　《類篇》編纂問題原因推測

《類篇》一書出現如此多的失當與瑕疵，甚至連司馬光對於此書的貢獻亦受到忽略，這皆因編纂上的問題所造成。而眾多編纂問題的成因，都可以歸於編纂時間過長、期間又多次更換主纂官員這兩方面，正如下表所示：

〔註2〕見孔仲溫：《類篇研究》，頁33～34。

《類篇》主要編纂者執行時間簡表[註3]

年　份	領纂者
仁宗寶元二年（西元 1039 年）	丁度（奏修《類篇》，與《集韻》相副施行）、王洙（受詔編纂）
仁宗嘉祐二年（西元 1057 年）	胡宿
仁宗嘉祐三年（西元 1058 年）	掌禹錫、張次立（二人同加校正，胡宿仍爲主纂者）
仁宗嘉祐六年（西元 1061 年）	范鎭
英宗治平三年（西元 1066 年）	司馬光
英宗治平四年（西元 1067 年）	由司馬光於總成後進呈宋神宗（其時英宗已逝，神宗繼位）

　　透過上表，可以得知由丁度上奏編修始，歷經王洙、胡宿、掌禹錫、張立次、范鎭，最後由司馬光而成。雖掌禹錫、張次立二人只爲校正，然對於《類篇》之編纂亦不無影響。字書在編纂之前，多會設立必須要遵守的執行與工作管理原則，如此才能有效率，以及系統性地進行編纂工作而不至於紊亂。然而這只是理想的想像而已，雖然《類篇》一書在編纂初已詳定音切[註4]，又有《集韻》作爲其內容與範圍的取材，但這只是影響到書中所收錄的內容，對於因爲編纂形式而所引起的問題，並沒有任何的幫助與改善作用。況且北宋之距今已相隔近千年之久，《類篇》的編纂形式與過程，至今仍沒有詳細的文獻記載，故其編纂工作的管理原則已經難以考證。另外，由於編纂時間過長，同時又書成眾手，其間所更換的主纂官員有否遵守當中的工作管理原則，亦是不可考之事。由於記載《類篇》編纂過程的相關文獻有限，除了其編纂的時間，以及期間所更換的主要官要以外，則暫時仍未見更爲深入的相關記載，故期望以後會有更多相關文獻的發現，以解釋這方面的疑問。

　　《類篇》一書雖然在編纂上有如此多的瑕疵與失當，因此而造成了不少的問題，然而在提出與檢討這些問題以外，對於此書的價值、研究，以及其在文字學史上的地位與影響，是應該被受重視的。因爲《類篇》除了繼承《說文解字》和《集韻》二書的系統以展出「以形爲經，以韻爲緯」，集字書與韻書於一身的體例以外，其於字原、古音、古訓、文字形體的流變之上，提供了極爲豐

〔註 3〕此表參考孔仲溫《類篇研究》頁 11～24 而作。

〔註 4〕見孔仲溫：《類篇研究》，頁 119。

富的研究資源〔註5〕。因此，後代有不少的書籍會使用或者參考《類篇》以作說解，例如元代戴侗《六書故》、明代胡三省《資治通鑑音注》、清代張玉書等《康熙字典》、清代何焯等《分類字錦》等書，可見其對於後代的影響，這方面的問題亦是有待研究。然限於學力，本論文尚有疏漏不逮之處，望來日於上述相關問能竭其駑鈍，潛心爲學，專志精研，遍覽群書以操翰，統合整理而深究其中，提出更爲深邃之研究成果。

〔註5〕見劉葉秋：《中國字典史略》，頁112～113。

附錄一：《類篇》《集韻》新增字音異同表

韻目	小韻	屬字	《集韻》切語	《類篇》切語	備　註
東	徺	徺	樸蒙切	襆蒙切（重音）〔註1〕	更改切語上字
	毇	毇	火官切	火官切（重音）	
	砶	砶	於宮切	於宮切	
		悇		於宮切（重音）	
	雛	雛	蟲工切	蟲工切（重音）	
	魟	魟	戀公切	戀公切（重音）	
冬	浵	浵	統冬切	統冬切（重音）	
	硿	硿	酷攻切	酷攻切（重音）	
鍾	夆	夆	匹逢切	匹逢切（重音）	
	蠭	蠭	匹匈切	匹匈切（重音）	
	蓬	蓬	蒲恭切	蒲恭切（重音）	
	犨	犨	鳴龍切	鳴龍切（重音）	
		氂		〔缺〕	「氂」字未收此音
支	繠	繠	汝垂切	汝垂切（重音）	
	蘂	蘂	壯隨切	壯隨切（重音）	
	訑	訑	許支切	許支切	

〔註 1〕凡於《類篇》非列於首音者，皆爲書中首列字音以外的其他字音，於此欄中均以「重音」標示。另外，凡《類篇》之切語異於《集韻》，或沒有收錄的新增字音，皆以灰底標示。

	骩	骩	語支切	〔缺〕	《類篇》未收此字
		輑		語支切（重音）	
	齹	齹		仕知切	
		羹		仕知切（重音）	
		齹	仕知切	仕知切	
		瘥		仕知切	
		夎		仕知切（重音）	
		紫		仕知切（重音）	
	跬	跬	却垂切	却垂切（重音）	
	灕	灕	髓隨切	「澕」字：髓隨切	
	訑	訑	香支切	香支切	
	匯	匯	空爲切	〔缺〕	《類篇》未收此音
	厜	厜		才規切（重音）	
		蓨	才規切	才規切（重音）	
		夔		才規切（重音）	
	赹	赹	巨爲切	巨爲切（重音）	
	刉	刉	紀披切	紀披切	
	齜	齜	隗宜切	「齜」字：阻宜切	更改切語上字
脂	踶	踶	徒祁切	徒祁切（重音）	
	迟	迟	侍夷切	侍夷切（重音）	
	洼	洼	烏雖切	烏雖切	
	夔	夔	聚惟切	「夔」字：聚惟切（重音）	
微	頎	頎	琴威切	琴威切（重音）	
	胹	胹	茫歸切	茫歸切	
	機	機	丘衣切	丘衣切	
魚	貙	貙	敕居切	敕居切	
虞	貜	貜	乃俱切	「貜」字：乃俱切（重音）	
模	侉	侉	尤孤切	尤孤切	
齊	觀	觀	五圭切	五圭切	
	隄	隄	直兮切	直兮切（重音）	
		堤〔異體〕		直兮切（重音）	
	睤	睤	扶畦切	扶畦切（重音）	
		臩		扶畦切（重音）	

佳	媧	媧 媧〔異體〕	公蛙切	公蛙切	
		緺		公蛙切	
		譌 譌〔異體〕		公蛙切	
		歄		公蛙切	
		膈		公蛙切	
		騧 騧〔異體〕		公蛙切	
		蝸		公蛙切（重音）	
		鞋		公蛙切（重音）	
	哇	哇	穫媧切	穫媧切（重音）	
	詤	詤	五咼切	五咼切	
	摣	摣	莊娃切	莊娃切（重音）	
	萩	萩	仄佳切	仄佳切	
	踤	踤	蘗佳切	蘗佳切（重音）	
		悼		蘗佳切	
皆	頝	頝 頏〔異體〕	蘗皆切	檗皆切（重音）	更改切語上字
				檗皆切（重音）	同上
	呡	呡	塢皆切	鳴皆切（重音）	更改切語上字
		諰		塢皆切（重音）	
	崰	崰	匹理切	匹理切（重音）	
	硡	硡	楚懷切	楚懷切	
	蓑	蓑	所乖切	所乖切	
		毢		所乖切（重音）	
	偍	偍	度皆切	度皆切（重音）	
		徛		度皆切	
		葸		度皆切（重音）	
		汰		度皆切	
		蓬		度皆切（重音）	
	鰲	鰲	力皆切	力皆切（重音）	
	婍	婍	直皆切	直皆切	
		抵		直皆切	
		咦		直皆切（重音）	
	桿	桿	都皆切	都皆切（重音）	

咍	荋	荋	汝來切	汝來切（重音）	
		腜		汝來切（重音）	
		䞓〔異體〕		汝來切（重音）	
		䳓〔異體〕		汝來切（重音）	
		袻		汝來切（重音）	
		痂		汝來切（重音）	
	桋	桋	逝來切	逝來切（重音）	
	頤	頤	曳來切	曳來切（重音）	
		匝〔異體〕		曳來切（重音）	
眞	帕	帕	測倫切	測倫切	
	杽	杽	測人切	測人切	
	鵃	鵃	呼隣切	呼隣切	
		鵖〔異體〕			
諄	媋	媋	式勻切	式勻切（重音）	
	緊	緊	乞鄰切	乞鄰切	
	螠	螠	舒均切	舒均切（重音）	
	蜦	蜦	一均切	〔缺〕	「蜦」字未收此音
		淵		一均切（重音）	
		蠲		一均切（重音）	
	竣	竣	壯倫切	壯倫切（重音）	
		踆		壯倫切（重音）	
		匒		壯倫切（重音）	
	恖	恖	巨旬切	巨旬切（重音）	
		趨		巨旬切	
	天	天	鐵因切	鐵因切（重音）	
	年	年	禰因切	禰因切（重音）	
	芩	芩	戾因切	戾因切	
	顛	顛	典因切	典因切（重音）	
	田	田	地因切	地因切（重音）	
臻	瀙	瀙	楚莘切	楚莘切（重音）	
文	輼	輼	虞云切	虞云切（重音）	
	卷	卷	丘云切	丘云切（重音）	
		䩪		丘云切（重音）	
	磌	磌	旁君切	滂君切（重音）	更改切語上字
欣	樺	樺	所斤切	所斤切（重音）	

元	拳	拳	巳袁切	巳袁切（重音）	
		鞏		巳袁切	
	圈	圈	去爰切	去爰切	
	讏	讏	此元切	「鼉」字：止元切（重音）	更改切語上字
	棬	棬	九元切	九元切	
䰟（魂）	䎳	䎳	儒昆切	儒昆切（重音）	
寒	籛	籛	子干切	子干切	
	屭	屭	知干切	〔缺〕	《類篇》未收此字
桓	爨	爨	七丸切	七丸切（重音）	
		竄		七丸切	
		攛		七丸切	
		鋑		七丸切	
		攢		七丸切	
	渜	渜	奴官切	奴官切（重音）	
		濡〔異體〕		奴官切（重音）	
刪	豩	豩	呼關切	呼關切（重音）	
		懁		呼關切（重音）	
	趲	趲	巨班切	巨班切	
		㩲		巨班切	
		瓛		巨班切	
	扮	扮	步還切	步還切	
山	虥	虥	棧山切	棧山切（重音）	
	譠	譠	託山切	託山切（重音）	
	瓣	瓣	薄閑切	薄閑切	
	頑	頑	五鰥切	五鰥切	
		癩		五鰥切	
僊（仙）	山	山	所旃切	所旃切（重音）	
	鷳	鷳	巳仙切	巳仙切（重音）	
		搴		巳仙切（重音）	
	孿	孿	火全切	火全切	
	鐉	鐉	椿全切	椿全切（重音）	
		猭		椿全切（重音）	
		遽〔異體〕	椿全切	〔缺〕	「遽」字未收此音
		剶		椿全切（重音）	
	蠻	蠻	免負切	免負切	

蕭	藨	藨	普遼切	普遼切	
	穛	穛	子幺切	子幺切	
		开 匇〔異體〕 丣〔異體〕		子幺切	
	嬈	嬈	裹聊切	裊聊切（重音）	更改切語上字
宵	瀌	瀌	蒲嬌切	蒲嬌切（重音）	
		藨 麃〔異體〕		蒲嬌切（重音）	
				〔缺〕	「麃」字未收此音
	[illegible]	[illegible]	稍妖切	稍妖切（重音）	
爻	巢	巢	徂交切	徂交切（重音）	
	猇	猇	于包切	于包切（重音）	
		倄		于包切〔註2〕（重音）	
戈	嗟	嗟 [illegible]〔異體〕	遭哥切	遭哥切	
				遭哥切	
		[illegible]		遭哥切	
		[illegible]		遭哥切	
		[illegible]		遭哥切	
	誇	誇	于戈切	于戈切	
麻	衺	衺	徐嗟切	徐嗟切	
		邪〔異體〕		徐嗟切（重音）	
		峫		徐嗟切	
		斜		〔缺〕	「斜」字未收此音
		査		徐嗟切	
		[illegible] [illegible]〔異體〕		徐嗟切	
		[illegible] [illegible]〔異體〕 荼〔異體〕		徐嗟切（重音）	
				徐嗟切	
				徐嗟切（重音）	
		[illegible]		徐嗟切	
		苴		徐嗟切（重音）	
		[illegible]		徐嗟切	

〔註2〕此切語於《類篇》中，宋鈔本作「于包切」，與《集韻》之切語相同；而四庫本及姚刊本均作「於包切」，今從宋鈔本。

		㺄		徐嗟切	
		啷		徐嗟切	
		㦿		徐嗟切	
	苛	苛	黑嗟切	黑嗟切（重音）	
	哶	哶	彌嗟切	彌嗟切	
	捼	捼	儒邪切	〔缺〕	《類篇》未收此音
	挫	挫	祖加切	祖加切（重音）	
	䃣	䃣	七邪切	七邪切	
	儸	儸	利遮切	利遮切（重音）	
		囉		利遮切（重音）	
		䕻		利遮切	
陽	惺	惺	俱王切	俱王切（重音）	
	印	印	魚殃切	魚殃切（重音）	
唐	徎	徎	誑王切	誑王切	
		赾〔異體〕		誑王切	
	瘡	瘡	礗霜切	礗霜切（重音）	
庚	謍	謍	乙榮切	乙榮切	
	奢	奢	口觥切	口觓切	更改切語下字
		磕		〔缺〕	「磕」字未收此音
耕	弘	弘	于萌切	于萌切（重音）	
		竑〔異體〕		于萌切（重音）	
		㹴		于萌切（重音）	
	磷	磷	力耕切	力耕切（重音）	
		輘		力耕切	
		騋		力耕切	
		玪		力耕切	
清	泂	泂	古營切	古營切（重音）	
	頸	頸	吉成切	吉城切（重音）	更改切語下字
		瀅		吉成切	
	穰	穰	人成切	人成切（重音）	
	騂	騂	許營切	許營切（重音）	
		駉		許營切（重音）	
	甍	甍	忙成切	忙成切（重音）	
	聘	聘	匹名切	匹名切（重音）	

韻	字頭	字	切語	切語（重音）	備註
青	娙	娙	正刑切	五刑切（重音）	更改切語上字
	菁	菁	子丁切	子丁切（重音）	
		青		子丁切（重音）	
	嫈	嫈	於下切	於丁切（重音）	更改切語下字
		啨		於丁切	同上
		鯖		於丁切（重音）	同上
		鎣		於丁切（重音）	同上
	瀅	瀅	烏熒切	烏熒切	
		䓕		烏熒切（重音）	
		窅		烏熒切（重音）	
		嫈		烏熒切（重音）	
	坰	坰	欽熒切	欽熒切（重音）	
		砏		欽熒切	
		絅		欽熒切（重音）	
		冂		欽熒切（重音）	
		泂		欽熒切（重音）	
	更	更	古青切	古青切（重音）	
	屧	屧	子坰切	子扃切（重音）	更改切語下字
	桱	桱	餘經切	餘經切（重音）	
	罄	罄	苦丁切	苦丁切（重音）	
		䃺		苦丁切（重音）	
		磬		苦丁切（重音）	
	嫈	嫈	火螢切	火螢切（重音）	更改切語下字
蒸	儚	儚	亡冰切	亡冰切（重音）	
	䰝	䰝	即凌切	即凌切	
	熊	熊	矣殊切	矣殊切（重音）	
	耺	耺	筠冰切	筠冰切（重音）	
	綾	綾	息凌切	息凌切（重音）	
登	朇	朇	七曾切	〔缺〕	《類篇》未收此音
	輁	輁	苦弘切	苦弘切（重音）	
		軐〔異體〕		苦弘切	
		軐〔異體〕		苦弘切（重音）	
		軐〔異體〕		苦弘切	
		窚		苦弘切（重音）	
		荭		苦弘切（重音）	

	泓	泓	乙肱切	乙肱切（重音）	
	鞃	鞃	一憎切	一憎切（重音）	
	兪	兪	肯登切	肯登切（重音）	
		肋〔異體〕		肯登切（重音）	
尤	冘	冘	彌攸切	彌攸切（重音）	
矦（侯）	捊	捊	普溝切	普溝切（重音）	
		紑		普溝切（重音）	
		吥		普溝切	
		頯		「頯頯」：普溝切（重音）	
		浮		普溝切（重音）	
		呼		普溝切（重音）	
		鮍		普溝切（重音）	
		姀		普溝切（重音）	
		婄		普溝切（重音）	
幽	鱻	鱻	步幽切	步幽切（重音）	
	匷	匷	羌幽切	羌幽切（重音）	
	瀌	瀌	平幽切	平幽切（重音）	
	繆	繆	亡幽切	亡幽切（重音）	
		麥		亡幽切（重音）	
		繁		亡幽切（重音）	
		鶖		亡幽切（重音）	
		樛		亡幽切（重音）	
侵	磹	磹	天心切	天心切（重音）	
覃	沈	沈	長含切	長含切（重音）	
	頷	頷	常含切	常含切	
	綅	綅	充含切	充含切	
談	玵	玵	五甘切	五甘切	
	綅	綅	充甘切	充甘切（重音）	
	笝	笝	七甘切	〔缺〕	《類篇》未收此音
	佔	佔	與甘切	與甘切（重音）	
	黵	黵	鄔甘切	鄔甘切	
	枏	枏	乃甘切	乃甘切（重音）	
	箑	箑	市甘切	市甘切（重音）	
	蚺	蚺	汝甘切	汝甘切	

韻	字	字形	集韻	類篇	備註
		詌		汝甘切（重音）	
		飴		汝甘切（重音）	
		臡		汝甘切	
		冊		〔缺〕	「冊」字未收此音
		冊〔異體〕		〔缺〕	《類篇》未收此字
鹽	黏	黏	紀炎切	紀炎切（重音）	
		燂		紀炎切（重音）	
	獑〔註3〕	獑	蒲瞻切	蒲瞻切（重音）	
		簟		蒲瞻切（重音）	
		蝹		蒲瞻切	
		柉		蒲瞻切	
	嵲	嵲	火占切	火占切（重音）	
		癏〔異體〕		火占切	
		薟		火占切（重音）	
		醶〔異體〕		火占切	
		欦		火占切	
		威〔異體〕		火占切（重音）	
		繁		火占切	
沾	涅	涅	其兼切	其兼切（重音）	
	鬑	鬑	斯兼切	斯兼切（重音）	
		攐		斯兼切	
嚴	广	广	之嚴切	〔缺〕	《類篇》未收此音
	諵	諵	直嚴切	直嚴切（重音）	
	氾	氾	扶嚴切	扶嚴切	
咸	蔆	蔆	亡咸切	亡咸切	
	鈐	鈐	才咸切	才咸切（重音）	
	黏	黏	弋咸切	弋咸切（重音）	
	憾	憾	湛咸切	湛咸切（重音）	

〔註3〕此字於《集韻·鹽韻》（頁292）原本作「獑」形，據《集韻》其他「簟獑」之説解（頁32、34、102），以及《類編·犬部》（頁358）「獑」字之説解內容，應將此處之「獑」改爲「獑」形。

韻	字頭	字形	類篇切語	集韻切語	備註
	尖〔註4〕	尖	壯咸切	壯咸切	
		劋		壯咸切（重音）	
銜	獮	獮	在銜切	在銜切（重音）	
		澪		在銜切（重音）	
	鑑	鑑	力銜切	力銜切	
		卧		力銜切	
		鑾		力銜切（重音）	
	頩	頩	而銜切	而銜切（重音）	
		冄 / 秫〔異體〕		而銜切（重音）	
	漸	漸	側銜切	側銜切（重音）	
		巉		側銜切（重音）	
		贒		側銜切（重音）	
	讕	讕	女監切	女監切（重音）	
凡	頷	頷 / 顧〔異體〕/ 願〔異體〕/ 領〔異體〕	丘凡切	丘凡切	
				丘凡切（重音）	
		歛		丘凡切（重音）	
		鉭		丘凡切（重音）	
		攵		丘凡切（重音）	
		廬 / 灰〔異體〕		丘凡切（重音）	
		夂		丘凡切（重音）	
	炎	炎	于凡切	于凡切（重音）	
	琰	琰	亡凡切	亡凡切	
董（董）	鷛	鷛	盧動切	盧動切（重音）	
	𦂅	𦂅	才總切	才總切（重音）	
	渭	渭	吾蓊切	吾蓊切（重音）	
腫	齈	齈	乃湩切	乃湩切（重音）	更改切語下字
		繷		乃湩切（重音）	

〔註 4〕此字於《集韻‧咸韻》（頁 296）原本作「炎」形，據顧廣圻修補本之內容（《集韻‧附錄》，頁 809），以及《類篇‧小部》（頁 38）「尖」字之說解內容，應將此處之「炎」改爲「尖」形。

		癑		乃湩切（重音）	
		獳		乃湩切（重音）	
講	擃	擃	匿講切	匿講切	
		搑		匿講切（重音）	
		貜		匿講切（重音）	
		饋		匿講切（重音）	
	控	控	克講切	克講切（重音）	
		崆		克講切（重音）	
		殼		克講切	
	摓	摓	普講切	普講切	
	聳	聳	雙講切	雙講切（重音）	
		摉		雙講切（重音）	
		從		雙講切（重音）	
	傯	傯	初講切	初講切	
		笶		初講切（重音）	
紙	被	被	部靡切	都靡切（重音）	更改切語上字
		蘢		部靡切	
		罷		部靡切	
		貏		部靡切	
		埤		部靡切	
		殑		部靡切	
		骳		部靡切	
		庳		部靡切	
	萎	萎	女委切	女委切（重音）	
		荽〔異體〕		女委切（重音）	
	鴜	鴜	自爾切	自爾切（重音）	
旨	佀	佀	汝水切	汝水切	
	唏	唏	許几切	許几切（重音）	
		鵗		許几切	
		鵗		許几切	
		攕		許几切（重音）	
		誺		許几切（重音）	
	柹	柹	側几切	側几切（重音）	
		緇		側几切（重音）	
	摧	摧	丑水切	丑水切（重音）	

	峗	峗	藝嶉切	藝嶉切（重音）	
	郌	郌	巨軌切	巨軌切（重音）	
	枺	枺	之誄切	之壘切（重音）	更改切語下字
止	芑	芑	巨巳切	巨巳切（重音）	
		忌		巨巳切（重音）	
	弟	弟	蕩以切	蕩以切（重音）	
	禮	禮	鄰以切	鄰以切（重音）	
		醴		隣以切	更改切語上字
	體	體	天以切	天以切	
		涕		天以切	
		緹		天以切（重音）	
	啓	啓	詰以切	詰以切（重音）	
	薺	薺	茨以切	茨以切（重音）	
	漱	漱	鋪市切	鋪市切（重音）	
尾	嶉	嶉	子尾切	子尾切（重音）	
		嘒		子尾切	
	佳	佳	諸鬼切	諸鬼切（重音）	
	恢	恢	苦卼切	苦卼切（重音）	
	壘	壘	良斐切	良斐切（重音）	
	壝	壝	欲鬼切	欲鬼切（重音）	
噳（虞）	檽	檽	尼主切	尼主切（重音）	
		擩		尼主切（重音）	
		醹		尼主切（重音）	
薺	灑	灑	時禮切	時禮切（重音）	
	鷃	鷃 鶏〔異體〕	古礼切	古禮切（重音）	更改切語下字
		唘		古禮切（重音）	同上
	苨	苨	掣睍切	掣睍切（重音）	
蟹（蟹）	筊	筊	杜買切	杜買切	
		杖		杜買切	
	玀	玀 儦〔異體〕	都買切	都買切	
				都買切	
	扺	扺	仄蟹切	仄蟹切（重音）	
		跐		仄蟹切（重音）	
		蜡		女蟹切	更改切語上字。
		秕		女蟹切	同上

胯	胯	枯買切	枯買切（重音）	
	錡		枯買切	
	骻〔異體〕		枯買切	
	骻		枯買切	
	恗		〔缺〕	「恗」字未收此音
	跨		枯買切（重音）	
覎	覎	五買切	五買切	
撮	撮	初買切	初買切（重音）	
女	女	奴解切	奴蟹切（重音）	更改切語下字
	疓		奴解切	
奊	奊	楚解切	楚解切（重音）	
崴	崴	烏買切	烏買切（重音）	
帔	帔	艸買切	〔缺〕	《類篇》未收此音
駭	懶	懶	洛駭切	洛駭切
		攋		洛駭切
		攋〔異體〕		洛駭切
	釢	釢	知駭切	知駭切
	攇	攇	師駭切	師駭切
		襹〔異體〕		師駭切
		緉〔異體〕		師駭切
		搋		師駭切
	箷	箷	徒駭切	徒駭切（重音）	更改切語上字
		簤〔異體〕		
		徥		徒駭切（重音）
	鍇	鍇	古駭切	古駭切（重音）
	徥	徥	直駭切	直駭切（重音）
		枴		直駭切（重音）
	儸	儸	蒲揩切	蒲揩切（重音）
賄	琣	琣	普罪切	普罪切（重音）
		俖		普罪切
		啡		普罪切（重音）
		朏		〔缺〕	「朏」字未收此音
		咘		普罪切
	阫	阫	俞罪切	俞罪切

	累	累	路罪切	路罪切（重音）	
		類		路罪切（重音）	
		礨		路罪切（重音）	
		瘣		路罪切（重音）	
	頜	頜	沽罪切	沽罪切	
		丞		〔缺〕	「丞」字未收此音
		腃		沽罪切（重音）	
		憒		沽罪切（重音）	
	悖	悖	必每切	必每切	
	崔	崔	息罪切	息罪切（重音）	
海	諰	諰	息改切	息改切（重音）	
		葸		息改切（重音）	
		鰓		息改切（重音）	
	騃	騃	五亥切	五亥切（重音）	
		顡		五亥切（重音）	
		隑		五亥切（重音）	
		皑		五亥切（重音）	
軫	胤	胤	羊忍切	羊忍切（重音）	
準	絼	絼	阻引切	阻引切	
		芼		阻引切	
		粠		阻引切（重音）	
		第		阻引切（重音）	
		瀳		〔缺〕	「瀳」字未收此音
	蝤	蝤	楚引切	楚引切	
	瘏	瘏	才尹切	才尹切	
	蠢	蠢	創允切	創允切（重音）	
	稇	稇	苦殞切	苦磒切	更改切語上字
		圛〔異體〕		苦磒切（重音）	同上
		麇〔異體〕		苦磒切（重音）	同上
		𥡴		苦磒切（重音）	同上
	輑	輑	生尹切	牛尹切（重音）	更改切語上字
		稇		牛尹切（重音）	同上
		珺		牛尹切（重音）	同上
		攟		牛尹切	同上
		菌		牛尹切	同上
		輝		牛尹切	同上

韻目	字頭	小韻字	切語	切語	備註
	駗	駗	知忍切	知忍切（重音）	
	蝆	蝆	丘忍切	丘忍切（重音）	
		趁		丘忍切（重音）	
		毳		〔缺〕	「毳」字未收此音
	臏	臏	逪忍切	逪忍切（重音）	
		覤		〔缺〕	「覤」字未收此音
	砏	砏	匹忍切	匹忍切	
		頖		匹忍切（重音）	
	毳	毳 葦〔異體〕	姜憖切	姜憖切（重音）	
		蝆		〔缺〕	「蝆」字未收此音
		巾		姜憖切（重音）	
	囟	囟	思忍切	思忍切（重音）	
		胤		思忍切（重音）	
	楯	楯	辭允切	辭允切（重音）	
	蟁	蟁	柱允切	〔缺〕	「蟁」字未收此音
		墭		柱允切	
		隊		柱允切	
		璿		柱允切	
	蹲	蹲	趣允切	趣允切（重音）	
	楯	楯	勅準切	勅準切（重音）	
		墮		勅準切（重音）	
		倴		勅準切（重音）	
隱	攎	攎	舉蘊切	舉蘊切（重音）	
		庫		舉蘊切	
阮	頛	頛	翻阮切	飜阮切	更改切語上字
		㹝		飜阮切（重音）	同上
		畬		飜阮切（重音）	同上
		鵂		翻阮切	
	塡	塡	徒偃切	徒偃切（重音）	
	疲	疲	芳切語	芳切語	
	喭	喭	丑幰切	丑幰切	
	偃	偃	力偃切	力偃切（重音）	
	冕	冕	忙晚切	忙晚切（重音）	

韻	字組	字	切語	切語（重音）	備註
混	限	限	魚懇切	魚懇切	
		眼		魚懇切（重音）	
		峎		魚懇切	
	苊	苊	治本切	治本切（重音）	
很	穩	穩	安很切	安很切	
	頷	頷	其懇切	其懇切（重音）	
	洒	洒	蘇很切	蘇很切（重音）	
緩	虥	虥	士嬾切	士嬾切（重音）	
	㲃	㲃	千短切	千短切	
		㮊		千短切	
	侒	侒	何㑋切	何侃切	更改切語下字
	輐	輐	五管切	五管切	
		鯇		〔缺〕	「鯇」字未收此音
	豢	豢	胡滿切	胡滿切（重音）	
		輐		胡滿切（重音）	
	㬉	㬉	火管切	火管切	
		皾		火管切	
潸	鏊	鏊	丑赧切	丑赧切	
產	盼	盼	匹限切	匹限切	
	版	版	蒲限切	蒲限切（重音）	
		板〔異體〕		蒲限切（重音）	
		阪		蒲限切（重音）	
	軋	軋	膺眼切	膺眼切	
		賔		膺眼切（重音）	
銑	覥	覥	匹典切	匹典切	
		薾		匹典切（重音）	
	忏	忏	士典切	士典切（重音）	
	槏	槏	子殄切	子殄切（重音）	
	旋	旋	信犬切	信犬切（重音）	
	蜎	蜎	於泫切	於泫切（重音）	
		餇		於泫切	
獮（獮）	巽	巽	式撰切	式撰切（重音）	
		㩅		式撰切（重音）	
		愋		式撰切（重音）	
		匴		式撰切（重音）	
		臣		式撰切	

	蜎	蜎	下袞切	下袞切（重音）	
		蠉〔異體〕	下袞切	下袞切（重音）	
		繯		下袞切	
	綣	綣	起輦切	起輦切	
	欄	欄	來圈切	來圈切（重音）	
	剗	剗	側展切	側展切（重音）	
	蟤	蟤	茁撰切	茁撰切（重音）	
	薆	薆		詳兖切（重音）	
		鄤	詳兖切	「鄤」字： 詳兖切（重音）	
		朘		祥兖切（重音）	更改切語上字
	萹	萹	匹善切	匹善切（重音）	
	羨	羨	延善切	延善切（重音）	
	瞁	瞁	女軟切	女軟切（重音）	
	宛	宛	烏勉切	烏勉切（重音）	
		夗		烏勉切（重音）	
	腞	腞	敕轉切	敕轉切（重音）	
		嫥		敕轉切（重音）	
筱	磽	磽	倪了切	倪了切（重音）	
	趙	趙	起了切	起了切（重音）	
小	潐	潐	樵小切	樵小切（重音）	
	獢	獢	巨小切	巨小切	
		虯		巨小切（重音）	
	趴	趴	吉小切	吉小切（重音）	
	橋	橋		祛夭切（重音）	更改切語下字
		喬	祛矯切	〔缺〕	「喬」字未收此音
		鱎		祛矯切（重音）	
		鱎		祛矯切（重音）	
	劋	劋		魚小切	
		犥	魚小切	魚小切	
		鱎		〔缺〕	「鱎」字未收此音
巧	稍	稍		山巧切（重音）	
		萷		山巧切	
		眇	山巧切	山巧切	
		羫		山巧切	
		捎〔異體〕		山巧切（重音）	

		潲		山巧切	
		稍		山巧切（重音）	
		搜		山巧切（重音）	
		槤		山巧切（重音）	
		梢〔異體〕		山巧切（重音）	
		變		山巧切（重音）	
		艄		山巧切	
		籀		山巧切	
		薔		山巧切	
		髾		山巧切	
	嚆	嚆	孝狡切	孝狡切（重音）	
		哮〔異體〕		孝狡切（重音）	
皓	曠	曠	滂保切	滂保切（重音）	
		麀〔異體〕		〔缺〕	「麀」字未收此音
		㹊		滂保切（重音）	
		敉		滂保切（重音）	
果	坷	坷	苦我切	苦我切（重音）	
	薺	薺	才可切	才可切（重音）	
		齹〔異體〕		才可切（重音）	
馬	姐	姐	慈野切	慈野切（重音）	
		抯		慈野切（重音）	
	跢	跢	宅下切	宅下切（重音）	
	搲	搲	烏瓦切	烏瓦切	
		跁		烏瓦切	
		䯍		烏瓦切	
		脿		烏瓦切	
	哆	哆	丁寫切	丁寫切（重音）	
	跢	跢	力者切	力者切	
		他		力者切（重音）	
	土	土	片賈切	片賈切（重音）	
	筊	筊	初雅切	初雅切	
養	恇	恇	丘往切	丘往切（重音）	
	磢	磢	丘仰切	丘仰切	
梗	蟹	蟹	於杏切	於杏切（重音）	
		哽		於杏切	

	炳	炳	百猛切	百猛切	
		併		百猛切	
		浜		百猛切（重音）	
		邴		百猛切	
	澋	澋	呼猛切	呼猛切（重音）	
	憬	憬	孔永切	孔永切（重音）	
	令	令	盧景切	盧景切（重音）	
	伉	伉	苦杏切	苦杏切（重音）	
		摼		苦杏切（重音）	
		硻		苦杏切（重音）	
		謦		苦杏切（重音）	
		掮		苦杏切（重音）	
	脝	脝	則杏切	則杏切（重音）	
	灦	灦	差梗切	差梗切	
	諱	諱	虎梗切	虎梗切	
耿	逬	逬	必幸切	必幸切（重音）	
		迸〔異體〕		必幸切	
		絣		必幸切（重音）	
		[illegible]		必幸切	
靜	穨	穨	渠領切	渠領切	
	頴	頴	庾頃切	庾頃切	
		穎		「潁」字： 庾頃切（重音）	
		頴		庾頃切	
		檾		「檾」字： 庾頃切（重音）	
		窒		庾頃切（重音）	
	頸	頸	九領切	九領切（重音）	
	晸	晸	知領切	知領切	
	怳	怳	吁請切	吁諸切（重音）	更改切語下字
	䎾	䎾	如穎切	如穎切	
迥	汫	汫	徂醒切	徂醒切（重音）	
	婧	婧	績領切	績領切（重音）	更改切語下字
	鴨	鴨	呼頂切	呼頂切（重音）	

韻類	字頭	字	類篇	集韻	備註
拼（拯）	愀	愀	尺拯切	尺拯切（重音）	
	憑	憑	皮殑切	皮殑切（重音）	
	耳	耳	仍拯切	仍拯切（重音）	
	齒	齒	稱拯切	稱拯切（重音）	
	澄	澄	直拯切	**直拼切（重音）**	更改切語下字
等	倰	倰	朗等切	**朗等切（重音）**	更改切語上字
	鼟	鼟	他等切	他等切（重音）	
	嶒	嶒	子等切	子等切	
	蹬	蹬	徒等切	徒等切	
	堋	堋	步等切	步等切（重音）	
	薈	薈		〔缺〕	「薈」字未收此音
		懵	忙肯切	忙肯切（重音）	
		懎		忙肯切	
	宭	宭	孤等切	孤等切	
有	受	受 / 戺〔異體〕	是酉切	是酉切	
		授		是酉切（重音）	
		綬		是酉切（重音）	
		壽 / 鸞〔異體〕		**殖酉切（重音）**	更改切語上字
		翿		是酉切（重音）	
		濤〔異體〕		是酉切（重音）	
		郮		是酉切	
		璹〔異體〕		是酉切（重音）	
		愵		是酉切	
		浸		是酉切	
		儔		是酉切	
		裯		是酉切	
		璹		是酉切	
	愷	愷 / 悩〔異體〕	匹九切	匹九切	
		紌		匹九切（重音）	
		秠		匹九切（重音）	
		欧		匹九切	
	齈	齈	牛久切	牛久切（重音）	
	柚	柚	羊受切	羊受切	

厚（厚）	鰤	鰤	才垢切	才垢切（重音）	
	齲	齲	初口切〔註5〕	初口切	
黝	孃	孃	苦糺切	苦糺切（重音）	
寢（寢）	礜	礜	集荏切	集荏切（重音）	
	呫	呫	當審切	當審切（重音）	
	顪	顪	側蹋切	側蹋切（重音）	
感	縿	縿	所感切	所感切（重音）	
		慘〔異體〕		所感切（重音）	
		瀾		所感切（重音）	
		雯		所感切（重音）	
	炎	炎	莫坎切	莫坎切（重音）	
	册	册	如坎切	如坎切（重音）	
叹（敢）	潵	潵	胡歌切	胡敢切（重音）	更改切語下字
	厰	厰	五敢切	五敢切（重音）	
		伢		五敢切	
琰	餤	餤	習琰切	〔缺〕	「餤」字未收此音
		剡		習琰切（重音）	
		棪		習琰切（重音）	
		銛		習琰切（重音）	
	湛	湛	牒琰切	牒琰切（重音）	
	纖	纖	纖琰切	纖琰切	
		彡		纖琰切（重音）	
	巉	巉	士冉切	士冉切（重音）	
		瀺		士冉切（重音）	
	醶	醶	初斂切	初斂切（重音）	
		酵〔異體〕		初斂切（重音）	
		臉		初斂切（重音）	
	黶	黶	止染切	止染切（重音）	
		黰		止染切（重音）	
		趝		止染切（重音）	

〔註 5〕「　」字之切語於《集韻・厚韻》（頁 440）作「初主切」，根據顧廣圻修補本之內容（《集韻・附錄》，頁 914），以及《類篇・音部》（頁 93）「　」字之說解內容，此切語應爲「初口切」。

忝	僭	僭	子忝切	子忝切（重音）	
	磏	磏	孌玷切	孌玷切（重音）	
		壌		孌玷切（重音）	
儼	拈	拈	章貶切	章貶切（重音）	
	險	險	希埯切	希掩切（重音）	更改切語下字
嗛	黇	黇	竹減切	竹減切（重音）	
	顑	顑	五減切	五減切（重音）	
檻	淰	淰	奴檻切	奴檻切（重音）	
	摻	摻	素檻切	素攬切（重音）	更改切語下字
范	槏	槏	胡犯切	胡犯切（重音）	
	釩	釩	峯范切	峯范切	
		䟸		峯范切（重音）	
	凵	凵	口犯切	口犯切	
		扎		口犯切	
	冂	冂	五犯切	〔缺〕	《類篇》未收此音
	拑	拑	极范切	〔缺〕	《類篇》未收此字
送	蟲	蟲	丑眾切	〔缺〕	《類篇》未收此音
	樥	樥	菩貢切	菩貢切	
		蓬		菩貢切（重音）	
宋	礐	礐	魯宋切	魯宋切（重音）	
		鏊		魯宋切（重音）	
	湩	湩	多宋切	多宋切（重音）	
	癑	癑	奴宋切	奴宋切（重音）	
用	揰	揰	昌用切	昌用切（重音）	
		種		昌用切	
		蹱		昌用切	
		幢		昌用切（重音）	
		衝		昌用切（重音）	
	襛	襛	忙用切	忙用切（重音）	
絳	悻	悻	尨巷切	尨巷切（重音）	
	憃	憃	赫巷切	赫巷切	
	鑞	鑞	厄降切	尼降切（重音）	更改切語上字
		饢		尼降切（重音）	同上
寘	帝	帝	丁易切	丁易切（重音）	
		蔕		丁易切	

	縻	縻	縻寄切	縻寄切（重音）	
	僞	僞	危睡切	危睡切（重音）	
	䠚	䠚	丘僞切	丘僞切（重音）	
	隓	隓	㐫恚切	㐫恚切	
	餯	餯	式瑞切	式瑞切（重音）	
		祱		式瑞切	
	鮆	鮆 鱭〔異體〕	才鼓切	才鼓切（重音）	
				才鼓切（重音）	
	靡	靡	縻詖切	縻詖切（重音）	
至	出	出	敕類切	敕類切（重音）	
	繫	繫	吉棄切	吉棄切（重音）	
		係		吉棄切（重音）	
		繼		吉棄切（重音）	
	系	系	兮肄切	兮肄切（重音）	
	呬	呬	許四切	許四切（重音）	
		咿		許四切（重音）	
		咥		許四切（重音）	
	菑	菑	子冀切	子冀切（重音）	更改切語下字
志	子	子	將吏切	〔缺〕	「子」字未收此音
		秄		將吏切（重音）	
		仔		將吏切（重音）	
	㤢	㤢	許異切	許異切	
	撎	撎	伊志切	伊志切（重音）	
未	寶	寶	巨畏切〔註 6〕	巨畏切（重音）	
		鞼		巨畏切	
		䍧		巨畏切（重音）	
		瘣		巨畏切	
	俔	俔	五未切	五味切（重音）	更改切語下字
	猵	猵	鋪畏切	鋪畏切（重音）	
		㦽		鋪畏切	
		攈		鋪畏切	

〔註 6〕「寶」字之切語於《集韻・志韻》（頁 490）作「百異切」，疑爲字形之誤，據林英津：《集韻體例及音韻系統中的幾個問題・附表 3-1：集韻廣韻切語對照表》（頁 22），以及《類篇・穴部》（頁 93）「寶」字之說解內容，此切語應爲「巨畏切」。

御	姐	姐	樣豫切	祥豫切（重音）	更改切語上字
遇	嫗	嫗	仄遇切	仄遇切（重音）	
		𡚖〔異體〕		仄遇切	
		腸		仄遇切（重音）	
		緰		仄遇切（重音）	
		緰〔異體〕		仄遇切	
		緰		仄遇切（重音）	
		䪊		仄遇切	
	妓	妓	昌句切	昌句切（重音）	
		觸		昌句切（重音）	
	續	續	辭屢切	辭屢切（重音）	
莫	寫	寫	傷故切	傷故切（重音）	
	唇	唇	儒互切	儒互切	
	跨	跨	於故切	於故切（重音）	
霽	褉	褉	睽桂切	睽桂切	
		肤		睽桂切	
		闋		睽桂切（重音）	
		瑪璿〔異體〕		睽桂切（重音）	
祭	歟	歟	呼世切	呼世切（重音）	
	毳	毳	充芮切	充芮切（重音）	
		氉		充芮切（重音）	
		喙		充芮切（重音）	
		蕝		充芮切	
		橇		充芮切（重音）	
		纝		充芮切（重音）	
		籔		充芮切	
		劓劓〔異體〕		〔缺〕	「劓劓」未收此音
		纝		充芮切	
		膗		充芮切（重音）	
		啜		充芮切	
	惙	惙	丑芮切	〔缺〕	「惙」字未收此音
		啜		丑芮切（重音）	
	刵	刵	牛芮切	牛芮切（重音）	

	療	療	則例切	則例切（重音）	
	懸	懸		詐罵切	
		餕		詐罵切	
		瀾	詐罵切	詐罵切（重音）	
		欪		詐罵切（重音）	
		㓼		詐罵切	
		靾 鞨〔異體〕		詐罵切	
		靾		詐罵切	
	瘶	瘶	吉曳切	吉曳切（重音）	
	厥	厥		九芮切（重音）	
		匭		九芮切	
		梟	九芮切	九芮切	
		闌		九芮切（重音）	
		瓾 藝〔異體〕		九芮切（重音）	
夳（泰）	憲	憲	于外切	于外切（重音）	
	饞	饞	乙大切	乙大切（重音）	
卦	膭	膭	陟卦切	陟卦切（重音）	
		㣔		陟卦切	
	媞	媞	得懈切	得懈切〔註7〕（重音）	
	髻	髻	求卦切	求卦切	
	髥	髥	奴卦切	奴卦切	
怪	捼	捼	仕壞切	仕壞切（重音）	
	聉	聉	墀怪切	〔缺〕	《類篇》未收此音
	齘	齘	火界切	火戒切（重音）	更改切語下字
	鱗	鱗	忌戒切	尼戒切	更改切語上字
	菋	菋	任戒切	忙戒切（重音）	更改切語上字
	㺊	㺊	才瘶切	才瘶切（重音）	
夬	睉	睉	仕夬切	仕怪切（重音）	更改切語下字
	䀹	䀹	女夬切	女夬切（重音）	
	瀳	瀳	衰夬切	衰夬切（重音）	
	贅	贅	何邁切	何邁切（重音）	

〔註7〕此切語於《類篇》中，四庫本、宋鈔本均作「得懈切」，與《集韻》相同，只有姚
刊本誤作「得辮切」，今從四庫本及宋鈔本。

隊	啐	啐	摧內切	摧內切（重音）	
		髪		摧內切（重音）	
		摧		摧內切（重音）	
		殖		摧內切	
	㙂	㙂	苦對切	若對切（重音）	更改切語上字
	燊	燊	所內切	所內切（重音）	
	櫃	櫃	巨內切	巨內切（重音）	
		櫃〔異體〕	巨內切	巨內切（重音）	
		鞼		巨內切（重音）	
代	倅	倅	倉愛切	倉愛切（重音）	
	怖	怖	匹代切	匹代切（重音）	
	俖	俖	蒲代切	蒲代切（重音）	
	隑	隑	巨代切	巨代切（重音）	
廢	猭	猭	牛吠切	牛吹切（重音）	更改切語下字
		扤		牛吠切	
		軏		牛吹切（重音）	更改切語下字
		刵		牛吠切（重音）	
	歇	歇	虛乂切	虛又切（重音）	更改切語下字
	訐	訐	九刈切	九刈切（重音）	
	瞥	瞥	普吠切	〔缺〕	「瞥」字未收此音
	繩	繩	丘廢切	丘廢切	
		栵		丘廢切	
	歘	歘	去穢切	去穢切	
		毟		去穢切（重音）	
稕	酳	酳	士刃切	士刃切	
	韻	韻	筠呁切	筠呁切	
		韵〔異體〕			
		枸		筠呁切（重音）	
	隱	隱	於刃切	於刃切（重音）	
	抻	抻	居覲切	居覲切（重音）	
		摬		居覲切	
		抾〔異體〕	居覲切	〔缺〕	「抾」字未收此音
		堇		居覲切（重音）	
		槿		居覲切	
		矜		居覲切（重音）	

		紉		居覲切（重音）	
		劤		居覲切（重音）	
	壼	壼	困閏切	困閏切（重音）	
	詢	詢	均俊切	均俊切（重音）	
	眒	眒	式刃切	式刃切（重音）	
	淪	淪	倫浚切	倫峻切（重音）	更改切語下字
		蜦		倫浚切（重音）	
	阠	阠	所陳切	所陣切（重音）	更改切語下字
	飩	飩	屯閏切	屯閏切（重音）	
	酛	酛	于麧切	千麧切（重音）	更改切語上字
	慇	慇	忙覲切	忙覲切（重音）	
焮	趪	趪	丘運切	〔缺〕	《類篇》未收此音
	歟	歟	侘靳切	侘靳切（重音）	
	酳	酳	士靳切	士靳切（重音）	
	亃	亃	初問切	初問切（重音）	
	亃	亃	恥問切	恥問切（重音）	
	掀	掀	丘近切	丘近切（重音）	
		劃		丘近切（重音）	
願	騫	騫	袪建切	袪建切（重音）	
	健	健	力健切	力健切（重音）	
		㯉		力健切（重音）	
恨（恨）	瘼	瘼	佗恨切	佗恨切	
		㧺		佗恨切	
		踏		佗恨切	
	硍	硍	苦恨切	苦恨切（重音）	
		垠		苦恨切（重音）	
	攃	攃	所恨切	所恨切（重音）	
	黬	黬	昏困切	昏困切（重音）	
	黗	黗	暾頓切	暾頓切	
諫	趫	趫	求患切	求患切（重音）	
		瓛		求患切（重音）	
		雚		求患切（重音）	
		襱		求患切	
		繉〔異體〕		求患切（重音）	
	景	景	乃諫切	乃諫切（重音）	
		瘸		乃諫切（重音）	

襉	豜	豜	眼莧切	眼莧切（重音）	
	屢	屢	初莧切	初莧切（重音）	
		攗		初莧切	
霰	緑	緑	人見切	人見切（重音）	
	徧	徧	卑見切	卑見切（重音）	
		遍〔異體〕		卑見切	
		辯〔異體〕		卑見切（重音）	
		辨〔異體〕		卑見切（重音）	
		猵		卑見切	
	綻	綻	治見切	治見切（重音）	
		袒		治見切（重音）	
	駽	駽	犬縣切	犬縣切（重音）	
	辡	辡	玭晛切	**毗沔切（重音）**	更改全部切語用字
線（線）	軔	軔	如戰切	如戰切（重音）	
		輭		**奴戰切（重音）**	更改切語上字
	缺	缺	窺絹切	窺絹切（重音）	
		頯		窺絹切（重音）	
	㡾	㡾	山箭切	山箭切（重音）	
	泉	泉	疾眷切	疾眷切（重音）	
		餕		疾眷切（重音）	
	怪	怪	子眷切	〔缺〕	《類篇》未收此音
	縛	縛	升絹切	升絹切（重音）	
	倿	倿	虔彥切	虔彥切（重音）	
	潸	潸	刪彥切	刪彥切（重音）	
	篡	篡	芻眷切	芻眷切（重音）	
		籔		芻眷切（重音）	
嘯	顤	顤	戶弔切	戶弔切（重音）	
	獟	獟	火弔切	火弔切（重音）	
笑	捎	捎	梢嶠切	梢嶠切（重音）	
		鄁		梢嶠切	
	超	超	抽廟切	抽廟切（重音）	
		眺		抽廟切（重音）	
	魈	魈	虛廟切	虛廟切（重音）	
	覜	覜	昌召切	昌召切（重音）	

	標	標	卑妙切	卑妙切（重音）	
		標		卑妙切（重音）
		驃		卑妙切（重音）
号	韜	韜	叨号切	叨号切（重音）	
		套		叨号切
		謟		叨号切（重音）
	㦬	㦬	匚到切	匚到切（重音）	
		橐		乃到切	更改切語上字
		橐〔異體〕		乃到切	同上
		毑		匚到切
		臁		匹到切	更改切語上字
	趝	趝	色到切	色到切（重音）	
	櫄	櫄	巨到切	巨到切（重音）	
箇	椏	椏	阿个切	阿个切（重音）	
		痾		阿个切（重音）
過	饐	饐	步臥切	步臥切	
		蔢		步臥切（重音）
		瀄		步臥切
禡	吤	吤	企夜切	企夜切（重音）	
	偌	偌	人夜切	人夜切	
		瀒		人夜切（重音）
		渃		人夜切
	瘥	瘥	楚嫁切	楚嫁切（重音）	
		汊		楚嫁切
		差		楚嫁切（重音）
		衩		〔缺〕	《類篇》未收此字
		衩		楚嫁切
		跐		楚嫁切
		諫		楚嫁切
		訍〔異體〕		楚嫁切（重音）
漾	霜	霜	色壯切	色壯切	
		霜〔異體〕		〔缺〕	《類篇》未收此字
		孀		色壯切（重音）
	眶	眶	區旺切	區旺切（重音）	

宕	槍	槍	七浪切	七浪切	
		遛		七浪切	
	腍	腍	滂謗切	滂謗切	
映	悙	悙	亨孟切	亨孟切（重音）	
	痭	痭	況病切	況病切（重音）	
	痭	痭	丘詠切	丘詠切（重音）	
	痭	痭	鋪病切	鋪病切（重音）	
	捫	捫	先命切	先命切（重音）	
	詗	詗	恥慶切	恥慶切（重音）	
	享	亨	普孟切	普孟切（重音）	
		享〔異體〕		普孟切（重音）	
		膨		普孟切（重音）	
		瓶		普孟切（重音）	
		髼		普孟切（重音）	
		髼		普孟切	
諍	軯	軯	巨迸切	巨迸切（重音）	
		砰		巨迸切（重音）	
		閛		巨迸切（重音）	
		甹		巨迸切	
勁	高	高	傾敻切	傾敻切（重音）	
	甯	甯	女正切	〔缺〕	《類篇》未收此音
	燹	燹	妼正切	妼正切（重音）	
	纓	纓	於正切	於政切（重音）	更改切語下字
		嬰		於政切（重音）	同上
		郢		於政切（重音）	同上
		罌		於政切（重音）	同上
		罌〔異體〕		於正切	
		湟		於政切（重音）	更改切語下字
徑	淡	澹	胡鋻切	胡鋻切（重音）	
		熒		胡鋻切（重音）	
		迥		胡鋻切（重音）	
		高		〔缺〕	「高」字未收此音
	絅	絅	口定切	口定切（重音）	
		絓		口定切（重音）	
	癭	癭	噎甯切	噎甯切	

韻	字頭	字	切語	結果	備註
	跰	跰	壁瞑切	壁瞑切（重音）	
		迸		壁瞑切（重音）	
	扃	扃	扃定切	扃定切（重音）	
		冋		扃定切（重音）	
		坰		扃定切（重音）	
證	铊	铊	尼證切	尼證切	
	嶒	嶒	七孕切	七孕切	
	冰	冰	逋孕切	逋孕切（重音）	
	砯	砯	逋應切	逋應切（重音）	
		軕		逋應切	
		柡		逋應切	
		靐		逋應切	
陞（嶝）	堩	堩	口鄧切	口鄧切（重音）	
	鼐	鼐	寧鄧切	寧鄧切（重音）	
宥	謬	謬	眉救切	眉救切（重音）	
		嘐〔異體〕		眉救切（重音）	
		繆		眉救切（重音）	
	副	副	敷救切	敷救切（重音）	
		疈〔異體〕		敷救切	
		郛		敷救切（重音）	
		福		敷救切	
		髻 鬊〔異體〕		敷救切	
		愊 愐〔異體〕		敷救切	
		覆		敷捄切（重音）	更改切語下字
		䎝		敷救切（重音）	
		仆		敷救切（重音）	
		踣〔異體〕		敷捄切（重音）	更改切語下字
		綌		敷救切	
		復		敷救切	
		福		敷救切	
		簚		敷救切	
	憂	憂	於救切	〔缺〕	《類篇》未收此音

幼	軥	軥	已幼切	已幼切（重音）	
		楒		已幼切（重音）	
	赳	赳	古幼切	古幼切（重音）	
		僇		古幼切（重音）	
		翪		古幼切	
		叫		古幼切（重音）	
	蟆	蟆	火幼切	火幼切（重音）	
沁	稟	稟	逋鴆切	逋鴆切〔註8〕（重音）	
	瀋	瀋	鴆禁切	鴆禁切（重音）	
	捦	捦	丘禁切	丘禁切	
		頷		丘禁切	
	諗	諗	火禁切	火禁切	
		廞		火禁切	
		愖		火禁切（重音）	
		衜		火禁切	
	鐔	鐔	尋浸切	尋浸切（重音）	
		薻		尋浸切（重音）	
	鼥	鼥	淫沁切	淫沁切	
	稽	稽	譖岑切	譖岑切（重音）	
	勸	勸	思沁切	**思沈切**	更改切語下字
勘	姅	姅	莫紺切	莫紺切（重音）	
	䪙	䪙	其闇切	其闇切（重音）	
	擊	擊	俎紺切	俎紺切（重音）	
	娕	娕	辱紺切	辱紺切（重音）	
闞	鑑	鑑	胡暫切	胡暫切	
		濫〔異體〕		胡暫切（重音）	
		鑒〔異體〕		〔缺〕	《類篇》未收此字
		覽〔異體〕		胡暫切（重音）	
		鎌		胡暫切	
	涔	涔	仕濫切	仕濫切（重音）	
	甋	甋	义濫切	**义鑑切**	更改切語下字
		甋		义濫切	

〔註 8〕此切語於《類篇》中，只有宋鈔本作「逋鴆切」，與《集韻》相同；而四庫本、姚
　　　刊本均作「逋鴆切」，應爲筆誤所致，今從宋鈔本。

韻	字頭	字	原切語	重音	備註
栝（橶）	僭	僭	子念切	子念切（重音）	
		朁〔異體〕		子念切（重音）	
		譖		子念切（重音）	
		暜		子念切（重音）	
驗	黏	黏	女驗切	女驗切（重音）	
	肣	肣	巨欠切	巨欠切（重音）	
	獫	獫	力劍切	力劍切（重音）	
	僉	僉	七劍切	七劍切（重音）	
	痁	痁	式劍切	式劍切（重音）	
		閃		式劍切（重音）	
陷	獥	獥	午陷切	午陷切（重音）	
	鑑	鑑	力陷切	力陷切（重音）	
覽（鑑）	顲	顲	乙鑒切	乙鑒切（重音）	
	儳	儳	才鑒切	才鑒切（重音）	
	儳	儳	蒼鑒切	蒼鑒切（重音）	
屋	摵	摵	就六切	就六切（重音）	
		蹴		就六切（重音）	
		摡		就六切（重音）	
		欨		就六切（重音）	
		歗		就六切（重音）	
		嗽〔異體〕		就六切（重音）	
		籊		就六切（重音）	
	族	族	仕六切	仕六切	
		顱		仕六切（重音）	
		歠		仕六切（重音）	
渓（沃）	儥	儥	地篤切	他篤切（重音）	更改切語上字
	磟	磟	盧督切	盧篤切（重音）	更改切語下字
		濼		盧篤切（重音）	同上
	宗	宗	才竺切	才竹切（重音）	更改切語下字
燭	媶	媶	又足切	又足切	
		嬠〔異體〕娸〔異體〕		又足切（重音）	
		躏		又足切（重音）	
		盓		又足切	

	亡	甫玉切	甫玉切（重音）	
	臦〔異體〕		甫玉切（重音）	
	彳		甫玉切（重音）	
質	媚	媚	其玉切	其玉切（重音）	
	拂	拂	普密切	普密切（重音）	
	欪	欪	火一切	火一切（重音）	
		咭		火一切（重音）	
	螯	螯	地一切	地一切（重音）	
		垤		他一切	更改切語上字
		蛭		他一切（重音）	同上
	茁	茁	厥律切	厥律切（重音）	
	絀	絀	式律切	式律切	
	窒	窒	得悉切	得悉切（重音）	
		控		得悉切	
	祋	祋	都律切	都律切（重音）	
	屈	屈	其述切	其述切（重音）	
		倔〔異體〕		其述切	
		趉		〔缺〕	「趉」字未收此音
		醨		其述切	
		鱊〔異體〕		其述切	
	佶	佶	其吉切	其吉切（重音）	
		吉		其吉切（重音）	
		鮚		其吉切（重音）	
		咭		其吉切（重音）	
	驈	驈	戶橘切	戶橘切（重音）	
	貀	貀	女律切	女律切	
		柮		女律切	
		吶		女律切	
	繘	繘	其律切	其律切（重音）	
		趫		其律切	
		趫〔異體〕		〔缺〕	《類篇》未收此字
		倔		其律切（重音）	
		魆〔異體〕		其律切	
		醨		其律切（重音）	
		趨		其律切（重音）	

	趉〔異體〕		其律切	
	矞		女律切（重音）	更改切語上字
鮚	鮚	魚一切	魚一切（重音）	
朮	朮	丈一切	丈一切（重音）	
術	頋	頋	之出切	
	苬		之出切（重音）	
	𧕝	之出切	之出切（重音）	
	𧔖		之出切（重音）	
	崛		之出切（重音）	
迄	气	气		欺訖切（重音）	更改切語下字
	乞〔異體〕		欺訖切	同上
	芞	欺气切	欺訖切（重音）	同上
	契		欺訖切（重音）	同上
	吃		欺訖切	同上
乙	乙	於乞切	〔缺〕	「乙」字未收此音
	圪		於乞切（重音）	
眣	眣	丑乙切	丑乙切（重音）	
𧕴	𧕴	竹勿切	竹勿切（重音）	
月	紇	紇		恨竭切	
	齕		恨竭切	
	籺	恨竭切	恨竭切	
	麧		恨竭切	
	覈〔異體〕		恨竭切（重音）	
瘌	瘌	五紇切	五紇切	
領	領	苦紇切	苦紇切（重音）	
揭	揭		丘謁切（重音）	
	藒		丘謁切（重音）	
	頜	丘謁切	丘謁切	
	劂		丘謁切（重音）	
	碣		丘謁切	
爡	爡	丑伐切	丑伐切	
焥	焥	於伐切	於伐切（重音）	
沒	扢	扢	古紇切	古紇切（重音）	
揧	揧	歕紇切	歕紇切（重音）	
貀	貀	女骨切	女骨切（重音）	

末	桝	桝		攢活切（重音）	
		蕞	攢活切	攢活切（重音）	
		柮		攢活切（重音）	
	劅	劅	先活切	先活切	
		淖		先活切（重音）	
黠	喥	喥	知戛切	知戛切	
	咀	咀	暸軋切	暸軋切（重音）	
	噠	噠	宅軋切	宅軋切（重音）	
鎋（鎋）	蔓	蔓	則刮切	則刮切	
屑	鬑	鬑	鋪結切	鋪結切（重音）	
薛（薛）	詧	詧	遷薛切	遷薛切（重音）	
		蒩		〔缺〕	「蒩」字未收此音
	揭	揭		蹇列切（重音）	
		紇	蹇列切	蹇列切（重音）	
		扢		蹇列切（重音）	
		訐		蹇列切（重音）	
	叕	叕	巨劣切	巨劣切（重音）	
	紇	紇	九傑切	九傑切（重音）	
		扢		九傑切（重音）	
	敝	敝		蒲滅切（重音）	更改切語上字
		嫳		便滅切（重音）	
		鼊	便滅切	便滅切（重音）	
		獘		〔缺〕	「獘」字未收此音
		獘〔異體〕		便滅切（重音）	
	札	札	側列切	側列切（重音）	
	朅	朅	乙列切	乙列切（重音）	
		謁		乙列切（重音）	
藥	肑	肑	逋約切	逋約切（重音）	
	轉	轉	方縛切	方縛切（重音）	
	斮	斮	士略切	「斮」字： 士略切（重音）	
		鐯〔異體〕		士略切	
鐸	洦	洦	當各切	當各切（重音）	
		砳		當各切（重音）	

陌	碧	碧	筆戟切	筆戟切	
		狛		筆戟切（重音）	
	柞	柞	助伯切	助伯切（重音）	
		喑		助伯切	
	嚇	嚇	霙白切	霙白切（重音）	
	礐	礐	離宅切	離宅切（重音）	
麥	劃	劃	口獲切	口獲切（重音）	
		礦		口獲切	
	遏	遏	湯革切	湯革切	
		擿		湯革切	
	瘑	瘑	丑厄切	丑厄切	
		糩		丑厄切（重音）	
		瞳		丑戹切（重音）	更改切語下字
		髁		丑厄切（重音）	
	蹢	蹢	治革切	治革切	
		適		治革切（重音）	
		謫 謫〔異體〕		治革切（重音）	
		窞		治革切（重音）	
		澘 漸〔異體〕		治革切	
		糩		治革切（重音）	
		麵		治革切（重音）	
		擿		治革切（重音）	
		餬		治革切（重音）	
		髁		治革切（重音）	
	簎	簎	倉格切	倉格切（重音）	
昔（昔）	躑	躑	弃役切	弃役切	
	鶂	鶂	工役切	工役切	
	刺	刺	令益切	令益切（重音）	
		蠥		令益切	
		趚		令益切	
	憋	憋	苦席切	苦席切（重音）	
		迟		苦席切（重音）	

韻	字頭	字	切語		備註
	攫	攫	俱碧切	俱碧切（重音）	
		玃〔異體〕		俱碧切（重音）	
		戄		俱碧切（重音）	
	欂	欂	平碧切	平碧切（重音）	
		轉		平碧切（重音）	
	躩	躩	虢碧切	虢碧切（重音）	
	覬	覬	紀彳切	紀彳切（重音）	
		乾〔異體〕		紀彳切（重音）	
	虩	虩	火彳切	火彳切（重音）	
	鈬	鈬	鋪彳切	鋪彳切	
	黐	黐	知亦切	知亦切（重音）	
	剔	剔	土益切	土益切（重音）	
		駥		土益切（重音）	
	旻	旻	七役切	七役切（重音）	
		復		七役切	
	悌	悌	待亦切	待亦切（重音）	
		弟		待亦切（重音）	
	鑭	鑭	奴刺切	奴刺切（重音）	
錫	棟	棟	霜狄切	霜狄切（重音）	
		榡		霜狄切（重音）	
	鹹	鹹	況壁切	〔缺〕	「鹹」字未收此音
		洫		況碧切（重音）	更改切語下字
	械	械	于昊切	于具切（重音）	更改切語下字
職	日	日	而力切	而力切（重音）	
		聑		〔缺〕	「聑」字未收此音
合	啑	啑	所荅切	所荅切	
葉	抾	抾	去笈切	去笈切（重音）	
	庮	庮	莊輒切	莊輒切	
		潘		莊輒切（重音）	
		偭		莊輒切（重音）	
	偞	偞	虛涉切	虛涉切（重音）	
		歙		虛涉切（重音）	
		愫〔異體〕		虛涉切	
		曄		虛涉切（重音）	
		曅〔異體〕		虛涉切（重音）	

			虛涉切（重音）	
	瞼		虛涉切	
	鑷		虛涉切（重音）	
	鑷〔異體〕			
	喋		虛涉切	
	弢〔異體〕			
	媥	媥	丑聶切	丑聶切（重音）	
	鴲	鴲	貶耴切	貶耴切（重音）	
	妭	妭	匹耴切	匹耴切（重音）	
	徢	徢		息葉切	
		飍	息葉切	息葉切	
		霏		息葉切	
		鍵		息葉切	
帖	戵	戵	千俠切	千俠切（重音）	
	浥	浥	乙合切	乙合切（重音）	
	挾	挾	尸牒切	尸牒切（重音）	
		蜨		尸牒切（重音）	
	蛺	蛺	於叶切	於叶切（重音）	
業	礏	礏	士劫切	士劫切	
	塸	塸	直業切	直業切（重音）	
洽	砬	砬	力洽切	力洽切（重音）	
	讘	讘	五洽切	五洽切	
		眨		力洽切（重音）	
	羝	羝	徒洽切	徒洽切（重音）	
		氈〔異體〕			
狎	霅	霅	斬狎切	**斬甲切（重音）**	更改切語下字
	挾	挾	子洽切	子洽切（重音）	
乏	殟	殟	叵乏切	叵乏切（重音）	
	玴	玴	昵法切	昵法切	
		湴		昵法切	
		屼		昵法切	
	餤	餤	下法切	**于法切（重音）**	更改切語上字

附錄二：《類篇》書影

（一）宋鈔本

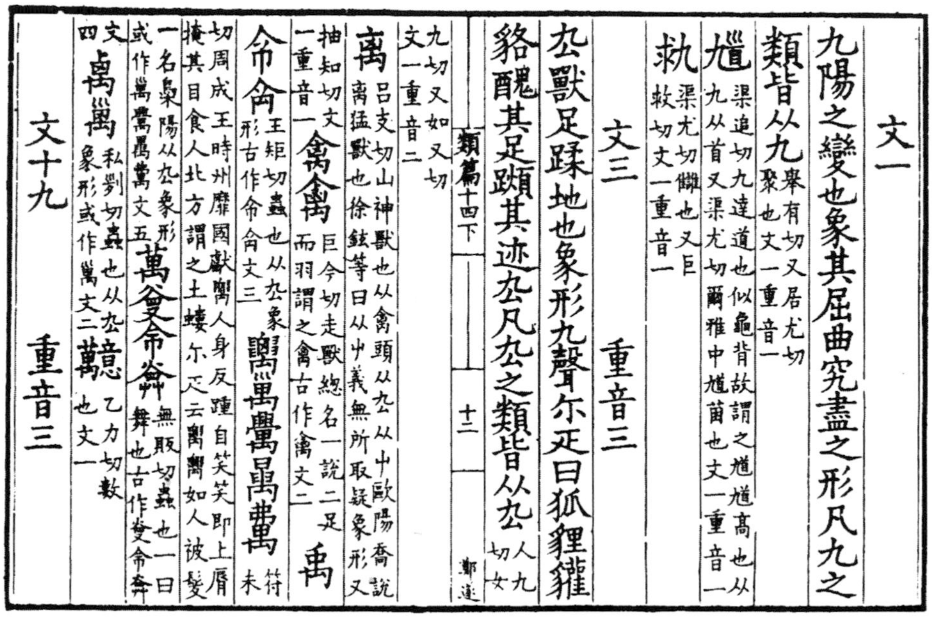

文一

九陽之變也象其屈曲究盡之形凡九之類皆从九舉有切又居尤切聚也文一重音一

馗渠追切九達道也似龜背故謂之馗馗高也从九从首又渠尤切爾雅中馗菌也文一重音一

扏渠尤切擊也又巨救切文一重音一

文三　重音三

禸獸足蹂地也象形九聲尒疋曰狐貍貛貉醜其足蹞其迹禸凡禸之類皆从禸人九切又女九切又如又切文一重音二

類篇十四下　十二　鄭達

离呂支切山神獸也从禽頭从禸从屮歐陽喬說离猛獸也徐鉉等曰从屮義無所取疑象形又抽知切文一重音一

禽禽巨今切走獸總名一說二足而羽謂之禽古作禽文二

禹王矩切蟲也从禸象形古作命命文三

禺禺禺禺萬符未切周成王時州靡國獻禺人身反踵自笑笑即上脣掩其目食人北方謂之土螻尒疋云禺禺如人被髮一名梟陽从禸象形或作禺禺禺萬文五

萬萬命萬無販切蟲也一曰舞也古作萬命萬文四

禼禼私列切蟲也从禸象形或作禼文二

萬意乙力切數也文一

文十九　重音三

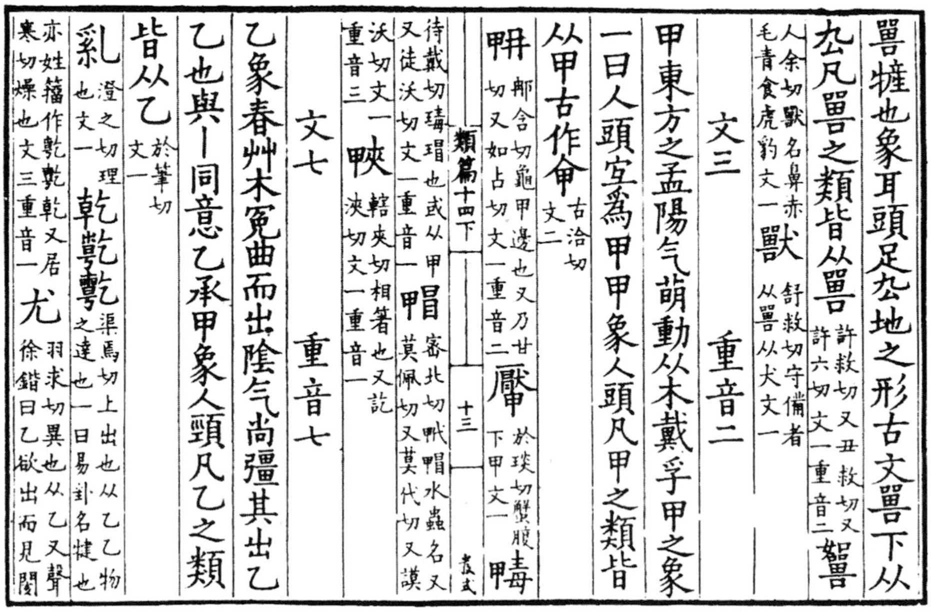

嘼犍也象耳頭足禸地之形古文嘼下从禸凡嘼之類皆从嘼許救切又丑救切又許六切文一重音二

嘼人余切獸名鼻赤毛青食虎豹文一

獸舒救切守備者从嘼从犬文一

文三　重音二

甲東方之孟陽气萌動从木戴孚甲之象一曰人頭宜爲甲甲象人頭凡甲之類皆从甲古作命古洽切文二

甲冄鄉含切龜甲邊也又乃甘切又如占切文一重音二

厭甲於琰切蟹腹下甲文一

甲毒待戴切毒瑁也或从甲又徒沃切文一重音一

冒甲密北切䁦帽水蟲名又莫佩切又莫代切又謨沃切文一重音三

甲夾轄夾切相著也又訖洽切文一重音一

類篇十四下　十三　袁式

文七　重音七

乙象春艸木冤曲而出陰气尚彊其出乙乙也與丨同意乙承甲象人頭凡乙之類皆从乙於筆切文一

乿澄之切理也文一

乾乾乾渠焉切上出也从乙乙物之達也一曰易卦名揵也亦姓籀作乾乾乾又居寒切燥也文三重音一

尤羽求切異也从乙又聲徐鍇曰乙欲出而見閡

厽 众坺土為牆壁象形凡厽之類皆从厽
力軌切又力僞切丈一重音一

絫 力軌切又力僞切十絫之重也又倫追切又盧戈切丈一重音二
水切又力僞切丈一重音二 坐 塹也又魯

文三 重音五

四 陰數也象四分之形凡四之類皆从四
古作呬籀作三 謂四數為四丈三重音一 息利切四又息七切關中

文三 重音一

類篇十四下 十 蕫宗

宁 辨積物也象形凡宁之類皆从宁 直呂切又展呂切門屏閒也又遟據切又陳如切丈一重音三

㝉 展呂切惰也所以載盛米也丈一積 从宁从㽅㽅缶也丈一
𡪄 展呂切積

文三 重音三

叕 聯也象形凡叕之類皆从叕 陟劣切又起切連也又
綴 株衛切合箸也又都外切表也又株劣切綴聯也
䏹 養里切張羅貝丈一重音二
餟 記測已切斷也丈一
䬤 側律切吳人呼短又丈二重音一 側律切吳人呼短又都括切又株悅切又朱劣切

又陟利切鷄子出殼聲又之出
文一重音七 鶵 側律切又側劣切丈一重音二

朱劣切麾齣短 䟒

𠬙 自武作㒹丈一

文六 重音十三

亞 醜也象人局背之形賈侍中說以為次
第也凡亞之類皆从亞 衣駕切又於加切伊優亞者辭未定東方朔說

音一 重 晉 木駕切說文義闕一 曰姓也武作晉丈二
䢅 日姓也武作晉丈二

文三 重音一

類篇十四下 十一 胡頰

五 五行也从二陰陽在天地閒交午也凡五之類皆从五 古文作㐅又疑古切丈三

五 之類皆从五古文作㐅又

文三

六 易之數陰變於六正於八从入从八凡六

六 之類皆从六 力竹切丈一

文一

七 陽之正也从一微陰从中衺出也凡七
之類皆从七 親吉切丈一

（二）姚刊本

類篇卷第一上　　卷之一

朝散大夫守讖議大夫權御史中丞理檢使上護軍汵郡開國儀食邑三千三百賜紫金魚袋臣奉

敕修纂

十四部

文二千六百

重音一千三百五十五

一惟初太始道立於一造分天地化成萬
物凡一之類皆从一古文作弌　於悉切古文　从弋文二

類篇上

丕不　攀悲切大也又从十文二　元　愚袁切說文始也　天　他季切說文顛也至高無上从一大唐武后作兕无曰兕唐武后作　重音一

旡　他季切說文顛也至高無上从一大

吏　者也　力置切治人也　万　無販切數也又密北
切虜複姓北齊特進　萬俟普文一重音一

所撰字別無典據
各附本文注下

上　高也此古文上指事也凡上之類皆从
上或作上古作二　是掌切上又時亮切文三重音一

文十　　重音二

芴旁庽庎廒旁　蒲光切說文溥也隸作旁爾雅
二達謂之岐旁古作廒庽籒作

祋　符容切賁山神　蓲　抽江切祠不恭也又翹
名　通作逢文一　　曰安也又翹移切一重音二

桾枝
　章移切適也又常支切　　株江切祠不恭也又翹
夷切說文地祇提出萬物者也　移切引易提既
章移切說文安福也亦作祹又常支切山名又居
平又田黎切博雅福也枝　爲切說文相

禪　名文　於宜切爾雅美也又　祇祇祬
切文四　余支切文福也又

重音四　相容切　新兹切爾雅不

切又演爾　於希切文神不安兒又
文一重音四　　古　品物少多文詞也仲
切說文祇禋　春祭曰祠及皮幣牲用圭鄴
作祇禪文二敬也　　象齒切祭無已切文一

禧　祺祺祈
也虛其切說文禮吉　居之切也文從基古作析
一曰福也說文祺吉祈籒文从基古作析

類篇上

文一

九　陽之變也象其屈曲宪盡之形凡九之類皆从九　舉有切又居尤切

馗　渠追切九達道也似龜背故謂之馗馗高也从九从首又渠尤切

執　渠尤切譬也又巨救切　爾雅中馗菌也文一重音一

文三　重音三

禸　獸足蹂地也象形九聲爾疋曰狐狸貛貉醜其足蹯其迹厹凡厹之類皆从厹　人九切又

[類篇十四下]　十二

文三　重音三

禽　巨今切走獸總名一說二足而羽謂之禽古作禽文二

离　呂支切山神獸也从禽頭从厹从屮歐陽喬說离猛獸也徐鉉等曰从屮義無所取疑象形又抽知切文一重音一

禽　王矩切蟲也从厹象形古作禽文三

萬　女凡切又卜凡切文一重音二

髙　无販切周成王時州靡國獻髙人身反踵自笑笑即上唇掩其目食人北方謂之土螻爾疋云髙如人被髮一名梟陽从禸象形或作髙蠆文五

闍萬髙萬　未　符萬切　禹

禼　私列切蟲也从厹象形或作禼蠆文二重音二　萬愛禼　舞也古作禼

文十九　重音三

嘼　許救切又丑救切犧牲也象耳頭足厹地之形古文嘼下从厹凡嘼之類皆从嘼　人余切獸名鼻赤毛青食虎豹文一重音二

獸　許六切守備者从嘼从犬文一

甲　東方之孟陽气萌動从木戴孚甲之象一曰人頭宐爲甲甲象人頭凡甲之類皆从甲　古狎切古文甲作命文二

文三　重音二

屮　於珍切蟹腹下甲也　　冒　莫密切北戩冒帽水蟲名又待戴切瑇瑁也或从甲又徒沃切沃切文一重音一

玼　莫佩切又莫代切又謨

硤　狹夾切相箸也又說又如占切文一重音一

[類篇十四下]　圭

乙　於筆切象春艸木冤曲而出陰气尚彊其出乙乙也與丨同意乙承甲象人頭凡乙之類皆从乙

文七　重音七

乞　去訖切　乳　澄之切　乾　渠焉切上出也从乙乙物之達也一曰易卦名又居寒切籀作乾乾之達也文三重音又居

亂　郎段切理也从乙乙治之也又居尤切　尤　羽求切異也从乙又聲日乙欲出而見閡也　又徐鍇曰乙

（三）四庫本

欽定四庫全書
類篇卷一
宋　司馬光　撰
十四部
文二千六百
重音一千三百五十五
一惟初太始道立於一造分天地化成萬物凡一之類
皆从一古文作弌（於悉切古文从弋文二）丕平（攀悲切大也或从十文二）元（愚袁
切說文始也首也又姓文一）天兲兂（他年切說文顛也至高無上古作兲兂唐武后作兲天又鐵因
切文三重音一臣光曰唐武后所撰字別無典據各附本文注下）吏（力置切治人者也文一）万（無販
切數也又密北切虜複姓北齊特進万俟普文一重音一）
文十　重音二
丄高也此古文上指事也凡丄之類皆从丄或作上古
作二（是掌切上又時亮切文三重音一）
㫄旁㫄㫄㫄旁（蒲光切說文溥也隸作旁爾雅二達謂之歧旁古作㫄㫄籀作㫄或作㝑旁又
鋪郎切旁磷混同也又蒲庚切旁勃白蒿也卮食之壽八百歲又晡橫切騯或作旁文六重音三）丁下（亥雅切底也指事篆文作下下又後五切下也又亥駕切降也又居迓切以物貸人也文二重音三）帝帝（丁計切諦也王天下之號古作帝帝又丁易切文二重音一）
文十三　重音八
示天垂象見吉凶所以示人也从二（二古文上字）三垂日月
星也觀乎天文以察時變示神事也凡示之類皆从示
古文作𠀚（神至切示又翅夷切地祇也又市之切姓也晉有示眯明又支義切寘也文二重音三）
[illegible]（符容切貿山神名通作逢文一）[illegible]（株江切祠不恭也又抽江切文一重音一）祇（章移切適也又常支
切病也一曰安也又翅夷切說文地祇提出萬物者也文一重音二）禔衼（章移切說文安福也亦作衼禔
又常支切引易禔既平又田黎切博雅福也衼又古委切祭山名又居偽切文二重音四）[illegible]（山宜切祭名文
一）禠（常支切說文福也又相支切又余支切又翹移切又演爾切文一重音四）禕（於宜切爾雅美也又
於希切文一重音一）祗祇[illegible]（烝夷切說文敬也古作祗[illegible]文二）禗（相咨切神不安兒又新茲切文
一重音一）祠（詳茲切說文春祭曰祠品物少多文詞也仲春之月祠不用犧牲用圭璧及皮幣又象齒切祭
無巳也文一重音一）禧（虛其切說文禮吉也一曰福也文一）祺禥祈（居之切說文吉也籀文从基古
作祈又並渠之切文三重音一）禨（居希切祥也又渠希切又巨至切又居氣切又其既切文一重音四）祈
祈（渠希切說文求福也或作祈祈又古委切祭山名文二重音一）[illegible]（休居切鬼也文一）祛（丘於切禳
却也文一）禑（元俱切福也文一）祹（恭于切禑祹山名文一）祩（鍾輸切博雅詛也又追輸切又朱戍

欽定四庫全書　類篇卷四十二　十

類皆从亞未定東方朔說文一重音亞者辭

眢眢衣駕切說文義闕一　曰姓也或作眢文一重音一

文三　重音一

五古文作㐅　疑古切文三

五五行也从二陰陽在天地閒交午也凡五之類皆从

六力竹切　六文一

六易之數陰變於六正於八从入从八凡六之類皆从

文三

七陽之正也从一微陰从中衺出也凡七之類皆从七

文一

觀吉切　文一

九陽之變也象其屈曲究盡之形凡九之類皆从九

也文重音一

㐤渠追切九達道也似龜背故謂之㐤㐤高也从九　切又居尤切九聚

尫九儿首又渠尤切爾雅中㐤菌也文一重音一

執渠尤切孰也又巨　救渠尤切文一重音一

欽定四庫全書　類篇卷四十二　十一

文三　重音三

厹獸足蹂地也象形九聲爾疋曰狐貍貛貉醜其足蹞

其迹厹凡厹之類皆从厹　如人九切又女九切又　人切文一重音二

禼蟲也从厹象形或作㑞喬說离猛　一重音

禽禽　許救切山神獸也从禽从厹　一曰舞文三

禼　巨今切走獸總名一說二足　禽文二

亼象形古作　　而羽謂之禽文四

禼蟲也从厹象形或作㑞　离离象形或作离命　禼禼

梅其目食人北方謂之土螻爾疋云貙离如人身反踵自笑即上脣

禼無販切蟲也一曰舞　被髮一名梟陽从厹象形

切守備者从

皆从禸　許六切文一重音二

嘼犧也象其頭足厹地之形古文嘼下从厹凡嘼之類

文十九　重音三

嘼　人余切獸名鼻赤　毛青食虎豹文一獸鉘

文三　重音二

甲東方之孟陽氣萌動从木戴孚甲之象一曰人頭宜

為甲甲象人頭凡甲之類皆从甲古作命　古洽切文二

主要參考資料

一、古籍（首依時代先後排列，次按作者姓氏筆劃排列）

（一）《類篇》

1. 北宋・司馬光等：《類篇》，載於清・紀昀等編，《四庫全書・第二二五冊・經部十》，臺北市：臺灣商務印書館股份有限公司，1983 年。

2. 北宋・司馬光等：《類篇》，上海：上海古籍出版社影印上海圖書館藏汲古閣影宋鈔本，1988 年。

3. 北宋・司馬光等：《類篇》，北京：中華書局印「姚刊三韻」本，2012 年。

（二）其他

1. 周・左丘明傳、西晉・杜預注、唐・孔穎達正義、李學勤主編：《十三經注疏・春秋左傳正義》，臺北市：臺灣古籍出版有限公司，2001 年。

2. 東漢・許慎撰、北宋・徐鉉校定：《說文解字》，香港：中華書局有限公司，2011 年。

3. 東晉・郭璞注、北宋・邢昺疏、李學勤主編：《十三經注疏・爾雅注疏》，臺北市：臺灣古籍出版有限公司，2001 年。

4. 唐・陸德明：《經典釋文》，臺北市：學海出版社，1988 年。

5. 唐・張參：《五經文字》：臺北縣（今新北市），藝文印書館股份有限公司，1968 年。

6. 唐・顏元孫：《干祿字書》，載於王雲五主編，《叢書集成簡編》，臺北市：臺灣商務印書館股份有限公司，1965 年。

7. 唐・顏師古：《匡謬正俗》，天津市：天津古籍出版社，1999 年。

8. 南唐・徐鍇：《說文解字繫傳》，北京：中華書局，2011 年。

9. 遼・釋行均：《龍龕手鑑》，載於張元濟主編，《四部叢刊續編・經部十五》，臺北市：臺灣商務印書館股份有限公司，1966 年。

10. 北宋・丁度等：《集韻》，臺北市：學海出版社，1986 年。

11. 北宋・司馬光：《稽古錄》，北京：中華書局，1991 年。

12. 北宋・司馬光：《切韻指掌圖》，北京：中華書局，1986 年。

13. 北宋・司馬光：《資治通鑑》，臺北市：臺灣商務印書館股份有限公司，1979 年。

14. 北宋・陳彭年等重修：《大廣益會玉篇》，臺北市：新興書局，1986 年。

15. 北宋・陳彭年等：《廣韻》，臺北市：洪葉文化事業有限公司，2001 年。

16. 北宋・蘇轍：《欒城集》，上海：上海古籍出版社，2009 年。

17. 北宋・蘇轍：《蘇轍集》，臺北市：河洛圖書出版社，1975 年。

18. 元・李文仲：《字鑑》，載於王雲五主編，《四庫全書珍本・九集》，臺北市：臺灣商務印書館股份有限公司，1974 年。

19. 元・周伯琦：《說文字原》，載於王雲五主編，《四庫全書珍本・六集》，臺北市：臺灣商務印書館股份有限公司，1974 年。

20. 元・脫脫等：《宋史》，臺北市：鼎文書局，1978 年。

21. 明・張自烈：《正字通》，日本東京都：株式會社東豐書店，1996 年。

22. 明・梅膺祚：《字彙》，載於《續修四庫全書》編委會：《續修四庫全書・第二三二冊》，上海：上海古籍出版社，2002 年。

23. 明・焦竑：《俗書刊誤》，臺北縣（今新北市）：藝文印書館股份有限公司，1970 年。

24. 明・趙撝謙：《六書本義》，載於李學勤主編，《中華漢語工具書書庫・第十五冊》，合肥：安徽教育出版社，2002 年。

25. 清・王筠：《說文釋例》，臺北市：世界書局股份有限公司，2011 年。

26. 清・段玉裁注：《說文解字注》，臺北市：洪葉文化事業有限公司，2013 年。

27. 清・紀昀、永瑢等：《景印文淵閣四庫全書・第一冊・欽定四庫全書總目經部小學類二》，臺北：臺灣商務印書館股份有限公司，1986 年。

28. 清・張玉書等：《康熙字典》，上海：上海文藝出版社，2000 年。

29. 清・嚴元照：《悔菴學文》，載於新文豐公司編輯部，《叢書集成續編・第一九三冊》，臺北市：新文豐公司，1988 年。

30. 清・顧藹吉：《隸辨》，北京：中華書局，2009 年。

二、專書（依作者姓名筆劃排列）

1. 丁福保輯：《說文解字詁林》，臺北市：臺灣商務印書館股份有限公司，1966 年。

2. 王力：《中國語言學史》，山西：山西人民出版社，1981 年。

3. 王力：《中國現代語法》，北京：商務印書館，2000 年。

4. 王力：《古代漢語》，北京：中華書局，1981 年。

5. 王力：《漢語語音史》，北京：中國社會科學出版社，1986 年。

6. 王師初慶：《中國文字結構——六書釋例》，臺北市：洪葉文化事業有限公司，2011 年。

7. 王錦貴：《司馬光及其資治通鑑》，河南：大象出版社，1997 年。

8. 中國大百科全書總編輯委員會：《中國大百科全書·語言文字》，臺北縣（今新北市）：錦繡出版社，1994 年。

9. 孔仲溫：《類篇研究》，臺北市：臺灣學生書局有限公司，1987 年。

10. 孔仲溫：《類篇字義析論》，臺北市：臺灣學生書局有限公司，1994 年。

11. 李孝定：《漢字史話》，臺北市：聯經出版社，1977 年。

12. 李裕民：《四庫提要訂誤》，北京：中華書局，2005 年。

13. 呂叔湘：《語文常談》，香港：三聯書店有限公司，2001 年。

14. 杜學知：《文字學論叢》，臺北市：正中書局股份有限公司，1975 年。

15. 林尹：《文字學概說》，臺北市：正中書局股份有限公司，2009 年。

16. 林尹：《訓詁學概要》，臺北市：正中書局股份有限公司，2007 年。

17. 竺家寧：《聲韻學》，臺北市：五南圖書股份有限公司，2011 年。

18. 胡樸安：《中國文字學史》，臺北市：臺灣商務印書館，1965 年。

19. 容庚：《中國文字學》，上海：上海書畫出版社，2008 年。

20. 馬重奇：《漢語音韻與方言史論集》，臺北市：萬卷樓圖書股份有限公司，2015 年。

21. 唐蘭：《中國文字學》，臺北市：樂天出版社，1971 年。

22. 陳新雄等：《字形匯典》，臺北市：聯貫出版社，1983 年。

23. 陳新雄：《訓詁學（上冊）》，臺北市：臺灣學生書局有限公司，1994 年。

24. 陳新雄：《訓詁學（下冊）》，臺北市：臺灣學生書局有限公司，2005 年。

25. 陳新雄、曾榮汾：《文字學》，臺北市：五南圖書出版股份有限公司，2010 年。

26. 張渭毅：《中古音論》，開封：河南大學出版社，2006 年。

27. 許錟輝：《文字學簡編·基礎篇》，臺北市：萬卷樓圖書股份有限公司，2009 年。

28. 黃桂蘭：《集韻引說文考》，臺北市：文史哲出版社，1973 年。

29. 黃德寬、陳秉新：《漢語文字學史》，臺北市：經聯出版事業股份有限公司，2008 年。

30. 裘錫圭：《文字學概要》，臺北市：萬卷樓圖書股份有限公司，2010 年。

31. 蔣伯潛：《文字學纂要》，臺北市：正中書局股份有限公司，1959 年。

32. 趙振鐸：《字典論》，上海：上海辭書出版社，2012 年。

33. 趙振鐸：《集韻研究》，北京，語文出版社，2006 年。

34. 潘重規：《中國聲韻學》，臺北市：東大圖書有限公司，1978 年。

35. 劉葉秋：《中國字典史略》，臺北市：遠流文化事業有限公司，1984 年。

36. 龍宇純：《中國文字學》，臺北市：臺灣學生書局有限公司，1987 年。

37. 錢劍夫：《中國古代字典辭典概論》，北京，商務印書館，1986 年。

38. 蔣禮鴻：《類篇考索》，濟南：山東教育出版社，1996 年。

39. 羅君惕：《漢文字學要籍概述》，北京，中華書局，1984 年。

三、國科會成果報告

1. 季旭昇：《類篇俗字研究》，臺北市，國立臺灣師範大學，1996 年。

四、學位論文（首依學位排列，次按作者姓名筆劃排列）

1. 沈祖春：《《類篇》與《集韻》《玉篇》比較研究》，華東師範大學博士論文，2010 年。

2. 邱棨鐊：《集韻研究》，中國文化大學中國文學研究所博士論文，1974 年。

3. 林英津：《《集韻》之體例及音系統中的幾個問題》，國立臺灣大學中國文學研究所博士論文，1985 年。

4. 楊小衛：《《集韻》與《類篇》綜合研究》，華中科技大學博士論文，2007 年。

5. 李海濤：《《類篇》異體字研究》，山東大學碩士論文，2006 年。

6. 汪梅枝：《《類篇》互訓研究》，山東師範大學碩士論文，2003 年。

7. 周錄：《《類篇》部首異體字研究》，浙江大學碩士論文，2005 年。

8. 柳建鈺：《《類篇》異體字研究》，寧夏大學碩士論文，2007 年。

9. 甄燕：《《類篇》研究》，內蒙古師範大學碩士論文，2004 年。

10. 劉寶恒：《《類篇》重文研究》，福建師範大學碩士論文，2008 年。

五、會議及期刊論文（首依作者姓名筆劃，次按刊物出版年分排列）

1. 水谷誠、董冰華：〈《類篇》匯纂《集韻》又音考〉，《吉林大學社會科學學報》，2013 年，2013 年第 2 期，頁 148～153。

2. 王箕裘：〈《類篇》在中國辭書史上的地位〉，《辭書研究》，1991 年，1991 年第 2 期，頁 118～127。

3. 汪梅枝：〈《類篇》互訓詞的語義關係〉，《青海師專學報（教育科學版）》，2005 年，2005 年第 3 期，頁 19～21。

4. 汪梅枝：〈《類篇》互訓的依據探析〉，《濟寧學院學報》，2010 年，第 31 卷第 5 期，43～45 頁。

5. 何茹：〈《玉篇》與《類篇》的比較研究〉，《牡丹江教育學院學報》，2008 年，2008 年第 3 期，頁 32～34。

6. 呂曉莊：〈《類篇》試探〉，《山西大學學報（哲學社會科學版）》，1992 年，1992 年第 4 期，頁 35～37。

7. 金師周生：〈《類篇》形音義編纂述評〉，載於汪中文、林登順、張惠貞主篇，《第九屆思維與創作暨第十二屆中國訓詁學學術研討會論文集》，新北市：大揚出版社，2015 年，頁 159～170。

9. 姚永銘：〈姚刊三韻本《類篇》不可盡依——讀《類篇考索》札記〉,《漢語史學報》,2003 年,2003 年第 1 期,頁 69～72。

10. 柳建鈺：〈《集韻》《類篇》失誤例證〉,《南陽師範學院學報（社會科學版）》,2009 年,2009 年第 4 期,頁 31～33+36。

11. 柳建鈺：〈新附字在《說文》《類篇》中釋義之對比分析〉,《南陽師範學院學報（社會科學版）》,2012 年,2012 年第 10 期,頁 61～65+78。

12. 柳建鈺：〈《類篇》疑難字考辨五則〉,《寧夏大學學報（人文社會科學版）》,2013 年,2013 年第 1 期,頁 12～15。

13. 馬重奇：〈《類篇》方言考——兼論張慎儀《方言別錄》所輯唐宋方言〉,《語言研究》,1992 年,1992 年第 2 期,頁 136～143。

14. 馬重奇：〈《類篇》中的同字重韻初探〉,《福建師範大學學報（哲學社會科學版）》,1993 年,1993 年第 2 期,頁 74～80。

15. 孫緒武：〈《類篇》所引《說文》辨正〉,《大家雜誌（雕龍學札）》,2012 年,2012 年第 4 期,頁 1。

16. 孫緒武：〈《類篇》所引《說文》辨析〉,《廣西民族大學學報（哲學社會科學版）》,第 34 卷第 1 期,2012 年,頁 175～177。

17. 陳建初：〈《類篇》的部首數和字數〉,《古漢語研究》,1989 年,1989 年第 3 期,頁 87 下接頁 15。

18. 陳源源：〈中華書局姚刊三韻本《類篇·石部》校讀箚記〉,《西南交通大學學報（社會科學版）》,2011 年 5 月,第 12 卷第 3 期,頁 17～24。

19. 張渭毅：〈論《集韻》異讀字與《類篇》重音字的差異——為紀念孔仲溫教授而作〉,《實踐通識論叢》,第 3 期,2005 年,頁 17～47。

20. 張龍：〈姚刊三韻本《類篇》石部補校七例〉,《溫州大學學報（社會科學版）》,2012 年 11 月,第 25 卷第 6 期,頁 34～37。

21. 郭萬青：〈《類篇》引《國語》例辨正〉,《古籍整理研究學刊》,2009 年,2009 年第 6 期,頁 19～26+18。

22. 楊小衛：〈《類篇》對《集韻》反切注音的繼承與革新〉,《華中科技大學學報（社會科學版）》,2008 年,2008 年第 6 期,頁 69～73。

23. 楊小衛：〈《集韻》和《類篇》的俗字初探〉,《湖南工業大學學報（社會科學版）》,2009 年,2009 年第 4 期,頁 111～113。

24. 楊小衛、姜永超：〈《類篇》按韻編次編排特色探析〉,《廣西社會科學》,2009 年,2009 年第 7 期,頁 125～128。

25. 楊小衛：〈略論《集韻》、《類篇》的成書條件〉,《湖北社會科學》,2009 年,2009 年第 11 期,頁 128～131。

26. 楊小衛：〈《集韻》、《類篇》反切比較中反映的入聲消變〉,《三峽大學學報（人文社會科學版）》,2010 年,2010 年第 1 期,頁 28～71。

27. 楊小衛：〈《集韻》《類篇》「一曰」義初探〉,《江漢大學學報（人文科學版）》,2012 年,2012 年第 3 期,頁 103～108。

28. 楊小衛：〈《類篇》編排特色析論——基於「雙軌制」辭書《集韻》《類篇》的對比分析〉，《辭書研究》，2013 年，2013 年第 5 期，頁 60～67。

29. 楊正業：〈《龍龕手鏡》《類篇》古本考〉，《辭書研究》，2008 年，2008 年第 2 期，頁 141～145。

30. 鄧春琴：〈《類篇》在辭書編纂體例史上的貢獻〉，《辭書研究》，2011 年，2011 年第 5 期，頁 137～144。

31. 劉琴勇：〈《類篇》異讀字所反映的云、以合流演變規律〉，《菏澤學院學報》，2012 年，2012 年第 4 期，頁 110～111+115。

六、網路資料（至 2016 年 4 月 10 日）

1. 教育部異體字字典：http://dict2.variants.moe.edu.tw/variants/
2. 漢字古今字資料庫：http://xiaoxue.iis.sinica.edu.tw/ccdb